東方叢刊

The Journal of Multicultural Studies of the Orient

◎中华美学学会

◎中国比较文学学会

◎中国中外文艺理论学会

◎中国东方文学研究会

◎广西师范大学文学院

◎广西师范大学出版社

联合主办

特约编委简介（按姓氏笔画为序）

东方丛刊

季羡林 题

2019.2（总77辑）

主 编 / 麦永雄

◎中华美学学会

◎中国比较文学学会

◎中国中外文艺理论学会

◎中国东方文学研究会

◎广西师范大学文学院

◎广西师范大学出版社

联合主办

GUANGXI NORMAL UNIVERSITY PRESS
广西师范大学出版社

·桂林·

东方丛刊

DONGFANG CONGKAN

责任编辑：虞劲松
助理编辑：尤晓澍
责任技编：伍先林
装帧设计：智悦文化

图书在版编目（CIP）数据

东方丛刊. 2019.2：总 77 辑 / 麦永雄主编. --桂林 ：
广西师范大学出版社，2020.5
　ISBN 978-7-5598-2911-5

　Ⅰ．①东… Ⅱ．①麦… Ⅲ．①文学研究－中国－丛刊
Ⅳ．①I206-55

中国版本图书馆 CIP 数据核字（2020）第 092340 号

广西师范大学出版社出版发行
（广西桂林市五里店路 9 号　邮政编码：541004）
（网址：http://www.bbtpress.com）
出版人：黄轩庄
全国新华书店经销
桂林日报印刷厂印刷
（广西桂林市八桂路 1 号　邮政编码：541001）
开本：720 mm × 960 mm　1/16
印张：17.25　　字数：300 千
2020 年 5 月第 1 版　　2020 年 5 月第 1 次印刷
定价：60.00 元
如发现印装质量问题，影响阅读，请与出版社发行部门联系调换。

刊首语

　　本辑主要栏目设置:"东方论坛""日本审美文化""东西方视界:间性论""传媒研究""东方访谈"和"东方文库"。

　　"东方论坛"刊载的六篇论文题旨丰富多彩。中国东方文学研究会副会长孟昭毅教授《丝路文学中的"蚕""蛾"意象》围绕着该文富于特色的论旨,广征博引,将日常物象和哲思理趣,渗透进人生感悟。李伟华通过对皇家亚洲学会分会的考察,论析了英国东方学从"侵略力量"到"文化共享"的发展轨迹。杨中举教授以东南亚华人流散族群为研究对象,阐发其文化和文学特征,认为东南亚华人流散文学处于中华文化传播的重要地带,是汉文化辐射圈的组成部分,具有独特的生成空间与韵味。李腾龙研究员的论文从英译维度切入,聚焦于中国思想史重要术语"经世"的多种翻译形式问题,会通中外,以小见大,讨论了这一关键词所折射的思想、历史与语言转换。颜小芳博士对著名学者童庆炳审美诗学的"元话语"建构进行了符号学阐释。张文东博士则饶有兴致地对《金瓶梅》《红楼梦》中的猫意象加以描述,揭橥了其小说诗学的蕴涵与功能。

　　"日本审美文化"栏收录中外作者的五篇论文,注重从比较视野考察国别美学与日本美学领域,题旨包括 20 世纪日德美学交涉史,"物哀"论的前世今生,探索日本形象的三种西学建构及范式、中日国民性,以及费诺洛萨的东亚美术史观等。

　　本辑"东西方视界:间性论"专栏,译介了国外间性论主要倡导者和实践者的重要成果——美国学者张先广、商戈令和日本学者上野俊哉的相关文章,以飨读者。作为跨学科学术前沿,"间性论"(Interology)聚焦于边界与跨界及合理化交往的复杂关联域,正在引起中外学者的理论关注和探索努力。一系列间性论的国际学术会议召开,也预示了其前沿性的学术方向。这些会议包括美国格兰谷州立大学第一届间性研究国际学术研讨会(2017)、中国传媒大学第二届间性研究国际学术研讨会(2018)、在广西首府南宁市举行第三届间性研究国际学术研讨会(2019)和未来拟在上海召开的第三届间性研究国际学术研讨会(2020)。在东西方视界中,间性论汇聚了古今中外的智慧,不同文化、国别和地区的研究者重新审视和激活东西方文化、哲学和美学的思想资源,将东西方文明与文字进行比较,追溯赫拉克利特、黑格尔、尼采的间性论思脉,挖掘弗卢瑟、德勒兹、加塔利、海德格尔、老庄等哲人及佛禅、《易经》的居间思想,探讨"间"与"通"的辩证关系。同时,"间性论"也充盈着"生成"与"共赢"的可能性。当代世界万花筒式的交往与传播形态,生成了形形色色的间性关系,经济全球化与文化数字化加速则促使"间性研究"(Studies in Interality)的问题与价值日益凸显。"我们正在见证着从定栖到新游牧论、从固态到微细间性的范式转向。"希望本专栏有助于启人睿智,拓展视界,激活蛰思与创造力。

"传媒研究"栏目刊发了厦门大学著名教授、北京电影学院未来影像高精尖创新中心特聘研究员黄鸣奋的《超威胁:科幻电影创意缘起》等文章。"东方访谈"栏目刊发了张叉教授与东方研究专家侯传文教授访谈录《跨文明对话语境下的泰戈尔诗学比较研究》等,各具特色,兹不赘述。

《东方丛刊》主编　麦永雄

目 录

Contents

East and West Horizon: Interology

Media Studies

Interview

Oriental Library

丝路文学中的"蚕""蛾"意象

孟昭毅

摘　要：丝路文学中在描写"蚕""蛾"这一相同的题材时,无独有偶的相同比喻、相同象征,由独特的、个性化的内含之"意"与外需之"象"之间相互融通所形成的逻辑推理式思维,最后整合为"大道至简"型的"观象取意"式的形象思维,并以相同的"蚕""蛾"意象或"蚕""蛾"象征性意象,呈现于中外文学的历史性书写之中。这是诸多中外文人在语言、文学方面思维同步发展的结果。他们在知性的判断之上,平添了哲思理趣,将平常所见的物象,渗透进人生感悟。

关键词：丝路文学；意象；蚕；蛾

丝绸之路我们简称"丝路",众所周知其实主要指的是亚欧大陆之间政治、经济和文化交往的通道。在这些领域的交流互鉴中,文学不可能缺席,因此就有了"丝路文学"。具体而言,就是指在这些交通网络中的口传表达和笔墨书写的文学作品。虽然丝绸之路贸易往来的物品不只是丝绸,但是丝绸却是早期贸易中的重要或可以说是主要的货物,这是不言而喻的。又因为丝绸是"蚕"和"蛾"的衍生物,所以丝绸所到之处,"蚕"和"蛾"必成为人们想了解和关注的对象,它们

＊ 孟昭毅,天津师范大学教授、博士生导师,天津师范大学东方文学文化研究中心主任。全国东方文学学会副会长,享受国务院政府特殊津贴专家。已出版学术专著20余部,发表学术论文、译文200余篇。本文系国家社科基金重大项目"丝路文化视野下的东方文学与东方文学学科体系建构"(19ZDA290)阶段性成果。

不仅成为丝路沿线国家蚕桑丝绸业的宠儿,也成为了文人口中和笔下描述的尤物。

中国人最早发现了野蚕是可以被驯化的事实,由于它与人类生存息息相关,所以很快进入了文学领域。据民间流传,一说是伏羲氏化蚕桑为绵帛;另一说是黄帝的元妃西陵氏女嫘祖始教民育蚕治丝,以供衣裳。①

这两则传说都表明中国蚕桑业在远古即已产生,本世纪考古发现也表明,"在 5000 多年前,中华民族的祖先已经开始驯养桑蚕了"②。因此蚕桑丝绸业也成为古代中国独有的产业部门,而养蚕织帛也成为了中国对世界的伟大贡献。蚕丝出现以后,通过贸易往来,经陆路和海上远销异国他乡,逐渐被广泛用于人类服饰生活的各个方面,成为人们的必需品,乃至奢侈品,深受世界多国人民的喜爱。蚕本身是带有客观色彩的物象。当人们一旦深入了解了蚕的全部生活习性,尤其是它吐丝做茧,而茧可抽丝,它却为他人无私付出全部的精神以后,它便与人类的精神生活有了某些"心领神会"的契合。当这些感触作用于文人的大脑,通过联想和想象就形成了具有主观意识的意象。"意象"作为中国古典诗学一个基本概念,它的形成是有个过程的。最初在刘勰的《文心雕龙·神思》"独照之匠,窥意象而运千斤"一句中,是指尚未进入作品文本中的意念中的形象,后多与诗歌创作相关联,也不乏被用于叙事文学。意象作为中国古典诗学固有的范畴,虽然运用频繁,但学界未形成共识性的内涵。一般而言,意象是指被赋予了某种特殊意蕴和文学审美义的具体物象。例如:"蚕"本身是一种能吐丝的昆虫,其本身并无任何与人类情感有关的涵义,但它所表现出的种种特性,一旦进入作家的形象思维,就会被进行种种的再加工,正如袁行霈所说:"一方面,经过诗人审美经验的淘洗与筛选,以符合诗人的美学理想和美学趣味;另一方面,又经过诗人思想感情的化合与点染,渗入诗人的人格和情趣。"③在中外诗歌中,蚕与蛾被不约而同而又相互影响地反复运用,参与写作的诗人在精神上皆与之产生共鸣,从而形成一种类同的"观物取象"的心理状态,并逐渐使之具有了特定的内涵,即由内在之"意"显现为外在之"象",并产生了一种特殊的审美感受,最终成为了"移情入景"后的某些"定型",即融入了主观情意的客观物象——"意象"。

　　蚕的一生要经历蚕卵到蚁蚕,再到蚕蛹,最后到蚕蛾四个重要的生命阶段。蚕卵是由蚕蛾即蚕的成虫交尾生产的,刚刚孵化出来的幼虫称为蚁蚕,以桑叶为食,吐丝作茧以后在茧内变成蛹,这是蚕从幼虫到成虫的过渡形态。蚕蛹破茧而出变成蚕蛾,在交尾后死去。其中"吐丝作茧""蚕蛹破茧"和"蚕蛾扑火"是蚕一生中几个重要的节点,让人产生无限的遐想。由于蚕最早是在中国被驯化的,中国文人最早有感受。所以在中国诗人心目中,蚕赴汤蹈火的生活史变为生命史与人类的精神史产生了某些联系,于是蚕升华为一种意象,被赋予了为爱情和事业而献身的内涵,成为舍己为人的一种象征。西方诗人也有以扃闭内外之心性,犹如思想之作茧自缚一样,豁然彻悟则像蚕蛹破茧,翩翩作白蝴蝶之类的比喻。中外诗人对这种"蚕""蛾"意象给予了由衷的赞美和毫不吝啬的怜悯。他们运用相同的诗歌形式的表现手法,对类似的蚕与蚕蛾的题材进行创作,并借助这种客观物象表现自己的主观情意,"立象以尽意",尽情表达"蚕""蛾"意象给人的一种共通的感受,以及带有的普适性启发。

　　中国文学有案可稽的最早出现关于桑蚕信息的是《诗经》,其涉及到桑蚕的诗句主要有:"蚕月条桑"(《豳风·七月》)、"休其蚕织"(《大雅·瞻卬》)、"期我乎桑中"(《鄘风·桑中》)等。其后的汉乐府名篇《陌上桑》则说明汉代采桑养蚕已成为古代女性分内之事,人人可以做得,以至于有了《陌上桑》中女主人公"秦罗敷"这种采桑女的泛称。继后从晋朝无名氏起就写有《七夕夜女歌》一类关于"蚕"的诗,"婉娈不终夕,一别周年期。桑蚕不作茧,尽夜长悬丝"等。直至唐代著名诗人李商隐在《无题》一诗中写下"春蚕到死丝方尽,蜡炬成灰泪始干"的千古绝唱,对春蚕吐丝作茧至死不休的坚守给予了高度赞扬。其先,白居易曾写有"烛蛾谁救活,蚕茧自缠萦"(《江州赴忠州至江陵已来舟中示舍弟五十韵》),于濆写有"野蚕食青桑,吐丝亦成茧"(《野蚕》)的诗句,他们都对春蚕吐丝、作茧自缚给予了极大的同情与怜悯。其后,宋代诗人戴复古有"寒蚕啮枯桑,一身终茧丝"(《感寓》)的诗句,文人赵抃的"每念缠丝茧里蚕",诗人谢枋得的"作茧怜吴蚕",陈造的"蚕茧自缚良苦之"等。这些诗句无不表现了诗人对于蚕吐丝作茧,包住自己,自己束缚自己,毫无悔意的一种礼赞。自此以后历代文人几乎都对"蚕"意象情有独钟。尤其是清代咏蚕诗词尤多。汪东说:"呕尽残丝肯见怜";

姚允迪说："痴蚕自缚亦可怜"；史震林说："自织藕丝衫子嫩，可怜辛苦赦春蚕"；李雯则有词云："浅碧柔黄玉颗长，倩人垂手入兰汤"；晚清文人郑珍说："同命蹈汤火，吾怜蚕此时。"甚至清初孔尚任剧本《桃花扇》的结尾，主人公侯朝宗、李香君再相遇时，二人皆已堪破红尘，修真学道，剧中写道："你看他两分襟，不把临去秋波掉。亏了俺桃花扇扯碎一条条，再不许痴虫儿自吐柔丝缚万遭。"这些文人历数不尽的感慨，都出自他们从蚕吐丝作茧自缚到蚕吐尽丝后，却被人无情地投入沸汤和烈火这种生命史的过程中，看到了世人也包括他们自己，为了追求知识和真理，义无反顾地投身其中的那种视死如归的崇高境界，无论何时再读这些诗句，从对蚕的怜悯，联想到"蚕"的意象，都会产生令人感奋的慨叹。

"蚕""蛾"意象中，"蚕身不为己""蚕丝为衣裳""蛾子扑灯蚕作茧，死生趋避总无端"，以及"身拙自怜蚕缩茧""春蚕制茧最堪怜"等诗句中，都有诗人与之息息相通、顾影自怜的惆怅。他们看到"作茧自缚的蚕""赴汤蹈火的蚕蛹""破茧而出的飞蛾""扑灯赴死的飞蛾"，于是触景生情、情景交融、感同身受，达到物我同一的境地，写出了隐含自身情感投射的诗句。他们在"蚕""蛾"的意象中寄托了自己的精神追求，表现出胸怀天下的那种知识分子悲天悯人、民胞物与的人文主义情怀。无独有偶的是，由于丝绸之路的原因，与丝绸有关的"蚕""蛾"，其生活状态也受到沿途各国文人的关切，以至于又形成了异国文人笔下借以抒情达意的意象，成为他们寄托自己精神生命的象征物。由此可见，丝路文学中的意象和象征似有相通之处，即它们都将客观事物作为载体或媒介体，在渗入诗人审美经验的前提下，间接地抽象地表达自己的情愫。如果说中国文人笔下的"蚕""蛾"意象秉承了《诗经》"赋、比、兴"的传统和文艺重再现的手法，那么到了丝路文学域外文人的笔下，则主要表现为一种异质文化重想象的表现主义手法，即象征性的意象。

西方本没有蚕，早时蚕桑是从中国传过去的。大英博物馆馆藏一幅木版画，内容是古代中原内地公主从丝路和亲到瞿萨旦那国（于阗、和田）时，带去蚕桑种子，向西域传播的故事。该内容在《大唐西域记》卷第十二中有"桑蚕及丝织技术传入西域"的记载。[④]英国探险家斯坦因在南疆于阗以东的丹丹乌里克遗址发现了此事之物证。[⑤]由于地利之便，西域近邻波斯（现伊朗）也较早地知道了蚕桑与丝绸的关系,并且逐渐垄断了中亚至地中海的丝绸贸易。据东罗马帝国史学家普罗科波(Procope de Cesaree)记载,公元 550 年左右有几位在拜占庭的印度僧人从于阗或其附近地区,即"赛林达"——相当于汉文史料中的"西域",取走蚕种,交给东罗马帝国皇帝查士丁尼一世(483—565)。⑥由此这般,古老的在中国起源的蚕桑业,才得以在东罗马帝国的土地上落户生根。由于地中海地区气候宜于桑树生长,蚕桑业发展得很快。6 世纪时,控制着草原丝绸之路的突厥汗国也知道了蚕桑业的秘密。7 世纪大食(阿拉伯帝国)兴起后,蚕桑业沿北非(马格里布地区)向西传播,跨越直布罗陀海峡到达西班牙。1146 年,斯加里野(今意大利西西里岛)国王利用俘获的拜占庭技工,发展蚕桑业,最终传到了意大利全境及欧洲其他地区。从此,蚕蛾在西方再也不是陌生的昆虫,它们的生存状态也开始被西方的诗人所了解并关注,"春蚕吐丝""作茧自缚""飞蛾扑火"等现实同样唤起他们的丰富想象力,并进行艺术加工后创造成诗歌形象,即"蚕""蛾"等象征性意象,并成为了"可以言情,可以喻道"的一种具有异质文化底蕴的文学"素材"。随着丝绸之路的延伸,"蚕""蛾"意象到了域外又逐渐有了象征性色彩。

　　古代印度是南方丝绸之路和海上丝绸之路的必经之地。据记载在公元前 4世纪的《治国安邦术》(《政事论》)中就有一个词"cīnapatta",最初的意思是"从中国输入的成束的丝"⑦,但是印度在相当长的时间里并不懂得中国的桑蚕技术。因为直至 13 世纪蒙古西征时,蚕桑业在西域推广得还是很有限的,耶律楚材在撒马尔罕(中亚乌兹别克斯坦名城)看到那里"颇有桑,鲜能蚕者,故丝茧绝难"⑧的事实。所以唐代前期新罗僧慧超(725 年回国)在印度时看到的当地人还不能生产家蚕丝绸,是很自然的事。而至 13 世纪 20 年代女真人乌古孙仲端访问中亚时,已发现印度"丝枲极广"⑨。这说明印度已通过其他途径获得了桑蚕到茧丝的技术,它已并非陌生之事物了。所以在此之后,蚕蛾自然而然也成为诗人笔下抒情达意的物象。印度中古印地语诗人加耶西(1493—1542)在他的代表作叙事长诗《伯德马沃德》中,叙述公主殉葬自焚的情节时也有类似的描写:"我将为你献此身,化成灰烬无遗恨。女子似扑灯蛾,毕生守誓约。"⑩印度古代传统的殉葬自焚,写"飞蛾扑火"确实有物类联通的意象意义,不过正如诗句所言:"女子似扑灯蛾",这明显是从象征意义而言的,是艺术创作手法的表现,但是"立象以尽意"式的"意象"内涵已表现出来。

波斯(现称伊朗)地处东西方之间的商路要冲,当地人自古就有善于经商贸易的传统。中国丝绸无论从陆路还是海路运输,均需经过波斯商人之手才能抵达地中海。长期的丝绸贸易使波斯人了解了桑蚕吐丝作茧,蚕蛾赴死的生活经历,于是有些诗人也将其形象象征性地写进自己的诗中,并赋予了自己的理解。哈菲兹(1320—1389)是从中古时期至今都享有世界声誉的波斯抒情诗人,他在自己的诗中曾多次提及中国的麝香和画工,对中国文化有较深入的了解。他用蚕蛾与蜡烛的关系来比喻恋人内心的复杂情感:"假如你是恋人,就请围着美丽的情人身边转,只有在欲火中焚身才能从飞蛾那里学会爱。哈菲兹为了你即使不能像飞蛾那样殉情,他在你面前也势必像蜡烛那样熔化成灰。"⑪虽然哈菲兹在抒情诗中所描写的"恋人""情人"并非一定有确指的含义,而是代表了诗人对自己祖国的诚挚的爱,但是,在诗中运用"飞蛾",原文为"Schmetterling",此字又指蝴蝶,乃是灵魂的象征。古埃及人就曾以蝴蝶象征灵魂,古希腊人也有相同的习惯。西方人画灯烛火灭,上有蝴蝶振翅,其寓意为灵魂摆脱躯骸之意。此类象征意象生动形象地抒发了作者的情感,也颇为符合波斯古典诗歌修辞传统。和凡间的爱情之火相比,静静的烛火是更神圣的光明的象征。飞蛾在夏夜投火自焚,乃有灵魂转世的象征意义。这种象征把所感知、体悟的情感对象隐蔽起来,用另外一种事物来做比喻,恰恰成为哈菲兹和其他波斯诗人常常寄托自己思绪的一种重要的象征性意象。

阿拉伯人遵循的《圣训》即"穆罕默德言行录",是在伊斯兰世界被视为仅次于《古兰经》的基本经典。《圣训》中"论人们扑向火狱之火犹如飞蛾扑灯"的比喻,则传述了先知穆罕默德的话。他说:"在敦促人们崇信伊斯兰教时,我好比是从火狱之火中挽救他们的人。人在背离信义和迷恋财色私欲时就像自扑于火的飞蛾和其他昆虫一样。"⑫飞蛾之所以为寻找白昼的光明而自扑于火或灯,是因为飞蛾在夜间见到灯光或火光时自己身处黑暗之中,便将灯光或火光误认为光明之源,为奔向光明而自己向灯和火飞扑。飞蛾附在灯或火上直至烧死也不逃离,甚至还在认为是摆脱黑暗而追求光明。伊玛目爱孜扎里说:"你们也许会想这是因为飞蛾无知与无能所致。须知,人的无知有过于飞蛾的无知,因人常为迷恋私欲而不能自拔并毁于此道,以致永留火狱。所以较之飞蛾的无知来说便是更大的无知了。因此圣人说:你们扑向火狱犹如飞蛾扑灯,而我要挡阻你们。"[13]先知穆圣的这一比喻在许多作品中都有回应。这表明在阿拉伯世界这种比喻不仅在于言情,更可喻道,这种"借树开花",即依托现实物象之树,绽放哲理益智之花的笔法,无疑具有了象征性意象的另外功用。

意大利自从 1146 年以后,通过南端的西西里岛获得蚕桑业的技术,并遍及到整个国家。尤其是意大利北部的热那亚、威尼斯、佛罗伦萨、米兰等经济发达、技术先进、生活富庶的地区。生活在佛罗伦萨的伟大作家、诗人但丁(1265—1321)由于天资聪慧,学习刻苦,成为当时最博学的人之一。他在代表作长诗《神曲》中的《天堂》第八篇中,描写在第三重天(金星天)里有一个已升入天堂的多情而幸福的灵魂"加尔·马德罗"(1271—1295),他被欢乐的光辉包裹着,但丁问他:"那末你是谁?"他在回答但丁的问题时说:"我在尘世的岁月不长(仅仅活了 25 年——笔者注)……欢乐包围着我,遮蔽了你的眼光,像吐丝自缚的动物。"[14]很显然,此处"吐丝自缚的动物"是指"蚕"。在这里加尔·马德罗欢乐、幸福的灵魂被光辉所包围、笼罩,犹如蚕之在茧中一样。又被比喻为它能像青虫那样破茧而出,并化蝴蝶而飞舞。此时的蚕(意指加尔·马德罗——笔者注)有了"作茧自缚"时的一种幸福感。在这种象征性意象里,但丁反其意而用之,以显示当事者加尔·马德罗灵魂的优越处境,以及表现作者自己的智慧灵光和思想洞见。

德国是意大利北部最大的国家,相继也知道了桑蚕业的生产过程。18 世纪末 19 世纪初,处于浪漫主义思潮中的德国作家和学者普遍受到德国古典哲学的影响,提倡个性解放、主观幻想强烈、追求奇异感。他们对现实中的异域之宝物,即"蚕""蛾"等情有独钟。歌德是其中生活经历最丰富、思想最开放的作家之一。他在 1789 年完成的剧本《托夸多·塔索》中,就以 16 世纪意大利著名诗人塔索的身世为题材,自然也包含着作家深刻的自我体验,描写了一个勇于揭露宫廷腐败的反抗者,最终转变为一个安于现状者的过程。歌德就曾以春蚕吐丝来比喻诗人出于不可遏止的冲动而进行创作,其辞意和李商隐的诗所表达的意象很近似。他在该诗剧的第五幕,第二场中就写道:"你岂能禁止蚕宝宝吐丝？即使死到临头,它还继续吐下去。它总是要从身体最深之处继续纺出华贵的织物,不到它自己躺进棺材绝不停止。"⑮诗人在继后的《东西诗集》(1819)中还写道:"我要赞美那不幸的生灵,它向往投入火中焚死";"只要静静的烛火放光,你就发生奇妙的感触";"到最后,由于贪恋光明,飞蛾啊,你就以此焚身";"如果你一天不能理解,这就是:死而转生!"⑯《东西诗集》中大部分诗作于 1814 年至 1815 年间,当时欧洲正处于动乱中,歌德为躲避现实的烦恼,就从东方世界寻找他的"桃花源"。其实,他早就关注过东方文化,曾耽读了《古兰经》,译过《雅歌》,读过印度古典梵剧《沙恭达罗》,也读过中国小说,尤其喜读波斯诗人哈菲兹的诗集,并深受影响。他常将身边的事物换成与东方文化有关的名称,以形成一种东方意境或东方想象,让人产生无限的遐思漫想。"蚕宝宝"和"飞蛾"在歌德的笔下被比喻、象征、暗示等诸多艺术手法创造成一系列文字语符,将东方意象西方化,成为象征性意象而显得审美经验更丰富。

马克思在写《资本论》第四卷,关于《剩余价值理论》部分时,也涉及象征性的"蚕"意象的运用,他在"附录"中提及的英国著名诗人密尔顿(即弥尔顿,1608—1674),曾被恩格斯称为"第一个为弑君辩护的人",是 18 世纪欧洲启蒙思想家的"先辈"。马克思在附录中论述"同一种劳动可以是生产劳动,也可以是非生产劳动"这一论题时,举例指出:"密尔顿创作《失乐园》得到 5 镑,他是非生产劳动者。"接着又写道:"密尔顿出于同春蚕吐丝一样的必要而创作《失乐园》。那是他天性的能动表现。"⑰在这里马克思以赞扬的语言指出弥尔顿创作《失乐园》从一开始就不从属于资本,也不是为了增加资本的价值而写作,而是像春蚕吐丝一样的天性使然。他恰如其分地将"蚕"的意象象征性运用到弥尔顿的创作上,不仅使人清楚地了解了他对资本价值的理解,而且让人明白了什么人才能算得上是一个为自己理想而创作的真正意义上的作家。正是由于非功利性的"天性"才使弥尔顿能够保持自己创作目的纯正。事实上也如此,只有非功利的初心,才能保证结果的纯正。

由此可见,在从中国南海一路向西直达地中海的"丝绸之路"上,也有不少运用类似题材的作家及作品,他们利用"蚕""蛾"意象或者是"蚕""蛾"的象征性意象,表现自己像蚕一样的不怕"作茧自缚",以及拥有像飞蛾一样敢于"赴汤蹈火""牺牲自己"的奋不顾身精神。在中国文化向东传播的过程中,以"授受相随"为传统的东亚国家中,朝鲜半岛和日本也不乏关于"蚕""蛾"物象的诗意表达,但深度和广度却相去甚远。

蚕桑业在东亚地区传播的轨迹表明,在中原地区出现的养蚕业应该是从中原到辽东,再从辽东到日本列岛的传输过程。根据《汉书·地理志》记载,蚕是在3000多年前,由箕子传入朝鲜的。其后,三韩、高丽时期,历代的统治者都鼓励、发展了养蚕业。朝鲜太宗十一年(1411)还制定了"后妃亲蚕法",让后妃在皇宫中养蚕。世祖元年(1455)还为了养蚕而制定公布了种桑法,实施大户种 300 棵、中户种 200 棵、小户种 100 棵、贫户种 50 棵的规定。因未精心种植桑树而使其致死的农家要受到惩罚。朝鲜世宗时期(1418—1450)出现了谚文《养蚕书》;中宗时期(1506—1545)有金安国的《蚕书谚解》;高宗时期(1864—1907)有《蚕桑辑要》《蚕桑撰要》等书。由于初时朝鲜半岛引入汉地蚕桑业,只为发展生产丝绸,以供制衣之用,文人雅士尚未有闲暇过早地关注其形态与自己内心情感的关系,所以,如果按中原从有蚕桑业到"蚕"意象入诗而言,曾经历了千年以上的历史来推算,那么朝鲜半岛在诗中出现"蚕"意象的时间也理当较晚。例如朝鲜著名诗人、画家南啓宇(1811—1890)的《田园八咏》"右后庭晒茧"一诗:"耀眼新茧满一帘,团团形色雪霜兼。胜如吉贝开花白,堪笑壁钱弄络纤。嫌雨更怜铺澳垓,向阳时看晒烟帘。缫生蛾化多奇绝,喜是田家景物添。"这首诗主要写了田园晒茧的景象,其"蚕""蛾"意象几乎完全未能在作家笔下表现出来。日本的情况也与朝鲜相似。史书《三国志·魏书·倭人传》记载,3 世纪日本西部已从事养蚕,显然比朝鲜要晚,但是也有至少 1700 余年以上的历史了。学界一般认为,日本的养蚕业也是从古代中国传入的。直至江户时代(1603—1868)才真正发展起来。日本古代著名诗人菅茶山(1748—1827)是著名汉学家。他在崇拜黄、老等道家人物的汉诗篇《山行》中写道:"民风思羲轩,地形想鱼蚕。"[18]日本江户时期的文化思想家、教育家吉田松阴(1830—1859)在《苏道记事》(1853)一诗中写道:"苏道梅天不耐凉,山乡风物异他乡。新秧插后麦犹绿,方是家家蚕事忙。"可见"蚕"在日本虽已早有养殖,但其意象尚未有明显的书写表达,足见当时的作家对此反应的迟钝,当然也说明日本人的务实精神。由此观之,"蚕""蛾"在古代东亚作家笔下基本还是写实的形象,即只有物象的作用,尚未进入意象或象征意象的审美境界。

上述丝路文学中在描写"蚕""蛾"这一相同的题材时,无独有偶的相同比喻、相同象征,由独特的、个性化的内含之"意"与外霭之"象"之间相互融通所形成的逻辑推理式思维,最后整合为"大道至简"型的"观象取意"式的形象思维,并以相同的"蚕""蛾"意象或"蚕""蛾"象征性意象,呈现于中外文学的历史性书写之中。这是诸多中外文人在语言、文学方面思维同步发展的结果。他们在知性的判断之上,平添了哲思理趣,将平常所见的物象,渗透进人生感悟。由此可见,对于能生产出精美丝绸的蚕来讲,以其生产过程和生活状态入诗,也是中外诗歌中都有反映的一种物象题材,但是就形成"意象"而言,如未进入文化心理结构的深层,即思想精神层面去体会,则难以形成相同的意象或象征性意象。因此,只有当中外诗人在寓意于象,化哲思为引发兴会的物象符号并表现为一种悟性的觉醒时,才能转化成为意象,而只有意象在不同的文化传统中所形成的复杂联想和在不同民族心智活动中作为一种中心象征时,才与作品的主题产生紧密的联系,才能进入主题学范畴。中外许多作家由于丝绸之路的商贸和文化交流的潮来潮去,才逐渐注意到了"蚕""蛾"的形象,并将其入诗,这才具有了形成相同审美意象的可能,从而拓展了情趣盎然的艺术空间。但是它们之前只有作为生产贵重丝绸的重要昆虫时才受到各国文人的关注,并无其他文学因袭的元素存在,这种相同的感受所形成的相似的形象思维才应该是"蚕""蛾"意象在丝路文学的诗人心目中引起精神共鸣的根本原因。

注释:

① 季羡林:《中印文化关系史论文集》,生活·读书·新知三联书店,1982 年,第52 页。

② 刘迎胜:《丝绸之路》,江苏人民出版社,2014 年,第 16 页。

③ 袁行霈:《中国诗歌艺术研究》,北京大学出版社,2009 年,第 54 页。

④ 玄奘:《大唐西域记》,广西师范大学出版社,2007 年,第 190—191 页。

⑤ 季羡林:《中印文化关系史论文集》,生活·读书·新知三联书店,1982 年,第 66 页。

⑥ [法]戈岱司编:《希腊拉丁作家远东古文献辑录》,耿昇译,中华书局,1987 年,第 96—97 页。

⑦ 季羡林:《中印文化关系史论文集》,生活·读书·新知三联书店,1982 年,第 78 页。

⑧ 刘迎胜:《丝绸之路》,江苏人民出版社,2014 年,第 136 页。

⑨ 刘迎胜:《丝绸之路》,江苏人民出版社,2014 年,第 139—140 页。

⑩ 刘安武:《印度印地语文学史》,人民文学出版社,1987 年,第 79 页。

⑪ 中国社会科学院外国文学研究所:《外国文学研究集刊》第 11 辑,1987 年,第 396 页。

⑫ [埃]穆斯塔发·本·穆罕默德艾玛热编:《布哈里圣训实录精华》,穆萨·宝文安哈吉、买买提·赛来哈吉译,中国社会科学出版社,1981 年版,第 101 页。

⑬ [埃]穆斯塔发·本·穆罕默德艾玛热编:《布哈里圣训实录精华》,穆萨·宝文安哈吉、买买提·赛来哈吉译,中国社会科学出版社,1981 年版,第 101 页。

⑭ [意]但丁:《神曲》,王维克译,人民文学出版社,1980 年,第 400 页。

⑮《歌德文集·戏剧选》,钱春绮等译,人民文学出版社,1999 年,第 514 页。

⑯《歌德诗集》下卷,钱春绮译,上海译文出版社,1982 年,第 338—339 页。

⑰《剩余价值理论》,见《马克思恩格斯全集》第二十六卷第二册,人民出版社,1972 年,第 432 页。

⑱ 见扬雄《蜀王本纪》:"蜀王之先名蚕丛。"四川许多地名都有"蚕"字,有学者认为,"古代四川大概以产蚕著称,……而先王和许多地方的名字也都有了'蚕'字"。

英国东方学:从"侵略力量"到"文化共享"
——皇家亚洲学会分会考论

李伟华

摘　要:英国东方学的发展与英国在亚洲的殖民或殖民式活动同步,东方学是英国海外殖民的思想力量之一。1786 年,威廉·琼斯创建孟加拉亚洲学会;1823 年,科尔布鲁克在伦敦创建皇家亚洲学会。随后,众多类似的学会纷纷创建并成为皇家亚洲学会的分会,它们以研究所在区域为主,是英国东方国别研究的滥觞。对皇家亚洲学会与分会关系的梳理可以更好地把握英国东方学在亚洲的扩张和发展,呈现其网状分布状态,展现其与东方学的互动关系。皇家亚洲学会分会不仅是英国研究东方的一盏盏明灯,更使东方各国文化走向世界。如今,各分会本着共享知识、体验东方的宗旨,成为志愿者团体或同人学术团体,但它们的学术性和创新性仍然不减,它们仍然是英国东方学史难以绕开的存在。

关键词:东方学;皇家亚洲学会;印度学;汉学;日本学;韩国学

引言

英国东方学在英国侵略者的促进下发展起来,旨在深入地研究亚洲,服务于

---

　* 李伟华,1988 年生,北京师范大学文学院博士研究生,研究方向为东方学,东方文学与中日比较文学等。本文系王向远教授主持的国家社科基金重大项目"'东方学'体系建构与中国的东方学研究"(编号 14ZDB083)的阶段性成果。

其在亚洲的侵略统治。1784 年,东方学的创始者威廉·琼斯创办了孟加拉亚洲学会;1823 年,著名印度学家科尔布鲁克在英国伦敦创建了皇家亚洲学会。在此之前,英国人已经在殖民地创办了三个类似的学会①,它们分别是孟加拉亚洲学会、孟买亚洲学会和马德拉斯文会。其中,孟加拉亚洲学会为英国东方学的本土化提供了重要的基础,因此,它被称为"皇家亚洲学会之父"。皇家亚洲学会在研究模式和学术上的成功,激发了众多对东方学感兴趣的英国学者,他们纷纷创建亚洲学会并申请成为皇家亚洲学会的分会。这些分会完全模仿皇家亚洲学会。②它们将皇家亚洲学会的模式运用到各个国家,开启了发现东方的历史过程,为英国把握东方提供了重要的知识力量。

一、印度学

(一)孟加拉亚洲学会

孟加拉亚洲学会是英国人在亚洲创建的第一个亚洲学会。18 世纪末,英国在印度的殖民统治,尤其是在孟加拉地区的殖民统治,使他们深切认识到研究印度的必要性和迫切性。1784 年 1 月 15 日,在威廉·琼斯的组织下,在黑斯廷斯的赞助下,孟加拉亚洲学会正式成立,威廉·琼斯任会长,并创办会刊《亚洲研究》。孟加拉亚洲学会聚集了众多研究印度的东方学家,其中亨利·托马斯·科尔布鲁克是重要一位,他在 1806 年至 1815 年担任孟加拉亚洲学会会长,他是威廉·琼斯在印度学上的继承者,也被称为西方印度学的创建者。从 1784—1816 年亚洲学会主要学术成就③可以看出,亚洲学会主要以印度学研究为主,其中科尔布鲁克、马尔科姆是皇家亚洲学会的初始会员。

1823 年 3 月 15 日,科尔布鲁克在伦敦创建了皇家亚洲学会。学会 15 名初始会员都是从东方回来的殖民学者,他们对东方的兴趣与其殖民思想密切相关。科尔布鲁克在皇家亚洲学会开幕式上的演讲,很好体现了殖民学者在东方研究上的野心:

没有任何一个国家像大英帝国一样具有将注意力投射到遥远地区并对

其进行研究的优势。拥有亚洲帝国的英国所具有的影响力超越了它的疆域限制和地方权威范围。无论是否在其领土范围内，那些公务人员都有机会去获取和研究众多的知识，并不断更正民众和国家的认识。政治交易，战争，商业关系，贸易关系，兴趣和科学的探求促使英国人去关注那些最遥远、最隐蔽的地方。他们的职责、他们的专业使他们走向国外。他们充分利用机会去获取展现在他们面前的事物的准确的一面。虽然孟加拉亚洲学会的创建者发表的评论令人赞不绝口，但是，他们欠缺的，是将他们的所得回馈到自己的国家。皇家亚洲学会将致力于整理那些从东方带来的宝贵知识，包括收集的文本的和记忆的信息。皇家亚洲学会将通过公共或私人的方式储存从东方收集的文稿和书籍，同时，展示那些因为学者们的谦虚而未能公布于世的文件和手稿。

　　因此，英国需要创建这样一个学会，它拥有和它的父辈学会——孟加拉亚洲学会一样的理念。这个理念也是其他亚洲学会欣然接受的理念，它同样激励着在国外旅居的人通过自己的努力提升知识，并在回国后继续发挥他们的作用。它将致力于收集分散的材料，并将其出版。它将会促使那些在公共图书馆和私人图书馆收藏的东方文学财富进一步被研究。同时，只有和印度那些亚洲学会进行真诚的合作，彼此帮助，才能最终达到我们最想达到的目标：通过欧洲科学的扩散来提升亚洲的知识。从英国的角度，如何才能达到这个目的呢？这就是我们相聚在一起的目的。

　　为了这个目的，我们的力量必须一致，为了推进这项计划，我们必须团结在一起。我们已经有了如何实现目标的方法——一门新的学科的创建，我坚信，随着它的发展，它必然会成功并使众多英国海外统治下的人受益，并且显著地使英国和亚洲一起走向繁荣。④

从科尔布鲁克的演讲可以看出，皇家亚洲学会的创建是孟加拉亚洲学会在英国本土的延伸，是英国东方学研究成果向英国本土的传输和发扬。科尔布鲁克没有止步于在英属殖民地研究东方学，他创办皇家亚洲学会的最大动力之一在于将殖民地的东方研究成果整理、传输给英国大众。他明确指出："他们（指孟加拉亚洲学会的学者们)欠缺的,是将他们的所得回馈到自己的国家。"英国东方学不应止步于为殖民主义提供相关的知识,而应更进一步将东方研究成果传递到英国,使英国民众更加了解亚洲,了解英国在印度的殖民统治。同时,皇家亚洲学会作为亚洲学会的本部,目的在于联通更多的亚洲学会,在学术层面干预亚洲,构建东方学的体系。它最终要达到的目的是"寻找一条英国(和亚洲一起)走向繁荣的路径"。科尔布鲁克指出:通过欧洲科学知识的传播来增强亚洲的知识,最大的方法就是对东方学的构建——在学术上将东方和欧洲汇合,以寻求一条通往繁荣的道路。要做到这些,就必须联合所有能够联合的亚洲学会,彼此协助。

科尔布鲁克在皇家亚洲学会创建之后极力促成皇家亚洲学会与其他亚洲学会的联合。他在写给孟加拉亚洲学会一位资深秘书的信中说到:"我很期待皇家亚洲学会能够和加尔各答亚洲学会联合起来。同时,我也将进一步促使皇家亚洲学会与马德拉斯和孟买文会的联合。"1829年,孟加拉亚洲学会成为皇家亚洲学会的分会。两个学会的会员可以在不需要获得正式邀请的情况下进入另外一个学会的图书馆,并且可以参加彼此的会议。⑤皇家亚洲学会和孟加拉亚洲学会的联合是英国东方学本土化发展的必然选择,同时,它们的联合进一步推进了其他亚洲学会与皇家亚洲学会的联合。

(二)孟买亚洲学会

孟买亚洲学会比皇家亚洲学会的历史更悠久,它的前身是创办于1804年11月26日的孟买文会。孟买文会的研究范围不仅仅包括印度,还包括了更多东方地区。1819年至1823年,孟买亚洲学会出版了四开本的会报。1827年12月5日,时任孟买亚洲学会会长的约翰·马尔科姆(皇家亚洲学会的创始人之一)在一次特别会议上提议道:应该将孟买文会与皇家亚洲学会联系起来。这个建议非常顺利地实施了。1829年1月,孟买亚洲学会正式成为皇家亚洲学会孟买分会,直到1955年学会更名为"孟买亚洲学会"。⑥成为皇家亚洲学会的分会之后,孟买亚洲学会将它的会报送到了伦敦,在皇家亚洲学会的《会报》或者《会刊》中出版。直到1841年,学会开始出版自己的独立刊物。最开始的期刊和加尔各答学会会刊一样,包括了科学研究。1873年,孟买亚洲学会和孟买地理学会合并。

但是，1883 年，孟买自然学会、历史学会创建并于 1886 年开始出版自己的会刊。从此，孟买亚洲学会将自身刊物的研究范围限定在历史、文学和哲学的范围内。[⑦]从孟买亚洲学会和皇家亚洲学会的关系发展以及孟买亚洲学会对自身研究范围的调整可以看出，孟买亚洲学会经历了依附、独立、专业化的过程。孟买亚洲学会在成为皇家亚洲学会分会之后，一度放弃了出版自己刊物的机会，甚至将会报交给皇家亚洲学会出版，这在一定程度上补充了皇家亚洲学会出版物的内容，但也在很大程度上削弱了孟买亚洲学会的影响力。学会会刊是学会学术成果发布的重要平台，也是学会学术独立的重要标志，学会期刊的质量在一定程度上显示了学会的研究能力。直到 1841 年，孟买亚洲学会拥有了自己的期刊。随后，学会对会刊内容做了调整，将其研究范围限定在文史哲三方面，这使孟买亚洲学会的研究更为纯粹化、专业化。

（三）印度其他学会

除了联合以上两个著名的亚洲学会以外，皇家亚洲学会也努力和其他富有特色的学会建立联系。如"马德拉斯文会（The Madras Literary Society）"，"比哈尔研究会（Bihar Research Society）"以及"班加罗尔神话学会（The Mythic Society of Bangalore）"。马德拉斯文会创办于 1812 年，据皇家亚洲学会委员会的报告称，1828 年 3 月，一位名为库姆斯的工作人员将要回马德拉斯，皇家亚洲学会委员会决定让他带信给总督，试图和马德拉斯文会建立更加紧密的联系。1829 年 1 月，皇家亚洲学会附属学会（Auxiliary Branch of the Royal Asiatic Society）在那里建立。经过沟通，两个学会合并后成为皇家亚洲学会的分会——马德拉斯文会和皇家亚洲学会附属学会。文会在 1827 年出版了一份会报，新的学会从 1834 年开始负责《马德拉斯文学与科学会刊》。会刊在 1866 年到 1877 年停刊，1882 年到 1885 年再次停刊。在 1894 年停刊之后就再也没有出版过任何刊物。[⑧]皇家亚洲学会是英国各个亚洲学会的总部，它力求吸收和联系英国在东方建立的众多研究会，旨在不断地提升英国对东方的把握程度，以更好地研究亚洲，提升英国对亚洲的知识。在"知识就是力量"的逻辑下，对亚洲研究程度和把握程度的提升就是对亚洲控制力量的提升，因此，每个学会都应该紧紧地围绕在皇家亚洲学会的旗帜之下，成为凝聚在一起的力量，这是科尔布鲁克在皇家亚洲学会开幕词中的极力推进的一项东方学事业。

如果说皇家亚洲学会是树干的话，那么各个分会就是树枝，有的学会因为自身研究内容的局限，在完成自身研究任务之后就停止了生长，被逐渐抛出英国东方学研究的主流之外；有的学会则在新的时代下，不断调整自身的研究内容和研究宗旨，在东方不同国家形成自己的研究特色。1915 年，比哈尔研究会创建于本迪布尔，名为"比哈尔和奥里萨研究会"，它的研究内容包括历史学、考古学、钱币学、人类学、民俗学和语言学。该学会在 1924 年 8 月申请成为皇家亚洲学会的分会，同年 12 月该项申请得到了皇家亚洲学会的认可。但是，奥里萨研究会在 1943 年与总部失去联系。学会拥有一份从 1915 年开始出版的刊物。⑨"班加罗尔神话学会"创建于 1909 年 5 月。该学会旨在"鼓励并研究印度人种学、历史、宗教，以及与此相关的问题"。它于 1924 年 1 月成为皇家亚洲学会的支会。1909 年 10 月开始出版会刊。⑩这些学会充分地研究了印度的各种问题，使英国印度学的基础更加牢固，研究成果更为丰富。它们和皇家亚洲学会共同构建出英国印度学的知识体系，印度学也成为皇家亚洲学会乃至英国东方学研究成果最丰富的国别研究。

二、中国学

（一）香港皇家亚洲学会

中国的亚洲学会是在皇家亚洲学会的影响下创办的，它在一定意义上可以称为皇家亚洲学会的子辈学会。在中国，最先创建的亚洲学会是"中国亚洲学会"，它于 1847 年在香港成立，现名是"香港皇家亚洲学会"⑪。香港皇家亚洲学会源于 1845 年创建的"医疗外科学会（Medico Chirurgical Society）"，当时的提议是将这个学会转变为哲学研究会。但是，时任香港总督的约翰·弗朗西斯·戴维斯（John Francis Davis，1795—1890，中文名：德庇时）⑫是皇家亚洲学会的成员，他在 1844 年来香港任职时，与皇家亚洲学会会长奥克兰（George Eden, 1st Earl of Auckland, 1784—1849）⑬探讨在香港建立皇家亚洲学会分会的可能性。1847 年 1 月 19 日，香港总督德庇时和外国侨民史丹顿、梅赛、布莱顿、坎贝尔、肯尼迪、巴佛等人聚集在一起，一致表决"成立一个学会，以调查研究中国之艺术，科学文学，天然产物"。⑭为促进西方对中国及其他亚洲各国的认识，学会成立时被命名为"中国亚洲学会"。⑮学会通过举行讲座、安排访问及海外考察团、出版学术性年报及刊物等方式，推广、促进英国对中国和亚洲各国文化认知的活动。1847 年，学会正式成立，德庇时是香港分会的首任会长。同时，德庇时也成为中国亚洲学会和皇家亚洲学会之间的重要桥梁，在他的努力下，中国亚洲学会于同年加入皇家亚洲学会。在他的就职演讲中，他强调应该像重视文学一样重视自然历史、植物学和地质学，同时建议学会应帮助当地建立植物园。植物园建得非常成功，却不在学会的管理之下。中国亚洲学会在 1847 年至 1859 年出版了六期会报。最后几年，中国亚洲学会受到各种纠纷的影响，陷入困境。1859 年，总督辞职，秘书辞世。虽然经过新的总督（之后的会长）威廉·罗便臣（Sir William Robinson，1836—1912）⑯和著名中国古典文学翻译家理雅各（James Legge，1815—1897）⑰的不断努力，学会还是难以重整，于 1859 年停办。1914 年，学会试图和新成立的大学（香港大学）联合，但没有任何结果。直到 1959 年 12 月，这个决定才被采纳。1960 年 4 月，学会正式复兴，从那一年开始发行期刊。⑱香港皇家亚洲学会在香港总督的促进下创办，它的创办为英国进一步研究中国提供了很好的研究模式，它汇集了著名的英国汉学家，使英国的汉学研究不断壮大，不断走向英国本土。同时，香港皇家亚洲学为英国研究东方提供了重要的资源，它和皇家亚洲学会的联合在英国汉学和东方学之间建设了一座桥梁。

（二）皇家亚洲学会（中国）上海分会

皇家亚洲学会在中国的第二个分会是"皇家亚洲文会华北分会"⑲。1857 年 9 月 24 日，文会在上海图书馆阅览室召开了第一次会议，共有 18 人参会。裨治文⑳为第一任会长，学会的名称被定为"上海文学与科学学会"。学会成立时，荷巍尔威就说："相信随着与皇家亚洲学会的交往，我们将证明自己是它的一个重要分支。"学会章程第五条规定："如果可能的话，学会就加入皇家亚洲学会。"1858 年 7 月 20 日，理事会宣布皇家亚洲学会已同意接收上海文学与科学学会成为其分会，并于 9 月 21 日更名为"皇家亚洲文会华北分会"。学会之所以称为华北分会，是相对于处于南端的香港分会而言的。㉑学会会刊相应的由《上海文学与科学学会会刊》更名为《皇家亚洲文会华北分会会刊》。1861 年 11 月 2 日,学会会长裨治文去世,学会活动一度停止。1861 年 10 月 15 日(星期二)是学会最后一次正常会议,直至 1864 年 3 月 1 日,学会重新正常发展。但学会的活动地点一直没有确定,直至 1871 年,学会才有了属于自己的永久会馆。[22]《皇家亚洲文会华北分会会刊》于 1858 年创办,该刊是当时英语世界重要的汉学刊物,主要发表外国人研究中国的文章。1861 年 10 月,该刊因分会解散而停刊,1864 年又随分会恢复而续办。[23]学会拥有自己的图书馆和博物馆,为中国学研究和东方学研究的深入开展提供了诸多便利和展示成果的舞台,同时也为在华外国人提供了了解中国知识的最佳渠道。[24]学会的主要学术活动包括提供相关的文献和藏书,组织讲座,研讨会,以及出版相关课题的研究成果。其学术水平被认为是同类组织中最高级的。[25]1911 年到 1941 年是皇家亚洲学会华北分会的兴盛时期。经过半个多世纪的积累,19 世纪末到 20 世纪初,欧美各国的汉学研究开始进入新的认识期,上海也发展成为文化中心、走向文化艺术中心的趋势也日益明显。文会也实现了由一个调查机构向国际学术机构转变。1930 年,一位英国外交官赞扬"文会是上海的一盏明灯"。由于中日战争和第二次世界大战的爆发,加上 1941 年后,许多欧美外侨纷纷离开上海,文会资金较为短缺。当时的政治环境对学会发展很不利,1941 年刊物停刊,但讲座继续。太平洋战争爆发后,所有的活动都停止了。1946 年和 1948 年会刊出版两期之后就再也没有刊物出版。1949 年前夕,文会将一部分图书、文物运出中国。[26]1952 年 5 月 19 日,全体会议在上海举行,决定终止学会的活动,将图书馆、博物馆和其他资产赠给中国[27],学会自此停止运行。

半个多世纪之后,皇家亚洲学会再次回到中国内地。2006 年,它先在杭州设立了一个分会。2007 年初,它的活动地点转移到上海,同年 9 月,该学会以皇家亚洲学会中国分会的名义正式恢复了皇家亚洲学会华北分支的活动,学会正式命名为"皇家亚洲学会(中国)上海分会"[28]。学会认识到必须在其传统的基础上继续发展,去迎接各种挑战和机会,为众多的受众提供平台来开展活动,发展他们的兴趣。除了提供广泛的演讲和活动之外,学会还恢复了它的期刊,并为会员、学者和公众建立了一个新的图书馆。

（三）皇家亚洲学会（中国）北京分会

2013 年 4 月，皇家亚洲学会在北京创建了一个新的分会——皇家亚洲学会（中国）北京分会（RASBJ，The Royal Asiatic Society China, Beijing），赞助人是威尔士亲王。皇家亚洲学会（中国）北京分会由驻京商业领袖、政策专家和一个负责运营的核心团队组成，它是独立的、非营利的志愿者组织，致力于拉近中国和世界的距离；学会通过提供讲座、沙龙、深度文化旅行和专业出版物订阅等服务，帮助会员增强在中国文化、社会、哲学和科学领域的理解。[29]从学会现在的发展状态来看，它是以消费、分享知识为主要目的，它为世界了解中国提供了主要的窗口，为在华的英美学者提供了自由、平等交流的平台。这和皇家亚洲学会在英国东方学界完成本土化和学院化的任务之后走向学会本位一样，是一个分享知识、分享体验的同人学术组织。

从历史层面看，皇家亚洲学会在香港和上海分会有一个显著的特点，即学会的发展存在着一个断裂的时期。上海亚洲文会的历史明显地可以分为两个阶段：一是新中国成立之前，二是新中国成立之后。第一阶段经历了一个世纪的发展历程，在此期间，上海亚洲文会已成为中国境内外国侨民研究中国和东方文化的主要中心。在这一时期，创始人直接影响着学会各项活动的正常进行。因为在中国创建亚洲学会的主要是来华英美人士，一旦重要学者或者是重要创始人因为各种原因离开学会，那么学会很难在短时间内再次拥有一位将学会聚拢起来的核心人物。它不像孟加拉亚洲学会和孟买亚洲学会那样和殖民主义联系密切，可以从大的时代背景出发去做更加宏大、更加厚重的语言、历史、法律等方面的研究，更不像皇家亚洲学会那样，将东方以学术的方式带到英国，向英国广大民众宣传海外殖民思想，寻求民众中的认同，能够在英国本土推动东方学研究不断走向学院化。在中国的亚洲学会，一旦失去重要的学者和领路人就会陷入瘫痪状态，例如，香港分会曾因德庇时的离去而停顿，上海支会曾因首任会长裨治文的去世而中止活动。他们创办学会的目的是了解中国，在接受范围和宣传维度上存在着很大的局限性，更不可能在全社会范围内宣传他们的东方学思想。

这些分会同样经历了重建的阶段。香港在历史上曾被英国占领，在重建的过程中，香港支会比较特殊——它在学术上与香港大学联合，使其东方学研究走向了学院化的发展道路。基于各种历史原因,上海分会在新中国成立后停止活动。改革开放以来,中外交往交流日益密切,为学者们重建亚洲学会提供了良好契机。皇家亚洲学会分会也呈现出新的面貌。新成立的北京分会,更像是同人团体或志愿者团体,它旨在对中国进行认识和探索,拉近中国与世界的距离;学会在举办各种活动时,将学术融入在娱乐中,使体验性、学术性、娱乐性、审美性通过现代化的手段完美地呈现出来,成为一种对中国文化的消费、欣赏和共享。

三、日本学、韩国学

(一)日本亚洲学会

日本亚洲学会[30]也是在皇家亚洲学会的影响下创建的,属于皇家亚洲学会的子辈学会。日本亚洲学会是早期日本学研究中心,它以研究日本语言、文化、历史为主要内容。日本学的历史源头可以追溯到江户时代长崎岛的荷兰人。[31]日本明治维新后,欧美人大批涌入,日本的历史文化等引起欧美人广泛关注。1872 年 10 月,欧内特斯·萨道义(Sir Ernest Satow, 1843—1929)[32]、弗雷得里克·迪金斯等一批侨居日本的欧美外交官、学者、商人和传教士在横滨成立日本亚洲学会,学会的宗旨是“收集、出版有关日本和亚洲其他国家的知识”。日本亚洲学会的创建在日本,尤其是欧美人聚集之地的横滨和东京,掀起了研究日本的热潮。学会经常在这两座城市举行学会会议。

据《皇家亚洲学会:历史与财富》一书记载:日本亚洲学会在 1873 年以横滨亚洲学会的身份申请并获得认可加入皇家亚洲学会。1911 年 6 月,皇家亚洲学会委员会接到日本亚洲学会要求终止联系的申请,这在很大意义上是因为误解了两个学会联系的含义。皇家亚洲学会在 1912 年 5 月指出:“皇家亚洲学会不会干涉任何其他分会。”随后,日本亚洲学会认可了其附属关系,学会之间的关系更加的密切。但是,随后,这种关系中断了一段时间。1936 年,日本亚洲学会再次正式成为皇家亚洲学会的分会。[33]此外,据中国学者研究,1915 年,日本亚洲学会创始人之一威廉·格里菲斯在读完麦克考利《日本亚洲学会历史回顾》的文章后,写信补充了学会成立的一些情况,论述了皇家亚洲学会和日本亚洲学会关系建立的曲折过程。

日本亚洲学会一直和皇家亚洲学会有着学术交流。1873年,日本亚洲学会理事会在年度报告中提到,学会与英国皇家亚洲学会存在互换刊物的情况。[34]但是,互换刊物并不能代表日本亚洲学会成为皇家亚洲学会的支会。1874年,日本亚洲学会开始创办了一份英语刊物《日本亚洲学会学刊》。[35]会刊专门刊载居留日本的欧美人士对日本的观察与研究,也兼及其他亚洲国家与地区,面向日本海内外发行。该刊物是英语世界早期开展大规模日本研究的物化体现。[36]自1937年起,《日本亚洲学会学刊》在封面注明:该学会附属于皇家亚洲学会,但学会的名称保持不变。[37]1940年到1948年间,因为中日战争等原因停刊。

日本亚洲学会与英国皇家亚洲学会的关系,体现了它要求与皇家亚洲学会保持相对独立的姿态。日本是亚洲主动西化且没有被殖民的国家,日本亚洲学会和其他亚洲学会的创建背景不能一概而论,它在研究日本和亚洲时也有着与其他亚洲学会不一样的视角和高度。在研究日本时,它能够跳出殖民与被殖民之间各种纠纷的泥潭,更好地对日本进行深入的研究。但是,从日本亚洲学会的发展史可以看出,它的发展深受中日关系的影响。作为东方国家,日本自身的环境和它在东方历史上所扮演的角色,使日本亚洲学会的研究必然涉及到整个亚洲。日本亚洲学会与皇家亚洲学会的密切联系,使日本学研究成果走向英国,成为英国乃至欧洲认识日本的一个窗口,同时也使日本学研究成为审视东方、东洋的一个重要参考。

(二)皇家亚洲学会韩国分会

皇家亚洲学会韩国分会[38]创建于1900年6月,主要研究"韩国及其周边国家的艺术,历史,文学,文化"。作为较晚成立的子辈亚洲学会,它在一开始就试图成为皇家亚洲学会的分支。1900年11月,它成为皇家亚洲学会分会,并出版第一期会报。韩国分会经历了风云多变的政治动荡,受日俄战争、日本全面"扩张"政策的影响,学会基本上停止了活动。在1902年至1911年间,学会虽举行会议,但并没有分享任何论文。1912年,学会会报恢复发行,之后20年,学会基本上处于平稳的状态。随后,受日本侵华、太平洋战争影响,学会基本上停止活动。1940年至1949年间,会报停止发行。1947年后,学会能够正常召开会议。1950

年 6 月,因为朝鲜战争,汉城被占,学会形同虚设,但是,学会会员和香港的出版集团合作出版了第 XXXII 期会报。1956 年 1 月 22 日,学会在英国公使馆举行非正常会议,决定重组学会,从那时开始,学会持续发展。[39]相对于其他亚洲学会,皇家亚洲学会韩国分会建成的时间较晚,在发展壮大前就遭受了 20 世纪战火的干扰和破坏。但是,皇家亚洲学会韩国分会在发展中,也更多地与中国、日本、韩国、朝鲜、俄国、英国发生了历史性的关联,这使其研究天然地具有着东方区域特性。

四、马来西亚学、缅甸学、斯里兰卡学

(一)马来西亚皇家亚洲学会

皇家亚洲学会马来西亚分会[40]是马来西亚吉隆坡的学术团体,其前身是 1877 年 11 月创建于新加坡莱佛士书院的"海峡亚洲学会",主要职能是"收集和记录马来半岛和群岛的科学信息,致力于收集、记录和传播有关马来西亚、新加坡和文莱的地理、历史和文化信息"。学会通过创办期刊和开展其他学术活动来鼓励学者对该地区的研究。它曾经以"海峡分支"的身份加入皇家亚洲学会,1923 年 1 月 1 日成为"马来分会",并于 1964 年 2 月 29 日更名为"马来西亚分会"。学会期刊从 1878 年开始发行。[41]尽管它隶属于皇家亚洲学会,但由于马来西亚、新加坡和文莱等国政府的财政支持,它完全是自治的。在伦敦,马来西亚分会会员可以使用皇家亚洲学会的图书馆设施。

(二)缅甸研究会

缅甸研究会(Burma Research Society)由弗尼沃尔创建于 1910 年,它代表着一代缅甸人和欧洲人在研究缅甸问题上的积极性和主动性。1924 年,缅甸研究会成为皇家亚洲学会的分会。1980 年,该会曾在仰光大学(Rangoon University)举行成立 70 周年庆祝大会,但很快学会就解散了,其期刊也停止出版。[42]

1911 年,学会开始发行自己的会刊。[43]七十年来,该会的会议和期刊一直是对缅甸进行热烈讨论和研究的平台。《缅甸研究会会刊》(*Journal of the Burma Research Society*, JBRS)出版了 59 卷,共有 377 位作者,涉及 631 个主题。《缅甸

研究会会刊》过去是,现在仍然是关于缅甸的首要研究期刊,它不但为缅甸研究积累了重要的研究成果,也为后来缅甸学的发展提供了重要的参考资料。

(三)斯里兰卡皇家亚洲学会

斯里兰卡皇家亚洲学会[41]成立于 1845 年,是早期斯里兰卡研究的中心。它以皇家亚洲学会分会的身份创建,1846 年 1 月成为皇家亚洲学会的分会。自1845 年起,学会正式出版《斯里兰卡皇家亚洲学会会刊》,有新、旧两个系列。其中,新会刊主要发表学术论文,区别于只提供给会员的有关年度会议、会务的文章。斯里兰卡皇家亚洲学会拥有一个图书馆,面向公众开放。2017 年,学会发布了新的章程,再次强调了学会和皇家亚洲学会的关系。结合新时期斯里兰卡研究面临的问题,学会将研究、教育、资源、学会活动、对外交流、公益事业等方面结合在一起,使学会在新的时期散发出活力。

总结

英国东方学是在英国殖民东方的历史背景下发展起来,它曾为英国殖民东方提供了知识上的力量。它发展的源头在亚洲,英国东方学的开创者——威廉·琼斯在印度的东方研究为英国东方学的发展开辟了典范的研究路径。经过近40 年的发展,从印度归来的著名东方学家科尔布鲁克在伦敦成立了皇家亚洲学会。作为英国本土东方学研究中心,皇家亚洲学会的学术发展模式吸引着身处亚洲各国的英国学者,他们在亚洲各国和地区纷纷创建了亚洲学会。这些学会使英国东方学能够碰触到第一手的研究资料,使其研究的触角更加灵敏,进而更好地为殖民统治提供思想依据。同时,它们为亚洲文化走向世界搭建了桥梁,既是研究亚洲文化的一盏盏明灯,又是早期英国东方国别研究的滥觞、中心和重镇。

学会分会为英国东方学研究提供了国别研究上的参考,使其更好地从国别研究上升到区域整合研究的层面。皇家亚洲学会及其分会之间互联互动、彼此影响着,呈现出英国东方学在地理分布上的网状结构,很好地展现了英国东方学在历史上的扩展和发展,更好地表明了英国东方学随着英国殖民主义发展变迁的历史事实,更加完整地审视了英国东方学以皇家亚洲学会为中心向亚洲各国不断扩张的历史发展脉络。如今,皇家亚洲学会及其分会在国别研究上走向新的发展阶段,它们更注重学会和教育相结合,各个学会也充分利用新的媒介,提供更为全面的学术资源,开展更加丰富的科研活动,联通更多的学者和学生,以更为丰富的方式分享知识、共享文化,更好地将亚洲各国呈现在世界的面前。

注释:

① Simon Digby, Stuart Simmonds, *The Royal Asiatic Society*: *Its History and Treasures*. London: Routledge, 1979, p.15.

② Simon Digby, Stuart Simmonds, *The Royal Asiatic Society*: *Its History and Treasures*. London: Routledge, 1979, p.15.

③ David Kopf, *British Orientalism and the Bengal Renaissance*: *The Dynamics of Indian Modernization 1773—1835*. Berkeley and Los Angeles: University of California Press, pp. 36—37.

④ H.T. Colebrooke, "A Discourse Read at a Meeting of the Asiatic Society of Great Britain and Ireland, on the 15th of March, 1823, "Transaction of the Royal Asiatic Society of Great Britain and Ireland. Vol. 1, No.1(1824), pp. xxii—xxiii.

⑤ Simon Digby, Stuart Simmonds, *The Royal Asiatic Society*: *Its History and Treasures*. London: Routledge, 1979, p.15.

⑥ Simon Digby, Stuart Simmonds, *The Royal Asiatic Society*: *Its History and Treasures*. London: Routledge, 1979, p.16.

⑦ Simon Digby, Stuart Simmonds, *The Royal Asiatic Society*: *Its History and Treasures*. London: Routledge, 1979, p.16.

⑧ Simon Digby, Stuart Simmonds, *The Royal Asiatic Society*: *Its History and Treasures*. London: Routledge, 1979, p.16.

⑨ Simon Digby, Stuart Simmonds, *The Royal Asiatic Society*: *Its History and Treasures*. London: Routledge, 1979, p.16.

⑩ Simon Digby, Stuart Simmonds, *The Royal Asiatic Society*: *Its History and Treasures*. London: Routledge, 1979, p.17.

⑪ 香港皇家亚洲学会网址：http://www.royalasiaticsociety.org.hk/，2019 年 1 月 9 日访问。

⑫ 约翰·弗朗西斯·戴维斯（John Francis Davis，1795—1890），英国人，中文名德庇时。1844 年 5 月 7 日，戴维斯抵港，次日就职第二任香港总督，并兼任英国驻华公使，直至 1848 年 3 月 21 日。他是一位中国通，对中国文化很有研究，1876 年获英国牛津大学荣誉博士学位。

⑬ 乔治·伊登，奥克兰第一伯爵（George Eden，1st Earl of Auckland，GCB，PC，1784—1849），1836 年至 1842 年间担任印度总督。皇家亚洲学会第四位会长。

⑭ "Asiatic Society of China", Chinese Repository, Vol. XVI., 1848. p.93.

⑮ 参见王毅《皇家亚洲文会北中国支会研究》，上海书店出版社，2005 年，第 9 页。

⑯ 威廉·罗便臣（Sir William Robinson，1836—1912），英国人，第 11 任港督，1898 年 2 月期满离任。香港并没有任何地方以威廉·罗便臣爵士命名，"罗便臣道"其实是以第 5 任港督夏乔士·罗便臣爵士命名的。

⑰ 理雅各（James Legge，1815—1897），苏格兰汉学家、传教士和学者，他最广为人知的身份是多产的中国古典文学翻译家。理雅各是伦敦传教士协会在马六甲和香港（1840—1873）的代表，是牛津大学的第一个中文教授（1876—1897）。他与马克斯·麦克勒尔合作，出版了东方系列的不朽圣书，并于 1879 年至 1891 年间出版了 50 卷。他对儒学的尊重引起了争议。

⑱ Simon Digby, Stuart Simmonds, *The Royal Asiatic Society*: *Its History and Treasures*. London: Routledge, 1979, p.17.

⑲ 皇家亚洲文会华北分会（North-China Branch of the Royal Asiatic Society），是近代一个重要的中外文化交流中心，也是远东地区最早的汉学机构，在中国历时近百年。在此期间，它不仅从事中西文化交流活动，而且也为近代国际汉学的发展起到过一定的作用。

⑳ 裨治文（Elijah Coleman Bridgman，1801—1861），是新教美国公理会在华传教士，美国马萨诸塞州人。裨治文携妻伊莉莎移居上海的第二年，即创立"上海文学与科学会"，每月召集学人聚会交流，并印行学报。不久，该会更名为"皇家亚洲学会华北分会"，裨治文自任会长。

㉑ 胡道静：《上海博物院史略》，《上海研究资料续集》，上海书店，1993 年，第 393 页。

㉒ 胡优静：《英国 19 世纪的汉学史研究》，学苑出版社，2009 年，第 49 页。

㉓ 熊文华：《英国汉学史》，学苑出版社，2007 年，第 214 页。

㉔ 胡优静：《英国 19 世纪的汉学史研究》，学苑出版社，2009 年，第 48 页。

㉕ 熊文华：《英国汉学史》，学苑出版社，2007 年，第 226 页。

㉖ 马军：《博物院路与中西文化交流》，《读书》2002 年第 1 期。

㉗ Simon Digby, Stuart Simmonds, *The Royal Asiatic Society*：*Its History and Treasures*. London：Routledge，1979，p.19.

㉘ 皇家亚洲学会(中国)上海分会网址：http://www.royalasiaticsociety.org.cn/，2019年1月9日访问。

㉙ 参见皇家亚洲学会(中国)北京分会网址：http://www.rasbj.org/about_us.php，2019年1月9日访问。

㉚ 日本亚洲学会网址：http://www.asjapan.org/，2019年1月9日访问。

㉛ 北京大学日语研究中心编：《日本学》(第二辑)，北京大学出版社，1990年。

㉜ 欧内特斯·萨道义爵士(Sir Ernest Satow，1843—1929)，长期担任英国外交官，自1862年起先后被派往日本、暹罗、乌拉圭、摩洛哥和中国。他在日本工作二十多年，1895—1900年出任英国驻日公使，1900—1906年担任英国驻华公使。萨道义的外交思想对西方国家的外交队伍建设具有重要影响，其代表作是《外交实践指南》。

㉝ Simon Digby, Stuart Simmonds, *The Royal Asiatic Society*：*Its History and Treasures*. London：Routledge，1979，pp.17—18.

㉞ *The First Annual Report of the Council of Asiatic Society of Japan*，*Transactions of the Asiatic Society of Japan*. Vol. I. 1872—1873：vi.

㉟ 聂友军：《早期〈日本亚洲学会学刊〉的学术影响》，《日语学习与研究》2013年第3期。

㊱ 聂友军：《早期"日本学"与日本亚洲学会》，《日本研究》2016年01期，第49页。

㊲ 聂友军：《早期"日本学"与日本亚洲学会》，《日本研究》2016年01期，第55—56页。

㊳ 皇家亚洲学会韩国分会网址：http://www.raskb.com/，2019年1月9日访问。

㊴ Simon Digby, Stuart Simmonds, *The Royal Asiatic Society*：*Its History and Treasures*. London：Routledge，p.18.

㊵ 皇家亚洲学会马来西亚分会网址：http://www.mbras.org.my/，2019年1月9日访问。

㊶ Simon Digby, Stuart Simmonds, *The Royal Asiatic Society*：*Its History and Treasures*. London：Routledge，1979，p.18.

㊷ 参见 http://igpweb. igpublish. com/igp/journal-of-the-burma-research-society-jbrs-ejournal，2019年1月9日访问。

㊸ Simon Digby, Stuart Simmonds, *The Royal Asiatic Society*：*Its History and Treasures*. London：Routledge，1979，p.17.

㊹ 斯里兰卡皇家亚洲学会网址：http://www.royalasiaticsociety.lk/，2019年1月9日访问。

东南亚华人流散族群及其文化、文学特征

杨中举

　　摘　要:东南亚华人流散族群在长期的流散过程中主动参与东南亚地区的开发、建设、管理,积极融入当地社会,在种族、文化、教育、经济、宗教信仰等领域与当地土著文化、其他外来文化有机杂合,构建了规模巨大、影响深远的东南亚华人流散文化圈,为流散文化、文学的生成提供了空间,创造了混杂化的流散文化、文学成果。东南亚华人流散文学由于其处于中华文化传播的重要地带,是汉文化辐射圈近里的部分,获得了独特的生成空间,也因地理空间的相近容易受到母国的影响,从而促进了东南亚华人流散文学"中国味"与"本土味"的融合。

　　关键词:东南亚;华人流散族群;华人流散文学;流散文化生成空间

　　东南亚地区由于地理上、文化上与中国相近,成为华人移民的首选或必经之地,华人流散族群在东南亚生存发展的历史长、数量多、融入快,形成了规模巨大、影响深远的东南亚华人文化圈,种族融合、文化融合、教育融合、经济融合、宗教信仰融合等广泛而深入。因此东南亚华人流散族群最庞大也最典型,其创造的文化与文学具有鲜明的流散特征与广泛影响,是我们理解人类流散行为及流散文化生成的重要标本。

---

　　* 杨中举,临沂大学传媒学院三级教授,文学博士。本文系作者主持的国家社科基金一般项目"流散诗学研究"(13BWW065)阶段性成果。

一、东南亚华人流散族群及其流散文化特征

据中国古籍记载,远在西汉时期,中国前往印度的僧侣和商人,就经海路到过马来西亚。班固《汉书·地理志》云:

> 自日南障塞(郡比景,今越南顺化灵江口)、徐闻(今广东徐闻县)、合浦(今广西合浦县)航行可五月,有都元国(苏门答腊);又船行可四月,有邑卢没国(今缅甸勃固附近);又船行可二十余日,有谌离国(今缅甸伊洛瓦底江沿岸);步行可十余日,有夫甘都卢国(今缅甸伊洛瓦底江中游卑谬附近);自夫甘都卢国船行可二月余,有黄支国(今印度马德拉斯附近)……自黄支船行可八月,到皮宗(今马来半岛克拉地峡的帕克强河口);船行可二月,到日南(今越南中部)、象林(今越南广南潍川南)界云。黄支之南有已程不国(今斯里兰卡),汉之译使自此还矣。

这一记载涉及越南、新加坡、马来西亚、印尼、缅甸、印度,这表明东南亚、南亚地区在汉代早已经是中国对外商业交流的主要地区,也是汉代海上丝绸之路的主要路线,为后来唐宋对外交流的主要通道。宋朝政治、经济重心的南移,促进了中国和南洋的贸易往来,再加上航海技术的进步,为华人出国经商和谋生、移居南洋提供了条件。到明朝,郑和七次下西洋,中国与东南亚的政治和贸易往来空前繁荣,南洋华侨人数增多,华人流散群体形成。16世纪西方殖民者东来后,为了掠夺东南亚的丰富资源,急需中国劳动力,于是契约华工首先在荷属东印度地区兴起,以后在英属马来亚地区得到发展,鸦片战争后达到高潮,光绪以后契约华工制开始衰落。从中国港口(主要在广州、福建这两个气候湿热地区)运往东南亚的"猪仔"(契约华工)主要以新加坡为集散地,再由新加坡运往各处。许多契约华工寻找机会脱身,获得了人身自由,继续留在东南亚,成为流散华人的主要成员,也成为传播中国文化、吸收外来文化的特殊文化群体。

东南亚华人流散群体的文化后果,与其他地区、国家华人流散群体的文化后

果不同,具有其独特性:他们在长期的流散过程中构建了与唐人街不一样的华人社会,其规模、作用远远超出了一般意义上的华埠,而是在海外建立了华人独立的社会、政治、经济、教育、文化、管理等各领域的体系,或者说是华人开拓了南洋地区,赋予许多没有文化和经济开发的地区以文化和经济价值,给没有人烟的地方带去繁荣,从这个意义说,华人流散群体是东南亚地区的开发者、建设者、管理者。华人作为东南亚地区开拓者、建设者的主人公身份具有充分的历史依据,唐宋元明清各代,华人就是这一地区的开拓者、建设者、管理者,而且从来没有间断,特别是明代华人在南洋建立的"亭"、龙飞纪年、洪门公司体系、甲必丹管理制度等①,有更大的自由组织权、管理权、开发权、自主自治权,这与华人华工在欧洲、美洲等地受压迫、歧视、剥削等的经历大大不同。这种流散族群创造的文化,自愿自主意识强烈,但又不是西方殖民主义者那种以武力侵略的形式开展,而是由逃难型(逃避国内朝代更替等)转变为主动融入型、开拓型参与。

这种特殊文化后果的形成还得力于东南亚各国在西方殖民者到来前没有霸权主义的土壤,这为华人的生存提供了较好的条件。在印尼,荷兰殖民者到来之前,华人与当地人的关系是平和友好的,是典型的和平移民,且带来了中国先进的技术与文化,社会政治地位较好。主要表现为印尼人普遍对华人友好,任命华人官员,华人伊斯兰教徒受人尊敬,很多地名以中文命名等这都说明了华人在印尼与西方不同。这种良性的移民生态,为华裔群体融入印尼带来了方便,种族、文化、信仰等融合较好。据各种考古发现证明,公元前后,也就是汉代,中国人就来到印尼,带来了丰富的汉文化,荷兰考古学家海涅·赫尔德恩(Heine Geldern)、奥赛·德·弗林尼斯(Orsey de Flines)、雅加达博物院的人员在20世纪三四十年代在印尼各地发现了汉代的石碑、陶器②。其后的唐宋元明时代,中国人来印尼者更多,形成了较为独立的华人流散社区,对中国与东南亚交流产生了重要影响,对文化的产生与传播发挥了重大作用。

但是荷兰殖民者到来后,挑拨民族关系,特别是"二战"后,苏哈托政府采取排华政策,给华人社会带来了巨大损害,也严重损害了当地人的利益。这正证明了和平移民与移民政策变化对流散族群的重要性。但是移民流散者与当地族群的相遇、交流、融合是一个漫长的过程,这个过程中文化的相互借鉴与融合又是主观人为的、外力无法彻底阻拦的,由于华人流散移民在印尼长期存在的历史,从中国将母国文化带到了印尼,几代土生土长的印尼华人从语言、文化、行为、习惯上已经把两种文化结合起来,创造了独特的流散文化空间——印尼华人文化。它是一种融合两种主要文化的复合文化,不断"当地化"——本土化,又坚持"母国化"——保留故土文化的混合流散文化,所以印尼华人流散文化既有别于在印尼的少数民族文化,又不同于中华文化,是移植到印尼的中华文化与当地文化综合并融合而成的;正如有学者在论及印尼华人文化时所言:"它是印尼华人的族群标识,是一种相对独立的民族(部族)文化,即华人'部族'文化;印尼华人文化复合了大量的中华文化和非中华文化的要素,与生俱来就是中华文化与在印尼的各异族文化进行对话交流的重要中介,是印尼华人、印尼各民族(部族)的共同财富。"③

在泰国、缅甸、菲律宾、马来西亚、新加坡等地基本上呈现出同样的规律,在葡萄牙、荷兰、西班牙、美国、法国、英国等西方殖民主义、霸权主义到来之前,华人流散族群与所在地国家人民之间基本上保持了平等关系。殖民者入侵之后,把西方的种族主义、极端民族主义带到了东南亚,成为他们离间华人与原居民关系的阴谋手段,也成为后来一些排外政府和民族主义至上者打压华人的借口,严重损害了流散群体与原居民的关系,在很多人心中种下了对华人的偏见,产生了长远的恶劣后果。

菲律宾是中国的邻国,与华人交流历史最长,马来族很大一部分具有中国南方人血统,天然与华人血脉相通:"中菲关系的起源或开端,甚至能追溯到西班牙的十字架和宝剑赢得对菲律宾土地的控制之前很久很久的史前时代。"④一直到17世纪,菲律宾华人与本地居民关系良好,为菲的发展做出了重要贡献。而此后西班牙、美国殖民者占领菲后,采取种种措施限制华人,甚至制造事端,对华人进行屠杀,造成了严重后果。直到"二战"前,大部分华人还不能真正融入当地社会,只是把菲当作暂居之地。⑤"二战"后,由于复杂的国际形势,菲国禁止华人移民,在经济各行业实行"菲化",由菲律宾当地人专营,导致了华人生存的艰难;改革开放后,新移民到来后,这一局面才得以改变。第二、三代菲律宾华裔、部分新移民逐渐从民族、经济、文化、政治等层面开始认同菲国。但华人流散社会与当地社会的良性融合将是一个长期而复杂的过程:"对于菲律宾的华人社会何时才能完成定居化过程,则取决于菲律宾政府和社会对待华人的政策和态度,以及华人认同菲律宾的程度,当然,其中也包括中国对华人所起的作用。"⑥

马来西亚也是与中国邻海国家,华人流散社会的形成同样较早。汉代就有记载表明中国与马来西亚有交流。到宋代航海技术发达后,来马来的华人才增多。元明两代,贸易增多,开始出现初期的华人定居现象;到清代中期,英国殖民者占领槟城,开发马来地区需要劳工,从中国引入了一大批务工人员,壮大了华人社群。到19世纪末20世纪初,由于清政府腐败,国外势力入侵中国,中国人生存环境恶劣,这时东南亚地区也早就在殖民者的统治之下,需要大批的工人、农民、种植业者,内推外拉,又促使一些中国人到达马来西亚:"来自东南亚各殖民宗主国的工商资本纷纷进入东南亚,投资铁路、港口、电力、航运、制造业、金融业等,引发对熟练劳动力的需求。传统的采矿、种植、原料加工、商贸等行业也有较大的发展,廉价劳动力仍从中国南方不断涌入东南亚。"⑦这种移民趋势,伴随着动荡的中国,一直持续到1949年新中国成立。这时的华人流散族群已经成为马来西亚的第二大民族,仅次于当地的杜逊族。改革开放后,新移民到来,华人从数量上又有了增加,马来西亚华人群体也经历了积极融入、被接纳,到被隔离排斥,再到融入与接纳的循环过程。在这个曲折进程中,形成了马华流散族体个性,他们建立了较完善的商业体系(建立总商会)、政治参与体系(马华公会为代表)、教育体系(从小学到大学的华文教育体系)、中华文化传承体系和文学创作流派——马华文学流派,既对马亚西亚文化做出了自己的贡献,也发展了自己的族裔文化事业。

1965年新加坡建国前属于马来西亚,华人移居的历史状态基本相同。1819年,第一家华人流散族群的社团曹家馆成立。之后一百多年,四五百家宗亲社团、同乡社团成立,行业职业社团、演艺社团、政治社团、文体社团、慈善社团、宗教社团等也纷纷成立,构成了新加坡这个弹丸之地的独特华人社区文化景观。由于同属东亚南,殖民者把新加坡华人和当地人分而治之,人为造成敌对与歧视,同时殖民地建设需要,也使得大批华人居留,自十九纪末到今天,华人群体一直是新加坡的最大"民族",这与华人在其他地区属于少数族裔大大不同,可以说新加坡就是一个由华裔或华人人口组成的国家。除了殖民统治时期,从文化上看新加坡一直是中国文化的移植之地,历代华人流散群体带来了中国丰富多彩的文化。但是新加坡政府体制继承了西方殖民者的遗产,形成了中国文化与西方文化的碰撞,产生了文化上中国化而政治上西方化的跨界现象。这也是新加坡文化的特殊性所在。

如前文所述,汉代初期中国商人就通过海路将船舶停靠在古时候的泰国地区。三国时期的吴国官员奉旨于公元 245 年出使扶南等国,回国后写了《扶南异物志》和《吴时外国传》,文中提到的金邻国,就在现今泰国境内。到了宋代,中国与泰国的交往增多。从宋代到元代,中国和泰国的交往从最初商贸往来扩展到生产技术的交流。在郑和七次下西洋的航程中,曾两次到达泰国。到了中国封建王朝末期的清朝,中泰两国仍保持密切的交往。清政府一直很重视同南洋国家的贸易经济往来,其中交往较为频繁的国家就属暹罗国,即如今的泰国。泰国的华人流散族群在中泰贸易、文化交流中起着重要作用,也把中国古代文学《三国演义》等翻译到泰国,结果不仅影响了泰国文学,其中的很多战术还被用来指导当地的军事行动、国家管理,影响远远超出文学本身,成为影响政治军事与社会文化的文本。由于华人有较高的生产技能和吃苦耐劳的精神,受到泰国当政者和贵族的欢迎。华人移居泰国,不仅给泰国带来了农业、手工业先进的生产技术,也带来了中国的风俗习惯,传播了中国的传统文明等,促进了中国文化在泰国的传播,对于中泰文化的交流起到了很好的促进作用。

二、东南亚华人流散文学的特征

自唐代到 19 世纪,中国文学古代诗歌和名著就随着流散群体的定居带到了上述地区,如将"四大名著"和《今古奇观》《金瓶梅》《二度梅》《聊斋志异》《金云翘传》《封神演义》《东周列国志》《西流通俗演义》《东汉通俗演义》等原文带到当地或翻译成了当地语言,使中国文学产生了深远影响,既影响了流散移民的文学创作,也对当地文学的发展产生了影响,甚至越南、日本等地语言文字的产生与发展都受到汉语影响。这说明早期流散华人带来的文化,已经与当地文化融合发展产生了良性的效应。

19世纪末20世纪初，这些地区华文报刊的大量出现为华人发布各类文学提供了媒介载体，华人社团为华人文学创作提供了组织保障，华人学校为培养华人作家提供了教育保证。20世纪伴随着辛亥革命、国内战争、抗日战争、解放战争及新中国成立后、改革开放后几次移民潮，流散社群中从事文学创作的人不断增加，很大一部分加入到了东南亚华人流散文学创作中，其作品成为世界华人文学（包括华人文学、华裔文学、华侨文学、华人华文文学、华人移民族裔文学等）中的重要组成部分，但是这些文学中包括一些中国文学的海外版，创作内容与主题仍然是中国文学特色，虽然是移民身份的写作，但仍然从思想内容到创作风格上是中国文学的翻版，自然不能算是华人流散文学，因此本论题在梳理东南亚华人流散文学成就时自然就过滤掉了，主要收录以反映流散群体生活命运与流散文化主题的流散文学。

东南亚华人流散文学由于其处于中华文化传播的重要地带，是汉文化辐射圈近里的部分，因而获得了独特的生成文化空间，由于地理空间的相近也为移民流散群体的交流往来提供了方便，也使得其思想文化精神最容易受到来自母国的影响，和中国内地的文学活动与交流互动更频繁，从而更加促进了东南亚华人流散文学"中国味"与"本土味"的融合。

首先，东南亚华人流散文学比其他地区更具有中国味，其内在的中国文化之根更深。除去西方殖民文化对东南亚的强势殖入，中国文化、文学在这一地区相对发展较早也更丰富，本身就具有文化引领作用。正如新加坡华人流散作家王润华所言："在东南亚，虽然早期受英国或荷兰等西方殖民者统治，在华人移民族群/社区里，来自中国的文化影响力，大于殖民者的文化力量，因为像新加坡、马来西亚在政治独立前，很多华人始终接受私立学校的华文教育，很多移民在政治与文化上，还是认同中国。"⑧再有许多国家文学发展也借鉴了中国文化文学中的因素，这对流散作家进入当地文学圈子，找到创作定位与灵感有益。而这种文化文学背景也容易被居住国居民和流散群体接受，流散作家的创作中自然更加自信地保留了"中国味"、中国特性。

这种文学上的中国味首先体现为流散者知识分子或文学界对中国传统文学

与文化的翻译、介绍与传播,这为流散文学继承融入中国文化文学元素提供了基础。特别是 19 世纪末 20 世纪初,许多承载中国文化的文学作品被引介到东南亚,成为华人思想情感与精神的家园,《梁山伯与祝英台》《陈三五娘之歌》《琵琶记》《西厢记》《三国演义》等被翻译成了当地文字,如马来文等,对土生华人和当原著民都产生了影响,也承载着流散群体对中国文化的回望与记忆:"在爪哇,19世纪末叶的特点是在侨生华人的社会里产生了一种恢复中国文化的热情。"⑨这些传统文学中的爱情或故事,在东南亚华人流散文学中成了一再得到书写的原型。包求安的《上层人物》、史立笔的《美女蛇》、努马的《玛尔西纳姨太太》、陈文金的《阿依莎姨太太》、陈振江的《领带上的钻石别针》等,其中的爱情故事,无论悲喜,都参照了中国传统文学故事模式或原型。

文化寻根认祖,落叶归根也是中国特性的表现。马来华人流散作家方北方的《马来亚三部曲》表现了家族之根、国家之根、文化之根,如第一部《树大根深》描写的华氏家族的发展,暗含了东南亚华人家族、社会的生成发展的脉络。作品叙述了华仁、华义兄弟在马来亚艰苦奋斗、辛勤劳作,创立"仁义"胶园、建设家园的过程,他们尽管经历了国内与流散地的种种生死考验,但是整个家族繁衍不断,把祖国的文化信念——"仁与义"写在了名字里,扎根在马来大地上,继续焕发生机,这是文化精神的中国味、中国根。方北方的《娘惹与峇峇》中,主人公林峇峇、林娘惹、陈彼立等失去了中国文化之根,走入了困苦之境,相继病死或患有精神病,而后代林细峇学习中文、接受中国传统文化教育,赞同中国进步青年一英、一华的观点:"除了选英文教育外,还必须接受中文教育,久而久之,才不会忘记自己的国家。"⑩由是才成长为孝敬长辈、吃苦耐劳、知书达理、健康快乐的青年,为马来华人年轻一代指明了方向。而马来西亚女作家钟怡雯的散文《可能的地图》书写一生念念不忘故土的"祖父",反映了流散群体中那种不可磨灭的寻根意识。

一些作家还在创作中还保持了生活习惯的中国味、中国风,如商晚筠的小说《林荣伯来晚餐》,描写了一位祖父辈的人在家里招待客人准备晚餐的过程,通过孙女的眼睛观察老人的市场采购、迎接招待客人、与外族人交流的态度,表现了他身上勤俭节约的中华传统观念、保守的持家理家方式、艰苦创业的本性等华人的传统价值观念。印尼华人流散文学作品中，生活习惯、建筑风格、婚丧嫁娶风俗、人际交往、敬天祭祖、礼仪、饮食起居、节日文化等都保留着中国传统，这些都是中国文化身份的具体细节表现。这种倾向在东南亚各国华人流散创作中都比较普遍，如泰国华人流散作家牡丹（《南风吹梦》《风中之竹》《雾散之前》《站板边上的女人》）、玉·卜拉帕（《生活的责任》《我的祖父》《孝顺与爱》）、帕潘宋·色玉昆（《龙腾遮罗》），三人虽然都是用泰语创作，但是作品中保留着突出的潮汕文化传统，许多人物描写、生活场景、情节、宗教信仰等带着明显的中国特点，流散者生活中许多风俗习惯仍坚守着中国大陆的仪式或样式。20 世纪八九十年代在泰国出现的华人流散文学中微型小说家群体，更是在作品中表现出了浓烈的中国文化味："表现了明显的潮汕人的心态，体现了潮汕文化的特征。"①曾心的《蓝眼睛》，曾天的《老年爱国者》，陈博文的《惊变》，司马攻主编的《泰华微型小说集》《泰国文学五人作品选》以及倪长游的《只说一句》等微小说中都有中国文化元素，表现文化上的"寻根""护根""忧根""兴根"意识。姚宗伟的《传家之宝》写座山蒿一家散居泰国一百多年，仍然执着地保留了"唐山"习俗，他家的家祭、围炉、饮茶文化等习俗富有浓厚的唐山色彩，家中的布置也充满了中国情调和色彩，还时时教子孙学中华文化。小说题目所说的"传家之宝"大辫子是中国古代文化的象征：家族一直保存着并传承着它，是为了家族的延续不能脱离民族血缘的传承。另外中国百姓家具、收藏中的日常物品都成为泰国华人流散文学中表现的对象，如紫砂茶壶、高脚凳、账簿、印章、毛笔、算盘、鼻烟壶等，这些流散文学创作内容，成为文化符号显示出中国传统文化的强大影响力。

第二，东南亚华人流散文学还表现出流散者本地化、本土味的追求，表达了落地生根的意愿。许多作家与流散者群体在海外经历着文化失根的痛苦，但是他们也在调整自己，试着融入当地，着陆扎根。他们改变生活习惯、借鉴当地语言、学习当地文化，适应地理环境与文化水土。他们在人生与事业的追求中力求"融入东南亚""落地生根"，把散居地当作第二故乡甚至第一故乡进行精神家园的重构。他们在长期生存中培养了对南洋地区自然风光的热爱，对当地人的友谊，也形成了独立的文学表达。

新加坡华人诗人原甸的《鱼尾狮的性格》向他居住的国家表达了礼赞和认

同,因为不管他的种族文化是什么,新加坡是他的国籍;流散诗人米军的诗集《热带诗抄》中《跳"珑玲"》一诗"以明快热烈的节奏,描绘了狂热地跳'珑玲'舞(一种马来民族的土风舞)的场面。一起跳舞的不仅有'马来少男少女们'和'穿纱笼的马来婆婆',还有华族青年,以及'摇摆着两条辫子的印度姑娘',因为'当这大地属于我们的时候,我们原就是一个信仰里的姊妹兄弟'。诗中表现了民族融合、民族团结的思想"[12]。

马华流散诗人吴岸在《达邦树礼赞》中通过对当地具有代表性象征性的达邦树的情感抒发,反映了他对马来乡土的热爱,因为是这个第二乡养育了他。这是诗人对当地文化的认同,达邦树已经化作马来文化的象征,它们坚强不屈、百折不挠、无私奉献的精神给了诗人力量,也是诗人认同与向往的力量,通过对拉让江边这些树的赞美,表达了他对生活在这里像树一样坚忍不拔的流散华人群体的赞美,进而也对马来西亚文化精神表示认可。马来西亚华人流散作家张永众的《夜·啊长长的夜》,写了阿爸把两个儿子分别取名"土长、土生",父子两代人努力融入马来本土,最后明白马来就是他们生于斯长于斯的"乡土",他们完全可以和当地的土班族和睦相处。

这种本土味追求在泰国华人流散文学作品中表现更明显,他们把与中国相连结的湄公河化作了文化认同与文化精神的象征,流经泰国的湄南河成了作家们精神的寄托,也是他们从自然地理到文化认同的表现。湄南河是泰国华文文学情感与想像的发源地,也是泰华文学作品描绘的主要对象,许多故事都设置在这里,丰富情感也倾注在河里,从而使湄南河具有了文学地理学的审美价值,可以说通过对湄南河的一次次文学表现,流散者也逐渐完成了对泰国本土文化认同与混合身份的构建。泰华流散诗人林太深《梦韩江》,作者回忆、思念自己故乡的韩江,它流经广东、福建、江西三省,哺育了东南沿海历代子民,诗人难以忘怀,但是养育他的湄南河也让他无法割舍,一个是奶娘、一个是生娘,成为流散者的"两个母亲";岭南人的《一道彩虹》则把湄南河与黄河相比相联,两条母亲河一直奔流在诗人的心窝,对泰国文化的认同也十分明显。黄水谣的《湄水永无干涸》则把中泰两国山水相连共生共长的情感表现出来:"把象的传人与龙的传人/结成一对孪生兄弟/几千年来同根茁壮/守护着这片圣洁的净土。"诗人把湄公河看作是联系两国人的纽带,连通了象的传人与龙的传人,把同根生的兄弟情表达出来,体现了强烈的双重认同倾向。另外,黎毅的《夜航风雨》、腊梅的《轻风吹在湄江上》、史青的《洪泛的河》、曾天的《湄南河的歌》、张望的湄南河系列诗、陆留的《湄江颂》、司马攻的《小河流梦》、梦莉的《在水之滨》等都以湄南河为形象、意象或背景,形成第二母亲河式的艺术形象,体现出众多的主题:"湄南河拥有最突出的形象、规模与深度,吸引了大量感性与理性的书写。"船舶生活的记述、生活情感的依附、对前贤的追悼与咏叹、泰国文化与乡土认同等四大母题绘出了一幅幅"湄南图象"[13]。这都表现出众多华人流散作家对泰国人文与地理的认同。

本土化追求还表现在他们身份由侨民转变为当地公民后的国家认同、文化认同、文学创作融入主流文学发展的努力中。马来西亚独立后,华人流散族群中的大部分已选择入籍,把居留地看作自己国家认同的对象:"第二次世界大战后,南洋各殖民地差不多全部获得了独立或自治,这是时代潮流所趋,没有任何力量能够阻止的最好说明。居留在南洋各地的华人,为了自己的前途,也为了儿孙的前途不能不跟着时代的潮流走——他们在两种不同国籍的抉择上,选取了当地的国籍。从此,他们中的绝大多数不再是中国人了,对他们不能再用华侨称呼;以前华侨视南洋为第二故乡的也完全改变。现在华人的真正家乡是他们的居留地,不是中国,根本就没有第二故乡了。"[14]流散者群体的国家身份从法律上确立后,其主观上就会做出文化思想精神认同的调整,不管这种调整效果如何,但一种文化态度开始发生了转变,他们是作为所在国的流散一族,成为多民族共同体中的一员,也可以称少数民族,带着中华文化传统与记忆,走向所居国的文化建设中,也成为所在国多元文化中的一元。特别是在独立后的国家认同及政治倡导中,民族独立与解放的情绪也激发了流散群体文化主体的觉醒,流散群体文化与文学活动的本土化要求自然就会出现,而不是主观上仍然愿意被继续视为文化边缘或流散中的"中国人"。

东南亚华人流散文学的本土化也体现为流散作家群体在理论上与实践上双重的倡导、宣传。如马来西亚华人流散作家从 20 世纪初就认识到流散群体的独特性,文学创作不能是中国文学的海外移植,也不能是对西方文学的机械模仿,而应当有自己的独特性。当地华人报纸《新国民日报》副刊《荒岛》的编辑朱法雨等人率先提出了马来亚华人文学要"把南洋色彩放进文艺里去","只要以南洋的生活色彩为背景,努力描写,大胆描写,一定能使南洋的文艺放出异彩";主编《南洋商报》副刊《文艺周刊》的曾圣也提倡在"万里炎阳的热国里寻找一些土产土制的粮料","在高椰胶树之下,以血汁铸造南洋文艺的铁塔";《叻报》副刊《椰林》主编陈炼青也声明:"所登文字,一律以提倡南洋文化为标准,如有文艺创作,也一律以描写南洋生活和景物者为限。"⑮马来西亚、新加坡各自独立后,当地流散作家群体和作家组织、报刊媒体继续推进文学创作的本土化、独特性,取得了普遍认可,这些努力都保证了流散文学创作的流散性主题与艺术风格的独特性。在这种主观努力与倡导下,许多作家开始写流散地的本土题材、本土人物,改变了主人公只有华人形象的单调局面。

第三,东南亚华人流散文学还表现了流散群体与文化的两栖性或多栖性的混杂文化生成与创造状态,以峇峇、娘惹文化为代表。东南亚流散华人在长期的散居生活中,与当地语言文化、种族、生活习惯等不断混杂,产生了新的流散文化形态,如新生态语言——混杂语(受西方影响叫洋泾浜)、种族婚姻导致的峇峇、娘惹文化现象等。峇峇、娘惹主要是指土生土长的马来西亚华人和华人娶当地土著人后生的子女,一般当地统称其中的男性为"峇峇",女性为"娘惹",而称整个族群则为"峇峇人"或"峇峇族",流散族群中流行的"三代成峇"的说法就是指这种种族与文化的变化,他们把中国福州话与部分马来语中的语汇结合起来,形成了峇峇语,有人称这种现象为"多元文化的混血儿"⑯。这种语言相互借鉴混杂使用是互为"外来语"产生的重要表现:"峇峇话其实是闽粤方言与马来语的融合变种,是一种混合语言。这种语言在词汇和语法上具有闽粤方言的明显特点,但是也借用了相当数量马来语的词汇和习语,甚至对一些马来语借用词也根据汉语的使用习惯做了较大的改变。"⑰

而"娘惹"一词更能表明这种混杂两栖性,特别是混血后的华人流散者,起初专门指称华人与马来人婚配的后代子裔,尤其是指女性,尔后演变成泛指华人与马来人相融的文化,如在马来流行的娘惹菜,就是中国饮食文化与当地文化结合的结果,竹笋炖猪肉、甜酱猪蹄、煎猪肉片等随处可以吃到。而婚姻习俗等方面都保留着中国福建特色,这种混合现象被许多流散作家当作创作的重要题材。

方北方的《娘惹与峇峇》通过叙述马来西亚父、子、孙三代华人接受当地文化与西方殖民文化的过程,混杂生存的状态极具代表性,被认为是一部反映"华人文化认同的变迁史的作品"⑱。林娘惹、林峇峇、李天福等人物根子上具有华人社区文化基因,而他们生存环境又时常处于西方思想浸渍中,也与当地文化时常接触,这就形成了混杂性的世界观、婚姻观、爱情观、价值观。

马华流散作家钟怡雯说:"对于生长在马来西亚的华人而言,他们和中国的关系似乎是十分复杂的。在血缘、历史和文化上,华人与中国脐带相连。他们的生活习惯已深深本土化,是马来西亚华人(在马来西亚过生活的华人族群);就文化而言,华人却与中国脱离不了关系,所谓文化乡愁即牵涉到对原生情感的追寻,对自身文化的孺慕和传承之情等。华人可从文字、语言、习惯、节庆等共同象征系统凝聚民族意识,并藉此召唤出一种强烈的认同。"⑲新加坡诗人梁钺的《鱼尾狮》描述了一个非鱼非狮的"鱼尾狮",隐喻了新加坡华人的边缘身份使诗人把新加坡的图腾当作自己双重认同与两栖状态的载体,恰当地表现了流散的文化命运。

印度尼西亚流散华人后裔作家更多表现了跨种族爱情与婚姻的矛盾、冲突与融合等主题,双重文化空间地带滋生出了人物社会生活的多栖性现象。如张振文的《苏米拉姨太太》描写的是两代土生华人与当地青年相爱的故事。故事讲述了父母辈当年异族通婚所遭遇的种种阻挠和他们的奋力抗争,而到了他们子女产生异族恋爱时他们却又反对这种跨族婚姻,这种两难或矛盾态度反映了内在的文化冲突;郭德怀《花江的玫瑰》(1928)描写的是土生华人与混血青年之间的爱情故事;包求安的《懦弱的人》(1929)描写的是荷兰姑娘丽娜和土生华人黄天的恋爱悲剧,表现出文化融合、文化和谐发展中的困境。

泰国不少华人流散作家也表现出对融合主题的兴趣,特别是泰国华人流散文学发展的新近时期这种追求文化融合的意识更明显。如谭真的《一个坤銮的故事》、马凡的《补鞋匠的死》、陈博文的《大地之变》等小说中都反映了华人华侨与泰国本地人在现实社会生活中,互帮互助,和睦相处的主题。20世纪80年代之后泰国华人流散作家群体中表现对中国文化与泰国文化双重、双栖式认同的作品更多了,如司马攻的小说《如此报答》、子才的短篇小说《拉夫歌声》、陈博文的《豆浆的人情味》、史青的《波折》、姚宗伟的《少小离家老大回》、黎毅的《第三代》、巴尔的《海峡情深》、林牧的《故乡的云》、陈述的《祖国万里行》等,既爱母国又爱居住国的双重情怀尤其突出:"泰华作家有两颗心,一颗是'侨乡心',一颗是'家乡心'。他们爱家乡,也爱侨乡,这种感情,就像发源于中国而注入泰国的澜沧江、湄公河一样,是割舍不断的。在泰华作品中,既有纵的家乡感情,家乡风物,也有横的侨乡感情,侨乡风物。可以说,以华夏为底色、以泰国自然人文景观为调色是泰国华文文学典型的文化特征。"⑳梦莉的散文《客厅的转变》则通过描写她家的客厅设置变化表现中式与泰式混搭的状态,表达了作家内心对中国和泰国的双重双栖式认同。这是因为她一直处于双重文化的背景下,作为炎黄子孙,中华民族意识、生活方式等已植根于她的内心深处,而她又长期住在泰国,泰国的人文心理、文化等对她不断浸润,最终呈现出对中泰多元文化的认同。这种混合生存体验或两栖性选择,代表了流散群体文化发展的趋势,也是流散文学表现的重要题旨。

结语

东南亚华人流散族群创造的流散文化、流散文学成就表明,作为东道主国家政府应当采取民族平等政策,要有多民族国家意识,搞好各项建设,为各民族提供平等发展的机会、人生保障,并做好各项立法工作;作为东道主国民应当以包容的心态对待外来移民,尊重外来移民的民族文化风俗与宗教信仰,消除种族偏见;作为流散群体应当忠于所在国家,积极投身建设,做出自己贡献,处理好与土著原居民的关系,尊重他们的文化习俗与信仰,有冲突的时候可以求同存异;东道主国家与祖籍国家政府之间应当做好友好交流工作,在经贸上合作,在国际事务中配合,增进两国人民之间的了解,相互之间做好文化传播、教育宣传、宗教交流,为民族团结与融合奠定思想基础、文化基础、教育基础。东南亚华人流散族个案也一定程度上呈现了全球众多流散族的共同文化命运:人类的流散行为具有文化再生性,有流散族群社区存在的地方往往都会产生新的文化后果。

注释:

①参见王琛发《17—19 世纪南海华人社会与南洋的开拓》,《福州大学学报》2016年第 4 期,第 65—71 页。

②这些发现分别参见李学民、黄昆章《印尼华侨史》,广东高等教育出版社,2005年,第 7 页;林端志《爪哇华侨中介商(中译文)》,《南洋问题资料译丛》1957 第 4 期,第24 页;韩槐准《南洋遗留的中国古外销陶瓷》,新加坡青年书局,1960 年,第 4 页。

③杨启光:《印尼华人文化》,《东南亚研究》2006 年第 4 期,第 71—78 页。

④Eufronio M.Alip, *Ten Centuries of Philippine-Chinese Relations*.Manila：Alip and Sons Inc.1959,p.3.

⑤曾少聪:《东洋航路移民——明清海洋移民台湾与菲律宾的比较研究》,江西高校出版社,1998 年,第 77 页。

⑥林云、曾少聪:《族群认同:菲律宾华人认同的变迁》,《当代亚太》2006 年第 6 期,第 57 页。

⑦庄国土:《论中国人移民东南亚的四次大潮》,《南洋问题研究》2008 年第 1 期,第73 页。

⑧王润华:《文化属性与文化认同:诠释世界华文文学的新模式》,《深圳大学学报》2006 年第 2 期,第 46 页。

⑨克劳婷·苏尔梦:《中国传统小说在亚洲》,颜保译,国际文化出版公司,1989 年,第 171 页。

⑩方北方:《娘惹与峇峇》,槟城康华出版社,1954 年,第 132 页。

⑪陈贤茂:《海外华文文学史》(第二卷),厦门鹭江出版社,1999 年,第 318 页。

⑫陈贤茂:《新加坡华文文学简论》,《海南大学学报》1985 年第 4 期,第 48 页。

⑬陈大为:《当代泰华文学的湄南图象》,《世界华文文学论坛》2002 年第 2 期,第24 页。

⑭张奕善:《东南亚华人移民之研究》,《东南亚史研究论集》,学生书局出版社,1980 年,第 231—232 页。

⑮马相武:《当代马华小说的主体建构》,《学术研究》1998 年第 7 期,第 59 页。

⑯高波:《峇峇:多元文化的"混血儿"》,《中国文化报》2009 年 7 月 15 日,第006 版。

⑰梁明柳、陆松:《峇峇娘惹——东南亚土生华人族群研究》,《广西民族研究》2010年第 1 期,第 119 页。

⑱黄万华:《新马百年华文小说史》,山东文艺出版社,1999 年,第 127 页。

⑲钟怡雯:《从追寻到伪装——马华散文中的中国图象》,《回首八十载,走向新世纪:九九马华文学国际学术研讨会论文集》,马来西亚南方学院出版社,2001 年,第56 页。

⑳孙淑芹、王启东:《方块字浇铸的心影——泰国华文文学特色浅论》,《东疆学刊》2005 年第 3 期,第 88—89 页。

思想、历史与语言转换

——从"经世"一词看中国思想史术语的英译

李腾龙

摘　要："经世"理念不仅是儒学亘古不变的学术品格与核心价值,也是整个经学时代的重要特征。作为中国思想史中最为重要的概念之一,它是理解中国文化、中国传统知识分子心理特征乃至中国学术思想变迁的关键。"经世"一词的英译形式比较常见的有十二种,但该词的汉语语源及文化内涵决定了"statesmanship"为其唯一最佳英文表达,必要时可后跟"a trend of thought in Confucianism"作为补充。对"经世"一词的英译分析将会对中国思想史术语的翻译提供借鉴,并促进国际间中国思想史研究者的交流与合作。

关键词:思想;历史;语言转换;术语;英译

　　"概念辨析之于思想史研究类似于考证之于历史研究,都属于基础性工作。"①对于思想史术语外译而言,概念辨析的重要性更自不待言,它是一切术语翻译的前提和准备工作,因为术语外译中存在的诸多问题往往源于译者对其所译概念的片面理解甚至错误认识。作为中国思想史中最为重要的概念之一,"经世"理念不仅是儒学亘古不变的学术品格与核心价值,亦是整个经学时代的重要

　　* 李腾龙,北京外国语大学中国外语与教育研究中心博士后研究员,研究方向:语言学,翻译与比较文化。本文是国家社科基金重点项目"中华典籍英译云平台的构建及应用研究"(17AYY012)的成果之一。

特征,更是理解中国文化、中国传统知识分子心理特征乃至中国社会历史变迁的关键,对它的涵义作观澜溯源的历时考辨是其外译的首要工作。

一、"经世"词源探析

《汉语大词典》"经世"条:
治理国事。

> 《后汉书·西羌传论》:"贪其暂安之埶,信其驯服之情;计日用之权宜,忘经世之远略,岂夫识微者之为乎?"
> 晋·葛洪《抱朴子·审举》:"故披《洪范》而知箕子有经世之器,览《九术》而见范生怀治国之略。"
> 宋·陆游《喜谭德称归》诗:"少鄙章句学,所慕在经世。"
> 郭沫若《中国史稿》第五编第一章第六节:"第一次鸦片战争以前,清朝封建统治的危机已经显露,为了克服危机,寻找出路,人们比较多地注意了经世致用之学。"

阅历世事。

> 《淮南子·俶真训》:"养生以经世,抱德以终年,可谓能体道矣。"②

作为中国思想史中的一个术语,"经世"即"经世致用",它与词典的第一个释义项息息相关。国内学术界一般认为经世致用的思想由明清之际的王夫之、黄宗羲、顾炎武等博学鸿儒提出,它倡导为学应于国家切实有益,能够解决社会现实问题。这一学术思潮在清代嘉庆、道光年间得到进一步发展,其思想来源可追溯至南宋陈亮、叶适所提倡的"功利学派"。葛兆光认为,作为一种史学思潮,其来源至少在中唐杜佑撰《通典》时已有先例。③事实上,两者并无抵牾之处,前者是从思想角度立论,后者是从史学角度立论,无论"经世致用"的思想来源于何时，它只不过是儒家经世理念在后世的具体表现，先秦时期的原始儒学业已包含有强烈的经世之义。

据郭沫若考证，"经"的初字是"巠"，"经"为后起字：

> 大盂鼎"敬雍德巠"，毛公鼎"肇巠先王命"，均因用巠为经。余意巠盖经之初字也。观其字形，前鼎作巠，后鼎作巠，均象织机之纵线形。从系作之，经字之稍后起者也。《说文》分巠、经为二字，以巠属于川部，云经水脉也，从川在一下，一地也，壬省声，一曰水冥巠也，说殊迂阔。④

《说文解字》曰：

> 经，织也。从系巠声。⑤

由"经"的象形之义和《说文》的解释可知，"经"的本意是织布时的纵线或纱线纵向排列的样子，引申为"自上而下的组织"，对"世"（社会）或"邦"的"经"就是"管理"（组织社会、管理国家），即"经营""治理"，常与"纶""营""纬"等字连用。

表 1

《周易·屯卦》	云雷，屯；君子以经纶。⑥
孔颖达疏	经谓经纬，纶谓纲纶。⑦
《周礼·天官冢宰·叙官》	体国经野，设官分职，以为民极。⑧
《诗经·大雅·灵台》	经始灵台，经之营之。⑨
《中庸》	唯天下至诚，为能经纶天下之大经，立天下之大本，知天下之化育。⑩
朱熹注	经、纶，皆治丝之事。经者，理其绪而分之。纶者，比其类而合之也。⑪

其后，"经""世"两字逐渐连用作为一完整词，它最早见之于庄子的《齐物论》，稍后见之于晋代葛洪的《抱朴子外篇》和南宋陆九渊的《与王顺伯》一文。

表2

《齐物论》	六合之外,圣人存而不论;六合之内,圣人论而不议。《春秋》经世,先王之志,圣人议而不辨。⑫
《抱朴子外篇·审举》	故披《洪范》而知箕子有经世之器,览《九术》而见范生怀治国之略。⑬
《与王顺伯》	儒者虽至于无声无臭,无方无体,皆主于经世;释氏虽尽未来际普度之,皆主于出世。⑭

其中,据《庄子·齐物论》所言,梁启超认为孔子作《春秋》即有"经世"之义:

庄生曰:"《春秋》经世,先王之志。"凡学焉而不足为世用者,皆谓之俗学可也。⑮

通过上述分析可知,"经"有"匡济"之意,"经世"即"经国济世、定国安民",指的是儒家积极入世,关心国运民瘼,通过加强自身修养并参与国家政事建构起合理化的社会制度和政治形式以达到天下治平的理念、态度和抱负。杨世文将其内涵分为五个层面:"一是积极入世的价值取向,二是经邦治国的用世理想,三是追求正义的批判意识,四是悲天悯人的救世情怀,五是以天下为己任的担当精神。"⑯

从先秦到清末,"经世"是儒家一以贯之的学术品格和精神特质。它一方面具有高度自觉的主体意识和道德理性,在塑造理想人格的追求中孕育着一代又一代"先天下之忧而忧,后天下之乐而乐"的中国士人;另一方面又吐故纳新,因时因势调整自身以适应社会情势发展的需要,不断自我更新,故两千余年来无论世事如何变迁,沧桑沉浮,经世理念始终保持着绵延前进的生命力。此种"自我完成(个体人格和使命感)"和"拯救世界(人道主义)"的一体两面性,正深深契合着李泽厚先生所言的"实践(用)理性",它"具有极端重视现实实用的特点",是"构成儒学甚至中国整个文化心理的一个重要的民族特征"。⑰

二、"经世"一词的英译现状

目前,国内外对儒家"经世"理念的研究多数集中在大陆和台湾地区,除个别著作直接用英文写作外,大都为汉语文献,但多数为"经世"这一思想史术语提供了对应的英文表达,其形式既有音译也有意译,其中采取意译的较多,笔者选择代表性的英译形式列于下:

表 3

作者/译者	译文	来源
张灏	Ching-shih	Chang Hao. *The Intellectual Heritage of the Confucian Ideal of Ching-shih.* Tu Wei-ming (ed.). *Confucian Traditions in East Asian Modernity.* London：Havard University Press，1996.
金观涛　刘青峰	Jingshi	《台大历史学报》2003 年第 32 期(台湾)
锺彩钧	Social and Political Thought	《中国文哲研究集刊》1996 年第 8 期(台湾)
张素卿	Ordering the World	《台大文史哲学报》2004 年第 61 期(台湾)
王兴国	Governance	《湖南大学学报(社会科学版)》2004 年第 6 期
Daniel McMahon	Statecraft	*Journal of Oriental Studies*, Vol. 38, No. 1/2 (May 2005)，pp. 16—37. Published by：The University of Hong Kong and Stanford University.
郑大华	Country-governing	《南京大学学报(哲学·人文科学·社会科学)》2007 年第 6 期
秦峰	Administration and Practical Usage	《哲学与文化》2010 年第 5 期(台湾)
成庆	Administering State Affairs	《华东师范大学学报(哲学社会科学版)》2015 年第 1 期

续表

作者/译者	译文	来源
郭院林	Dealing with the State Affairs	北京大学博士研究生学位论文,2007 年
崔伟	Governing the World	山东大学博士研究生学位论文,2012 年
谢孝明	Manage the Country	湖南大学博士研究生学位论文,2013 年

本文从当前所搜集的文献中共提取了 2 种音译形式,10 种意译形式,这些文献 1 篇来源于境外,1 篇来源于香港地区,4 篇来源于台湾地区,剩余 6 篇来源于大陆。

张灏现为台湾"中研院"院士,早年曾留学美国,在哈佛大学取得硕士和博士学位,他能用英文直接撰写有关中国思想史的著述,且采用了威妥玛式拼音法(Wade-Giles romanization)来音译"经世"一词,与他的教育背景以及该文章在西方出版有直接关系。

台湾地区的金观涛、刘青峰的音译采用的是大陆地区的汉语拼音方案,而不是台湾地区的通用拼音、西方的威妥玛拼音、耶鲁拼音(Yale Spelling System)等其他拼音方案。

在采取意译的 10 种形式中,1 种是 statecraft,3 种是 govern(包括其变体),其他分别是 order、administer、manage、deal with 等形式。

据 *Oxford English Dictionary*,Statecraft 的英文释义为:

The art of conducting state affairs; statesmanship; (also) a style or system of this. Also (esp. in early use) in negative sense: cunning or devious statesmanship. [18]

Cambridge Dictionary 提供的释义为:

the skill of governing a country. [19]

Merriam-Webster Dictionary 给出的解释与 *Cambridge Dictionary* 基本一样:

the art of conducting government affairs. [20]

Statecraft 一词在早期是个贬义词,现在指的是治国才能或者政治手腕。这一表达将经世理念第二个层面的内涵基本译了出来。Country-governing(郑大化,2007),Manage the Country(谢孝明,2013),Administering State Affairs(成庆,

2015），Dealing with the State Affairs（郭院林，2007）与 OED 和 Merriam-Webster 给出的释义基本是吻合的。

锺彩钧（1996）以 Social and Political Thought 对译"经世思想"比较片面，它仅仅指出了"经世"是一种社会政治思想，对其内涵没有做任何传达。秦峰（2010）使用 Administration and Practical Usage 试图传达出"经世"与"功利学派"和"实学"思想之间的联系，突出了"经世"思想的"致用"层面，但同时消解了其精神层面的人格追求。

张素卿（2004）采用的 Ordering the World 大概原本是要表达"治平天下"的意思，但是中国古代思想家们所指的"天下"并不是一个准确的自然空间概念，而是一个"既定的、恒定的、宿命的……永恒不变的常量。它把纷繁复杂的现实世界纳人到了以'天下'作为唯一向量的空间概念中。拥有'天命'的'天子'、'皇朝'随着'五德'的变化而发生变化，但他们统治下的'天下'却是永世不变的"。在这种"天下观"下，中国"常常以中华文明的无比优越性和道德上的优越感来感化周边地区……以扩张文华为其重要使命，而不以掠人土地、占人国土为目的"。[21]而 order the world 的意思是管理、统治全世界，有侵略扩张之嫌，这和中国思想史中的"天下观"是严重背离的。

三、"经世"一词英译建议

笔者认为，statesmanship 为"经世"一词在英文中的最佳表达，在文中首次出现时其后可跟 a trend of thought in Confucianism 作为同位语对 statesmanship 补充说明，理据如下：

1.内涵的对应性

据 OED，statesmanship 的释义为：

the activity or skill of a statesman; skillful management of public affairs.[22]

它指的是政治家的活动或才能，对公共事务的熟练管理，即汉语中常说的政治家风范，政治家才干。这不仅和经（manage）世（state）一词的意思是贴合的，也符合儒家知识分子"学而优则仕"的身份定位。

外研社与柯林斯出版社于 2016 年推出的《新世纪英汉大词典》(*New Century English-Chinese Dictionary*)是在"45 亿词英语语料库的基础上编撰而成的,反映了世界范围内英语最真实最新的用法"[23],它对 statesman 的释义如下:

①(respected leader)政治家;

②(policy-maker)对政策制定有影响的人(如内阁成员);

③(experienced politican)经验丰富的政治家;政客。[24]

这三个意项关系紧密,第一项为褒义,后两项为中性,这与追求经世理想的中国传统知识分子的正面形象是一致的。

据 OED,Public 的第一个意项大体上与 Private 相对:

Pertaining to the people of a country or localty. Of or pertaining to the people as a whole; that belongs to, affects, or concerns the community or nation; common, national, popular.[25]

其意义为与一个国家、地区或社区的全体人民(公众)相关的,相应地,public affairs 指的就是公共事务,即关系国计民生的事务。

前文已经指出,"经世"一词在中国思想史的语境中包含五个层面上的内涵,我们可以将其进一步概括为两个方面:治国和利民。Activity、management、policy-maker 等词将治国这一层面的基本意义表达了出来,public affairs 则表明中国传统知识分子(confucian statesmen)所处理的是关系国计民生的公众事务,对人民福祉的谋求正是他们治国的目的。

-ship 作为后缀,主要有三个意思:

①(state, condition)表示"状况""状态":fellowship;

②(rank,office, position)表示"职位""职务""身份":lordship;

③(craft,skill)表示"技艺""技能":horsemanship,workmanship,scholarship。[26]

就 statesmanship 一词而言,-ship 既表明了 statesman 这种身份,也表明了 management 这种技巧,我们亦不放将其理解为所追求的一种人生状态,这与中国儒家知识分子的经世追求不无契合之处。

由此可见,用 statesmanship 译经世一词,在基本意义(literal meaning)、隐含意义(implication)、词性色彩(color)等方面都是比较贴合的。

2.语言文化的异质性

语言是文化的载体。与拼音文字的注音符号属性不同,汉字是具有表意性、示源性的语素-音节文字,其一笔一划在造字之初都有自己的意图和理据,汉语的书写符号体系是汉民族思维活动、心理特征意化(图像化)的外壳凝聚,这与西方语言文化的特质有着根本上的不同。

"经世"一词中"管理国家"这一主体内容为人类所共有,但是其蕴含的人格精神追求和远大的人生抱负则是中国特有的文化属性。其书写符号(writing)与其所代表的语词(word)除了在语音上有对应关系,其文字构形还与这一语词的意义有语源上的联系(见前文对"经"和"世/天下"的分析)。将其从中文译为英文是个明显带有文化移植痕迹的跨语际复制过程,我们必须多多考虑文化内涵翻译的特点,既不能一味地音译,也不能简单地在译语中找现成的类似替代语,这样只能抹杀术语的文化特征,不利于术语文化的交流与借鉴,尤其是作为思想史中的术语,"经世"一词"涉及中国特有的哲学观、世界观和人文观。在这种情况下,保留原语术语的人文原生态就值得提倡"[27]。在用 statesmanship 对译经世的时候如果添加 a trend of thought in Confucianism(一种儒学思潮)作为 statesmanship 的同位语,不仅可以给读者创造一种历史文化语境,还能最大程度地保留中国文化的人文原生态。

3.术语的流通性和可接受性

历史上,日韩都属于汉字文化圈,因此中国特有的术语翻译成日文和韩文时往往可以借用汉字,并不会造成表达和理解上的困难。同样,西方国家的语言文字都是拼音文字,它借助读音来标记语词,文字的形式和其意义之间不直接发生形义上的联系,因此一种语言中的许多专有词语可以直接在其他语言中流通(或按照发音规则稍作修改),并不会造成读音和意义理解上的障碍,自然也就不存在文字转换上的困难。如果采用 statesmanship 来译"经世"这个中国思想史中的术语"可较为方便地同其他拼音文字相互借用词汇"[28],以利于这一术语在西方世界的流通。

术语是特定概念的语言符号,具有简洁性、规范性、严谨性等特征。在命名新事物、新概念的时候,语言往往会给予其一个属于自己的名字,而不是仅仅对其解释。如当氢氧化物被发现以后,英文给其取名为 hydroxide(由 hydrogen 和 oxygen 合成),即新造一个词,而不是用 A compound of an element or radical with oxygen and hydrogen, not with water 这种冗长的释义来指称它。从翻译的角度来看,音译也是造新词,但语际间的音译造词和语言内部的造词是不同的,hydroxide 本身就提示了它与 hydrogen(氢)和 oxygen(氧)有关,而音译形式 jingshi 或 Ching-shih 则会给读者造成极大的认知障碍。

"有些词语就外部形式看并不新,是语言所固有的,但是在新的条件下,固有的词语产生了新的意义"㉙,这就是所谓的不造词的造词,即旧词派生新义。如 function,它作为一个术语在系统功能语言学中有属于自己的意义: The communicative purpose of a text or aspect of a text,但与其本义有明着明显的联系,我们可将其在语言学中的术语意义看作该词新的引申义。同理,用 statesmanship 来译经世,一方面使其在中国思想史的语境中作为一个术语获得了新的身份,另一方面它所获得的新的内涵与原义有着密切的联系,这种联系使它更容易被读者理解和接纳。

四、思想、历史、语言与翻译

"社会历史条件往往会成为思想史研究的一种特别限制,意即所有的思想都必然在一定的社会历史条件下生成,因而也就必须置于一定的社会历史条件下进行分析和理解。"㉚从这个意义上来讲,思想史的历史性就是其不可超越的社会性。"这种社会性既不是指思想和社会的互动,也非思想在社会中的体现,而是同一种思想于不同性质的社会中具有不同的内涵和体现。"㉛这种历史性和社会性决定了译者在翻译思想史概念时必须把社会历史条件的不可超越性传递给目的语读者,即在语言的转换过程中既要突破"语词"的形式限制,又要将"语词"所蕴涵的社会历史条件转换为目的语读者所需要的前语境、前经验和前知识,实现加达默尔(Gadamer)所谓的深层次的"视域融合"(fusion of horizon)。因为"在具体处理一个文本时,只有当文本所说的东西在解释者自己的语言中找到表达,才开始产生阅读理解"㉜。

"理解一种传统需要一种历史视域,但我们并不是靠着把自身置入一种历史处境中而获得这种视域的。恰恰相反,我们为了将自身置入一种处境里,总是必须已经具有一种视域。自身置入决不是把自己的历史视域抛弃掉,而是说我们必须把自己的这种视域一起带入到另一个环境之中。"[33]对译者来说,他首先是文本的阅读者和解释者,只有具备了相应的历史视域,他才能在阅读过程中将其自身的视域和文本视域融合起来,才能在两者无限融合的过程中追求文本的意义,并形成新的视域。译文文本的读者在确定文本意义的过程中经历的是同样的过程,因此译者必须将其自身形成的新的视域和原语文本的视域融合到目的语文本之中,同时实现原语文本和目的语文本视域的融合,译者和译文读者视域的融合。

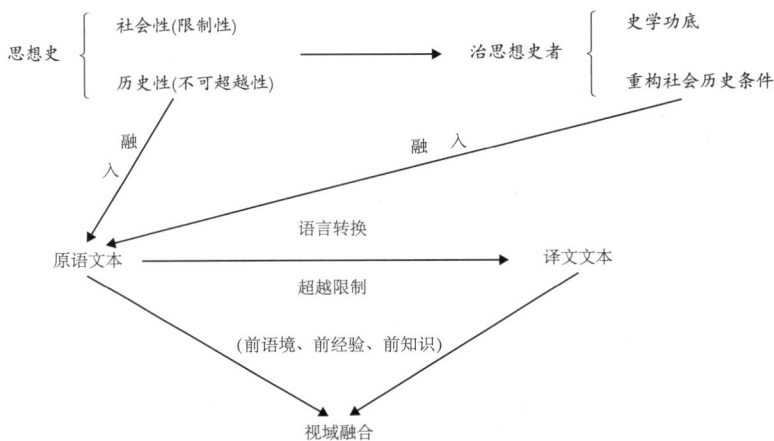

图 1　思想史的历史性、社会性与其文本翻译关系图

历史的过程由思想来主导,思想的本质需靠语言来呈现,如果说思想与历史的关系使得"一切历史都是思想史",那么思想与语言的关系使得"一切思想史都是语言史"。思想、历史、语言三者之间的关系不仅为治史者言说思想提出了挑战,也使得相关译者注定在某种程度上身兼思想家和语言学家的双重身份。

注释：

①贾坤鹏：《思想史研究中常见同语词概念混淆及其辨析方法》，《史学月刊》2017年第9期。

②罗竹风编：《汉语大词典（第九卷）》，上海辞书出版社，2011年，第860—861页。

③葛兆光：《明代中后期的三股史学思潮》，《史学史研究》1985年第1期。

④郭沫若：《金文丛书》，文听阁图书有限公司，2009年，第410页。

⑤许慎：《说文解字》，天津古籍出版社，1991年，第271页。

⑥王弼、孔颖达：《周易正义》，北京大学出版社，1999年，第34页。

⑦王弼、孔颖达：《周易正义》，北京大学出版社，1999年，第34页。

⑧吕友仁：《周礼译注》，中州古籍出版社，2004年，第204页。

⑨程俊英：《诗经译注》，上海古籍出版社，1985年，第516页。

⑩朱熹：《晦庵先生朱文公集》，北京图书馆出版社，2006年，第36页。

⑪朱熹：《晦庵先生朱文公集》，北京图书馆出版社，2006年，第36页。

⑫张远山：《庄子复原本注译》，江苏文艺出版社，第2010年，第73页。

⑬葛洪：《抱朴子》，上海书店，1935年，第128页。

⑭陆九渊：《象山先生全集》，商务印书馆，1935年，第19页。

⑮梁启超：《饮冰室合集》，中华书局，1989年，第28页。

⑯仇利萍：《儒家思想与经世致用——"第三届海峡两岸儒学交流研讨会"学术综述》，舒大刚编，《儒藏论坛》，四川大学出版社，2012年，第349页。

⑰李泽厚：《古代思想史论》，人民出版社，1985年，第29页。

⑱牛津辞典 http://www.oed.com。

⑲剑桥词典 https://dictionary.cambridge.org。

⑳韦氏辞典 https://www.merriam-webster.com。

㉑何新华：《试析古代中国的天下观》，《东南亚研究》2006年第1期。

㉒牛津辞典 http://www.oed.com。

㉓Zhuanglin, Hu., *New Century English-Chinese Dictionary*. Beijing：Foreign Language Teaching and Reseach Press & HarperCollins Publishers, 2016, p.1.

㉔Zhuanglin, Hu., *New Century English-Chinese Dictionary*. Beijing：Foreign Language Teaching and Reseach Press & HarperCollins Publishers, p.620.

㉕牛津辞典 http://www.oed.com。

㉖Zhuanglin, Hu., *New Century English-Chinese Dictionary*. Beijing：Foreign Language Teaching and Reseach Press & HarperCollins Publishers, p.580.

㉗魏向清、张柏然:《学术摹因的跨语际复制——试论术语翻译的文化特征及研究意义》,《中国外语》2008 年第 6 期。

㉘项东、王蒙:《中国传统文化文本英译的音译规范刍议》,《中国翻译》2013 年第 4 期。

㉙沈孟璎:《新词·新语·新义》,福建教育出版社,1987 年,第 5 页。

㉚丁为祥:《简议哲学史与思想史之别——兼与葛兆光先生商榷》,《文史哲》2013 年第 3 期。

㉛雷戈:《中国思想的复杂本质》,《史学月刊》2017 年第 9 期。

㉜[德]加达默尔:《哲学解释学》,夏镇平、宋建平译,上海译文出版社,1994 年,第 56 页。

㉝曹明海、张曙光:《文本阅读活动中的"视野融合"》,《山东图书馆学刊》2010 年第 2 期。

存在与符号的"爱恨纠缠"

——童庆炳审美诗学"元话语"建构的符号学阐释

颜小芳

摘　要：文学审美是童庆炳学术研究的发力点,也是所有诗学活动中的第一存在。它的提出与发展是在中国文艺思想现代性进程框架下进行的,是"整体论"和"整体的人"哲学思维下的产物,其主要来源是古今中外的"整体论"思想与20世纪以来系统论、结构主义与格式塔理论。它具有稳定的"元结构",既是结构,又是对结构的超越;其形式意蕴表现为"审美场",它既非单纯的本体,又不是片面的形式,而是两者的结合。童庆炳的"审美诗学"既体现了中国传统士大夫生存美学的理想与情怀,又与西方现象学、存在主义符号学具有较强对话性。

关键词：存在;符号学;童庆炳;审美诗学;元话语

　　童庆炳在21世纪初看到了符号学的力量,并深受卡西尔文化符号学的影响:"20世纪哲学界一个特异的显现就是从符号学的角度来研究人自身。其中最杰出的代表就是德国哲学家恩斯特·卡西尔。"[①]他引用了卡西尔《人论》中的话说:"我们应当把人定义为符号动物来取代把人定义为理性的动物。只有这样,我们才能指明人的独特之处,也才能理解对人开放的新路。"[②]正是借用卡西

---

　　* 颜小芳,女,1982年出生,湖南永州人,文学博士,南宁师范大学文学院副教授。本文是"广西高等学校千名中青年骨干教师培育计划"人文社会科学科研项目[桂教师范(2019)27号]"存在符号学研究"的阶段性成果。

尔的理论,童庆炳说人才是真正的符号动物、语言动物。不过,童庆炳更为关注的是语言这种符号与文学审美的密切关系。他从卡西尔的"人是符号的动物"这个命题出发,又借马克思关于"语言生产"问题的论述进行过渡,最终,童庆炳回到他自己的立场:"语言与人的主体和主体间的交往是同步的。因此,我们必须充分理解语言的历史——文化的丰富内涵。"③他既不赞同"理性本体论",也不认同"语言本体论",他对文学与语言关系的看法,最终回到他独特的话语理论体系,即文学作品是一套整体的符号系统,它既有文学语言的特殊性,又有与日常生活语言的公共性;它既有创作主体个性化的思想、情感与言语的表达,又具有一定历史语境下文化的属性。童庆炳对"文学是什么"的认识,具有稳定而清晰的元话语结构。

一、"整体论"与"整体的人":审美诗学的哲学源起

童庆炳学术成就最根本的发力点是文学审美。童庆炳的每一次学术成长、进步、感悟、发现都有其真实而深刻的生命体验。所以"体验"这个词,后来逐渐被上升到理论、本体的高度,"'体验'成为我们阐释的核心观念。"④很少有学者,可以做到将自己的生命、创作与理论融为一体的。李衍柱说:"我认为童庆炳先生是一位真正把文学理论和美学的教学与研究看作是自己生命的学者。"⑤王蒙也表达过他对童庆炳创作美学论的赞赏,说"这样的学问是'哼'出来的,又是唱出来哭出来的。哼、唱、哭,都是身体动作,源乎情感的涌动,是'在心为志,发言为诗','咏之舞之足之蹈之'。这样的美学,就不是与生命无关的学问,或纯逻辑推理,它必须与生命结合"⑥。

(一)现代性话语下的"审美诗学"理论的提出

李春青认为:"审美诗学的产生是以'美学'和'文学'这两个概念获得现代意义为标志的。"⑦通过鲍姆嘉登、康德、谢林、席勒等人的努力,"一个令人心驰神往的审美乌托邦被建立起来了"⑧。尤其席勒,"第一次赋予了审美以弥合人性分裂、进而改造社会的伟大价值"⑨。作为对美学这个学科的独立性作出贡献的鲍姆加登、康德和席勒等人建立起来的这门独立学科乃源自其各自哲学体系

的一部分,因此可称之为哲学美学。而在这种哲学美学之后形成的声势浩大的"审美诗学",主要指那些基于康德等人哲学美学原理而进行的关于文学艺术的理论话语,包括费歇尔父子、里普斯的移情论、谷鲁斯的内模仿说、布洛的距离说以及现象学美学、表现主义美学直至俄国形式主义、英美新批评和法国结构主义叙事学等文学批评理论在内,都可以看作是康德式哲学美学的继承与发展。

而童庆炳"审美诗学"的产生与发展是在中国文艺现代性进程这个特殊历史语境下诞生的,当然也离不开康德式哲学美学的影响。由于其特殊的身份和地位,还有他本身固有的责任心,中国文艺界每一次"风云变幻""风起云涌",都会给童庆炳带去心灵的冲击,迫使他思考中国文艺理论该何去何从。

中国文艺理论话语的建设,至少面临两重困境,一个是如何从强大的西方话语(包括苏联文艺理论)中突围,另一个是如何不被国内充满斗争色彩的政治意识形态扭曲和变形。而随着网络媒体的兴盛,它还面临第三个困境,那就是如何在碎片化传播时代,重构文学理论的同一性和影响力。

"审美诗学"的提出,是20世纪80年代的事,当时它主要面临的是前面两重困境。第一是苏联文艺理论模式的影响:苏联教条主义文艺理论的僵化模式曾统治中国长达几十年。第二是中国极左政治残留的影响,尤其在20世纪60年代,中国将一切文学问题政治化,例如,将"写真实论""题材广阔论""中间人物论""人道主义论"等,都当作"修正主义"加以批判,连文艺学一般常识也被完全堵塞。在这种情况下,童庆炳"出于对长期以来的文论政治化和哲学化的不满"[10],"开始了'审美诗学'的建构。'审美'文学的特征,这是我新时期最初的理论观点,许多文学理论问题都要在'审美'的视野下加以具体的解释"[11]。童庆炳不断、反复强调和论证其"审美诗学"的核心地位。他20余年的学术成就主要体现在五个方面:(1)文学基础理论研究;(2)文艺心理学研究;(3)中西文论比较研究;(4)文学文体学研究;(5)中国古代诗学研究。"但无论在哪个方向的研究中,'文学的审美特征'始终是我著作中的一个'主题'。"[12]

童庆炳用"形象思维"来突破此前文艺理论单一的"反映论"视角,以期寻找到文学自身的规律、特征。紧接下来,童庆炳发表《关于文学特征问题的思考》第一次提出"整体的人"[13]的思想。这是在"挑战"别林斯基"文学与科学的不同不在内容,而在形式"的观点基础上提出来的。而童庆炳实际上是在两个不同层面去解释整体的。首先是对象层面,他认为文学反映的是人的整体的生活;其次是在方法论层面,童庆炳认为整体就是现象与本质、个别与一般、具体地、有机地融合为整个生活,这就是整体。但这个整体并没有具体的外延,童庆炳后来也意识到了这一点,并对此进行了反思。但是,它作为一种思维方式,即非分析式的、直觉的、整体把握事物的方式,在童庆炳的思维中却根深蒂固,如同生长出来的一般。而童庆炳努力用清晰、明白的语言将其表述出来,这里面又无法缺少分析、逻辑的方式。因此,总体上看,童庆炳文艺理论话语的思维方式是分析与整合、逻辑与直觉的融合。与现代性的直线思维相比,童庆炳的这种复杂型的思维特征,具有一定的保守性,但从文化与审美的角度看,它对急进的现代性而言起到了一定的文化制衡作用。童庆炳"整体性"思维产生的一个很大背景,是现代性进程的框架,他提出的"审美"是在现代性框架之内对社会现代性发展所造成不良后果的一种修复。而对"审美意识形态"理论的评价,既要回到其理论生产的历史文化语境,又要联系其整个学术经历和思想整体,同时更要结合新的时代需求。

一方面,现代性是一项未完成的事业,文学在现代性进程中承担了相当大部分的重任;另一方面,大众文化的兴起,制造了后现代文化的景观,文学的神圣与宏达使命,与一切"坚固"的价值一起,被肢解,沦为游戏和趣味,文学被拉下神坛。戴锦华在《雾中风景》中说过,当今中国是多种文化交织的舞台,前现代、现代和后现代交织在一块,形成"北京折叠"似的奇观。所以,仅用单一的元语言,无法解释文化转型期的阐释旋涡,那么童庆炳从恩格斯"自然辨证法"悟出又在海德堡"将矛盾上升为原理"理论的影响下,提出了"亦此亦彼"[⑭]的思想原则,对解释因意识形态元语言冲突而形成的阐释旋涡,是一种明智的策略。童庆炳并不过分强调艺术和美的独立性,总是在承认历史发展进步的前提下,提出人文关怀。在强大的历史理性和弱小的人文关怀之间,强调貌似公允的"亦此亦彼",对美和艺术而言,还是略欠公平。

（二）基于哲学层面的中西对话

童庆炳审美诗学的哲学思想是"整体论"。他追溯了先秦思想家荀子、南宋思想家陈亮以及明末清初学者方以智和王夫之关于"整体"思想的看法,认为中国古人的这些思想,有个共同特点,即都有"整体大于部分"这个观点。

从西方思想发展历史角度来看,童庆炳认为现代结构主义、格式塔理论、一般系统论的价值之所以如此重要,是因为它们的出现使人类学术得以摆脱 17 世纪以来的机械主义精神和元素论分析方法的羁绊,从而实现方法论的伟大转变。而方法论转变的背后,体现出来的则是观念的更新。童庆炳对这一个"观念更新"高度赞扬,也正是在这个基础上,他对西方 20 世纪文学理论的发展,感到遗憾,他认为文学理论领域并未彻底完成这种方法论的转变,或者说在转变中误入"歧途":"于是,20 世纪西方文学理论的主潮就出现了这样的'悲剧':它从结构主义的思路出发,最终却偏离了结构主义的题旨。"⑮与此同时,文艺理论界还存在着其他混乱局面,例如马克思主义文学理论在苏联和中国受绵延不断政治风暴的冲击,使得文学研究视角总是在政治与哲学两者之间移动,要么从政治性来规定文学的本质,或者从哲学认识论来说明文学的本质。20 世纪 80 年代以来,中国的文艺学开始了自我探索的道路。但在童庆炳看来,元素论的机械性的线性因果分析,即想抓住部分来解释整体的做法,仍到处可见。故而他从哲学与现实的角度,充分论证了"整体性思想"对文艺学审美诗学建构的重要性、必要性。

如果说"整体论"是童庆炳文艺思想的哲学基础和方法论,那么"整体的人"则是他文艺思想研究的主要对象。"整体的人"这一个观点,最直接而深刻的来源是他的生命体验,或曰存在体验。他体验到了人之为人的生命价值、存在意义与理想追求。

从学术话语看,童庆炳"整体的人"与席勒"审美教育"思想有密切联系。童庆炳受席勒美学思想影响很深。童庆炳认为,席勒对工业文明的批判最直接最深刻:"席勒鲜明地提出人的'断片'论以指斥工业文明摧毁了人的完整。"⑯席勒提出了一种人的理想,即人的感性和理性的和谐全面的发展。席勒启发过黑格尔、马克思,就因为他提出了一个极为重要的概念——"完整的人"。席勒认为,这一"完整的人"的理想,在古希腊人身上得到了完美体现:"希腊人不仅以我们时代所没有的单纯质朴使我们感到羞愧,而且在由此可以使我们习俗的违法自然（本性）而感到慰藉的那些优点方面也是我们的对手和楷模。他们既有丰富的形式，又有丰富的内容；既能从事哲学思考，又能创作艺术；既温柔又充满力量。在他们身上，我们看到了想象的青年性和理性的成年性结合成的一种完美的人性。"[17]这种"完美的人性"无疑是一种审美乌托邦，具有激励作用。

童庆炳还受到苏联文艺理论家阿·布洛夫的影响。阿·布洛夫于 1956 年出版了《艺术的审美本质》一书，认为文学艺术的对象是"人的整体的生活"[18]。另外，他对苏联文艺心理学家维果茨基《艺术心理学》的评价很高，也是基于"整体论"思想的基础，认为他对艺术的形式与内容关系的看法，是一大发现。

卡西尔文化哲学也塑造了童庆炳"整体的人"观念。卡西尔首先在人格上征服了童庆炳，甚至成为童庆炳的人生偶像。童庆炳最佩服的三个人，分别是卡西尔、黄药眠和华罗庚，那是因为他们对于教育的奉献和牺牲精神。而卡西尔的奉献与投入，与他的哲学是一脉相承的，这点与童庆炳一样。童庆炳的学术、生活、教学都贯穿着相同的哲学思想。

同时，童庆炳"整体的人"思想还深受苏珊·朗格艺术理论的影响，而后者又正好是卡西尔思想的继承者、传人。童庆炳认为，苏珊·桑塔格借用了"格式塔"学派的异质同构理论。苏珊·朗格实际上表达了将艺术作为公共交往媒介的这么一种思想，建立了一种关于艺术的公共理性，那就是人类情感。

但童庆炳并没有沿着这条路走下去，他还是回到审美的中心视角。童庆炳建立了有自己特色的文艺心理美学思想。文艺心理活动是极其复杂、流动和瞬息万变的，要对它进行科学研究，实在困难。童庆炳的文艺心理美学研究，呼应了 20 世纪八十年中国主体性思想高涨的热潮，是主体性文学的空前胜利。

无论是提倡"美在于内容与形式的有机统一"，还是"美在于内容与形式的交涉部"，都不过是童庆炳建立在"整体论"和"整体的人"思想基础上的"审美诗学"的变体。它还有一个重要源头是黑格尔美学原理。就连 20 世纪上叶和中叶对中国文艺理论影响很大的别林斯基也是黑格尔的信徒。童庆炳审美思想的哲学原理，就是黑格尔与别林斯基的"有机统一论"，但童庆炳认为这还不够，因为黑格尔、别林斯基只是揭示了一般事物的内容与形式的关系的共同特征，并没有揭示艺术作品内容与形式关系的特有的审美特征，因此，他认为要在美学心理学分析中去寻找答案。他的"艺术之美在于内容与形式的交涉部""题材呼吁形式、形式征服题材"等关于内容与形式的能动、辩证法观点,都与他的整体论思想有密切联系。他批判了只强调某个单一方面的"形式论":"形式主义论的致命弱点是把不可分离的东西分离开来,并加以本末倒置。"[19]

总体上看,童庆炳的审美诗学,尤其论述审美主体心理生成过程的理论,比较亲近现象学的思想方法,虽然不完全是,但至少可以形成对话。

二、结构与对结构的突破:审美诗学的"元话语"特征

童庆炳写了很多书和文章来建构"审美诗学"理论,其中集中体现这一理论精华的是《维纳斯的腰带》这本书。它既有单行本,同时又收录在《童庆炳文集》的第五卷。在这部专著中,童庆炳提出了"元话语"这个词,基本取代了"元语言"的命名。童庆炳在这里用"元话语"而不是"元语言",正体现了其敏锐的理论直觉力。与"语言"相比,"话语"这个词更具有实在性[20]。"语言"具有某种结构主义的特点,而福柯为了不让自己的人文科学考古学因为使用了"认识型""语言"这样的词而被人贴上结构主义的标签,就在《知识考古学》这本书里,对比它早三年出版的《词与物》做了不少纠正和内部批评,其中一项重要工作就是转换术语,"例如用'话语'来替代'语言',用'话语实践'来取代符号的指标作用,用'话语'的重要性来取代'认识型'的重要性。"[21]话语的特点之一是不能还原为语言或言语;因为它并不只具有意义或真理的特征,而且还具有历史性。话语同时还具有实在性特征:"'话语实在性在哲学思想中被忽视这一非常古老的做法,在历史进程中已呈现出许多形式'。于是,福柯要质疑西方的真理意志,恢复话语具有的事件的特性,最终消除能指的统治权"[22]福柯正是出于对个体人生命存在的热爱,因此才反抗一切将对某个主体的规定看作普遍真理和一成不变的本质的霸权,而不是反对人本身。这与一直以中国传统文化为根基的中国本土文艺理论思想,具有某种程度的一致性。

童庆炳认为,元话语"指那种在作品的字面上寻不到的,深藏于作品全部话语背后的深层意蕴或精神结构。"[23]又说:"'元',《周易》有'乾元'、'坤元'的说

法,意思是它们是天地万物的'资始'、'资生'。又,《春秋繁露·重政》:'元者为万物之本。'所以'元'兼有'开始'和'根本'的意思。'元话语'就是作为话语体系的作品的起始和根本。它是作品的全部话语的起点,又是作品的全部话语的归宿点。"[24]根据童庆炳的这番描述,元话语至少具有如下几个特点:第一,它是反语言分析思维的、但又可以言说;第二,它是看不见的、但又实际存在的;第三,它不在语言之中,但又能够被感知;第四,它超越符号,但并不排斥符号。元话语意味着对符号的征服。"'元话语'既非作品的主题,也非作品的题材,它是基于作家刻骨铭心的生命体验而延伸出来的内在精神结构,它体现出一个作家赖以维持其创作成绩的精神根基,它超越了主题和题材,但又蕴含于主题和题材中。普通的作家的作品有主题,但往往没有'元话语'。伟大的作家也不可能拥有很多'元话语',一般只有一个或数个'元话语'。"[25]元话语是一种精神结构,是蕴含真理的形式。在"元话语"中,思维和存在同时存在,却又处于相生相克的关系中。存在与思维搏斗的裂痕,就体现在"元话语"中,它是真正的艺术结晶,因为它有主体存在的痕迹,所以它是真理,会发光,也能养人,不是虚假的。

童庆炳梳理了古今中外几种有代表性的文学观念,但使其创作美学"元话语"得以形成的主要文学观念是根源于中国古代以"言志"和"教化"为重要特色的"实用说",同时,还有受道、释两家影响,超越实用说的以消闲审美为旨趣的文学观念。后者某种程度上要求摆脱"教化"的束缚,开辟了文学的"审美走向"。中国古代文论中,这两种截然不同的文学观念互相补充,使古代的诗人可进可退,进入'达则兼济天下,穷则独善其身'的生存境界。

童庆炳创作美学的"元话语"正是中国古代文论这两条相反相成文学观念形成的精神结构,它是矛盾的结合体,如果一定要给它起个名,那么套用童庆炳自己的话说,就是"生存美学"。"生存美学"是一个由正、反二极融合而成的系统;美的原则与社会原则相互征服。离开社会原则而论审美,则虚无缥缈;离开美的原则,而只论文功利,人生则不堪重负、浑浊不堪。两者在一个系统,这既是现实生活的法则,也是艺术真理的体现。两者构成张力,美有附着,事有超脱,不偏不倚。这是中国特色,也是理想人格。

所以,审美诗学的元话语特征,既有历史文化积淀的影响,又是时代特征的体现。元话语中,最关键的是人的精神与价值的回归。"当一种艺术走到装饰之日,也正是它衰亡之时。"㉖,从艺术形式的演变历史——"写实""写意""图案化"可以看出,形式一开始,是包含内容与真理的,但却越来越符号化。赵毅衡先生认为,符号的在场,恰恰表明意义的缺失;而意义恰是主体的符号。从符号学的角度,研究意义问题,得不出真理,所以我们要去符号化,并超越现有符号学,还意义以真理,还主体以真相。

三、生存美学与审美诗学的形式意蕴:"审美场"的建构

在《童庆炳追思录》中,方锡球对童庆炳的生命特征做了如下概况:"我感到,先生在我们这样一个人欲横流的时代,是想坚守、提倡并发展古典的'深情',重建'人'和'人的世界',从而形成历久弥坚的人与人、人与自然之间的亲切关系。"㉗这是相当诗意和贴切的符合人文标准的评价。

童庆炳生命中的这份"深情"植根于中国传统生命美学之中,最早要从孟子的"浩然之气"说起。"气"是一种感性又不乏理性的生命力量,也可以叫生命力美学(生存美学)。魏晋时期的文人将这份"深情"发挥得淋淋尽致,以致于宗白华对魏晋名士高度赞扬,甚至认为是他们第一次向内发现了"深情"。这是中国传统士大夫的美好精神品格的体现,而这也正是童庆炳骨子里的信仰。当然,正如前面所说,童庆炳还受到席勒"完整的人"等德国古典美学的熏陶、卡西尔文化哲学的塑造、马克思"人"学观点的影响。西方优秀的人文主义思想、哲学与童庆炳思想中传统士大夫的人格诗学完美交融在一起,强化了童庆炳的理想和信念。"在学者们纪念童庆炳的文章中,可以发现,童老师并非一位书斋里的学者,他仗义助人,热爱教书、著书,对美食、旅游、文化,都有心得,而且深谙人情世故。所以,王一川说他是'人师'。童庆炳的学术、生命、教育、审美、爱情、生活,都是融为一体的,没有分裂,活出了中国古典文化与美学的境界,可谓华枝春满,天心月圆。他不将遗憾留给来世/彼岸,而是牢牢抓住了、并享用了今生。"㉘

所以"审美场"是灵魂力量的表现,是童庆炳审美诗学"元话语"结构的显现。童庆炳说:"作家对现实的把握,是一种极其复杂的心理过程,这一过程的奥

秘至今还远远没有被精确地揭示出来,还有待更深入地研究。"㉙童庆炳看到了审美活动的复杂心理过程,而对这一个过程的精确揭示,无论自觉还是不自觉,都必然会用到符号学的分析视角。而这正好是塔拉斯蒂所说的存在符号学的研究特征。在人类一切心理活动中,艺术心理活动,应该是最复杂、且最值得研究的。存在符号学的实践,恰好是音乐。而音乐与文学审美,都有相似之处,即都存在看不见但却又都能被体验和感受到的东西。那这个对文学而言,就叫审美场;对音乐艺术而言,就是塔拉斯蒂所说的存在的符号。

存在符号学是芬兰符号学家埃罗·塔拉斯蒂于 21 世纪初提出来的概念。它是在超越语言结构主义符号学与后结构主义符号学的基础上,借助经典符号学家如索绪尔、格雷马斯等人的符号学理论,并综合欧洲大陆存在哲学,而形成的一种新的符号学思想与方法。塔拉斯蒂给予存在符号学的定义是一般符号学,也即本体论意义上的符号学。他希望存在符号学,可以为欧洲、乃至中国文化提供可以倚赖的共通模式。从思维方式和研究对象看,存在符号学综合符号学的逻辑、分析思维与现象学、存在主义的本质直观,研究不断流动、充满变化的主体精神运动,这恰恰是人文科学、尤其艺术和宗教的特征。童庆炳在论文艺学研究方法的时候,说道:"方法与对象必须有内在的适应性,"㉚"是对象决定方法,不是方法去框对象。"㉛从哲学上看,存在符号学可以为艺术研究提供最基本的理论视角和方法论前提。而文学是艺术的一种,因此文学研究与存在符号学的方法具有天然联系。所以用存在符号学的理论和方法来研究文艺美学思想,尤其是审美主体的心理活动规律(童庆炳名之"心理学美学"),再适合和贴切不过,他们之间不会导致"强制阐释"。"主体性"在后现代文化思想中虽然已经坍塌,但在文艺心理学领域,却依然无疑是重要的概念。

童庆炳认为,文学的格式塔质就是审美。而实际上文学的这个格式塔质,就是一种存在,不过它是审美的存在;存在如果要被他人感知,则需要符号来表达。审美在文学作品中的形态,其实表现为两种类型,一种是可见的符号系统,例如语言文字,另一种是不可见的存在,例如作者所说的"气":"在艺术家心灵里,'元气'则变成艺术家对宇宙、世界、人生的刻骨铭心的原体验,即审美体验。"㉜气,是感性的生命形式,是主客观的统一。其要点有二:一方面,它是指作为事物的生命之源的"元气""生气",以及艺术家对它的感应、评价,是主客观的统一。另一方面,"气"又是人与物缔结的特殊关系,是人的感应,评价,是人的精神力量。所以"气"是自然力与精神力的一种合力。它表现在作品中,必然会产生一种动人的"韵致"。因此,文学作品审美本质的符号体系就是"气韵"。用这个概念,可以解释中国传统美学中那些弥漫在作品整体结构中却又无法用语言符号表现出来的艺术效果。童庆炳认为,气、神、韵、境、味都可作如是观。这几个中国古典美学概念,在作品中都不是作为事物的一个因素而存在的,而是作为整体关系而存在,因此,我们要寻找一部真正的作品的气脉、神髓、韵致、境界、真味,不可能在作品个别因素或局部找到,往往要从作品整个关系所形成的言外、景外、象外去寻找。从学理上看,童庆炳论述审美心理过程的思考,与现象学、阐释学比较接近。

在论述"人的内心是如何感应到了外物的这种'表现性'"时,他所引用的威廉·詹姆斯的"身心同一"论,极富创见:"在一般的情况下,我们不仅能从时间的连续中看到心理事实与物理现实之间的同一性,就是在它们的某些属性当中,比如它们的强度和响度、简单性和复杂性、流畅性和阻塞性、安静性和骚乱性中,同样也能看到它们之间的同一性。"[③]格式塔心理学家韦特海墨受此启发,提出了外在世界与心灵世界"异质同构"的设想,成为童庆炳审美心理学很重要的一个理论来源。格式塔心理学家提出的"力的结构",实际上乃是一切存在物的基本存在形式。力的结构,就思维形式上看,是本质直观的产物;在表达方式上是形式与内容的结合。也就是说,这种"存在符号学"的特征,不仅仅是人这一主体、精神的特征,而且也是除去人之外一切存在物的基本形式。

对于艺术或美学而言,这种按情感的"表现性"和"力的结构"的分类法,为艺术家表现情感开辟了一条重要的途径:"人的内在的心灵世界原来就有各种各样的情感的'力的结构',而外在世界某种事物通过对人的刺激,也会在大脑电力场中形成一种'力的结构'。这样外在事物的'力的结构'一旦与脑电力场原有的某一'力的结构'相对应沟通,那么外在事物看上去就会带有情感的性质,而艺术家就可凭借这外在事物来传达自己的感情了。"[③]而童庆炳富有创造性地从马克思实践哲学的角度,去解释"异质同构"理论的生成,认为"异质同构"是人在同自然和社会的千万年的交往中,逐渐形成的一种能力。

可以看出,童庆炳的文艺美学思想,有两条异质但又被他人为融合在一块的线索,一条是现象学、主体理论,另一条是马克思意识形态理论。这两者有交叉之处,但更多的是矛盾之处。文学审美,要求的是感性的解放,是不能被规矩套住的;而后者强调的是规范的建立。童庆炳在论述相关、具体文学问题时,很吸引人;但一回到规范立场,就让人觉得可能是某一种策略。而正是这一不乏政治策略而保守的文化立场,让童庆炳在文化研究盛行的年代遭遇不少挑战。然而童庆炳对文学与审美边界的坚守,其对文学审美心理富有强烈生命体验的、动人心弦的阐发,在"后理论"时代西方文学理论界重新开始转向文学性和审美自身的当下,又将焕发新的光彩。

虽然"审美场"这个概念的提出,富有意味,但对它的分析还是有些薄弱。例如,"概而言之,'审美场'是心理处于活跃状态时的主体,在特定的心境、时空条件下,在有历史文化渗透的条件下,对于客体的美的关照、感悟、判断。'审美场'实现的过程是创造的过程"㊳这段话,并没有真正说清楚"审美场"本身的特质,毕竟"审美场"属于"超越"的范畴,而"超越"正是一切艺术与文化活动的本质属性。超越有限性的程度决定审美价值的高低。因此也许需要一种语言上迂回的方式,才能更准确把握美的意趣和真理。

古希腊哲学家恩培多克勒说,运动之发生是由于作用在元素间的爱和恨的力量。爱与恨,应该是继毕达哥拉斯学派提出的"第五元素"之后的第六、第七元素。爱是产生结合的力量,而恨是产生分裂的力量。只有在结合和分裂元素时爱和恨彼此争斗的地方才存在运动中的个别事物的世界。而文学与审美正是对个体存在的保护和守望。站在后现代主义文化的立场看,童庆炳的审美诗学理论似乎过于单纯、天真和理想化,但不得不说,唯有美学革命,才能推动实践变革,也才是克服马克思所说的劳动"异化"(发展到传媒时代,就是符号异化)、让人自身获得解放的途径。

注释:

①童庆炳:《维纳斯的腰带》,上海文艺出版社,2001年,第92页。

②[德]恩格斯特·卡西尔:《人论》,上海译文出版社,1985年,第34页。

③童庆炳:《维纳斯的腰带》,上海文艺出版社,2001年,第94页。

④童庆炳:《代前言——我的新时期文学理论研究之旅》,选自《童庆炳文集》(第一卷),北京师范大学出版社,2016年,第6页。

⑤李衍柱:《在建设中国特色文艺学的大道上——谈童庆炳先生的人格魅力和学术贡献》,选自北京师范大学文艺学研究中心编《木铎千里,童心永在——童庆炳追思录》(下),北京师范大学出版社,2016年,第243页。

⑥王蒙:《序一》,选自童庆炳《维纳斯的腰带》,上海文艺出版社,2001年。

⑦李春青:《论文化诗学与审美诗学的差异与关联》,《北京师范大学学报》2016年第5期。

⑧李春青:《论文化诗学与审美诗学的差异与关联》,《北京师范大学学报》2016年第5期。

⑨李春青:《论文化诗学与审美诗学的差异与关联》,《北京师范大学学报》2016年第5期。

⑩童庆炳:《代前言——我的新时期文学理论研究之旅》,选自《童庆炳文集》(第一卷),北京师范大学出版社,2016年,第6页。

⑪童庆炳:《代前言——我的新时期文学理论研究之旅》,选自《童庆炳文集》(第一卷),北京师范大学出版社,2016年,第6页。

⑫童庆炳:《序》,选自童庆炳《童庆炳文集》(第一卷),北京师范大学出版社,2016年。

⑬童庆炳:《关于文学特征问题的思考》,《北京师范大学学报》1981年第6期。

⑭赵勇:《童庆炳:学者的初心》,《光明日报》,2017年12月18日。

⑮童庆炳:《维纳斯的腰带》,上海文艺出版社,2001年,第42页。

⑯童庆炳:《维纳斯的腰带》,上海文艺出版社,2001年,第506页。

⑰[德]席勒《审美教育书简》,中国文联出版公司,1984年,第51页。

⑱童庆炳:《维纳斯的腰带》,上海文艺出版社,2001年,第213页。

⑲童庆炳:《论美在于内容与形式的交涉部》,选自童庆炳《童庆炳文集》(第一卷),北京师范大学出版社,2016年,第194页。

⑳莫伟民:《译者引语:人文科学的考古学》,选自米歇尔·福柯《词与物》,莫伟民译,上海三联书店,2001年。

㉑莫伟民:《译者引语:人文科学的考古学》,选自米歇尔·福柯《词与物》,莫伟民

译,上海三联书店,2001 年。

㉒莫伟民:《译者引语:人文科学的考古学》,选自米歇尔·福柯《词与物》,莫伟民译,上海三联书店,2001 年。

㉓童庆炳:《维纳斯的腰带》,上海文艺出版社,2001 年,第 192 页。

㉔童庆炳:《维纳斯的腰带》,上海文艺出版社,2001 年,第 192 页。

㉕童庆炳:《维纳斯的腰带》,上海文艺出版社,2001 年,第 192 页。

㉖童庆炳:《维纳斯的腰带》,上海文艺出版社,2001 年,第 30 页。

㉗方锡球:《独上高楼,望尽天涯路——访学杂忆》,选自北京师范大学文艺学研究中心编《木铎千里,童心永在——童庆炳追思录》(下),北京师范大学出版社,2016 年,第 603 页。

㉘颜小芳:《纸香书影里的童庆炳——从〈木铎千里,童心永在——童庆炳先生追思录〉说起》,《湘潭日报》,2019 年 7 月 12 日。

㉙童庆炳:《文学与审美——关于文学的本质问题的一点浅见》,选自童庆炳《童庆炳文集》(第一卷),北京师范大学出版社,2016 年,第 61 页。

㉚童庆炳:《导言:关于文艺学的方法论问题》,选自童庆炳《童庆炳文集》(第二卷),北京师范大学出版社,2016 年,第 13—14 页。

㉛童庆炳:《导言:关于文艺学的方法论问题》,选自童庆炳《童庆炳文集》(第二卷),北京师范大学出版社,2016 年,第 13—14 页。

㉜童庆炳:《维纳斯的腰带》,上海文艺出版社,2001 年,第 69 页。

㉝童庆炳:《维纳斯的腰带》,上海文艺出版社,2001 年,第 93 页。

㉞童庆炳:《维纳斯的腰带》,上海文艺出版社,2001 年,第 69 页

㉟童庆炳:《维纳斯的腰带》,上海文艺出版社,2001 年,第 67 页。

从《金瓶梅》与《红楼梦》看中国古典小说中的猫意象

张文东

摘　要:中国古代诗、文作品中的猫多以正面形象出现,而在古典小说中,"猫"作为叙事意象则几乎全部被作者赋予负面寓意。猫意象在中国古典小说中多用来象征奸情淫欲、阴谋或二者的交织。这种象征义在以《金瓶梅》和《红楼梦》两部世情小说中,无论是在民间俗语的运用还是具体情节的安排上,都表现得尤为明显。而这种情况的出现,我们可以从小说文体本身、猫的动物习性以及这种习性在民俗文化的反映中找到根据。猫意象的内涵基本定型之后,其在中国古典小说的情节推动中发挥了积极作用,展现出了特殊魅力。

关键词:《金瓶梅》;《红楼梦》;古典小说;猫意象

从现存资料来看,能确切说明我国已经开始蓄养家猫的是《旧唐书·后妃传》中"武后怒,自是宫中不蓄猫"[①]的记载。而猫在文学作品中出现也正是从唐以后才开始逐渐多起来的,这从初唐大型类书《艺文类聚》和《初学记》收"鼠""犬"之类却不收"猫"类而宋代大型类书《太平御览》收"猫"类可窥一斑。也即是说,猫进入我国文学作品的时间与我国开始蓄养家猫的时间基本上是一致的[②]。一般来说,某事物的诸多特征会在不同的作品中根据作者创作目的的不同

＊张文东,男,1989年生,河南柘城人,文学博士,许昌学院文学与传媒学院讲师,从事汉魏六朝文学与古典小说研究。

而呈现出不同的面貌。事实上猫意象也确乎如此,它在文学作品中的形象褒贬不一。但若细细寻绎,却不难发现不同文体之间的猫意象又都各自趋向不同的固定用法。

总体而言,我国古代诗、文作品中猫出现的次数并不多,在这两大主流文体中,即便有猫,也多是以其能捕鼠的正面形象出现:文如韩愈《猫相乳说》、柳宗元《永某氏之鼠》等,诗如梅尧臣《祭猫》、黄庭坚《乞猫》、曾几《乞猫二首》、陆游《赠猫》等。这无疑是在以农为本的背景下,猫作为粮食破坏者——鼠的天敌受人们欢迎的表现。早在《礼记·郊特牲》就有"古之君子,使之必报之……迎猫,为其食田鼠也"③的记载,猫也以此一度成为人们蜡祭的对象;又鼠往往作为贪墨者的代称,相应地,猫自然也就以纠察贪官污吏的正义面目出现在文学作品中。除此之外,诗、文中的猫多正面形象还由于诗、文作为两大主流文体,其作者往往为士大夫阶层,与"猫"有一种身份接近:第一,猫爱食鱼,而古亦以"食鱼"为士大夫的标志;第二,猫常作为统治阶层的象征,而传统士大夫、文人多预此列或准备入此列;第三,文人爱书,古人藏书惧鼠噬而多爱猫。即便后来因官吏形象的堕落而使猫在诗文中的形象趋贬,不过这种情况并未普遍,在诗、文诸作中大多还是承继了对猫的肯定。但是到了小说这一古人眼中的"俗"文体中,猫的形象却一落千丈,几乎全是负面的,这实应该引起我们的注意。其实,严格意义上来讲,诗、文中的猫多是一种能够捕鼠的动物形象,属"天地自然之象"而尚未臻于"人心营构之象"的"意象"④。真正使猫成为一种文学意象的是我国的古典小说作品。

猫意象在诸历史演义、英雄侠义、神魔志怪小说中几乎不见一用,而是集中出现于与民众日常生活联系紧密的世情小说中,其中尤以《金瓶梅》《红楼梦》为最。兹以这两部小说为主并结合他例来探究猫意象在中国古典小说中的内涵与作用,不当之处敬盼方家是正。

一、猫意象在中国古典小说中的象征义

猫意象在中国古典小说中出现的频率以《金瓶梅》为最高。作为一部世情小

说，《金瓶梅》运用了大量的方言俗语，其中与猫相关者，有"黄猫黑尾"与"猫儿头差事"两种。

"黄猫黑尾"在《金瓶梅》中出现凡六次⑤，具体如下：

> 张四道："我不是图钱，只恐杨宗保后来大了，过不得日子，不似你这老杀才，搬着大，引着小，黄猫儿黑尾！"（第七回）⑥

这里"黄猫黑尾"是指杨姑娘以"杨家正头香主"的名义引着孟玉楼出嫁西门庆，嘴上说为孟玉楼着想，实则"这婆子爱的是钱财，明知道他侄儿媳妇有东西，随问什么人家他也不管，只指望要几两银子"，这是薛嫂、杨姑娘贪财，西门庆看上孟玉楼手里有一分好钱，贪其财又谋其色，各人鬼胎暗结的一种象征。⑦

> （潘金莲）骂道："没羞的黄猫黑尽(尾)的强盗！"（第十三回）

西门庆与李瓶儿偷情被潘金莲发现，这是西门庆面对潘金莲的盘问而不承认，潘金莲骂他的话。

> 妇人道："你看他还打张鸡哩！瞒着我，黄猫黑尾，你干的好茧儿！"（第二十八回）

宋惠莲与西门庆偷情并因此自杀而死，西门庆偷偷收藏了她的鞋子却被潘金莲发现，这是潘金莲骂西门庆面对质问却装作"我不知是谁的鞋"的话。

> 金莲道："不是这等说，恼人的肠子，单管黄猫黑尾，外合里差，只替人说话。"（第五十八回）

李瓶儿受宠，潘金莲的母亲潘姥姥却还在潘金莲面前说说李瓶儿的好话，这使本就妒意中烧的潘金莲破口大骂母亲是因得了李瓶儿的好处颠倒是非、里外合谋欺负自己,这是潘金莲将嫉妒之愤发之于外又指桑骂槐的表现。

> "你还捣鬼哄俺每哩,俺每知道的不耐烦了! 你生日时,贼淫妇,他没在这里? 你悄悄把李瓶儿寿字簪子,黄猫黑尾偷与他……"(第六十一回)

西门庆与王六儿通奸,为了讨好她,偷偷将李瓶儿的簪子送给了她。王六儿去西门庆家戴了这支簪子被潘金莲看到,这是潘金莲瞧破西门庆与王六儿奸情后骂西门庆的话。

> 金莲道:"我的儿,老娘猜不着你那黄猫黑尾的心儿!"(第六十七回)

西门庆梦到已故的李瓶儿,醒来之后暗暗想念并为此眼睛红红的像哭过一般,被潘金莲看到却说是控着头睡觉的缘故,后来又说漏了嘴承认梦到了李瓶儿,这是潘金莲奚落他的话。

以上几处"黄尾黑猫",除了张四骂杨姑娘的一处外,均出自潘金莲之口,可以看作对表面一套背地里又一套使诈之人的骂语,有"表里不一,暗中做私弊之事"之意。抛开具体所指,"黄猫黑尾"这一俗语的六次出现在小说情节上分别关联着西门庆阴谋孟玉楼的财色、与结义兄弟花子虚的妻子李瓶儿偷情、与家仆来旺媳妇儿宋惠莲偷情、宠李瓶儿并收用其丫鬟绣春、与生意上的伙计韩道国媳妇儿王六儿通奸、与官哥的奶娘如意儿"不明不暗""睡了一夜"等事。据傅憎享先生考证,"'尾'古指性器;'黑尾'是把私处藏起,比喻人干那见不得人的阴私事"[8]。结合小说情节与傅先生的考证,我们可以做出这样的推论:"黄猫黑尾"这一俗语中的猫意象可视作"奸情""淫欲"的隐晦表达。

另一俗语"猫儿头差事"在《金瓶梅》中共出现两次,如下:

> 金莲道:"俺这小肉儿,正经使着他,死了一般懒得动旦;若干猫儿头差事,钻头觅缝干办了要去,去的那快!"(第二十回)
>
> 李瓶儿说:"妈妈子成日影儿不见,干的什么猫儿头差事?"(第三十七回)

其中第二十回是指春梅潜听西门庆和李瓶儿房中私事,第三十七回是李瓶儿的老仆冯婆子帮着西门庆与王六儿通奸之事。"猫儿头差事"为元代俗语,又叫"猫儿头",本指善于钻营结交官府的人,如《元典章》载:"把持官府之人处处有之,把持者,杭州为最。……街方人民见其如此,遇公事,无问大小,悉投奔嘱托关节,俗号'猫儿头'。"⑨大概因猫以胡须测量洞口大小,头能钻入身即可过,尤善于钻营,故有此称。后多指替人家做隐秘不清白的事儿,田艺衡《留青日札》云:"今言人之干事不干净者曰猫儿头生活。"⑩王汝梅在第二十回即将"猫儿头差事"注释为"替人干事儿不清楚不清白"。实则小说中"猫儿头差事"所指似应在干不干净之事的基础上更加明确一步,将这种隐秘不清白的事儿直接指向因"淫欲"而生的"奸情"。

除了"黄猫黑尾"与"猫儿头差事"两语中的猫与"奸情""淫欲"相关外,另如第六十八回郑爱月向西门庆介绍王三官娘林太太时用"常和人家偷猫递狗"来形容林太太"只送外卖",即常在外与人通奸。这也可以看作猫意象与"奸情""淫欲"相关联的又一例证。

除了俗语口语,《金瓶梅》还在情节的安排上也多处用到猫意象,如第十三回:

> 良久,只听得那边赶狗关门。少顷,只见丫鬟迎春黑影里扒着墙,推叫猫,看见西门庆坐在亭子上,递了话。

西门庆与李瓶儿私约跳墙偷情,李瓶儿让丫鬟迎春传信,迎春就用了"推叫猫"的方法以期掩人耳目。作者在这里仍将"猫"与男女奸情联系起来,当非偶然。

另一例就是第五十九回潘金莲用"雪狮子"以"红绢裹肉"害死官哥之事:

> 却说潘金莲房中养的一只白狮子猫儿,浑身纯白,只额儿上带龟背一道黑,名唤"雪里送炭",又名"雪狮子"……妇人(潘金莲)常唤他是"雪贼"。每日不吃牛肝干鱼,只吃生肉,调养的十分肥壮,毛内可藏一只鸡弹。甚是爱惜他,终日在房里用红绢裹肉,令猫扑而挞食。这日也是合当有事,官哥

心中不自在,连日吃刘婆子药,略觉好些。李瓶儿与他穿上红缎衫儿,安顿在外间炕上玩耍。迎春守着,奶子便在旁吃饭。不料这雪狮子,正蹲在护炕上,看见官哥儿在炕上,穿着红衫儿一动动的顽耍,只当平日哄喂他肉食一般,猛然望下一跳,将官哥身上皆抓破了。只听那官哥儿呱的一声,倒咽了一口气,就不言语了,手脚俱风搐起来。

自从李瓶儿有了官哥儿,西门庆对她百依百随,潘金莲对此早就看在眼里恨在心里,暗怀毒计,终于置官哥儿于死地。作者这里对猫意象的运用似乎即是指此害死官哥儿之阴谋奸计,实则不尽然。张竹坡于第五十九回回批中就指出:

> 乃于官哥临死时,写梦子虚云:"你如何盗我财物与西门庆?我如今告你去也。"二句分明是子虚化为官哥,以为瓶儿孽死之由,以与西门庆索债之地。二句道尽,遂使推唤猫上墙,打狗关门,早为今日打狗伤人,猫惊官哥之因一丝不差……然后知其以前瓶儿打狗唤猫,金莲打狗养猫,特特照应,使看者知官哥即子虚之化身也。⑪

张评可谓一语中的,官哥作为花子虚的化身被猫吓死,随后李瓶儿也因之病亡,正与当初李瓶儿让迎春"推叫猫"同西门庆偷情为因果报应。所以说这里的猫意象不单单指涉阴谋、奸计,还在更深层次上指涉着奸情、淫欲。

《金瓶梅》中的猫意象与奸情、淫欲的联系还能从以下几处窥见:第十二回,因西门庆在妓院贪恋桂姐姿色,半月未归,"欲火难禁"的潘金莲"偶遇着玳瑁猫儿交欢,越引逗得他芳心迷乱",随后便与仆人琴童私通;第四十九回,胡僧为西门庆介绍房术药的效果,其曰:"恐君如不信,拌饭与猫尝。三日淫无度,四日热难当。白猫变为黑,尿粪俱停亡……"胡僧(叙述者)在这里不选别的动物而偏选猫,恐亦有深意存焉;第五十七回,作者形容潘金莲见了西门庆女婿陈经济"就是个猫儿见了鱼鲜饭",两人"好生顽了一回儿";八十六回,潘金莲与王婆的儿子王潮儿通奸"摇的床子一片响声",王潮儿骗王婆是"猫捕的老鼠响"。凡此种种都在表明:《金瓶梅》中的猫并非简单地作为一种动物出现在小说中,乃是作者匠心独运,倾力营构的一种内涵丰富的意象,其几乎无一例外关涉到男女之事,可以视作"淫欲""奸情"的象征。

"深得金瓶壶奥"的《红楼梦》亦颇多对猫意象的运用。如第十二回贾瑞对凤姐起淫心,晚上赴约,以为来人是王熙凤时,作者叙道:"等那人刚至门前,便如猫儿捕鼠的一般,抱住叫道:'亲嫂子,等死我了。'说着,抱到屋里炕上就亲嘴扯裤子。"又如第四十四回,贾琏与鲍二家的偷情事发,贾母宽慰王熙凤"小孩子们年轻,馋嘴儿猫似的,那里保得住不这么着"。作者对奸情淫事情节的描写,多次借"猫"来形容,基本可以看作是一种趋固定的用法。另外一个经典的例子就是第八十七回妙玉"坐禅寂走火入邪魔"一节:

坐到三更过后,听得屋上骨碌碌一片瓦响,妙玉恐有贼来,下了禅床,出到前轩,但见云影横空,月华如水。那时天气尚不很凉,独自一个凭栏站了一回,忽听房上两个猫儿一递一声厮叫。那妙玉忽想起日间宝玉之言,不觉一阵心跳耳热。自己连忙收摄心神,走进禅房,仍到禅床上坐了。怎奈神不守舍,一时如万马奔驰,觉得禅床便晃荡起来,身子已不在庵中。便有许多王孙公子要求娶他,又有些媒婆扯扯拽拽扶他上车……⑫

此处猫意象的运用与《金瓶梅》中潘金莲看到玳瑁猫儿交欢而欲火难禁异曲同工,或即从彼脱胎而来。在这里主要指涉妙玉难以抑制的情欲,又似暗伏之后其"欲洁何曾洁""风尘肮脏违心愿"抑或被迫害玷污之事。

除了奸情、淫欲的象征之外,猫意象在中国古典小说中还承担有阴谋、奸诈的象征义。如《三侠五义》第一回"狸猫换太子"一案中,刘妃嫉妒李妃先得儿子,便暗结太监郭槐和产婆尤氏将狸猫剥去毛皮趁着忙乱之际换出太子,并吩咐宫女寇珠将太子带到销金亭用裙绦勒死⑬。这里猫意象所关涉的阴谋之狠毒着实令人不寒而栗。另外猫意象还会偶尔被赋予其他一些贬义色彩,如《水浒传》中鲁智深因酒醉大闹五台山而被告状称"本寺那里容得这等野猫,乱了清规","这野猫今日醉得不好"⑭,两度被告均被称为野猫,概言"乱了清规",确指虽然难以判断,犯了酒戒自然在其中,但也不排除众僧有诬蔑智深涉淫之嫌;又如《金瓶梅》三十二回妓女吴银儿和郑爱香背地里称同行董娇儿为"董猫"，意在其做事儿奸猾。当然也有例外，如《三侠五义》中的南侠展昭就被赐予"御猫"的称号，但这仅是一个孤例，其作为统治者所用的一个政治符号也代表不了小说中对猫的态度，倒是更多地承继了诗、文中士大夫对猫的态度。

通过以上例子不难看出，"猫"这一意象在以《金瓶梅》《红楼梦》为代表的中国古典小说中几乎全部以负面形象出现，并且多用来象征奸情、淫欲或狠毒的阴谋，或二者兼而有之。

二、猫意象象征义成因探

中国古典小说中猫意象之所以多用来象征奸情、淫欲、阴谋之类，窃以为主要可从以下几个方面进行探因：

其一，小说受史传文学的影响很大，而猫在史传作品中的形象亦均为贬义。如《北史·独孤陀传》记载了喜好左道妖术的独孤陀与其义母高氏通过祭祀"猫鬼"来谋财害命之事；《旧唐书·后妃传》记载了武则天与王皇后、萧良娣争宠之事，王、萧二人被废为庶民后，萧氏骂称愿武则天为老鼠，自己愿作猫儿生生扼其喉，武则天因此严禁宫中蓄猫，猫从此被介入到后宫的各种争斗之中，从文学解读的层面讲，其实《金瓶梅》中的猫意象也可以看作是后宫斗争的缩影；《旧唐书·五行志》记载了猫鼠"相乳"和"同处"的事，都被史官视作不吉之兆；《新唐书·奸臣传》记李义府"貌柔恭，与人言，喜怡微笑，而阴贼褊记著于心，凡忤意者，皆中伤之，时号义府'笑中刀'，又以柔而害物，号曰'人猫'"⑮，自此之后，"猫"便经常成为"奸臣"的代称，如《老学庵笔记·卷三》用童夫人之狮猫影秦桧之奸佞，《渊鉴类函》记载"宋有卢仙姑者，指猫而问蔡京曰：'识之否？此章惇也。'其意盖以讽京"⑯。史传文学作品中关于猫的描写代表了部分文人甚至士大夫对猫的态度，其于猫既贬如此，与其关系密切的小说则亦如之了。

其二，小说作为俗文学的代表之一，尤其是世情小说，较多地反映了民间对猫的态度。作为被统治阶层的普通大众，对统治者所标榜的"猫捕鼠"并不认可，乃至由于部分官僚的腐败、不作为，人们对猫多持否定态度，《水浒传》中阎婆惜再向宋江借钱时也说"做公人的,哪个猫儿不吃腥",将官吏直指为"猫",且是偷腥,即贪污的道德腐败之猫。南宋洪迈编的笔记小说《夷坚志·己卷第九》"桐江二猫"篇中,记一桐江民养二猫却捉不到家里普通的老鼠,向邻居家借猫也捉不到的故事,意在讽刺居其位而不谋其职的官僚。这都使下层人民对"猫"的形象产生一种敌视态度。另外,由于小说的消费对象多为市民阶级,他们多为商贩或手工业者,不再依靠农业为生计,对猫捕鼠而减少粮食损失的观念就比较淡薄,这也在一定程度上影响了我国古典小说中对猫的态度。

其三,本文所讨论的猫意象所蕴涵的阴谋、淫欲、奸情的象征义更多地与现实生活中猫的习性有关,是猫的习性在人们心理上的反映。于晚上出没的天性,往往让人以为猫在干一些见不得人的勾当;再加上猫总喜欢潜伏在阴暗的角落,常给人一种阴冷恐怖的感觉。古人眼中的猫往往又生性凶残,常被看作是"不仁兽"[17],其在主人面前一副媚态,背过身去却最会折磨弱小。猫的卑伏、阴鸷,穿墙越院,尤其是经常在夜里人们将睡未睡之际叫春,让人极度厌恶,也更让人将其与淫欲、奸情等事相联系。猫的这些习性在其他民族也能找到类似的评价,如英文的 cat 有"恶毒的女人"的义项,其引申义有"寻找性伴侣,发生性关系"等,俚语中更直接为"寻欢""宿娼"之意;日语中有谚语"猫(ねこ)に木天蓼(またたび),お女郎(じょろう)に小判(こばん)",意为给猫吃木天蓼就像给妓女钱一样效果立竿见影,"泥棒猫(どろぼうねこ)"更是骂偷情的女人的话。这样,中国古典小说中用猫意象来象征奸情淫欲也就不难理解了。

三、猫意象在中国古典小说中的作用

作为中国古代文论核心范畴的意象多通过诱发人的想象与体验来获得读者的共鸣而产生感染力,其中的叙事意象除了一般意象所具备的指示客观物象、附加主观情感、蕴涵文化积淀等作用外,往往还有独特的作用,"尤其是长篇作品,同一意象在作品中反复出现,相互呼应,逐渐强化,新的功能和意义也层层展开"[18]。"猫"就是作为一种叙事意象在我国古典小说中通过推移和递进获得其丰富的意义来展现其特殊魅力的。

首先，猫意象在小说中有"草蛇灰线"的妙用，逐步推动故事情节发展。如上文提到《金瓶梅》中潘金莲用"雪狮子"害死官哥之事，作者为写此谋，早已不惜笔墨，除了多处写官哥穿红色衣服之外，还多处用猫来铺垫：

> 良久，书童儿进来，见李瓶儿在描金炕床上，引着玳瑁猫儿和哥儿耍子。（第三十四回）
>
> 西门庆道："别的倒也罢了，他只是有些小胆儿。家里三四个丫鬟连养娘轮流看视，只是害怕。猫狗都不敢到他跟前。"（第三十九回）
>
> 不想旁边蹲着一个白狮子猫儿，看见动旦，不知当作甚物件儿，扑向前用爪儿来挝。（第五十一回）
>
> 那小玉和玉楼走到芭蕉丛下，孩子便躺在席上登手登脚的大哭，并不知金莲在那里。只见旁边一个大黑猫，见人来，一溜烟跑了。（第五十二回）

作者先设下伏笔，点出官哥儿好猫又怕猫[19]，又安排"雪狮子"的第一次出场即看见物件动旦就扑上去挝，接下来又用官哥儿曾吃一只大黑猫"唬了"而大病了一场作为被"雪狮子"害死的前奏。一连串猫意象的运用将故事情节安排得疏密有致又环环相扣，让人忍不住击节赏叹。

其次，猫意象帮助塑造人物。动物的某些特性本身就有与人相通的地方，这使得用动物意象塑造人物有了很好的前提。当猫的一些习性被作者抓住并进行特写的时候，与猫的这些习性相似的一类人往往就已经在读者脑海中呼之欲出了。《金瓶梅》中潘金莲形象的成功塑造可以说于猫意象的运用上得益不少。猫在大家庭中往往是被当作宠物来对待的，这与潘金莲在西门庆家的身份相类。而猫的习性更是在潘金莲身上展露无遗，小说中有几句对潘金莲行事与性格的概括式描写："恃宠生骄，颠寒作热，镇日夜不得个宁静。性格多疑，专一听篱察壁。"[20]这活脱脱就对猫之习性的描写。另外，如果将上述官哥儿两次被猫吓的情节联系起来，可以将"黑猫"看作潘金莲因嫉妒李瓶儿而欲置其子于死地的歹毒、阴暗的内心，是暗画；"白猫"则是以实际行动对其阴暗用心的彰显，是明写。一明一暗的搭配可谓将潘金莲的尖刻、恶毒表现得淋漓尽致。加之猫意象所象征的阴谋、淫欲、奸情在潘金莲身上的体现，我们甚至在一定程度上将二者画上等号，小说中对猫意象的运用实在为人物塑造生色不少。

再次，猫意象的运用强化了叙事作品的诗意表达。意象本在诗歌中为追求言有尽而意无穷的含蓄抒情效果而常被运用，其在小说中的运用也将这种效果带进了叙事文学。猫意象即是叙事作品诗意表达的一个很好的例子。如《红楼梦》第五回关于猫意象的运用，颇值得玩味。该回写贾宝玉梦中游太虚幻境一事，宝玉欲睡中觉，秦可卿将他安排在自己屋里，尔后作者写道："秦氏便吩咐小丫鬟们，好生在檐下看着猫儿狗儿打架。"[21] 紧接着就是宝玉梦中事，梦的结尾处乃是贾宝玉与"可卿"的"儿女之事"，宝玉被吓醒时，作者又写道："却说秦氏正在房外嘱咐小丫头们好生看着猫儿狗儿打架，忽听宝玉在梦中唤他的小名……"[22] 这里"猫儿狗儿打架"于梦的前后两度出现，却是指同一件事情，宝玉之梦在作者叙述的现实时间中竟然没有存在时间，这种或可推敲之处我们且不去管，联系到与此事相关的"贾宝玉初试云雨情"与"秦可卿淫丧天香楼"，个中深意又怕又不止于此。秦可卿房中"案上设着武则天当日镜室中设的宝镜，一边摆着飞燕立着舞过的金盘，盘内盛着安禄山掷过伤了太真乳的木瓜。上面设着寿昌公主于含章殿下卧的榻，悬的是同昌公主制的联珠帐"，并"亲自展开了西子浣过的纱衾，移了红娘抱过的鸳枕"[23]，这些陈设的主人，或宫闱生活秽乱，或传说韵事风流，作者用这一系列与古代香艳故事相关的事物想必并非单纯来渲染秦氏房间的秾艳。秦氏作为"宁府淫乱之魁"[24]，如果脂砚斋之说可信，作者对她淫乱之事的描写按其说法为"□去天香楼一节，是不忍下笔也"，"因命溪芹删去"[25]。《红楼梦》全书作者讳"淫"为"意淫"，张新之更是认为《石头记》是暗《金瓶梅》，故曰'意淫'"。结合两书对猫意象的运用，似可推出：这里的"猫儿狗儿打架"与房中陈设、两枝宫花、焦大醉骂、细说病源以及书中判词共同塑造了秦可卿"淫"的形象，作者虽删去风月文字，却假手猫意象与其他暗示完成了原来人物的刻画。这种运用也可以看作《红楼梦》比之《金瓶梅》更加雅化的原因之一。

总之，猫作为中国古典小说中的一种叙事意象，往往暗示着奸情、淫欲与阴谋的进行，它在小说中的多次出现使故事情节的发展更具张力，让人物形象更加饱满，其隐含义也使得叙事作品在表达方式上更加含蓄而具诗意。以上这些都是值得我们去探索，更是需要我们去借鉴的。

注释：

① 刘昫等：《旧唐书》，中华书局，2000年，第1463页。

② 我国早期文献中出现的"猫""狸""狸狌"，如"有熊有罴，有猫有虎"（《诗经·韩奕》）、"子独不见狸狌乎？卑身而伏，以候敖者，东西跳梁，不避高下"（《庄子·逍遥游》）等，所指均为野生之山猫，与本文所讨论的家猫有别，姑置不论。

③ 孙希旦：《礼记集解》，中华书局，1989年，第695页。

④ 章学诚：《文史通义》，中华书局，2014年，第18页。

⑤ 按：其中第十三回"黄猫黑尽（尾）"，词话本有，崇祯本、张评本无。

⑥ 张竹坡：《皋鹤堂批评第一奇书金瓶梅》，吉林大学出版社，1994年，第126页。本文凡引用《金瓶梅》原文而无特殊说明者，均出自该书，文中已标明回目者下不再出注。

⑦ 此处陶慕宁注为"骂人'无后'的隐语"。按陶注误，从杨姑娘的回骂即可看出此句非骂她无后，直到下文张四骂"焦尾靶！怪不得恁无儿无女！"这才骂到杨姑娘的痛处，使得"姑娘急了"，然后回骂"我无儿无女，强似你家妈妈子，穿寺院，养和尚……"若是"黄猫黑尾"为骂人无后，杨姑娘不当到这时才开始回骂。见陶注《金瓶梅词话》，北京：人民文学出版社，2000年，第87页。

⑧ 傅憎享：《黄尾黑猫再解》，《保定师专学报》1998年第2期。

⑨ 陈高华等点校：《元典章》，中华书局、天津古籍出版社，2011年，第1922页。

⑩ 田艺蘅：《留青日札》，国家图书馆出版社，2013年影印，原国立北平图书馆甲库善本丛书第536册。

⑪ 张竹坡：《皋鹤堂批评第一奇书金瓶梅》，吉林大学出版社，1994年，第907页。

⑫ 曹雪芹、高鹗：《红楼梦》，人民文学出版社，1996年，第1228页。

⑬ 石玉昆：《三侠五义》，人民文学出版社，2001年，第3页。

⑭ 施耐庵、罗贯中：《水浒传》，人民文学出版社，1997年，第62、67页。

⑮ 欧阳修等：《新唐书》，中华书局，2000年，第4804页。

⑯ 张英、王士祯等编：《渊鉴类函》，中国书店，1985年影印，上海同文书局石印本第18册。

⑰ 唐人阎朝隐《鹦鹉猫儿篇》序："鹦鹉，慧鸟也；猫，不仁兽也。"见彭定求等编《全

唐诗》,上海古籍出版社,1986年,第185页。

⑱ 杨义:《中国叙事学》,人民出版社,1997年,第308—309页。

⑲ 文中引第五十九回潘金莲用"雪狮子"害死官哥一段,词话本原有揭示潘金莲内心的"因李瓶儿官哥平昔好猫"一句,人民文学出版社陶注本将"好猫"改为"怕猫",并注"酌改"。"官哥好猫"当有所据,如第三十四回李瓶儿"引着玳瑁猫儿和哥儿耍子",官哥怕猫乃因其"小胆儿"(西门庆三十九回语),"好"与"怕"并不矛盾,似不宜径改。

⑳ 张竹坡:《皋鹤堂批评第一奇书金瓶梅》,吉林大学出版社,1994年,第170页。

㉑ 曹雪芹、高鹗:《红楼梦》,人民文学出版社,1996年,第71页。

㉒ 曹雪芹、高鹗:《红楼梦》,人民文学出版社,1996年,第88页。

㉓ 曹雪芹、高鹗:《红楼梦》,人民文学出版社,1996年,第70—71页。

㉔ 朱一玄主编:《红楼梦资料汇编》,南开大学出版社,2012年,第579页。

㉕ 曹雪芹著,脂砚斋评:《脂砚斋重评石头记甲戌校本》,作家出版社,2008年,第210、218页。

高山樗牛"审美生活"论的逻辑与影响
——20世纪日德美学交涉史研究

[日]小田部胤久著,郑子路译,梁艳萍校

摘 要:"审美生活论争"是日本明治时期最具影响力的美学论争之一,源起于1901年高山樗牛在《太阳》上发表的《论审美生活》一文。虽然该文通常被认作是尼采主义的,但实际上其中的许多论述都具有新康德主义的色彩。这些论述在冈仓天心、柳宗悦、鼓常良、大西克礼、木村素卫、三木清等思想家身上都得到了某种程度的继承,代表了20世纪前半日本的前沿美学思考,体现了近代日本美学发展的历史特征。

关键词:审美生活;日本美学;高山樗牛;新康德主义

明治时期有许多关于文学乃至美学的论争。虽然森鸥外(1865—1925)与石桥忍月(1865—1925)的"《舞姬》论争"(1890)、与坪内逍遥(1859—1935)的"文

---

* 小田部胤久,1958年生,日本著名美学家,文学博士,东京大学教授,主要研究18—19世纪初的德语圈美学以及20世纪前半的日德美学交涉史。曾担任日本美学会会长、日本谢林协会会长、日本18世纪学会代表干事、国际美学联盟委员等职。著有《象征的美学》(东京大学出版会,1995)、《艺术的逆说:近代美学的成立》(东京大学出版会,2001)、《艺术的条件:近代美学的境界》(东京大学出版会,2006)、《西洋美学史》(东京大学出版会,2009)、《木村素卫——"表现爱"的美学》(讲谈社,2010)等。本文原标题为「「美的生活」論争の射程」(『日本の哲学』第17号、昭和堂、2016、第52—67页)。

* 郑子路,广岛大学特别研究员,研究方向为日本美学、审美文化、中日文化交涉等。

* 梁艳萍,湖北大学文学院教授、博士生导师,研究方向为日本美学、文艺美学、文学批评等。

学没理想论争"(1901—1903)广为人知,但论及影响力大、参与人数多的,则当属"审美生活论争"(1901—1903)①。这一论争爆发的导火线是高山樗牛(1871—1902)于1901年8月在杂志《太阳》上发表的《论审美生活》一文。虽然在这篇文章中,高山并未直接提及"尼采"的名字,但登张竹风(1873—1955)却在同年9月出版的《帝国文学》中说:"高山君显然是依据尼采的学说。"与立足于尼采主义的立场拥护高山的登张竹风不同,坪内逍遥、长谷川天溪(1876—1940)等人因为反感尼采,所以将批判的矛头直接指向了高山与登张。后来,森鸥外和后藤宇外(1867—1938)也加入了这两个阵营的论争。该论争一直持续到1903年。因此,"审美生活论争"通常都被置于尼采在日本的传播的语境下讨论②。大塚保治(1868—1931)承接高山的议论,于次年撰写了《论浪漫主义兼谈我国文艺的现状》一文,甚至将这一论争明确地称作"尼采问题"③。

当然,除此之外,也有从论争中抽离出来,将该文置于高山的个人发展史中进行考察的尝试。在《樗牛全集》中,该文被收录于第四卷,列在第一期"伦理问题研究的时代(1891—1896年9月)"与第二期"国家主义的时代(1897年5月—1900年7月)"后的第三期"信仰觉醒的时代(1901年8月—1902年终结)"的首篇。正因为如此,所以也有不少研究将该文置于高山从"日本主义"转向"日莲主义"的文脉下进行讨论④。

但如果从尼采主义或个人主义乃至本能主义的角度,亦或是从高山的个人发展史的语境出发,来考察该文的话,则会将该文的意义矮化。换言之,在笔者看来,该文最大的意义在于,它代表了20世纪前半日本的前沿美学思考。正如众多研究者指出的那样,高山的著述中有许多不成熟的地方,而且该文所引发的论争最终也脱离了高山的议论。只要聚焦在这一点上,就可以说审美生活论争最后无疾而终。但如果更进一步详加解读的话,就会发现该文其实孕育了随后以各种形式展开的20世纪前半的美学思考的可能性。历来的高山研究者,不知是因为带有认定高山思想不成熟的先入观,还是被他的文章所带有的某种威风震慑住,并没有人详细地解读过该文。所以,在下文中,笔者首先将在第一节对该文的逻辑进行梳理,其次在第二节选取出三个值得关注的论点,并说明这些论点在20世纪前半日本的美学思考中是多么地具有共鸣。在此使用"共鸣"一词,是因为本文并非将高山论述中的可以实证的影响关系作为主体，而是类型论地选取出高山论述的特征，并将考察的重点放在解析 20 世纪前半日本的美学思考中的"典型"之上。

一、《论审美生活》的逻辑构成

在文章开头，高山将"审美生活"暂定为"比起衣食更在意生命与身体的升华"⑤。但仅这样定义"审美生活"的话，则过于抽象和冷漠。为了具体理解这一定义，我们需要在逻辑上对该文的内容进行重构。

高山将"审美"这一词语放在"知识"与"道德"的对比中使用。虽然该文通常被认为具有尼采主义色彩，但"知识""道德""审美"的三分法却是新康德主义的。高山断言道："在道德和知识上谋求安逸太难了。"这是为什么？

首先，我们来看"知识"。"学者们，比起在哪里读到最终的真理，更聪明的办法应该是像古代的先哲一样，去探索究竟是什么让乌龟可以支撑起大地。说到底，知识只是疑问的累积，好不容易解开一个疑问，而另一个新的疑问又产生了。"换言之，"知识"并不能给我们带来"不朽的真理"，它通常存在于"疑问→疑问的消除→另一个更高层次的疑问的出现"这一无限的循环之中。在这个意义上，知识通常是相对的，所以在知识上"谋求安逸"是不可能的。用康德的话来说，与"认识"相关联的，并不是"物自体"，而是"现象界"，所以"认识"并不会带来绝对性、终极性之物。

那么，"道德"又如何呢？实际上，高山特别着力论述的是"道德化"生活的相对性。"道德鼓励善良，而善良则需要配合。那么，因为配合而得以成立的道德，难道就要被轻视吗？所谓的配合，即排除障碍。行善时内心的障碍，即是恶念。如果善良需要配合才得以成立的话，那么行善者不就已经具备某种恶念了吗？换言之，他多多少少在某种意义上就成为了恶人，成为了不道德的人。"这里所展现出来的思考，也是康德式的。置换成康德的话，则是在人类身上存在着两种原理——向善的理性以及与其对抗的倾向性。道德持有的是"应该如何去做"的责任与义务的形式，即是指道德不具备完成时，百分之百的善事也并不存在。

所以，人类在朝着善一步步前进的过程中停下来，也是无可奈何的。

此时，必然会产生的一个问题，即人类果真无法逃脱"责任与义务"的构造吗？虽然康德认为这是必然的，但是高山却给予了否定的答案——"道德的理想应该是不需要配合也可以成立的。……如此一来，此时的道德也就只是无道德，已经与意识、考察以及配合无关，只是一种习惯、本能而已"。在这里，高山举出《论语·为政篇》里所说的"从心所欲不逾矩"与《马太福音·六·二十六、二十八》里所说的"像小鸟一样歌唱，像野花一样绽放"的生活方式，以及《后汉书·邓禹列传》所说的"自古的忠诚义士甘为其君殉国"之类的例子。正如这些例子展现出来的一样，高山以伦理学中的"自觉说"乃至"道德感情说"为根据，认为真正的善并非成立于对恶的不断克服与努力，而是善的直接感知与践行。而且，高山将这种直接感知与践行善的能力，称作"习惯"乃至"本能"。虽然高山的出发点经常被称作本能主义，但就像他将"本能"与"习惯"置于同等位置所展现出来的那样，他称之为"本能"的，绝非人类天生的动物属性，而是在人类的历史中获得的。就像"我们的日常习惯并不是一朝一夕形成的，起初实际需要很多的苦痛、烦闷和配合"这句谚语所说，所谓的"习惯"即在形成之初需要很多的试错，而一旦确立了之后，这些试错本身已然被忘却，宛如自然本身就具备的那样制动着的、作为"本能"的"第二的自然"。并且，就像"郑重地维持这一贵重的遗产，务必要使从这些遗产中产生的幸福不至于落空"说的那样，我们将通过试错在历史中形成的习惯置于当下的同时，也肩负着延续到未来的职责。换言之，当下的习惯发挥着连结过去与未来的作用。另外，高山还将直接地感知和践行善的阶段，称为"无道德"。这是因为，此时道德本身已经不再显现为意识。在"善恶的彼岸"成立的这个"无道德"，必须要和"不道德"区别开来。所谓的"不道德"，就像前文引用的"他或多或少都有点恶人或不道德之人的意味"所说，指向的是在善恶的对立中被把握的阶段。

高山的这一尝试绝非孤高。甚至可以说，高山正是承载着后康德世代的使命。席勒意图以"审美教育"的理念克服康德伦理学的二元论，而谢林则尝试用"审美直观"对其超越。从1790年《判断力批判》成书到1800年谢林的《先验唯心论体系》公开发表的十年之间，"审美"乃至"美学"已经成为了后康德世代的标语。如果从这点来看的话，高山的尝试正是呼应了后康德世代的理论。因此，高山将自我立场总结为"审美"，绝不是不可解的。对于"道德以及知识的生活，只不过是在其原本的性质中已存有相对化价值"这一观点，高山认为"审美生活因为存在于满足人性本然的要求之处，所以生活本身已经具有了绝对化价值"。换言之，即"审美生活的价值已经变得绝对了、固有了"。虽然，"道德""知识"与"审美"可以基于"相对"与"绝对"的对比进行理解，但带有绝对化价值的"审美生活"究竟是怎样的呢？关于这一点，高山只说"价值的绝对化即审美，审美价值的最纯粹化即本能的满足"，并没有进一步地展开。高山的论述之所以欠缺具体性，是因为他没有分析"价值的绝对"是如何成立的，也没有具体地阐述"本能的满足"时的"本能"是怎样的。

但是，在接下来的第六节中，高山的论述却带有某种具体性，也很出彩。高山指出："虽说是本能以外的事物，但也不妨认为其价值的绝对也是审美的。如此一来，审美生活的范围也随之扩充到了本能的满足之外。"此时高山的议论已经不能简单地归结为本能主义了，高山具体地举出了道德、知识、金钱、恋爱、瑜伽、艺术等六个例子。以下选取道德、知识和艺术这三个例子稍加探讨。

道德原本只带有相对化的价值，但如果人们认为"道德本身因为有绝对的价值，所以就将道德的践行作为人生的根本目的"的话，那么人的行为不是"道德"的，而是"审美"的。高山以"古代的忠臣义士、孝子烈妇留下的数个美谈"为例，认为这些行为"虽以道德之名传承了下来，但实际上只是一种审美的行为"。这基本对应了席勒对康德的批判。康德认为，在人类的行为之中，理性与倾向性在本质上是对立的。而席勒则认为，倾向性与理性是一致的，即"审美地超越义务"才是"全人"的理想⑥。

第二，关于"知识生活"，高山作为"审美生活"的例子所选取的，并非作为对真理进行考察的手段，而是作为目的自身所产生的事态。这样的知识的"自我目的化"在"真正的学者"看来，虽然是本末倒置的，但因为它具有"可以从学术上获得真正的学者难以享受的满足"的特质，所以得到了高山的高度评价。

最后，高山举出了"诗人美术家甘为其所爱者死的事例"。高山原本就没有"为了艺术而艺术"的理念，这个例子表明对于高山来说，"审美"与"艺术"是相互独立的概念。虽然艺术是为了实现某种目的的手段,但艺术家时常会为了追求自己的艺术理想而舍弃生命——"毕竟艺术才是他们的生命与理想"。在这里,虽然高山并没有明确地回答"艺术的目的是什么",但如果要说的话,恐怕应该是"为了人生而艺术"或"作为本能满足的手段的艺术"吧。

正如这些例子所展现的那样,原本相对化的事物也被当作了绝对化之物。此时的生活也变成了自我目的性的"审美生活"。在这里需要特别重视的是,高山暂且先将作为相对之物的"道德""知识"与作为绝对之物的"审美",二元论地对立了起来。并且,还将相对之物与绝对之物的对立相对化,在相对化之中持续谋求绝对化的可能性。在审美化生活中,论述具备"绝对的价值"的第五节——也可以将其特征总结为本能主义——较为抽象。而第六节则举出了在相对之物中成立的审美生活的具体例子,论述也较为丰富和生动。这不仅显示了从他的立场去观察本能主义是不充分的,而且也显示了高山自身也具有将相对之物与绝对之物的对立本身相对化的志向性。

二、以"审美生活"为理念前提的艺术观

在上文中,我们解析了"论审美生活"的逻辑构成,接下来我们从该文中选出三个论点,进一步探查该文对 20 世纪前半日本的美学思考产生的影响。

第一个论点与这篇论文的标题有所关系。高山将"审美"——并没有进行任何的限定——与"生活"联系在一起[⑦]。

这一关联并非理所当然。在这里作为前提已然存在的,是与"为了艺术而艺术"这一西方近代的艺术理念相异的态度,即将在日常生活之中谋求"审美化"。它所依据的艺术观——将"审美"与"艺术"同等对置的——并非近代西方式的艺术理念。

在观察审美生活时,冈仓天心(1862—1913)于 1906 年用英语写就的《茶之书》可以作为线索。该书试图以"茶道"这一艺术形式为依据,阐释东方的艺术观乃至世界观。冈仓认为禅宗与道教才是茶道的思想背景,他主张道:"道教在东亚人的生活中做出的主要贡献就在于美学领域"[⑧],道教的本质就在于"处世

之术（art of being in the world）"，即"生命之术（art of life）"与"生活之术（art of living）"，处世之术中蕴藏着茶道的特征。从喝茶这一日常行为升华到艺术形式，在这之中蕴藏着"生命之术"与"生活之术"。用丹托（Arthur Coleman Danto，1924—2013）的话来说，则是"平常之物的变身（transfiguration of the commonplace）"。这一变身的产生并非源于茶道这一艺术制度或与茶道相关的艺术世界，而是源于人们的审美生活方式。体现这一生活方式的，则是茶道。冈仓将"世俗化（the mundane）"作为茶道及以茶道为代表的东方诸种艺术的本质属性，进行肯定。这样的倾向成为日后日本美学思考的一般性基调。

与茶道一样同世俗化有着密切联系的艺术种类是工艺。作为民艺运动的始祖声名远播的柳宗悦（1889—1961），是为工艺的理论化做出了重要贡献的第一人。他在题为《美与生活》（1931年）的演讲中，直接论述了"生活"与"美"的关联。在这篇讲稿中，柳宗悦指出在近代，我们"与其将被称作美的物品认作是高远之物，倒不如说它是远离我们实际生活的、与生活没有直接联系的物品。正是因为它们远离实际的社会，所以反而有一种很强的倾向，认为它们是至高的美"⑨。并在此基础上，敢于对抗这样的倾向，主张"将美与生活联系地最紧密的即是工艺品，而并非美术品"。他尝试着以"工艺"为基础，再构美与生活的关系。而且从"关于美与生活的关系，最具有思考也最具有经验的就是茶师们"这一洞察出发，与冈仓一样将茶道作为一种范例，将茶道的意义归结为"在日常的器物之中发现美的标准"。如此一来，柳宗悦便得出了以下结论——"恐怕与人们的审美生活或道德最具有关系的就是日常的器物"。在柳宗悦那里，"审美生活"已经不再与在高山那里一样，是与"道德"相背反之物了。对于柳宗悦来说，审美化的生活方式不过是人们生活的原有方式。

另一方面，生活与艺术绝非能严格区分之物，这一事态也被鼓常良（1887—1981）在1930年代用"艺术与生活之间的无界限性"这一术语定式化下来。鼓常良受到齐美尔（Georg Simmel，1858—1918）的散文《画框》（1902年）启发，发现在东方绘画中并没有西方式的"画框"。并以此为出发点，将东方绘画中"画框的欠缺"作为"制定界限的架构的欠缺"加以一般化阐释。鼓常良将东方绘画的这一特点称为"无界限性"或"无框架性"，认为"无界限性"可以看作是东方艺术观乃至东方艺术思想的普遍性特征。鼓常良的做法之所以成为可能,就是因为原本表达"画框"的德语 Rahmen 也比喻性地具有"框架""界限"等意思。按照鼓常良的体系化论述,"无界限性"首先可以在"自然与人类"之间(即所谓的主客观之间),其次可以在"艺术品与环境""艺术与生活"之间(即艺术与其外部之间),最后可以在"艺术各部门"相互之间(即艺术内部的各个门类之间)加以认可⑩。"艺术与生活之间的无界限性"是说,艺术并非某种特殊的"审美现象",它只不过是与"修养"相关的"生活样式"⑪。鼓常良将这样的"无界限性"看作是"将生活艺术化(审美化或趣味化)",并特别着眼于"工艺"。在随后的著作《艺术日本的探求》(1941)中,他则指出在"艺术与生活之间不设界限"的日本的艺术观是来源于"平安时代的审美生活"⑫。在鼓常良的"无界限性"的理论中,我们可以看到高山"审美生活"论的归结。

另外,代表了 20 世纪前半的治学风格的美学家大西克礼(1888—1959)也在其遗著《东洋的艺术精神》(1988)中,将"'艺术'对于'生活'的渗透"以及"'生活'对于'艺术'的浸透作用"视作东方艺术的特征⑬。

三、相对之中的无限

第二个应该从高山的"审美生活"论中读取出来的论点是,将相对之物与绝对之物的对立本身相对化的志向性。那么,这样的志向性在日本 20 世纪前半的美学思考当中是怎样出现的?

首先需加以关注的,是上文已有所触及的冈仓天心的《茶之书》。冈仓将道教的本质极端地规定为"对于道来说,绝对化即相对化(Its Absolute is its Relative)"⑭。虽然道教将"当下"作为主题,但对于道教"所谓的当下即运转的无限性,即相对化的本源。相对性将调整(adjustment)作为必要条件,调整即是术(art)。所谓的生命之术,即是在我们的环境进行时常的调整"⑮。换言之,对于道教来说,所谓的绝对并非遥远的彼岸之物。因为离开了有限之物间的相互的相对性关系的绝对化,是不存在的。更为重要的,是如何在实际生活中将有限之物调整到与周围的有限之物相适合。如此一来,将有限之物以合适的方式进行调整,就是冈仓所说的"生命之术"或"处世之术"。因此,绝对化只有在我们的"生命之术"中才能被发现。并且,在冈仓看来,这样的思考就蕴藏在茶道之中。"茶道的最高理想就来源于禅宗的智慧,即从生活中的点滴小事(the smallest incidents of life)中认识到伟大。道教赋予审美理想以基础,而禅宗则在实际上转换成了审美理想。"⑯

而木村素卫(1895—1946)则不仅在相对化中谋求绝对化,而且还将这一思考在美学上进行了明确的理论化。木村的思想可以通过"表现爱"这一木村自创的术语加以把握。通过他初期的论文《黑格尔的艺术美的理念》(1931)对木村的思考进行重构后,可以发现在木村看来,艺术的制作具有以下特征:"包含了误会的计算或包含了恶意的行为,其本身无论具有多么积极的价值,都是不被任何人承认的",但"在涉及美之时,事情却并非如此"⑰。例如,画家重新画线,对原有的画进行修改,"对于审美表现来说,这两幅画在艺术的价值上存在着发展的同时,也可以说每一幅画其自身原本就具有独特的、唯一的、不可交换的个性化价值"⑱。在艺术表现的各个过程之中,将某一目标作为手段具有相对化价值之时,也具有无法还原到单纯的相对化价值的、无法替换的意义。为了创作某件作品而画下的素描底稿,不单单是某一作品的习作,而且也具有某种独特的意义,就是如此。这样的二重性定义了艺术。"创作的本质以及作品的本质属性,即在无限的遥远之处谋求完成的同时,也在当下的刹那之间保有着完成。彼岸之物……在当下的有限的刹那之中,毫无边际地展现出其姿态的无限性,既是表现,也是作品的诞生。"⑲将以费希特(Johann Gottlieb Fichte,1762—1814)为中心的德国观念论研究作为出发点的木村,虽然一度义务式地将"费希特=康德"的立场作为前提,但是他也在不断谋求能超越它的立足点,并且也在艺术制作中发现了这一点。关于艺术制作,木村虽然通常在为了追求更好的未来而对当下进行超克这一点上,义务式地站在了"费希特=康德"的立场之上,但也并没有否定其各个阶段中具有无法替代的固有的价值。这样思考法可以说,是以正当的方式继承了席勒或谢林等后康德世代的思想。

在论文《一凿子》(1933)中,木村将自身的立场总结为:"有限的一凿子即无限的表现,有限的一凿子因为无限之物而变得充实和饱满";"在这一凿子中万物皆以成佛”[20]。就像“在这一凿子中万物皆以成佛”这句话所表示出来的一样，在有限乃至相对之中试图寻找无限乃至绝对，在这一美学思考的背景中，存在着万物皆有佛性、万物皆成佛的《涅槃经》式的传统。虽说如此，但木村并非只依据佛教的传统创建自身的理论。他的美学思考的特征在于——吸收了西方近代的哲学思考后，通过与其进行对决而重塑佛教性的传统。

四、习惯的价值

虽然一直以来高山的“审美生活”论总被看成是对“本能主义”的倡导，但就像在第一节中明确了的那样，高山的论述并不能直接还原成“本能主义”。并且，高山所说的“本能”，也绝不是人类天生的动物性，而是通过人类的历史形成的——即通过当下持续到未来的——“习惯”。所以，应当从该文读取出来的第三个论点，即“本能＝习惯”说。那么，这个思想在 20 世纪前半的美学思考当中，是如何被传续下来的呢？

让我们再一次把视点放回到木村素卫的理论之上。木村在 20 世纪三四十年代对人类“身体”的意义进行了考察。“身（み）在表示作为自然物的身体的同时，就像‘为人终为己（身を思う）’或‘费尽心血（身を尽す）’这个词组所运用的一样，也有‘自己’或‘心’的意思。人类的身体就是这样，既作为主体，也作为客体，原本就是辩证法式的存在。主体作为融入自然的表现意志的具体尖端时，自然也反之作为融入主体之物，通过身体将主题限定下来。”[21] 就像之后的市川浩（1931—2002）在《“身”的构造》（1984）中所讨论的那样，木村在注意到日语中“身（み）”这个词的多义性的同时，也关注到了无法还元为“自然性的存在”的身体的独特性。这一独特性横跨内外，以内外为媒介，就像“手心（斟酌）”这个日语词所示，所谓的“手心”即表示“在手中，作为手而活动的心”[22]。

木村为什么将身体的心灵机能作为“技术”进行捕捉？而“身体的技术性”又是什么？“技术”虽是“一种知性”，但这种“知性”是“寄宿在手上的身体性智识”，并且还是“一种直觉智识——它在与物体接触时融入物本体，敏感地遵循物本体的理法微妙地运转”。换言之，他所说的“技术”即是基于内外的相互交涉、在身体里运转的智识。并且，木村还在拉维松（Jean Gaspard Félix Ravaisson-Mollien，1813—1900）的《习惯论》的基础上，对"技术"的成立进行了以下说明："意志最初控制手，进行不断的反复。终于手被冠上了合目的性的习惯。于是就获得了寄宿在手里的心。"所谓的"技术"是指"寄宿在身体里被自然化的意志"[23]。这样的事态通过"习惯"变成了可能，而"习惯"则以"技术"为形式创造了人类的根底。

"技术＝习惯"论在与木村几乎活跃在同一个时代的三木清（1897—1945）那里，也可以看得到。三木吸收了海德格尔的康德解释，以"构想力（相当于德语的Einbildungskraft）"这一概念为中心，建构了自己的哲学体系。他的主要著作《构想力的逻辑》（1939）的第三章的主题就是"技术"。

三木首先关注到对于"工人"——主要指作为 homo faber 的"工具制造者"——来说，"道具是……'身体'器官的'无意识性的投影'（projection inconsciente），是身体的连续"。乍一看会觉得，这不就是说技术也与感觉经验紧密地联系在一起，即表示技术对于人类是"自然性"现象吗？但是，在三木看来，"道具发明本身明显不是产生于感觉性经验。它需要构想力"[24]——感觉性经验只与个别性事物有所关联，因为所谓的道具是以个别性事物适应于一般性状况为前提的，所以道具的发明需要的不是感觉性经验，而是需要将个别性经验与普遍性事物进行嫁接的"构想力"。这就像三木自己承认的一样，即是对卡西尔（Ernst Cassirer，1874—1945）所说的"象征"进行操控的能力。换言之，即超出感觉性经验的"构想力的飞跃"才是技术得以成立的前提。但与此同时，"被发明的道具"如果不是被"无意识地使用"——即成为"身体的连续"或"得以扩张的身体"——的话，那么也就不值得被冠以道具之名了。因此，"技术因为成为习惯性，而具有技术的含义"。"道具"就是如此，通过"成为习惯性"，而成为"身体的一部分"，从而得以与"感觉性经验"紧密地联系在一起。

另一方面，这样的技术的制动，并非只局限在人类。"一切生命体都处在环境之中，生命从对于环境的技术性适应出发，进而创造形式。"而且，"人类的技术也在根本上表达了主体与环境的适应"。如此一来的话，"我们的身体的运动则是所有技术的基础，而身体本身也是在自然史的过程中技术性地形成的。也就可以说，人类的技术正是继承了自然的技术"。三木的技术论统一性地把握住了"人类史与自然史"㉕。

木村与三木在理论上的共通之处就在于——他们都将在身体之中作为第二自然寄宿的技术作为主题，并将其看作是人类生存所需要的基底。而他们的这个"技术＝习惯"论，则完全可以看成是延续了高山在《论审美生活》中的对作为"习惯"的"本能"的讨论后的理论化产物。虽然他们都没有对"技术＝习惯"论的形成背景进行说明，但毫无疑问，传统的"艺道"观是使得这种"技术＝习惯"论变为可能的要因之一。

柳宗悦在散文《笨拙之物的美》——可以看作是他民艺论的宣言书的（1926）中，对手艺人大量创作物品的意义进行了考察。乍一看，或许会有人批评，这样的大量生产只不过是对创作活动的怠惰。但柳宗悦与其相反，他在手艺人的不断反复中，发现了积极性契机，"反复是熟练之母。……在不断的反复之中，他的手完全获得了自由"。所谓的手艺人的"手"获得"完全的自由"是指，手艺人已经到了忘却这是自己的技术实践的阶段了。在高山那里，则被称作是"超越了意识"的状态。在柳看来，"技术完成者超越了技术的意识。他们此时已经脱离工匠风，忘却了人为的努力"㉖。这一——在通过反复形成的习惯之中，承认超越了意识的真正的自由和创造性的——想法，很显然是继承了艺道论的传统。

另一方面，鼓常良则尝试解答了为什么日本将所谓的艺术称作"艺道"。在他看来，"这个'道'不仅包含了将技术的修得作为满足，而且也有将其作为手段对人性整体进行研磨之意。因此它与广义的修养相关，可以被认作是一种生活形式"㉗。鼓常良认为，"修得技术"与对"人性整体"——即由身心构成的人性整体——进行"研磨"的"修养"相关，因此具有获得"一种生活形式"的意思。反过来说，人类的"修养"并不是单纯靠精神形成的，而是通过身体所创造的"技术的修得"形成的，并以"一种生活形式"为目标。这表示我们的"生活形式"因为"技术的修得"——即将"技术"化为"第二的自然"——而变为可能。如果更进一步的话，则可以说"生活形式"其自身因作为"第二的自然"的"技术"而得以成立。如此一来，我们在这里就可以说，他的观点其实与冈仓所依据的"生活之术"与

"生命之术"是相通的。

那么，人们到底又为何要为了修得技术而不断训练呢？乍一看，所谓的训练——如果用《监狱的诞生》中的福柯（Michel Foucault, 1926—1984）流的词来说——不就是创造出顺从的身体规律吗？在这个语境下，身体被心灵所支配。确实在训练中存在着这样的被称作是规律的侧面，但正因为如此，不也可以说，是训练让研磨过的身体对于我们来说变为了可能？研磨过的身体让我们发现，正是我们的身体让我们觉察到仅通过意志是无法觉察到的事情。本文所选取的论者们，通过"超越技术的意识""超越意识"等词语诠释出的是一种——可以影响内心、刷新意识的——理想的身体状态。只有这样，"生活之术"与"生命之术"才可以通过身心的所谓的交互作用，时常对自我进行刷新。

以上，笔者从高山《论审美生活》中选取出了三个论点，通过分析它们的相互关系，编织出了 20 世纪前半日本美学思考的骨骼。在这里，需要承认的是，在近代日本美学的发展中，存在着以与西方美学理论的相遇为机缘，在沉默中通过对作为前提存在的日本的传统见解进行反省，试图对近代西方诞生的美学理论进行补充完善的这样一个过程。"审美生活"论正是产生于这一过程，所以它创造出了近代日本美学思考的骨骼。

注释：

①［日］谷沢永一：『文豪たちの大喧嘩——鴎外・逍遥・樗牛』新潮社,2003 年,第206 页。

②关于"审美生活论争"的先行研究，主要有以下几篇。这些研究基本都是分析尼采对于高山的影响，或探讨"审美生活论争"的内容及过程，并没有试着对《论审美生活》的理论进行重构：［日］石神豊：「歴史の中の個人主義——日本におけるニーチェ受容にみる」『創価大学人文論集』第 22 号,2013 年,第 7394 页；中村憲治：「樗牛とニーチェ（一）」『文教大学文学部紀要』第 3 号,1989 年,第 52—75 頁；濱下昌宏：「高山樗牛と美的生活論争」『主体の学としての美学』勁草書房,2007 年；湯浅弘：「日本におけるニーチェの受容瞥見（二）」『川村学園女子大学研究紀要』第 18 巻,2007 年。

③[日]大塚保治:「ロマンチックを論じて我邦文芸の現状に及ぶ」『太陽』第8巻第4号,1902年,第11—28頁。

④最为典型的当属[日]中村憲治:「ニーチェから日蓮へ——樗牛の場合」『文教大学文学部紀要』第12号,1999年,第63—75頁。

⑤[日]高山樗牛:「美的生活を論ず」『樗牛全集』第4卷,博文館,1915年,第853頁。以下高山的"审美生活"论皆引自该文本(第853—865頁)。

⑥在席勒《审美教育书简》(第二十一书简)中可以看到"审美生活(das ästhetische Leben)"一词。

⑦目前"审美生活"一词初出于何处,尚不明确。笔者认为,"审美生活"这一高山的概念体现了20世纪前半日本的美学思考。这么说并不是因为这个概念得到了广泛使用。实际上,在很多该使用这个概念的地方,并没有看到这个概念。这可能是因为这个概念与"审美生活论争"的关系过于紧密。另外,这个概念让人不禁联想到唯美主义。大塚保治在讲义中讨论到"唯美主义的思潮",大致是在1915—1919年(大西克礼编:『大塚博士講義集二』,岩波書店,1936年)。

⑧[日]Kakuzo Okakura, *The Book of Tea* (1906). Kodansha International, 2005, p.289.

⑨[日]柳宗悦:「美と生活」『柳宗悦全集』第10卷,筑摩書房,1982年,第420頁。以下柳宗悦的《美与生活》相关论述皆引自该文本(第420—427頁)。

⑩[日]鼓常良:『日本芸術様式の研究』,章華社,1933年,第77—78頁。

⑪[日]鼓常良:『日本芸術様式の研究』,章華社,1933年,第613—614頁。

⑫[日]鼓常良:『芸術日本の探求』,創元社,1941年,第48頁。

⑬[日]大西克礼:『東洋的芸術精神』,弘文堂,1988年,第227頁。

⑭[日]Kakuzo Okakura, *The Book of Tea* (1906). Kodansha International, 2005, p.286.

⑮[日]Kakuzo Okakura, *The Book of Tea* (1906). Kodansha International, 2005, p.289.

⑯[日]Kakuzo Okakura, *The Book of Tea* (1906). Kodansha International, 2005, p.293.

⑰[日]木村素衛:「ヘーゲルに於ける芸術美のイデー」『美のかたち』,岩波書店,1941年,第240—241頁。

⑱[日]木村素衛:「ヘーゲルに於ける芸術美のイデー」『美のかたち』,岩波書店,1941年,第241頁。

⑲[日]木村素衛:「ヘーゲルに於ける芸術美のイデー」『美のかたち』,岩波書店,1941年,第242頁。

⑳[日]木村素衛:「一打の鑿」『表現愛』,岩波書店,1939年。

㉑［日］木村素衛：『国家に於ける文化と教育』，岩波書店，1946 年，第 148 頁。

㉒［日］木村素衛：「表現愛」『表現愛』，岩波書店，1939 年，第 27 頁。

㉓［日］木村素衛：「表現愛」『表現愛』，岩波書店，1939 年，第 35—36 頁。

㉔［日］三木清：『構想力の論理』『三木清全集』第 8 卷，岩波書店，1967 年，第 223 頁。

㉕［日］三木清：『構想力の論理』『三木清全集』第 8 卷，岩波書店，1967 年，第 237—238 頁。

㉖［日］柳宗悦：「下手ものの美」『柳宗悦全集』第 8 卷，筑摩書房，1982 年，第 9 頁。（后于 1942 年改稿后改题为「雑器の美」）

㉗［日］鼓常良：『日本芸術様式の研究』，章華社，1933 年，第 613—614 頁。

日本形象的三种西学建构及范式反思

柏奕旻

摘　要：战后以降，日本的国际形象主要由西方的理论框架与学术话语所建构。核心的三种西学建构路径及其特征是：一、文化论范式，战后初期由《菊与刀》所开创，致力发掘"日本性"，具有去情境化的本质色彩；二、语言论范式，以1960—1980年代法国结构—后结构主义为代表，将日本视作反思西方中心主义的契机，对日本历史文化的把握较显欠缺；三、文明论范式，尤指冷战结束后从文明史高度重审日式现代性的倾向，相对忽略现代日本走上西化道路的历史隐暗面。重构日本形象的潜在可能蕴于反思日、西现代学术的西化倾向，探索融"文字—文化—文明"为一体的"汉字圈"视野与理论创造。

关键词：形象学；日本性；西方中心主义；汉字圈

西方是现代日本形象的主要建构者，这一状况的开端通常被追溯到明治维新或更早的"黑船来航"事件[①]。史学家卡明斯（Bruce Cumings）认为，"二战"结束前，"日本在西方的形象转变急遽"，这与霸权主义、世界市场竞争的形势紧密相关。[②]作为问题意识的延伸，本文试图探讨战后以降日本在西方的形象。从形象学（Imagology）的理论视角看，"形象"（image）概念强调特定看法、评判背后实

＊柏奕旻，北京师范大学—东京大学联合培养博士研究生，研究方向为日本美学与思想、比较诗学、文化理论。本文为国家留学基金委资助课题"大正日本美学事件研究"［留金发（2018）3101号］的研究成果。

存的现实性。③为此,反思日本形象"是什么"即意味着反思这一形象的建构机制与现实动因。

战后西方学界持续产出具有代表性的日本研究成果,它们既未采用战前、战时缺乏客观尺度的视点,又自觉规避战后普通人的刻板印象。理论性地辨析这些思考,它们推进日本理解的同时,又囿于特定的学术范式与认知框架而具有潜在不足。任何形象的生成同时指涉自我形象(auto-images)与他者形象(hetero-images),④建构日本形象的难题性(problematic)也反映出西方自我认识的难题性。这一情形下,探寻以"汉字圈"的视野介入日本研究在当代具有思想价值与现实意义。

一、文化论范式:发掘"日本性"

以嘉永六年(1853)美国东印度舰队司令长佩里(Matthew Perry)的来航为标志,此前西方观察、写作日本状况的著文不多,马可·波罗讨论忽必烈对日本的失败远征、弗洛伊斯(Luis Frois)比较日欧民风、坎普法(Engelbert Kaempfer)撰写最早的日本史书是经典代表。此后,日本的状况突出地被赴日外交人员记录。佩里的远征报告、英国外交家萨道义(Ernest Satow)的日记、英领事官格宾斯(J. H. Gubbins)的幕末维新观察颇为著名。上述文献从根本上构成了西方研究日本的参考来源。战后出版作品最早且影响最广的两位学者——诺曼(E. H. Norman)与鲁思·本尼迪克特(Ruth Benedict)都在综述中强调,这些文献以旅行记载、外交杂记及回忆录为主,⑤充满对日本"生活细节的描述"和"欧美人士的生动经历"。⑥换言之,它们并非现代学术意义上的著作,日本成为严肃的研究对象并在西方发展出专门的学术领域,对应于"二战"结束的时间点。⑦

相比诺曼对明治前期进程的历史考察,《菊与刀》的写作源于更直接的现实需要——美国必须在对日作战与占领的决策前充分了解对手。除政治性色彩,该著的学术特质取决于多重因素:一、人类学学科在20世纪前期的总体发展,尤其表现在挑战19世纪流行的进化论;二、在博厄斯(Franz Boas)影响下美国人类学研究在1920—1940年代的主流倾向,即历史相对主义与心理学的功能主义;⑧

三、本尼迪克特的学术个性,她师从博厄斯,却未在博厄斯拒绝理论体系化的道路上走得过远,她主张整体的考察文化。由此,本尼迪克特对日本民族性格的研究在双重意义上是集大成之作。首先,"二战"期间美国人类学界开展的区域性的"文化与人格"研究达到顶峰,而本尼迪克特创造性地将研究对象转向非美洲区域;其次,《菊与刀》作为典型个案,贯彻并深化了本尼迪克特早年在《文化模式》(1934)中的思考。如副标题"日本文化诸模式"所示,《菊与刀》归纳并详述了日本文化的独特型态,如"等级制""报恩""义理""忠诚"等,其中最突出的是异于基督教文化的"耻感"心理。

本尼迪克特努力继承博厄斯的批判性立场,警惕人类学研究中的"普同化""规律化"模式及西方中心的意识形态。她在导言中描述日本人"生性极其好斗而又非常温和;黩武而又爱美;倨傲自尊而又彬彬有礼;顽梗不化而又柔弱善变;驯服而又不愿受人摆布;忠贞而又易于叛变;勇敢而又怯懦;保守而又十分欢迎新的生活方式"。[9]简言之,日本文化的独特性在于"又"本身,关乎一种矛盾性,不可简单地评判优劣。然而,如上阐释的缺陷同样源于当时人类学的另一主张——以"去历史化"的当下认识对抗19世纪欧洲主导的"进化"时空观。[10]本尼迪克特的考察在民族国家的框架中进行,她将现代国家"日本"视作自明的存在物,以当下的眼光重构过去的历史,又从这一历史叙事出发,为重构当下的方案提供了视点——在此过程中发生的"远近法的颠倒",使"起源"本身被放到了一边。[11]正因如此,她用以表征矛盾性的两大意象"菊"与"刀"都取自日本文化自身,忽略了明治以降日本一度推行"西化"及这一事态的复杂性。结果是,该著反而隐蔽地迎合了战后西方人的主流看法:日本文化烂到骨子里,几乎无药可救。[12]

《菊与刀》至今是讨论日本无法绕过的重要研究成果,原因不单在内容或结论,更在于它在日本研究领域初始性地运用文化人类学的方法,使"文化论"成为看待日本形象的基本范式之一。该著在日本的接受状况可供旁证:1946年英文原著出版后,次年日本即见鹤见和子的评述,[13]并很快出现日文译本(1948)且迅速再版三次(1949—1951);此外,日本学界举办多场研讨会,并邀请有贺喜左卫门、南博、和辻哲郎、柳田国男等知名学者撰写书评。总的来说,日方学者虽态度褒贬不一,却几乎一边倒地对其中的各核心论点提出商榷,既有对历史性欠缺的指正,⑭也有对样本代表性的否认。⑮这些探讨大多是内容上的,究其实质而言,它们没有在认识论装置上颠覆本尼迪克特的立论前提:存在一个让日本文化如其所是的"日本性"。该时期围绕《菊与刀》产生的论辩影响深远,可被系谱性地认作战后日本国内"日本人论""日本文化论"再出发的起点。⑯

文化论的视角与思路也至深影响着美国的日本研究。美国驻日盟军总司令部(GHQ)在朝鲜战争前后转变政策,帮助日本迅速实现经济复苏,这一繁荣趋势自 1960 年代攀至顶峰后又持续了二十余年。与之相应,美国学界对日本的认识态度更为积极,学术话语模式从探讨日本战争责任的"做错了什么"转变为现代资本主义国家日本"做对了什么"。但无论如何,他们依旧强调日本文化的特有内涵,研究者力图将"日本性"嫁接于"现代化理论"并视作对现代化建设的保障。傅高义(Ezra Vogel)在 1950—1960 年对 M 町作民族志研究后得出结论,日本的家长式关系与个人忠于集体的价值体系并未在战后崩解,它们更好地服务于日本公司的建设目标,助益日本的工业化与城市化建设。而他在整个 1970 年代的研究中进一步指出,日本的产业贸易政策、干部培养方式、对共同体与集体利益的展望等植根于日本传统,为经济奇迹的出现创造了良好条件。

如上思考范式在战后三十余年间占据宰治地位,客观上与冷战氛围密切相关。1950 年代美国兴起麦卡锡运动,时任加拿大驻埃及大使的专家诺曼遭到反共人士指控后跳楼自杀,政治恐怖的余悸蔓延于日本研究界。⑰日本被定义为美国的冷战伙伴,学者必须避免批评政府扶植日本重建的政策,论证日本文化之于现代化道路的合理性势所必然。这尤其表现在对天皇制的讨论方面。柄谷行人曾尖锐地指出,1970 年代因循此类文化人类学研究的视角既是非历史性的,又是缺乏政治性的。⑱尽管这一研究路径伴随昭和时代的终结(1989)、冷战格局的结束与 1990 年代初日本泡沫经济的破裂,而让位于另一种"现代性"解释框架,但本尼迪克特创发的"文化论"范式仍在研究者间得到相当程度的延续。当代"知日"学者伊恩·布鲁玛(Ian Buruma)在为新版《菊与刀》作的序言(2005)中反省了本尼迪克特建立的文化模型及其深远影响,认为她虽小心翼翼地防止结论极端化,但对日本文化的描述难逃静态、均质的窠臼。⑲与之相比,布鲁玛重视普遍人性,他提出,是政治安排,而非文化传统塑造了特定情境下的主体思维与行动倾向。

布鲁玛本人的日本研究从1980年代开始,稍早前莫里斯(Ivan Morris)对日本历史文化中悲剧英雄的考察(1975)为他提供了批判性参照的范本。他商榷道,太多西方人,无论是麦克阿瑟将军粗鄙地将日本指认为天生幼稚的危险民族,[20]还是本尼迪克特、莫里斯等日本专家,都过分抬高了"日本性"。布鲁玛希望探索一种替代性方案,在文化独特性与乏味普世论之间寻求平衡。他将日本文化传统的根基追溯到母系—宗教崇拜,可惜这一努力的实际效果不时与其初衷相悖离。如一些批评观点所示,尽管布鲁玛总是声称要挑战将日本视为"独特"的观念,最终却内在确证了日本文化的独特性。[21]事实上,布鲁玛从未否定过日本具有文化特殊性,这是批评观点的误读之处,但在某种程度上,批评者仍不失为触及问题的关键:布鲁玛从神话、文学与艺术作品中提炼"日本性"的思维方式与价值取向,进而过于迅速、透明地将之"还原"乃至"预估"到现实情境中日本人的行动上。就核心方法而言,布鲁玛展现出与本尼迪克特的一脉相承之处,也暴露出战后从文化论范式建构日本形象的不足在于非动态的本质化倾向。

二、语言论范式:批判西方中心主义

在美国,反思文化论阐释与现代化理论相结合的思潮出现较晚,其潜流始于越战,但1990年代才正式占据主导,原因是年轻学者开始在研究机构中站稳脚跟。作为佼佼者,约翰·道尔(John W. Dower)尖锐地指出如上结合的严重问题:被军事托管的日本从属于华盛顿外交,现代化成就沦为保住民族脆弱自尊的最后一根稻草。[22]因此必须认识到,学术上化约日本历史文化的复杂向度是西方中心主义的证明。另一方面,推广现代化理论的自由主义阵营也出现立场松动。学者兼官僚赖肖尔(Edwin Reischauer)逐渐意识到固守西方模式看待日本的缺陷,他花费十年的时间将著作《日本人》改写一新。修订版(1988)认为日本人"迈着坚定步伐"的行路风格是其走向国际主义的表征,而这在先前(1977)却被赋予机械、封闭的意味,就此,赖肖尔逐步显现出自我反思的趋向。

以日本的方法重审西方的形而上学传统,更早见于法国结构—后结构主义思潮。1950 至 1960 年代中期,结构主义承诺严密精确的科学性,在战后存在主义造成的思想混乱中彰显批判意识而地位显赫。[23]结构主义范式盛极一时的背后,兴起于 1930 年代的语言学功不可没,它将社会科学、自然科学的研究引入符号领域,重新导出富于创造性的理论方案。而以 1966 年为转折点,结构主义显现衰颓的迹象,1967—1968 年间几位关键人物——罗兰·巴特、雅克·拉康、米歇尔·福柯陆续与之分道扬镳,只有作为结构主义奠基人的列维-斯特劳斯初衷未改。[24]上述理论家于 1960—1980 年代受邀访问日本,他们的结构—后结构主义思想被处于工业文明向消费社会转型阶段的日本迅速接受。事实上,反向的过程同样重要:战后法国对日本的关注肇因于日本的经济腾飞,日本在这些理论家的研究工作中扮演着双重角色,既是现有思考的有趣注脚,又是深化思考的灵感来源。

罗兰·巴特 1966—1968 年间三度造访日本,整理、汇编的访日笔记《符号帝国》在 1970 年出版。这一时期有关日本事务的进程与巴特在高等研究院研究班的学术活动相互交叠,他在研究班结识并倾听克里斯蒂娃有关巴赫金的分析后,逐渐从结构主义的“科学之梦”中醒来,转而进入“文本性”的时代。[25]显明的证据是同在 1970 年出版的《S/Z》,其中对书写不确定性的关切标志着解构主义的问题框架开始蕴含在巴特的研究中。简言之,《符号帝国》也是见证巴特从结构主义中突变与断裂的产物。尽管巴特声明他将提取语言学术语构造一个作为“体系”的日本,这一体系在整部著作中却更近于“无”,它潜在地免除一切意义的赋予,只是不断地使人进入写作状态。

巴特无意于开展认识上的清点工作,即便他承认这一庞大的认识工作非常必要,但在无法丢弃既有的符号系统及其伴生的意识形态遮蔽前,对日本历史、文化、政治的所谓“认识”,本质上只能是非“现实”的、“无知”的。他直言对日本的考察“并非钟情于某种东方本质,东方于我无关紧要”,他的目标是以此为途径,“总有一天,我们应该考察我们自身晦暗性的历史,显现出我们自恋的坚固性”。[26]巴特隐晦地指向美国的日本政策与美国学界的日本研究框架,他将资本主义日本、美式同化过程与技术发展称为“大量阴影地带”,无法从中剥离的美国只能受制于语言的牢笼。相反,日本乃至亚洲若想成为目标,必须首先成为方法,而作为方法的可能性蕴含在语言中。通过关注日语的不通透特质,日本膳食对中心意图的瓦解,日式包装对愉悦本身而非礼物功用的强调,文句木偶戏、俳句、禅宗内在对意义的免除,巴特将日本视为"符号帝国",认为日本沉迷于形式和空洞性是对西方价值的超越。

拉康 1963 年 4 月首次去日本旅行,回国后,他在 5 月 8 日的研讨班中将赴日的新体验称为必不可少的部分,没有它们从"方法、观点、与既有工作相遇"的启示,既有"对文本、文字、[佛教]教义"的研究将失之完整。[27]该年度研讨班的基本议题是"焦虑",拉康将焦虑作为本质上的欲望问题加以考察,着重阐述客体小 a (objet petit a)的性质与意义——作为欲望本身的客体,它以无法被捕捉的方式保持永恒的在场。笛卡尔对"我思"主体位置的确认,康德哲学将人类认知与实践活动的重心归于先验的主体及其理性,在拉康看来是主客体二元论的典型代表,而通过引入客体小 a,他颠覆性地用"客体性"(objectality)替代"客观性"(objectivity),并对西方现代哲学的根基加以批判。[28]

在如上意味中,日本佛教为重思主体与欲望的关系提供可能。拉康向听众展示一组摄于奈良中宫寺的古佛照片并分析:一、佛像以执行宗教功能为本来目的,却内在实现了艺术性,这表达出"欲望即是幻觉",欲望无所依傍、无所指向。二、禅宗"无"的否定性内容在于"无有"(not to have),通过取消"有""无"的绝对界限而具有"非二元论"(non-dualism)意义。同理,佛教超越一神论与多神论的对立,众生皆可成佛,作为"一"的佛内含多样性与无限变易性。三、观音菩萨的存在造出一个真空,他既非完全的佛,也不是凡人,他通向"无处"(nowhere)。四、中国的观音形象通常是女性化的,日本的观音却无关性别,从主体的三界结构中看,悬而未决的性别暗示了客体小 a 的在场与"自我"的空无。1971 年再度访日后,拉康进一步指出,日本的草书与挂轴呈现出"临界"的情形,正是客体小 a 支撑了这种在中心与缺位、知识与享乐之间的独特语言(langue)形式。[29]此外,他理解巴特在《符号帝国》中的陶醉感觉,因为他同感于语言对主体的分裂意义,日本的日常交流暗示着被隐藏的虚无主体。[30]

拉康从心理的"内界"为结构主义运动奠定了基础,而列维-斯特劳斯则坚持从社会的"外界"推进研究,他到访日本稍晚。尽管斯特劳斯早年在《忧郁的热带》(1955)中曾提及亚洲的病态形象，但以创作《神话学》时期(1964—1971)对美洲大陆的专注研究为基础，1977—1988 年间五次到访日本的经历促使斯特劳斯进一步用新的视角看待美洲与亚洲的关系。[31]他在世界文化的整体结构中把握日本的位置，日本文化对于欧洲文化的意义是补充性的，并非消解性的，它"统一的能力"值得重视——对极端性与二元论的摆脱同时是形式与精神的。形式上，日本处于旧大陆最东边，"日本—美洲"历史是"月亮的隐蔽面"，战略性地制衡了欧洲中心的叙述。精神上，日本处理历史与神话的态度，处理神话内部生与死、陆地与海洋、节制与无度等对立范畴的路径都构成对西方认知框架的反照，日本文化显示出，这些矛盾并不像西方认定的那样不可调和。由此，斯特劳斯也表现出对"作为方法的日本"的充分在意，日本在诸多领域显示出与旧欧洲大陆的"颠倒"，她的原创性能够成为重思欧洲的典范。[32]

结构主义理论家有言在先，其对日本的认识肤浅且片面。[33]情境地看，这番自陈并不单是谦虚，他们的日本认识受到选择性的支配，以现有的历史认识为前提或根据肉眼所见作形式化的分析。斯特劳斯的阐释依托于明治以降被"发明"的文学史传统，他将《古事记》和《日本书纪》视为自古流传的作品，从中解读日本千年来的根本意识。相当程度上说，结构主义人类学对共时性的强调分享了文化人类学的困境：如何在反思进步史观时不过度丧失历史性。而巴特与拉康的论述也内含悖论。日本文化中主体的虚空性、极度的形式主义诚然构成批判西方形而上学传统的契机，但推崇它的危险性，是遗忘这一主体特质在盲目扩大战争规模、难以作出投降决定、逃避战争责任等历史过程中的位置。语言论范式及其内在的不足暗示出，自觉廓清西方中心主义的鄙陋后，基于对日本历史文化的切实了解而重建其形象，依旧是颇具挑战的难题。

三、文明论范式：重审日式现代性

1953 年，较早访日的理论家雷蒙·阿隆感受到前所未有的文化冲击。他断言美国对日本只是表层性的影响，"真正的现实"在于日本机巧地用新的美式字眼翻译传统准则，从根上保住了自己的文化。[34]阿隆对日本前景的乐观情绪是他对欧洲文化之忧患意识的反照,纳粹德国留下的后遗症亟需应对。近似的主旨很快被科耶夫更为热烈地申明。科耶夫从1959年的日本之旅获得灵感,他将丰臣秀吉与德川家康打造的日本指认为"后历史的"(post-historical),人在其中保持完全形式化的世俗主义状态。㉟科耶夫倒置了主流的日美关系认知,认为战后日本与西方世界相互作用的结果并非西方影响日本("日本的重新野蛮化"),而是相反的("西方人的日本化")。美式生活预示着全人类的未来,它具象显现出"历史终结"以人的动物化乃至再动物化为标志,而"后历史的"日本文明通过否定"历史的"活动,在纯粹状态中追求高雅,使历史避免终结于"人(严格意义上)的最终毁灭"。在这里,日本成为一种例外与可能,科耶夫在相当理论性的层面上将其指称为一种"文明"。

现代意义上的"文化""文明"概念在西方确立于18世纪末至19世纪初,是19世纪欧洲文化认同与标榜进步的证明。它们起初趋于同义,历史哲学的思考将它们关联于民族与人类历史的发展,因此颇显新意并逐渐普及。迟至"一战"结束,这两个概念的涵义分裂,德语中原有对"Kultur 文化"的青睐在欧洲普及,并被当作优于"Zivilisation 文明"的反命题。㊱"一战"前后斯宾格勒在《西方的没落》中以"文化"作为核心概念就是一例。这一状况在"二战"前后被翻转:埃利亚斯的《文明的进程》(1939)、汤因比的《历史研究》(1947)、雅斯贝尔斯的《历史的起源与目标》(1949)与布罗代尔的《文明史》(1963)等名著都将"文明"视为统摄"文化"的高一级概念。总体而言,这类研究虽着眼于世界文明的整体进程,但论述多囿于"西方—东方"二元的解释框架并将重心放在西方文明。其中,雅斯贝尔斯的"轴心期"论述在一定程度上消解了二元论色彩,即便如此,日本尚未被当作独立的文明模式纳入考察范围。

从文明史角度重思人类历史进程的又一高峰出现在冷战结束后,文明的性质与程度问题被视作物质、军备竞争之外决定国家、民族与区域发展的重要内容,此间,文明论范式也成为审视日本形象的显流。1992年,弗朗西斯·福山在著作中宣告西方的自由民主政治在世界范围内获得胜利,他戏谑地提及科耶夫对日本文明的论断,认为将历史终结的意义归于传统日本艺术及其空洞的形式主义是一种"堕落"(descent)。㊲福山的潜台词是,比起民主社会对优越意识富有成效的导引,日本不足以被看作"历史终结"后独领风骚的文明形态。与他相对,亨廷顿则在系统阐述"文明的冲突"（1993—1996）过程中,主张按照"大多数学者"的观点将日本视为独立的文明形态。⑧这一刻意区分中、日文明的做法尽管对丰富东亚理解收效甚微,却有力地服务于美国在东亚实施遏制战略的政治利益。㉟相当程度上,福山与亨廷顿对待日本的态度是一个硬币的两面,他们极富政治性色彩的学术研究背后矗立着同一个面目宏伟的西方文明。

1996 年,以色列社会学家艾森斯塔特（S. N. Eisenstadt）从文明史角度出发,对日本的形象进行了远为成熟的建构。他的巨著《日本文明》尝试更新既有的日本研究方案:一、文化主义的阐释方法受惠于人类学传统,强调行动与个性的模式,而结构主义的研究则长期关注组织和制度的分析,二者在研究的推进过程中逐步融合、彼此补充,但论述方面仍存在缺憾。一方面它们依旧排除特例的存在,另一方面,仅仅以西方为参照考察日本时常抓不住要害,日本与东亚社会的关联性必须被解释。⑩二、雅斯贝尔斯的"轴心文明"概念促发对了文明的本体论观念、超验与世俗秩序间的张力、制度化进程的考察,却忽略了"非轴心文明"的存在状态。日本的独异性在于,它是唯一拥有连续、自治、动荡历史的非轴心文明,对它的考察需要同时在两个比较的维度进行,既与轴心文明,又与其他的非轴心文明。⑪三,科耶夫的结论正确指出了日式现代性的特征是不与现代性的普遍进程发生冲突。可是,科耶夫的理论基础是某种黑格尔主义的、超验的历史运动规律,因而需要从内在论的立场,依据历史实际发展的状况重新界定日本的现代性进程。⑫

艾森斯塔特综合上述方法,以"文明比较论"的研究框架替代"文明冲突论"。日本的独特处在于它作为非轴心文明,却能在从古至今的历史发展中持存自己的历史轨迹,没有被轴心文明过度边缘化,还能保持与轴心文明的交往。日本从未完全成为普遍文明的子集,它对来自其他文明的成果——先是从中国传播来的儒家文化、佛教文化,后有西方的现代化制度——进行根本改造,并将这些经由改造的、与原初内容既同且异的部分融入日本历史的变化发展中。艾森斯塔特拒绝将"日本性"视作有待把握的静止实体,他指出,即使某些基本观念在日本持续存在,也并不意味着它们的具体表述缺乏变化;相反,这些表述不断地在其他文化或宗教的影响下重构,并形塑日本的话语及其对待世界的态度与思维模式。[43]因此,"日本性"属于历史生成主义的范畴,它拒绝成为本质主义与东方主义的牺牲品,它是日本不断将新的影响融入传统并灵活重构现有规则这一行动本身。

艾森斯塔特的结论显示出,明治以后日本的发展轨迹不应被视为一种特殊状态或历史的断裂,而毋宁说是保持了日本传统一贯的延续性,这一延续原理的提取必须回置文明史的长时段结构,进一步推论,日本现代性的成立也是如上原理的作用。牛津通识读本《现代日本》虽只讨论日本的现代史部分,但不啻为呼应了艾森斯塔特的理论范式。作者琼斯(Christopher Goto-Jones)拒绝将日本的现代性解释为传统文化与现代化思潮的二元对立。[44]作为替代,日式现代性的成立有赖于动态转化与适应的能力,是传统与现代交互影响中彼此受益的产物。这反映出日本的"文明"形象逐渐在西方学界生成,并隐然成为勾勒日本史之核心论域的事实。更为直接的例证是2000年以后出版的两部日本通史及其撰写体例。哈佛燕京学社社长克雷格(Albert M. Craig)所著《日本文明的遗产》(2002)与哥伦比亚大学教授希诺考尔(Conrad Schirokauer)主编的《日本文明简史》(2006)都从史前史谈起,追溯日本从亿年前岛屿的"起源"至当代的历史进程。两部作品均未对全书最关键的论述前提作出澄清,也就是为何选择以"文明史"的框架叙述日本,作者只是自明地认为需要如此。然而它们的影响力不可低估,十年间再版多次,并且已用作美国高校日本史课程的基础读物。

结语:走出"西方的目光"

战后西方学者的日本研究,尤其是对日本形象的建构大体基于"西方—日本"这对关系,日本与东亚的地理与历史渊源鲜少被纳入考察范围。艾森斯塔特的贡献是恢复了讨论这一维度的必要性,他以一定的篇幅探讨日本文明与中华文明的亲缘关系,日本所受的儒家、佛教影响成为勾勒日本史不可少的部分。但另一方面,艾森斯塔特的认知前提又潜在规定了他的勾勒方式本质上是形式化的,而非真正历史化的。既然日本文明的特点是自身的相对独立性与对其他轴心文明的自主选择，那么它在古代与中华文明的互动、在现代与西方文明的互动就是长时段历史连续体的两个性质相同的子阶段，日式现代性的发生出于其文明性格的必然性。可是，现代日本的西化道路并非出于自然，而是伴随权力话语的斗争与支配，以及急剧调整既有文化状态的历史阵痛。简言之，这是西方现代性话语与日本自我意识双重复刻的结果：西方以经济与军事实力为后盾将日本蔑视为"半开化国家"，而意欲图强的日本，对明治以降的叙述则刻意切断江户与明治时期的重要关联，尤表现在以现代眼光返顾、建构日本史时，着力弱化日本与中国之间千丝万缕的历史与文化联结。

　　日本 19 世纪的道路选择并非是在西方世界体系与无体系之间的选择，而是在西方体系与东亚体系之间的选择。㊺佩里来航后，依据 18 世纪形成于欧美各基督教文明国家的近代国际法，要求日本采取美方视为理所应当的外交礼节。这种要求名义上宣称主权平等，实际上没能给予日本民族自决权，隐含深度的"歧视性结构"——佩里拒绝承认日方法律及其对外国人的适用性，从根本上使日本主权受到不平等对待。㊻与之相对，江户儒学者林复斋全权代表日本方面力驳佩里的无理要求。他借儒家的传统思想资源展开回应，将美方的表现视作"不仁"之举，声明日本对美国船舰"仁至义尽"，劝其"审慎思之"。㊼此外，林复斋起初只在日文与汉文的《日美亲善条约》上签字，以"不通英语"为由拒绝美方玩弄翻译政治、施加不平等条款。德川时代日本的外交判断与国际认知与中华文明息息相关，即使是轻视同时代清朝治下中国、自忖日本为"皇国"的儒学批判者，对历史与现实的想象力也仍以儒学为轴心。㊽明治日本对这类国学者及其观点的高扬未能结构性把握其历史位置，同时一味贬抑江户公仪的外交努力，并将这种失败的原因归于未能采用西洋的制度。

　　战后西方的日本研究虽视点各不相同，在"西洋化"的层面上却分享了现代日本自身早已形塑完成的裂变构造。无可否认，西方学界的研究成绩需要被正视，它们已组成阐释与理解日本的重要一环，而日本的主流舆论也在相当程度上在意西方人眼中的自我形象，甚至积极参与到日本独特形象的建构进程中。而在中国的日本研究中，日本的形象常与"一衣带水"这一关键词相联系，并且相较于理论领域的建构，更偏重史实与具体问题的考察。有必要注意的是"一衣带水"在多大程度上构成了当代中日双方共识性的交往基础,还须意识到现代以来西方理论话语对东亚局势的深度介入。为此,首先应在知识前提上树立理论自觉,批判性地检视、突破已成主流的"西方—日本"认知惯性与叙述框架。作为替代性方案,从"汉字圈"的视点介入日本研究,能够成为内在爆破现有认识论装置的路径与契机。对"汉字圈"概念的使用涉及三点考量:一、它将近代学术奠定的民族主义框架相对化;二、基于一项事实,即东亚各国、各区域至今直接或间接地以汉字为介质形塑文化的重要内涵;三、它强调以汉字使用为基础的固有历史与东亚今日文化现实的内在关联。[49]更重要的是,"汉字圈"的适用区域虽大致对应东亚的范围,却并非意在强调地理范畴,也不具有"东亚"概念的西学东渐色彩。[50]

"汉字圈"的理论视野承认今日东亚各地区历史文化的独特性,呼唤一种辩证的关系思考方式:以汉字为基底,共享相同的文化源泉,最终生成复数的文化形态,它们彼此滋养、互惠、理解,并使充满感染力的中华轴心文明、享有独立性的日本非轴心文明及二者的协和交往成为可能,因此与中华中心主义保持审慎的距离。简言之,"汉字圈"指涉"文字(语言)—文化—文明"三维向度的整全性,而从既有战后日本研究的三种西学范式中可以看到,这三个层面时常呈现相互分割、只列其一的状态。在纪念中日和平友好条约缔结40周年的今天,从"理论的"而不仅是"历史的""地理的"角度出发思考日本与亚洲、日本与中国的关系成为学术推进的必然需要,日本形象生成的良性进展空间不仅有赖政治、经济、外交领域的积极努力,也有赖"文字—文化—文明"整全视野的理论创造。

注释:

① [日]佐佐木克:《从幕末到明治(1853—1890)》,孙晓宁译,北京联合出版公司,2017年,第4—5页。

② Bruce Cumings, *Parallax Visions*: *Making Sense of American-East Asian Relations at the End of the Century*, Durham: Duke University Press, 1999, p. 25.

③ 方维规:《文学话语与历史意识》,复旦大学出版社,2015 年,第 181—183 页。

④ Peter Edgerly Firchow, *The Death of the German Cousin. Variations on a Literary Sterotype, 1890—1920*, London and Toronto: Associated University Press, 1986, p. 181.

⑤ ［加拿大］诺曼:《日本维新史》,姚曾廙译,商务印书馆,1992 年,第 212—217 页。

⑥ ［美］鲁思·本尼迪克特:《菊与刀》,吕万和、熊达云、王智新译,商务印书馆,2012 年,第 7 页。

⑦ ［美］约翰·道尔:《美国的日本学:从占领到融合》,许知远主编、刘柠客座主编《东方历史评论（第六辑）:理解日本》,广西师范大学出版社,2015 年,第 48 页。

⑧ ［美］马文·哈里斯:《文化人类学》,李培茱、高地译,东方出版社,1988 年,第 524—527 页。

⑨ ［美］鲁思·本尼迪克特:《菊与刀》,吕万和、熊达云、王智新译,商务印书馆,2012 年,第 2 页。

⑩ 王铭铭主编:《中国人类学评论（第 9 辑）》,世界图书出版公司,2009 年,第 86 页。

⑪ ［日］柄谷行人编:《近代日本の批評明治·大正篇》(现代日本批评明治·大正篇),福武书店（东京）,1992 年,第 35—36 页。

⑫ ［荷兰］伊恩·布鲁玛:《零年:1945 现代世界的诞生时刻》,倪韬译,广西师范大学出版社,2015 年,第 299 页。

⑬ ［日］鹤见和子:《『菊と刀』——アメリカ人のみた日本的道德觀》(《菊与刀》:美国人眼中的日本道德观),《思想》（东京）1947 年第 4 号,第 61—64 页。

⑭ ［日］川岛武宜:《評價と批判》(评价与批判),《民族学研究》（东京）1950 年第 14 卷第 4 号,第 269—270 页。

⑮ ［日］和辻哲郎:《科學的價值に對する疑問》(对科学价值的疑问),《民族学研究》（东京）1950 年第 14 卷第 4 号,第 285—286 页。

⑯ ［日］小泽万记:《「日本文化論」の出発点——民族学研究（1950 年 5 月号）の『菊と刀』特集を読む》[“日本文化论”的出发点:我读《民族学研究》（1950 年 5 月号）的《菊与刀》特集],《高知大学学术研究报告人文科学编》（高知）1995 年第 44 卷,第 184 页。

⑰ ［日］佐佐木丰:《アメリカ“赤狩り”時代の極東問題専門家:「学術的客観性」の理念をめぐる論争を中心に（下）》(美国“赤狩”时代的远东问题专家:以“学术客观性”理念的论争为中心（下）),《史学》（东京）1998 年第 67 卷第 2 号,第 278 页。

⑱ ［日］柄谷行人:《历史与反复》,王成译,中央编译出版社,2011 年,第 69 页。

⑲ Ian Buruma, "Foreword to the Mariner Books Edition," Ruth Benedict, *The Chrysanthemum and the Sword: Patterns of Japanese Culture*, New York: Houghton Mifflin

Company，p. ix.

⑳［美］约翰·W·道尔：《拥抱战败》，胡博译，生活·读书·新知三联书店，2015年，第 540 页。

㉑ Yuki Tanaka，"Review：The Wages of Guilt：Memories of War in German and Japan by Ian Buruma，" *The Society for Japanese Studies*，vol. 22，no. 1，1996，pp. 182—183.

㉒［美］约翰·W·道尔：《拥抱战败》，胡博译，生活·读书·新知三联书店，2015年，第 552 页。

㉓［法］弗郎索瓦·多斯：《从结构到解构：法国 20 世纪思想主潮（上卷：结构主义篇）》，季广茂译，中央编译出版社，2004 年，第 4—5 页。

㉔［法］弗郎索瓦·多斯：《从结构到解构：法国 20 世纪思想主潮（下卷：解构主义篇）》，季广茂译，中央编译出版社，2004 年，"序言"。

㉕［日］铃村和成：《巴特—文本的愉悦》，黄卫东译，河北教育出版社，2001 年，第 257 页。

㉖［法］罗兰·巴尔特：《符号帝国》，汤明洁译，中国人民大学出版社，2018 年，第 2 页。

㉗ 原稿见国际拉康派协会（L' Association Lacanienne Internationale）根据研讨班内容整理的未刊稿。（Lacan，Jacques，*L' angoisse*（*1962—1963*），Leçon 17，08 Mai 1963，inédit）本文主要参考爱尔兰拉康研究者贾拉格（Cormac Gallagher）供内部交流的英译稿（The Seminar of Jacques Lacan，*Book X*：*Anxiety*，*1962—1963*，trans. by Cormac Gallagher，unpublished，p.148.）

㉘ The Seminar of Jacques Lacan，*Book X*：*Anxiety*，*1962—1963*，trans. by Cormac Gallagher，unpublished，p.149.

㉙［法］雅克·拉康：《文字涂抹地》，白轻编《文字即垃圾：危机之后的文学》，李新雨译，重庆大学出版社，2016 年，第 152—154 页。

㉚［法］雅克·拉康：《文字涂抹地》，白轻编《文字即垃圾：危机之后的文学》，李新雨译，重庆大学出版社，2016 年，第 158—159 页。

㉛［法］弗雷德里克·凯克：《列维-斯特劳斯与亚洲："美国之外"的结构主义人类学》，王娇译，《文汇报》2017 年 2 月 10 日第 W07 版。

㉜［法］克洛德·列维-斯特劳斯：《月亮的另一面：一位人类学家对日本的评论》，于姗译，中国人民大学出版社，2018 年，第 165 页。

㉝［法］克洛德·列维-斯特劳斯：《月亮的另一面：一位人类学家对日本的评论》，于姗译，中国人民大学出版社，2018 年，第 2 页。

㉞［法］雷蒙·阿隆：《雷蒙·阿隆回忆录——五十年的政治思考》，刘燕清、孟鞠如、沈雁南、马燕、孙国琴、杨祖功、赵健译，孟鞠如校，生活·读书·新知三联书店，1992年，第 309—310 页。

㉟ ［法］亚历山大·科耶夫：《黑格尔导读》，姜志辉译，译林出版社，2005 年，第 519 页。

㊱ 方维规：《论近现代中国"文明"、"文化"观的嬗变》，《史林》1999 年第 4 期，第 73—75 页。

㊲ Francis Fukuyama, *The End of History and the Last Man*. New York：The Free Press, 1992, p. 320.

㊳ ［美］塞缪尔·亨廷顿：《文明的冲突与世界秩序的重建》，周琪、刘绯、张立平、王圆译，新华出版社，1998 年，第 29 页。

㊴ Bruce Cumings, *Parallax Visions*：*Making Sense of American-East Asian Relations at the End of the Century*. Durham：Duke University Press, 1999, p. 3.

㊵ S. N. Eisenstadt, *Japanese Civilization*：*A Comparative View*. Chicago and London：The University of Chicago Press, 1996, pp. 10—11.

㊶ S. N. Eisenstadt, *Japanese Civilization*：*A Comparative View*. Chicago and London：The University of Chicago Press, 1996, p. 14.

㊷ S. N. Eisenstadt, *Japanese Civilization*：*A Comparative View*. Chicago and London：The University of Chicago Press, 1996, p. 435.

㊸ S. N. Eisenstadt, *Japanese Civilization*：*A Comparative View*. Chicago and London：The University of Chicago Press, 1996, p. 318.

㊹ ［英］克里斯托弗·戈托-琼斯：《现代日本》，顾昕媛译，译林出版社，2014 年，第 8—9 页。

㊺ Bruce Cumings, *Parallax Visions*：*Making Sense of American-East Asian Relations at the End of the Century*. Durham：Duke University Press, 1999, p. 5.

㊻ ［日］井上胜生：《幕末与维新》，周保雄译，香港中和出版有限公司，2015 年，第 22—24 页。

㊼ ［日］井上胜生：《幕末与维新》，周保雄译，香港中和出版有限公司，2015 年，第 34—35 页。

㊽ ［日］渡边浩：《东亚的王权与思想》，区建英译，上海古籍出版社，2016 年，第 174 页。

㊾ 林少阳：《"文"与日本学术思想：汉字圈 1700—1990》，中央编译出版社，2012 年，第 1—2 页。

㊿ 林少阳：《"文"与日本学术思想：汉字圈 1700—1990》，中央编译出版社，2012 年，第 2 页。

"物哀"论的前世今生

雷晓敏

摘 要:"物哀"作为最典型的日本式的文学理论术语,在日本文学作品中熠熠生辉、耐人寻味。我们细究"物哀"的发展演变,不难看到三个关键性的节点,那就是紫式部《源氏物语》中的"物哀",凄美而无解;本居宣长《紫文要领》里的"物哀",标新立异;以及川端康成的《我在美丽的日本》中的"物哀",美与哀愁的两难。"物哀"文学理论在日本文学作品中千回百转、跌宕起伏,最终成了日本文学的象征与审美追求。

关键词:物哀;《源氏物语》;《紫文要领》;《我在美丽的日本》

11 世纪,日本平安时代,随着紫式部《源氏物语》的问世与广泛传播,"物哀"这个文学概念初步成了日本文学作品的审美追求。18 世纪 60 年代,本居宣长在《紫文要领》里将"物哀"整理、升华为日本的和歌与物语理论。它在当时虽然引起了学界的众多议论,但是始终未占据文坛与思想领域的主流地位。直到明治维新,19 世纪 70 年代以后,由于日本军国主义发展的需要,伴随着本居宣长的"国学"热,"物哀"才进入日本文化的主流。"二战"后,日本战败,本居宣长的"国学"以及"物哀"一度石沉大海、销声匿迹。20 世纪 70 年代,日本的经济高速

---

* 雷晓敏,文学博士,广东外语外贸大学外国文学文化研究中心教授,研究方向是中日文学理论比较研究。本文系 2015 年度国家社科基金项目"本居宣长'物哀'论综合研究"(15BWW018)的阶段成果之一。

发展，GDP 总量跃居世界第二位，日本成为世界经济大国。在这样的时代背景之下，日本如何树立自己的大国形象，成为日本人的时代课题。1968 年，川端康成荣获诺贝尔文学奖，他在获奖感言《我在美丽的日本》中，将"物哀"作为日本文学与文化的"标签"，或者说是"象征"，推向了世界。

"物哀"文学理论作为日本文学与文化的独特存在，经历了一千多年的起伏与变迁，至今依然吸引着人们不断地去思考和研究。笔者经过长期的研究与思考，发现了"物哀"的形成、术语化与日本式，三个重要的节点。而这样的发展演变又分别与紫式部的《源氏物语》、本居宣长的《紫文要领》以及川端康成的《我在美丽的日本》息息相关。

一、紫式部《源氏物语》中的"物哀"

"物哀"究竟最早出现在日本的什么时代，或者什么作品中？据研究《源氏物语》的日本学者久松潜一统计："《源氏物语》一书中 13 次出现过'物哀'一词。"①也就是说，物哀与《源氏物语》有一定的关联。日本学者片冈良一认为："《源氏物语》以理智捕捉平安时代贵族的生活相，一言以蔽之，就是处处充满矛盾和撞击。从这个意义上说，《源氏物语》是平安贵族生活纠葛和矛盾诸相的报告书。""主人公源氏等不堪苦恼的重负，面对人生诸矛盾无法用现实主义加以理性地解决，就企图弃现实，忘掉苦恼，这样就出现了对物哀的追求。在追求物哀的过程中，消解人生的诸矛盾。"②这个观点表达了紫式部在《源氏物语》的写作中，把"物哀"作为解决问题的出路。叶渭渠认为："紫式部的文学论是以物哀作为中枢的。物哀是紫式部文学思想的主体，古代文学思潮从哀到物哀的演进，是经紫式部之手完成的。"③叶渭渠的观点确定了日本"物哀"的开端。通过对中日学者们研究紫式部《源氏物语》中的"物哀"问题的梳理，我们可以得出这样一个结论：日本文学理论术语"物哀"一词发端于紫式部的《源氏物语》。

《源氏物语》自问世以来，就备受世人关注。那么，紫式部《源氏物语》中"物哀"的所指究竟是什么呢？首先，《源氏物语》中的"物哀"表现了人的真实感受与触动，即对四季景物的描写，通过景物烘托故事人物的心理以及故事情节的演变。这是日本作家比较常用的创作手法,紫式部在《源氏物语》的写作中也频繁运用了这个艺术手法,并且通过与"物哀"的融合将其发挥得水乳交融,耐人寻味。

例如,在《源氏物语》的第十八回"松风卷"中写道:

> 正值秋天,心境万端物哀。出发那天拂晓,秋风萧瑟,虫声啁啾,明石姬面向海那边望去,只见明石道人比往常的后夜颂经时刻起得更早,一边抽着鼻涕,一边诵经拜佛。

此处,紫式部用"物哀"表达了人的真实感受。她用对秋景的描述烘托出明石道人、明石姬这对父女心头的离愁别绪,作者一句"心境万端物哀"把故事人物的内心世界刻画得入木三分,凸显了人生的多愁,表达了对无常的哀叹。

另外,在《源氏物语》的第二十回"槿姬卷"中写道:

> 源氏反过来一想,又觉得此人很可怜。他回忆往事:在这老婆婆年轻时,宫中争宠的女御和更衣,现在有的早已亡故,如尼姑藤壶妃那样盛年天逝;有的零落漂泊。真是意想不到。像五公主和源内侍等人,风烛残年,却还活着,悠然自得地诵经念佛。这些都让他不禁唏嘘,深感世事之不定,体察物哀之情。

此处的"物哀"表达了人世无常,含有孤寂、悲戚的意味。源氏从五公主家出来,遇见一位年长的阿婆。他得知,此人原来也是他父皇喜欢过的女人,目睹旧人,让他回忆起过往的人与事,不禁感叹世事的变迁。

《源氏物语》中的"物哀"中有多重含义,其中人的真实感受是紫式部所推崇的。无论是触景生情还是因物思人,都是日本文学作品中一个常用的表达手法。

其次,《源氏物语》中的"物哀"指"恋爱的情趣",准确地说是"不伦之恋"。对于日本文学作品中的爱情故事,有些是能被世俗接受的感情,也还会有一些不被承认,无法光明正大的、得不到祝福的爱情。对于文学作品中的爱情,作者的创作态度以及文学评论者的评论是其文学观的投射。紫式部在《源氏物语》中描写了大量的"不伦之恋"。这些爱情因为得不到妥善的处理，让故事中的人物身陷其中，或郁郁寡欢、或生不如死、或遁入空门、或祈求来生。文学评论者们也对《源氏物语》发表了多种多样的评论观点。有学者认为紫式部在《源氏物语》里描写的"悖德之恋"是为了劝善惩恶，或是对好色的劝戒。而也有学者，比如本居宣长坚决否定这个观点。他认为紫式部创作《源氏物语》的目的是为了表达物哀。（本文第二部分将重点阐述此观点）

例如：在《源氏物语》的第三十五回"柏木卷"中写道：

> 源氏叹息一声，又对三公主说："倘使你说现已出家为尼，故欲与我离居，这便是你真心厌弃我了，使我觉得可耻可悲。还望你爱怜我。"三公主答道："我闻出家之人，不知物哀，更何况我本来就不知，让我如何回答呢？"三公主说罢，源氏马上反问一句："但你也有懂得的时候吧！"

这个段落里的"物哀"有两处。一处是明确地出现了"物哀"，另一处是承前省略了的。但是意思是一样的，指的是"不伦之恋"。三公主口中的"物哀"是"知物哀"，也就是她用"不知物哀"表达了自己对源氏"不伦之恋"的不理解，含有责怪的意味。而源氏的"但你也有懂得的时候吧！"虽然没有出现"物哀"两个字，但是读者可以通过之前的话推想到。这里，紫式部表达了主人公源氏对三公主与柏木"私通"的知情与理解。谈到"私通"这样的问题，作者了用"出家"的方式，来寻找解脱。本居宣长认为："紫式部《源氏物语》与中国的儒学、佛学不同，不以善恶、道德、伦理为尺度。④其实，紫式部笔下的诸多人物正是因为悖德的"不伦之恋"而备受煎熬，却无法解脱。厌世也罢、出家也罢，真的能换回内心的平静与安宁吗？在 11 世纪，紫式部的文学选择是她排遣自己的孤独、寂寞以及痛苦的方法。她在作品中，用佛教的思想来解决现实的痛苦只能是不得已而为之的、貌似解决的解决。实际上，所有的痛苦依旧存在，并不会自动消失，也不可能通过出家就一了百了，彻底解脱。

第三，《源氏物语》中的"物哀"含有"同情"、体察他人的不幸，人同此心、心同此理的含义。

例如：在《源氏物语》的第五十二回"蜉蝣卷"中写道：

> 匂亲王察看薰君的神色，想到："此人何等冷酷无情！凡人胸中怀抱哀愁之时，即使其哀愁不是为了死别，听见空中飞鸟的啼鸣也会引起悲伤之情的。我今无端如此伤心哭泣，如果他察知我的心事，也不会不知物哀的吧。"

此处的"物哀"表达了理解、同情的含义。面对别人的痛苦，"知物哀"的人会感同身受，会为他人的痛苦抛洒一把同情的理解之泪。这里出现一个问题，只要别人痛苦，我们就要"知物哀"吗？不问原因，不辨是非，不理对错，不要道德？可能大多数中国读者无法接受，毕竟我们民族的集体无意识里已经种下了"仁""礼"和"道德"的基因。就是要"知物哀"，也会先问清楚为什么会痛苦，是什么原因导致的"痛不欲生"。如果是乱伦、悖德的结果，让所有人都"知物哀"，多少会给人一种强人所难的感觉。综上所述，紫式部《源氏物语》里的"物哀"具有人的真实感受与触动、不伦之恋，以及对他人痛苦的同情这样三种主要的含义。

二、本居宣长《紫文要领》中的物哀

《源氏物语》是日本古典文学作品中的巅峰之作。在日本学界，关于《源氏物语》的注释书、研究专著等，林林总总，精彩纷呈。其中比较重要的有：四辻善成的《河海抄》（1362—1368），这是日本最早的，并且影响巨大的一本注释书；一条兼良的《花鸟余情》（1472）；三条西实隆的《弄花抄》（1504）；三条西实隆的《细流》（1510—1513）；三条西公条的《明星抄》（1539—1541）；九条植通的《孟津抄》（1575）；中院通胜的《岷江入楚》（1598）；里村绍巴的《源氏物语抄》（1603）；北村季吟（1624—1705）的《湖月抄》；契冲的《源注拾遗》（1696）；安藤为章的《紫家七论》（1703）；本居宣长的《紫文要领》（1763）；荻原广道（1815—1863）的《源氏物语评释》。通过梳理日本关于《源氏物语》的注释书及研究专著，我们可以对《源氏物语》在日本的流传之广以及日本学者对其研究之深，窥见一斑。因为本居宣长的《紫文要领》对"物哀"进行了比较充分的概括和总结,而且他的观点在日本引起了众多的评论,他被认为是"物哀"文学理论术语化的缔造者。

四辻善成在《河海抄》中认为:"紫式部《源氏物语》的写作目的是为了讽刺和教训。"本居宣长在《紫文要领》里表达了《源氏物语》的写作目的是为了"物哀"。这样截然不同的两种解释,需要我们思考紫式部《源氏物语》的写作目的究竟是什么。日本学者龟井胜一郎认为:"从某种意义上说,《源氏物语》是揭开了的王朝的病态部分。""在从藤原道长至赖通摄关政治的黄金时期,也可以说在藤原家庭的盛世顶峰时期,读这部物语的人,无疑在内心里会感觉到其荣华已开始从内部腐败和逐渐崩溃。同时应该会感觉到也是自己的崩溃。"⑤笔者认为,《源氏物语》描绘了一幅日本平安时代贵族社会的生活画卷。作者对光源氏三代乱伦的描写以及人性紊乱的反思,与当时日本佛教所宣扬的无常、宿命思想息息相关。作者在作品中表达了"前世姻缘""因果报应""轮回"等佛教的观念。《源氏物语》中的主要人物大都以出家遁世或死亡作为最终的解脱。

本居宣长通过研究《源氏物语》,写出了《紫文要领》,并提出了"物哀"这个文学概念。那么,本居宣长的"物哀"是什么含义? 它与《源氏物语》里的"物哀"有什么异同? 笔者认为,本居宣长《紫文要领》里的"物哀"有三个特点。

首先,本居宣长认为:"日本古代物语文学的写作宗旨就是'物哀'和'知物哀'。"⑥"长期以来,日本人一直站在儒学、佛学的道德立场上,将《源氏物语》看作是'劝善惩恶'的道德教诫的书。以《源氏物语》为代表的日本古代物语文学的写作宗旨就是'物哀'和'知物哀',而不是道德劝惩。"本居宣长的观点让我们思考一个问题:文学作品的写作目的是什么? 这是一个人言言殊的问题。它可以是抒发自己的心绪,也可以是模仿现实生活,还可以是"劝善惩恶",等等。这个问题本是作者个人的,是其在写作时的考量与权衡。我们不能规定作者写什么。毕竟这是作者需要考虑的事,对文本负责的是作者本人。通过阅读,读者得到什么启发,同样的道理,这也是一个无法确定的问题。它完全取决于读者个体,不同的读者会有不同的感悟。也绝不会仅仅是"知物哀"。"哀"还是"不哀",取决于读者的学识、人生经历等因素。如果从文学评论的角度讲,偏废其他,独树一帜,这本身就是不客观的,应该引起警惕。

其次，本居宣长认为："'物哀'就是感知'物之心'与感知'事之心'。"本居宣长在《紫文要领》中认为，"物之心"指人心对客观外物（四季自然景物等）的感受。这一点与紫式部《源氏物语》里"物哀"的第一种情况相同。"事之心"指通达人际与人情。能够体察他人的悲伤，就是能够察知"事之心"。能够体味别人的悲伤心情，自己心中也不由得产生悲伤之感，就是"知物哀"。看到他人痛不欲生、毫不动情、无动于衷的人就是不通人情的人。由身外的事物触发的种种感情的自然流露，对自然人性的广泛的包容、同情与理解，其中没有任何功利目的。对于本居宣长的这个观点，我们也无法赞同。弗雷德里克·詹姆逊（1934—）在《政治无意识》（1981）一书中将"一切文本与意识形态联系起来，提出了独特的解释文学作品的叙事分析方法"：如果文本的内容是作者意识形态的展示，那么，读者理所当然地应该运用自己的头脑来思考问题，而不是一味地"知物哀"，或者感知"物之心"与感知"事之心"，否则，阅读的意义就会大打折扣；而且如果是精神鸦片之类的书籍，岂不是被洗脑，把自己的大脑变成了作者的跑马场？如果所有的读者仅仅只是为了"知物哀"而阅读，这样的阅读，岂不悲哉？

第三，本居宣长认为："'物哀'就是悖德的不伦之恋。"本居宣长在《紫文要领》中认为："在所有的人情中，最令人刻骨铭心的是男女的恋情。在恋情中，最能使人'物哀'和'知物哀'的是悖德的不伦之恋，也就是好色。"⑦本居宣长认为《源氏物语》中绝大多数的主要人物都是"好色"的，都有不伦之恋。其中包括乱伦、诱奸、通奸、强奸、多情泛爱等。这些由此而产生的思念、期盼、悲伤、痛苦、焦虑、自责、担忧，都是可贵的人情。只要是出自真情，都无可厚非，都是"物哀"。本居宣长认为，《源氏物语》所表达的是以"知物哀"为善，以"不知物哀"为恶。这一点我们也无法接受。

孔子"《关雎》，乐而不淫，哀而不伤"（《论语·八佾》）意思是"《关雎》这首诗，快乐而不放荡，哀婉而不忧伤"。这个文学观点集中表现了中国文学作品情感的理想状态。文学作品不但要具备道德上的纯洁性和崇高性，而且要受到理智的节制，讲究适度、平和，不能过于放纵，任其泛滥。我们称之为"中和之美"。快乐却不是没有节制，悲哀却不至于过度悲伤，一切情感的外现都是那么的恰到好处。这表现了孔子对人的生命的尊重与爱护，他期望人的生活与感情都是健康、正常的，反对沉溺哀乐、毁伤生命。

因此，对于本居宣长所说的"物哀"，我们实在无法认同。善恶本在人心，又岂能不辨？如果没有了善恶、道德，何谈秩序、伦理？如果一切都唯求"物哀"，人的幸福从何谈起？全部都按紫式部的招数，让佛教教义来解决问题？出家能化解一切矛盾，解决所有因为乱伦、诱奸、通奸、强奸、多情泛爱所导致、衍生出来的问题吗？还是按本居宣长的"物哀"解决？本居宣长《紫文要领》中的"物哀"标新立异，他想确立日本文学理论的立场。客观地讲，这是没有错的。本居宣长采用"先破后立"的手法，排除汉意，不要"劝善惩恶"。对于他的历史贡献，我们也应给予充分的认可。只是从文学功能的角度讲，本居宣长所指的"物哀"，是 18世纪日本文学的一个所谓"新"的学术观点。之所以说是"所谓'新'"，是因为"物哀"这个词语早在 11 世纪时，就已经被紫式部在《源氏物语》中频繁使用过；说是"新"，却是因为此处的"物哀"被本居宣长赋予了确立日本文论的学术立场，或曰民族文学的自觉。

本居宣长认为将污泥浊水蓄积起来，是为了栽种莲花，写悖德的不伦之恋是为了得到美丽的"物哀之花"。在《源氏物语》里，那些道德上有缺陷的、有罪过的、离经叛道的"好色"者，都是"知物哀"的好人。例如风流好色的源氏，一生荣华富贵，并获得了"太上天皇"的尊号；那些道德的卫道士却是"不知物哀"的恶人……对于本居宣长的强词夺理，我们不需要过多地评述，就算是源氏一生荣华富贵，并获得了"太上天皇"的尊号，这也不过是紫式部的虚构而已。更何况，那些经历了万千苦恋而不得善终的男男女女，在一世红尘中，跌跌撞撞，苦海无边。对于紫式部的"物哀"，已经让作为读者的我们感同身受，唏嘘不已；本居宣长的"物哀"，更是把读者推向了万劫不复的深渊。

研究物哀，我们得出一个结论，读者真的不能轻率地被作者牵着鼻子走，自己独立的思考是阅读时必备的防身术。引发我们思考的始终是文学的功能到底是什么——"劝善惩恶"还是"物哀"？作者要如何创作？读者该怎样阅读？"物哀"在日本又会经历怎样的发展与演变？

三、川端康成《我在美丽的日本》中的物哀

进入到 20 世纪,对于"物哀"的起伏,我们不得不研究的是日本著名文学家川端康成。因为,他是日本传统文化的传承者。他的文学作品中充满了"物哀"的气息。而且,在 1968 年,川端康成荣获诺贝尔文学奖时,他发表了一篇《我在美丽的日本》的演讲。值此盛会,他不遗余力地把"物哀"推介到全世界,企图标识日本文学的独特性。

川端康成的文学作品在日本备受关注,他的文学创作与"物哀"有着怎样的关联? 首先,不可否认的是他如同千千万万日本人一样,钟爱阅读《源氏物语》。他不可避免地受到了《源氏物语》中"物哀"的影响。他曾说过:"少年时期的我,虽不大懂古文,但我觉得我所读的许多平安朝的古典文学中,《源氏物语》是深深地渗透到我的内心底里的。在《源氏物语》之后延续几百年,日本的小说都是憧憬或悉心模仿这部名著的。"⑧由此可知他对《源氏物语》的天然喜爱。他对《源氏物语》虽不解其意,只朗读字音,欣赏着文章的优美的抒情调子,然已深深地为其文体和韵律所吸引。这一经历,对他后来的文学创作,产生了深刻的影响。川端康成喜爱《源氏物语》,也反复思考《源氏物语》。他曾说过:"倘使宫廷生活像《源氏物语》那样烂熟,那么衰亡是不可避免的。'烂熟'这个词,就包含着走向衰亡的征兆。"他的观点也说明"物哀"审美追求是一条不归路。另外,他还说:"《源氏物语》写了藤原氏的灭亡,也写了平氏、北条氏、足利氏、德川氏的灭亡,至少可以说这些贵族人物的衰亡,并非同这一故事无缘吧。"⑨由此可知,他对《源氏物语》的"物哀"也保留了自己的思考,或者说是他对"物哀"价值取向的一种反思。

"二战"期间,川端康成沉潜于日本古典文学的阅读与文学创作之中。他在《独影自命》中说:"我强烈地自觉做一个日本式作家,希望继承日本美的传统,除了这种自觉和希望以外,别无其他东西。""我把战后的生命作为余生,余生不是属于我自己,而是日本美的传统的表现。"不仅如此,川端又在《作家谈》(1953年)中指出:"坦率地说,我从思想家那里接受的东西似乎不多⋯⋯更为重要的

是，我觉得我身上还是日本的东西多……我正在渗入日本风俗、习惯、感受方法中的那股哀伤情的要素是浓重的。也可以说，形成了一种感伤主义。""这种悲哀和哀伤本身融化了日本式的安慰和解放……在日本也没有见过西方式的虚无和颓废。"⑩由此可知，他说的"感伤主义"同日本的传统"物哀"有着密切的关系。

叶渭渠在《川端康成评传》中指出："川端的'物哀'不仅是指悲哀，也包括感动、感慨、可怜甚至壮美的意思"，"物哀不仅是强调自己的悲哀，还应包括对他人、他物、自然的体贴同情之心，是以一种深沉广博的悲悯为主的情怀"。⑪蒋茂柏在《论川端康成文学的"物哀"品格》中认为："川端独特的'物哀'：于'物'强调自然风物；于'情'突出男女恋情；'哀'的底蕴、美的追求；超然、圆融的'知物哀'化境。"⑫1968 年的获奖演讲《我在美丽的日本》浓缩了川端康成的文学观，也表达了他的"物哀"观。我们通过研究这篇美文，不难看出他的"物哀"特点。笔者认为川端康成的"物哀"具体表现为：故事人物感情的表达与自然景物的和谐统一；故事主人公在"不伦之恋"与道德、伦理之间的艰难选择；美的徒劳与"无"的想象。

首先，川端康成在《我在美丽的日本》的演讲里引用了良宽、道元等歌人的和歌。他想通过这些和歌阐述人与自然合一的理念。例如，良宽："心境无边光灿灿，明月疑我是萤光。"我们用庄子"物化"的思想解释，那就是"我心里的澄净，让我无限灿然，连天边的一轮明月也会误以为我是萤光一片。"这时我是月光，还是我是我，已经不重要了。澄澈的心境让我沐浴在月光的柔情之中。这种典型的东方审美意境，是人与自然合一的审美境界。另外，道元："秋叶春花野杜鹃，安留他物在人间。"春花、秋叶、野杜鹃一到时节，就会回归人间，不变的是四季的轮回。而人在世间的存留是多么的短暂。日本文学作品，无论是和歌还是物语，作者们都喜欢"寄情于山水、四季景物的描写"，以此体现所谓的"日本的精髓"，人与天、地、自然的浑然一体。

其次，故事主人公在"不伦之恋"与道德之间的艰难选择。川端康成的著名作品《千只鹤》(1949—1951)、《山音》(1949—1954)、《睡美人》(1960—1961)，充分地表达了日本式的"物哀"。《千只鹤》《山音》《睡美人》的主人公们超越伦理的爱情与紫式部《源氏物语》里的"不伦恋情"存在着惊人的相似。他们同样的焦灼与痛苦,同样的悖德与两难,就像穿越了近一千年,从 20 世纪又回到 11 世纪,"物哀"的文学审美一脉相承。紫式部在《源氏物语》中通过佛教教义来帮助主人公们解脱,而川端康成在他的文学世界里思考"虚无"。这样无解的悲哀贯穿始终,让广大读者唏嘘不已。这些自然的、真实的,甚至是打动人心的感情,从人性的角度讲是可能存在的,然而却是世俗所不能接受的,也是不被道德所允许的,从伦理道德的角度讲是乱伦与悖德。紫式部的《源氏物语》里存在,川端康成的作品中也有。

何欢在《浅析日本传统美在川端康成作品中的体现——以〈我在美丽的日本〉、〈雪国〉为中心》一文中指出:"川端康成的文学创作继承了《源氏物语》的'物哀'精神,并将其发展成为美与悲相融,悲即是美的审美模式进行创作的原则。"[13]由此可知川端康成对"物哀"的传承。他引用了镰仓末期女诗人永福门院的和歌,他评价这些和歌"是日本纤细的哀愁的象征,我觉得同我非常相近"。除了这种美与悲并行的审美观是继承传统外,川端作品中美与哀的载体大都是女性,这也是受了平安时期女流文学和《源氏物语》对女性悲剧命运描写的影响。可见,"悲、美与女性"的模式构建起了川端在继承日本"物哀"传统方面的特点。

那么,川端文学的"物哀",除了继承紫式部《源氏物语》的写作手法,把乱伦、悖德的"不伦之恋"搬上现代的时空舞台,通过把平安时代的皇宫人物替换成现代的日本女性重新上演以外,他给出的这些问题的解决出路不再是出家,因为佛教教义无法彻底解决现实世界的所有问题。所以,他笔下的女性,最终只能葬身火海(《雪国》),或者意外死亡(《睡美人》)。

川端康成"物哀"的第三个特点是结合了美的徒劳与对"无"的想象。从实用主义的角度讲"徒劳"是没有意义的,面对生活中的太多无奈,用实用主义思考问题,是完全解释不通的。而真正打动人心的作品正是明知不可为而为之的"坚持",或者说是"徒劳"。他的代表作之一《雪国》,其主人公"驹子"形象的塑造,充分体现了川端康成的这种文学观。对于"驹子"而言,明知是无意义的爱,是没有结果的付出,还是不能放弃,她在绝望中去坚持,是怎样的孤苦无依?也许就是活下去的那一点点理由。另一方面,川端康成对"无"进行了思考。对于这个有无限想象空间的"无",中国老子《道德经》第二章就讲到了"有无相生"以及第十一章论述了空与无对有的作用，或曰"无用之用"。川端康成不厌其烦地详细地论述了"驹子"的徒劳，也许就是要把虚无进行到底，来告慰日本式的"坚持"与化无为有的执着。

结语

川端康成的"物哀"与紫式部的"物哀"有相通之处。比如人与景、人与物的融合以及"乱伦之恋"的讲述。所不同的是他们对其结果的处理手法不同。而本居宣长的"物哀"为了树立日本文学理论，却将"物哀"引入议论之中，无法脱身。还是让"物哀"以真实、审慎地存在更为妥贴，而不是夸大其词，一手遮天地谬赞。"物哀"经历了一千多年的演变，它被紫式部、本居宣长、川端康成等成百上千的日本作家赋予了五彩纷呈的意蕴。即便是大江健三郎、村上春树的文学作品也抹不去"物哀"的痕迹。"物哀"的外在表现也许会与时变迁，而其内核将会继续流传下去。

注释：

①［日］久松潜一：《日本文学评论史》（总论、歌论篇），至文堂，1986年，第191—192页。

②［日］片冈良一：《片冈良一著作集》（第二卷）物哀与和歌精神，中央公论社，1986年，第54—60页。

③叶渭渠：《日本文学思潮史》，北京大学出版社，2009年，第101页。

④［日］本居宣长：《紫文要领》，子安宣邦校注，岩波文库，2013年，第152页。

⑤［日］龟井胜一郎：《日本人的精神史》，文艺春秋社，1967年，第134页。

⑥［日］本居宣长：《紫文要领》，子安宣邦校注，岩波文库，2013年，第86页。

⑦［日］本居宣长：《紫文要领》，子安宣邦校注，岩波文库，2013年，第109—113页。

⑧叶渭渠：《日本小说史》，北京大学出版社，2009年，第414页。

⑨叶渭渠：《日本小说史》，北京大学出版社，2009年，第107页。

⑩叶渭渠:《日本小说史》,北京大学出版社,2009年,第131—132页。

⑪叶渭渠:《日本小说史》,北京大学出版社,2009年,第112页。

⑫蒋茂柏:《论川端康成文学的"物哀"品格》,《重庆三峡学院学报》2006年第1期,第64—66页。

⑬何欢:《浅析日本传统美在川端康成作品中的体现——以〈我在美丽的日本〉、〈雪国〉为中心》,《安徽文学(下半月)》2009年第8期,第1—3页。

"岛国""大陆"与中日国民性论

乔 禾

摘 要:近代以来,日本学术界兴起了一股研究"国民性"或"民族性"的热潮。其中,"岛国根性"一直是"日本国民性"研究的重要课题之一,德川三百年的闭关锁国被认为是日本人形成"岛国根性"的直接原因。日本学界对于"岛国根性"的研究基本采取辩证的态度,一方面承认"岛国根性"具有的负面性,另一方面也积极寻找将其转化为正面性的途径。"大陆"是"岛国"的对比物和参照物,明治之后日本人对所谓"支那国民性"或"大陆根性"的研究集中体现了日本人的"大陆想象",并在一定程度上助力了日本的侵华活动。"岛国根性"和"大陆性"的研究共同构成了日本人以自然地理为基础的中日国民性论。

关键词:国民性;岛国根性;大陆;海洋;陆地

明治维新以降,受西方影响,日本学术界逐渐开始热衷于研究日本民族的"民族性"或日本国民的"国民性"问题,这股热潮一直延续至当代,仍然活力不减。在这一百多年时间里,日本学术界涌现了一批剖析日本"国民性"的学者,研究成果极为丰富。正如日本社会学家南博所说:"世界上没有比日本人更爱好自我定义的民族了。"[①]例如芳贺矢一的《国民性十论》和野田义夫的《日本国民性研究》等都是在日本影响甚广的国民性研究著作。日本人除了对研究自身民族的国民性感兴趣外,对于其邻国中国,他们也抱有极大的研究热情。因中日两国

---

* 乔禾,北京师范大学博士研究生。研究方向:东方学与中日比较文学。

所处的自然地理环境截然不同,故而很多日本学者将自然地理环境作为研究中日国民性区别的一个切入口,试图以此为基础来论述"岛国性"和"大陆性"问题,研究成果颇具规模。分析日本人如何从"岛国"和"大陆"出发论述中日国民性,有助于我们理解根植于日本人心理底层的空间意识。

一、闭关锁国与"岛人根性"

在对日本国民性的诸多解释中,"岛国根性"一词频频出现,几乎成为日本民族反省自身国民性的必备词。通常认为"岛国根性"一词所含的贬义成分较多,其中最典型的是封闭排外的性格。"岛"英语叫作"island",从语源上看,这个词是从拉丁语的"insula"发展而来的。"insula"在拉丁语中的本意是阻断、隔绝的意思。在今天的英语中,表示空调隔热材料的"insulation"和"island"是同根词,正如"岛"是与外界隔绝的孤立物一样。[②]除此之外,还有例如"偏执而不听别人意见,狭隘而不聚众善,局促而无余裕,轻佻而无贞操,傲慢而不谦逊;猜疑、嫉妒之念头极深,忽而狂喜,忽而暴怒,得意时忘乎所以,失意时灰心丧气;争眼前之小利而误长远之大计,此为岛国根性是也"[③]等类似说法也屡见不鲜。可以说,"岛国根性"一词几乎涵盖了日本民族所有的劣根性。

从字面意思上不难看出,以"岛国根性"论及日本国民性时,侧重点在于"岛国"二字,也就是表明日本国民性形成之根源在于"岛国"这一自然地理条件,日本人是因为生活在这一"岛国"上,才形成了所谓的"岛国根性"。所以从某种程度上可以说"岛国根性"这一说法有一定的"地理环境决定论"的思想在其中。

以地理环境来论述一国或一个民族的性格,认为根植于一个群体心理深处的性格秉性是由这一群体所生存的自然环境所决定的,把地理环境看作是影响一国国民性的首要因素,并以此逻辑展开研究的方法可以被称为国民性研究层面的"地理环境决定论"。显然,"地理环境决定论"并不是日本学术界的产物,早在两千多年前,亚里士多德在其《政治学》中就曾说过:"寒冷地区的人民一般精神充足,富于热忱,欧罗巴民族尤甚,但大都拙于技巧而缺少理解;他们因此能长久保持自由而从未培养好治理他人的才德,所以政府方面的功业总是无足称道。亚细亚的人民擅长技巧,深于理解,但精神卑弱,热忱不足;因此,他们常常屈从于人而为臣民,甚至沦为奴隶。唯独希腊各种姓,在地理位置上既处于两大陆之间,其秉性也兼有了两者的品质。"④可见"地理环境决定论"的思想在古希腊时期便已有之。欧洲启蒙主义时期孟德斯鸠所著的《论法的精神》,也是"地理环境决定论"色彩非常显著的一部作品,并对后世产生了极大的影响。《论法的精神》中类似于"统治炎热地区的通常是专制政体"的说法比比皆是,其目的就是要通过证明东方的自然地理条件使东方社会无法产生"法的精神",只有西方可以产生"法的精神",从而建构西方的整体认同。无独有偶,19 世纪哲学家、历史学家、文艺批评家泰纳把"种族、环境、时代"视为决定物质文明和精神文明的三种根本要素,也突出强调了"环境"的决定作用。

西方的"地理环境决定论"思想传入日本后,日本学者欣然接受了这种研究方法并应用于对自身国民性的研究当中,产生了较为广泛的影响,如和辻哲郎的《风土》、志贺重昂的《日本风景论》等都是典型的"地理环境决定论"的产物。例如和辻哲郎根据环境和气候的差异将"风土"的类型分为三种,分别为季风型、沙漠型和牧场型,认为日本和中国属于季风型,生活在这里的人的特性是忍受和顺从;阿拉伯国家属于沙漠型,这里人的性格是对抗性和战斗性;欧洲则是牧场性风土,培养了欧洲人明快、合理的性格。和辻哲郎的这种三分法虽然具有一定合理性,但也有一些逻辑漏洞和主观印象掺杂在内,所以一直以来都有批判的声音,如哲学家安倍能成批判其"理论的材料取决于主观,欲使其判断臻于准确,亦难免带有主观的局限性"。⑤诚然,不只是《风土》,任何以"地理环境决定论"为逻辑内核的国民性研究或多或少都有以偏概全的嫌疑,但这并没有妨碍其成为一种流行一时的研究方法。

论及日本的地理环境,"岛国"必然是绕不开的一个关键词。从地理位置上看,日本位于亚洲大陆最东端,四面环海,是一个严格意义上的岛国。从全世界范围来看,具有岛国地理属性的国家并不在少数,但无论从国家实力、国际地位还是文化影响力来看,只有英国与日本可以称得上是具有广泛的国际影响力的两个岛国国家。故而从地理角度研究日本国民性时,"岛国"往往会成为一大关键词,而"岛国根性"便是作为结论而被世人所熟知。

　　"岛国根性"一词最早以"岛人根性"的说法出现,由日本历史学家久米邦武于明治五年旅行至英国时第一次提出。久米邦武创造这个词的动机是其发现英国人在称呼西欧国家如德国和法国时,不直接称为"德国"或"法国",而是会统一称之为"大陆",这种奇特的现象引起了久米邦武的注意。他认为这是英国人的一种"岛国意识",是将自身的"岛国"与对岸的"大陆"相对比下的一种"岛人根性"。

　　久米邦武在提出"岛人根性"的说法时并未在其中加入正面或负面的价值判断,他认为生活在岛屿上的人民自然而然就具有"岛人根性",这种"岛人根性"本身并不包含任何褒义或贬义,但是也明确指出"岛人根性这个词的名誉不名誉要看岛国住民的行为如何"。⑥也就是说,虽然"岛人根性"在脱离语境的情况下是一个中性词,但具体到某个岛国的人民时也会有或积极或消极的表现。

　　身处英国的久米邦武感佩于英国人的"岛人根性",再联想到自己的祖国,他痛感"岛人根性"在日本这里完全变了味。同为岛国的日本,却因为德川时代近三百年的闭关锁国,使日本人在狭小的本国土地上苟且偷安,惧怕与外国交流交往,也就逐渐使日本丧失了与大陆抗衡的意欲。在这种情况下,日本人的"岛人根性"是闭锁的、排外的、固步自封的,因而呈现出的是一种负面的姿态。久米邦武希望日本人能振作起英国人那样的"岛人根性",以图屹立于世界民族之林。由此可以看出,"岛人根性"说法提出的动机是出于久米邦武对自身民族的反省和批评,是其在比较了英日国民性之后得出的结论。

　　此后,随着研究的增多,"岛人根性"一词逐渐转化为"岛国根性",作为论述日本人国民性的一个代表性词语渐渐固定了下来,而且演变为专门用于日本人身上的词,除日本之外的其他岛国国家,包括英国在内,很少再被冠以"岛国根性"的说法。可以说,提到"岛国根性",只会使人联想到日本和日本人,而非其他任何国家和国民。

　　为何日英两国地理条件上如此相似,都是严格意义上的岛国,却产生了两种性质截然相反的"岛国根性"?换句话说,是什么导致了日本人没能像英国人一样,积极向海外开拓进取,建立起庞大的帝国呢?日本人普遍认为并不是岛国的自然环境直接导致了日本人的"岛国根性",而是岛国环境与日本特殊的近三百年闭关锁国的历史共同造就了此种根性。事实上，直到德川幕府成立初期，为获得贸易利润，充实财力，准备消灭丰臣遗族及异己势力的内战，树立全国统一的专制政权，幕府还都一直继续采取织田丰臣时期的开放政策，鼓励海外贸易。[7]但随着时间推进，德川幕府的对外政策逐渐由积极的贸易开放转变为闭关锁国，这其中主要有两方面的原因。首先是天主教问题，这涉及从思想意识直至政治和国防的重大关系，必须加以禁绝，包括断绝日本和海外的交通。其次是贸易统制问题，这关系到幕府封建统治的基础。对外贸易发达必然促进国内工商业繁荣，从而破坏自给自足的领主经济；加之西南诸侯和豪商经营外贸日趋富强，也威胁幕府安全，因此必须统制外贸。[8]

历史上在评价德川幕府的闭关锁国政策时，大多认为锁国政策有利有弊，一方面给日本国内带来了近三百年的和平稳定，使日本免受外来力量的干预和影响；另一方面又隔绝了日本与外界的联系，使日本落后于整个世界；从国民性研究的角度出发，则普遍认为闭关锁国导致了日本人自大、排外的性格。德富苏峰在论及闭关锁国的影响时也说："任何事物都有其两面性，就算是德川氏的锁国制度也不能说只有百害而无一利，（中略）但无论如何公平的思考，我也绝无法对德川氏的锁国政策歌功颂德。我大和民族少说也因锁国政策而蒙受了两百五十年的损失，将来到底能不能把这部分损失弥补回来还很难说。"[9]他还畅想如果日本没有走上闭关锁国的道路，而是保持对外开放的话现在会是什么样子："可以预见，（开国）最大的功效是可以把日本培养成海洋国家，无论名与实都可以与欧洲的英国相对，建立起一个东亚海上帝国的日本。若是如此，那么像当下棘手的国内人口调节等问题都不会出现了，而且所谓的岛国根性，可以说就算不能彻底，但也基本上能一扫而光了。"[10]

二、辩证的"岛国根性"批判

"岛国根性"作为描述日本人性格的一个固定词语确立下来以后，在一百多年的时间里被许多的日本学者反复研究论述。从"岛国根性"一词正负面的价值判断来看，几乎所有人都承认其含有消极的一面，并且承认日本人身上确实或多或少都带有此种"根性"。但这并不代表"岛国根性"只是简单地被当作一种民族劣根性来进行批判,事实上,在大量有关论著中,不乏有辩证看待"岛国根性"的观点出现,其中也有人致力于寻找"岛国根性"积极的一面。

首先,有学者从"地理环境决定论"的逻辑漏洞出发,试图证明日本人的"岛国根性"与日本的岛国自然属性并无直接联系。如前文所述,日本学界对"岛国根性"成因的主流看法是认为闭关锁国才是造就此性格的最主要原因,日本的四面环海的岛国环境只是表面上给人以与世隔绝的印象,实则并不直接导致"岛国根性"的形成,反而一定程度上还有利于培养岛国人开拓进取的精神,参考英国的情况便可以一清二楚了。如加藤久胜认为,日本人长久以来与大海朝夕相处,时时刻刻感受着大海的汹涌波涛,培养出了豪放、果断、冒险、勇敢的性格,然而经历了数百年的锁国之后,逐渐"被一种非善意的岛国根性所支配,消极退缩,无望产生一种活跃于世界舞台、与世界抗衡的大策。如今世界面临一大危局,若不能排除这种岛国根性,就无法顺应世界的变局"。[11]他批评几百年来的日本人抱着"神风"思想,认为大海上的波涛会阻拦住妄图入侵日本的势力,完全不知道海洋另一头的文明程度早已超越自己。

新渡户稻造也不赞成"岛国根性"是地理的产物,他认为如果承认所谓"岛国根性"就是由岛国环境决定的国民性,那么"岛国根性"的说法便暗含着两重意思:其一是自然地理决定了日本国民性中的缺点,这样一来这些缺点就成了命中注定的、不可避免的东西;其二是每个日本人都可以对这些缺点不负责任,因为是上天决定了他们所处的环境,而环境又决定了他们的性格,所以责任不在人身上。于是乎,承认了"岛国根性"就相当于是承认了日本人有天然不可逆的劣根性,使日本民族低人一等了。他认为"狭隘、偏执、猜疑、夸夸其谈、说大话、顽固以及过度的名誉心,这些所谓的日本人的岛国根性,并非我国地理的产物","岛国生活绝不会使我国国民精神变得矮小。请君站在小岛的岸边,环视岛上的陆地,你的视线定会被山丘森林所遮蔽,你的心无法越过这障碍到达对侧。再请君朝大海看去,朝向渺茫无垠、环绕地球的大海,这时再没有什么可以阻挡你的视线,限制你的思想。历史上最伟大的功业都是岛国人民的事业,希腊、意大利实质上都是岛国,至于英国更无须多辩"。[12]

原秀四郎也秉持同样的观点,他如此反驳"岛国根性"论:

首先,"岛国根性"论者认为日本的自然环境中缺乏大陆的那种气势磅礴的山川大河,由此导致日本人气量狭小,难成气候。这种说法是站不住脚的,因为纵观亚欧大陆,确实是有很多处庞大的山脉,比如喜马拉雅山脉、阿尔卑斯山脉等,但这些山脉地区并没有养育出拥有伟大文明的民族,反而亚欧大陆上产生伟大文明的地区的山川河流的样貌与日本几乎一样;河流也是如此,俄罗斯境内有磅礴的顿河,但欧洲文明的中心是希腊,顿河并没有把俄罗斯民族培养成欧洲文明的中心,反而希腊的河流短小而急促,却发源了欧洲最灿烂的文明。所以不能从一个地区山脉河流的恢弘程度来定义生活在这里的人的性格特性。⑬

其次,还有观点认为日本人的岛国根性是因为日本缺少广大的平原,原秀四郎也反驳了这一观点。他认为诚然日本没有像北美大陆那样的广大平原,但北美大陆在被欧洲殖民之前,其原住民也只是将广阔的平地大草原作为猎取野牛等动物的猎场,且没有发展成为世界主要文明,反而是同为岛国人的英国人进入北美大陆之后将广大平原利用了起来,建立了美国这样一个强大的国家。归根到底,生活在平原的民族未必能比生活在岛国的民族创造出更伟大的文明。⑭总而言之,原秀四郎认为不必为日本的地理条件影响了日本国民性这件事而担忧,日本虽没有大山大河大平原,但日本有四面八方的汪洋大海来代替这些,大海作为崇高雄伟的自然环境,同样可以培养日本人开阔的胸怀。

通常的"岛国根性"论者认为日本周围的大海保护了日本人不受外进侵扰,但也隔绝了日本的对外交流,但事实上海洋到底是"屏障"还是"通道"的问题应辩证看待。在航海业不发达的古代,大海确实更多地起到"屏障"的作用,因为人们无法征服大海、穿越大海,那么岛内的人出不去,岛外的人进不来,岛国自然而然成了"世外桃源"。但随着造船业和航海技术的发达,人们可以驾驭大海的自然力量后,海洋四通八达的特点使其交通方面的优势得以体现了出来,这时之前的"屏障"便转化为了"通道",不再是隔绝岛内外交流的壁垒了。关于这一点,日本海军大佐武富邦茂的论述极具野心:

我不认为日本是一个岛国,"岛国"是一个以海岸线所围绕土地为本位的名称,是有局限性的、渺小的、被动的名称。基于此产生了"岛国根性"这种卑下的根性,我国三百年的锁国政策培育了此等根性,直至今日仍以不能脱去此根性而苦恼,残留下许多落后观念。我们的特色是海国,我想说日本并非岛国而是海国,是海本位的国家。到处都是打开的、没有任何障碍的地方是大海。四面、八面、十六面、三十二面、任何方向都没有阻碍可以前往的地方是大海。进而从四面八方都能过来的地方是大海。这其中的日本国土不过是一个立足点,一个根据地。是统治八大洲的中心地,我们真正的领地是四面八方的大海。⑮

除反驳岛国环境是"岛国根性"的成因之外,也有学者试图帮助日本人从日常行为中克服"岛国根性",并提出了具体的方法。大岛正德提出,日本的岛国根性体现在日本人在认识的人之间会遵守道德,但"社会意识的道德心还未觉醒"。⑯也就是说对除了自己熟悉的圈子之外的"他人"持冷漠态度、对"社会"缺乏关心,无"公德心"。大家安于自己熟悉的几个人的环境中,对与这个圈子无关的外界既不感兴趣也不想抱以太多的关心。德川三百年锁国的生活模式下,交通通信的不自由,阶级和职业的固化,使每个人都待在固定的地方,做着固定的事情,和固定的几个人打交道,人和人之间的关系主要靠血缘连接,不愿和外人接触。是一个圈子里的人,便会时刻注意"义理人情",但却难以把目光投向整个社会,不想关注与自己无关的人,也就是说互相不认识的人之间是没有"道德"可言的。

21世纪初,日本学者布施克彦在其著作《岛国根性不可舍弃》一书中集中论述了日本的"岛国根性"问题,是近些年来"岛国根性"研究的重要著作,其核心观点认为"岛国根性"是日本的一大财产,不可舍弃,尤其是应该发挥"岛国根性"当中"海洋性"的那一部分。无独有偶,近一百年前,原秀四郎也提出类似的说法:"日本是岛国,那么日本人就必然是岛国人。作为岛国人的日本人具有岛国根性是不奇怪的,是想舍弃也舍弃不掉的。不如说我们本就不应该舍弃岛国根性,只要注意好好使用它便是好事。但是岛国根性这个词自身就有弊病,如果要在词语上争论的话不如新造一个'海洋主义'来替代它。"⑰

布施克彦在书中创新地将"岛国根性"一分为二,分为了"农耕民的岛国根性"和"海洋民的岛国根性"两种,并分析了每种"岛国根性"的优点和缺点。他指出,"农耕民的岛国根性"的优点是周密细致、正确、协调,但缺点是偏执、气量小、闭锁；与之相对的"海洋民的岛国根性"的优点则是具有积极性、好奇心、进取心，缺点是容易不自量力。[18]具体到国家来说，英国是"海洋民的岛国根性"占主导的国民性，而日本是"农耕民的岛国根性"占主导地位的国民性。产生这种差异的原因是日本自古以来土地、气候等自然条件十分有利于农业生产，促使水田耕作和水稻生产成为最重要的生产模式。

直到明治维新之前，日本的"农耕民的岛国根性"的缺陷性使日本隔绝在世界之外，落后于其他先进国家，打开国门后日本开始学习英国等国家，努力张扬"海洋民的岛国根性"，但又因用力过度，掉入了"海洋民的岛国根性"缺点的陷阱中，即无休止地对外开拓，不清楚自身力量的界限在哪里，最终走上了法西斯主义道路，招来了国家的战败和崩溃。战后的日本人逐渐尝试调和这两种"岛国根性"，努力发挥各自的优势并避免受其负面性的影响。如将"农耕民的岛国根性"的细致勤劳用于日本的加工制造业，再发挥"海洋民的岛国根性"的进取心积极面向海外出口，终于实现了经济的腾飞。

总的来说，布施克彦对"岛国根性"的论述是客观的、辩证的，理清了蕴含着"岛国根性"内部的正反两面的内容，其创造性的"农耕民的岛国根性"和"海洋民的岛国根性"二分法为解释英日国民性的差异提出了一个新的解释方案。他宣扬的"岛国根性不可舍弃"就是要在承认、接纳自身民族性的基础上，取其精华去其糟粕，可以说是当代日本最具综合性的"岛国根性论"。

三、所谓的"大陆性"研究

在国民性研究方面，日本人不只对自身感兴趣，并且对其邻国中国，也抱有极大的研究热情。但近代以来，由于军国主义思想的影响，日本人在研究中国国民性时很难从客观公正、纯学术的角度出发，更多时候会在研究中有意无意地贬低中国，放大中国国民性中的负面因素。很明显，日本近现代、特别是 20 世纪三四十年代的所谓"支那国民性研究"，不同程度地充满了对中国及中国人民的傲慢、偏见、歧视、蔑视和仇视，具有明显的日本军国主义思想背景。其中有不少"研究"为日本侵略中国寻求理论根据，成为日本侵华的舆论工具及对华文化侵略的一种方式和手段。这些所谓的"支那国民性研究"也是今天的日本右翼学者、文人的反华、蔑华的思想渊源之一。⑲对这种类型的"国民性论"在这里便不再多加评述。

进入 20 世纪之后，另外一种将"大陆"作为"岛国"的参照，从地理环境的角度入手进行的"大陆国民性"的研究数量开始多了起来，对生活在大陆上的人民的性格做所谓"大陆根性"的研究，与"岛国根性"的研究形成了鲜明的对照。众所周知，相比于"岛国根性"而言，"大陆根性"一词的使用并不频繁，一般在单独研究"中国国民性"的著作中不太容易见到此种说法。只有在日本人想要把日本的"岛国根性"作为参照物的情况下研究"大陆国民性"时才会提"大陆根性"的说法，可以说，所谓"大陆根性"的研究本质上是日本人出于与自身做比较的目的而进行的。

较早提出"大陆根性"说法的是内山完造。内山完造曾长期居住在中国并在上海经营"内山书店"，他与鲁迅先生交好，晚年也曾从事过中日友好的工作，可以说对中国的情况非常了解。鲁迅先生曾为内山完造所著《活中国的姿态》作序，也是其唯一一次为日本人的著作作序，由此足以看出鲁迅对内山完造及《活中国的姿态》一书的认可。内山在《活中国的姿态》的"三种根性"一章中将"岛国根性""大陆根性""海洋根性"并称为"三种根性"，并简单地做了感想式的对比。内山完造在比较中日吸收西方文化的行为时发现，日本人只要翻译一位西方作者的著作时，一定要把这位作者所有的作品完完整整地全部翻译过来，而中国人则很少翻译完整的全集，只做部分的翻译。对此，内山完造认为是日本人的"岛国根性"和中国人的"大陆根性"使然：日本人因为过的是大洋中的孤岛生活，不知不觉间受其影响，无论什么事情都是一板三眼，养成了直线式生活的习惯，日本人的异常的洁癖性，所以能印译全集这类毫不遗漏的东西来者，毕竟不能不看作是岛国根性的具体表现也。中国人所以连一本全集都弄不出来者，仍不外受他们的环境的影响，茫茫大陆之上，任何事物不能明晰地加以区别划分，不能有绝对的完全，只能有相当的完整。于是便生出所谓大陆根性来了。日本人最要紧的便是完全、完整的东西。反之，中国人即使见到了完整的东西，也无意识地觉得完整什么的，未免太过于累赘繁重，只要能选出其中主要部分来，便已足够足够了。这是所以连一部全集也编辑不出来的原因。[20]

可以看出，内山完造对"岛国根性"和"大陆根性"的认识基本是印象式、主观式的，并未依据客观材料进行逻辑严密的论证，但至少在他这里，"中日比较"或者说"岛国与大陆比较"的意识已经基本具备了。另外，他还谈到了作为"海洋根性"的代表的英国，认为"英国根性虽然是同样为岛国，却和日本人正成反对罢"，"这样看来，日本人根性不妨称为岛国的，支那人根性不妨称为大陆的，而英国人根性则又不妨称为大洋的了"。[21]

无独有偶，布施克彦在《岛国根性不可舍弃》中对英日两国国民性的论述与内山完造非常相像，二人都是把"岛国"和"海洋"作为相对的一组对照，认为英国是"海洋的"，英国人的国民性是"海洋根性"，而日本人是"岛国的"，日本人的国民性是"岛国根性"，由此来解释同为岛国的两国之差异。不只是英国，布施克彦在此书中也将"大陆"作为"岛国日本"的一个参照物来进行了考察，旨在揭示"大陆性"与"岛国性"的不同，其结论是岛国人比大陆人有更强的"爱国心"。

首先从岛国国家和大陆国家的外部边界和人员构成来看，布施克彦认为岛国的范围边界是自然形成的，海岸线到哪里，国界也就到哪里，也就是说岛国的国界是先天被决定了的，而大陆国家的国界则大部分是人为划分出来的。居住在岛国上的人们因为有大海的阻隔，因而向其他国家迁移的流动性比较小，几乎所有的岛国人一辈子不会踏出岛半步，也不会有外国人进入岛内生活，因此岛国内部的人员组成较为固定，社会的组织结构也比较安定。岛国社会是生存空间被限定了的社会，大家都明确自己所生活的范围和轮廓在哪里，就会产生一种失去现在的土地就无处可去的紧迫感，这种紧迫感是岛国根性的基底。岛国人即使内部发生矛盾，也会一直有一个共同目标将大家团结在一起，那就是要一起经营好现在的这片土地，因为除了脚下这块狭小的土地之外他们无处可去。所以岛国人的凝聚力强，爱国心强，将彼此看作是命运的共同体。相反在大陆上，近代之前国界的划分没有那么明确和严格，弹性比较大，国与国之间的界限常常模糊不清且容易跨越，大陆人因为可以随时流动到国外，所以爱国心比较涣散，在一国生活不下去完全可以跨越国境去别的地方，观察历史也可看出大陆国家的人口移动是非常普遍的情况。

其次从国家的组织方式来看,因为岛国的民族构成比较单纯,基本上是由单一民族构成,而大陆国家的民族构成则复杂得多,很多是由多民族构成的国家。岛国人的内部矛盾更像是夫妻吵架,不会导致国家分崩离析,到头来大家终究都是一家人,因此岛国社会比较容易管理经营,人民容易达成共识,不需要使用多么复杂的手段将大家凝聚在一起,有民族血缘这条纽带便足矣。反之,经营人口流动性大的大陆国家就非常困难,为了团结不同民族的国民,为了培养凝聚力、爱国心,大陆国家的政府必须要宣传意识形态上的爱国主义,需要构建超越民族和宗教的国家想象,建立一种高于民族的普遍爱国心,越大的国家越需要用这种方法聚拢国民。而这种方式是相对不那么牢靠的,通常越大的帝国内部隐患越多,强大如罗马帝国就是从内部开始被瓦解的。

布施克彦关于"爱国心"的这番论证有其一定的道理,但也只适合于人类文明程度不那么发达的时代。随着交通工具的进步,岛国人早已不再是无法踏出国门的一群人,世界一体化的时代,不管是生活在岛国还是大陆上,都可以很方便地与整个世界进行交流,没有哪个国家会偏安一隅地孤立存在。另外即使是在大陆上,现代的国际秩序也将国界划分得比较明确了,大规模的民族迁徙并不太常见,可以说大陆国家的人民和岛国国家的人民去往别处的难易度是差不多的。

除了上述的日本学者外,身为朝鲜族,在中国出生长大后又在日本生活的学者金文学在他的著作《岛国根性大陆根性半岛根性》中也对"大陆根性"做了专门研究。他将"大陆根性"的特点总结为"崇拜大的事物,蔑视小的事物""大国意识和中心意识强,易陷入夜郎自大的自我满足中""保守且不爱改变""忍耐力强,有韧性""利己且合作性弱,缺乏同情心""做事马虎,欠缺细致""出于自卫心理经常说谎,对他人不信任""面子和利益区分的很开,经常为了利益舍弃面子""城府深,人与人的矛盾持久""为吃饭而生,只要有饭吃做奴隶也可以"[22]这十条。可以看出金文学的观点与安冈秀夫在《从小说看支那国民性》一书中的看法比较相似,对"大陆根性"做出了较为负面的评价。

总而言之,日本作为一个岛国,在航海技术不发达的年代,与外界取得联系是极不容易的。中国因为与日本的地理位置关系,成为了少数几个很早就与日本产生联系的国家,并且长久以来向日本输送着中华文化的影响,日本人通过对大陆或直接或间接的接触,明白了对岸大陆与自身岛国是完全不同的两种生活环境,他们审视自身的岛国环境,再与中国人生活的广阔大陆进行对比,自然会感觉到一种强烈的反差。且不论这种反差究竟是对狭小国土的自卑还是对"万世一系"之神国的自大,总之这种反差感潜藏在日本民族的深层心理当中,很大程度上影响甚至决定了日本民族如何看待作为"自我"的日本人和作为"他者"的大陆人。如此一来,这种反差体现在国民性研究上,向内即催生了前述的"岛国根性"论,也就是基于自然环境的对自身国民性的剖析,向外则体现为对所谓"岛国根性"或"大陆根性"的研究。"岛国根性"和"大陆根性"的研究共同构成了日本人以自然地理为基础的中日国民性论。

注释:

① [日]南博:《日本人论》,邱琡雯译,广西师范大学出版社,2007年,前言。
② [日]加藤秀俊:《日本人の周辺》,讲谈社,1975年,第156页。
③ [日]今井恒郎:《身世要録》,尚荣堂,1904年,第50页。
④ [古希腊]亚里士多德:《政治学》,商务印书馆,1965年,第366—367页。
⑤ [日]和辻哲郎:《风土》,陈力卫译,商务印书馆,2018年,第5页。
⑥ [日]久米邦武:《国民之友》,民友社,1894年,第574页。
⑦ 吴廷璆:《日本史》,南开大学社,1994年,第230页。
⑧ 吴廷璆:《日本史》,南开大学社,1994年,第236页。
⑨ [日]德富苏峰:《近世日本国民史》,民友社,1924年,第552页。
⑩ [日]德富苏峰:《近世日本国民史》,民友社,1924年,第554页。
⑪ [日]加藤久胜:《魔海横断記》,大江书房,1918年,第154页。
⑫ [日]新渡户稻造:《随想録》,丁未出版社,1918年,第37页。
⑬ [日]原秀四郎:《新编国民地图》,弘道馆,1910年,第2页。
⑭ [日]原秀四郎:《新编国民地图》,弘道馆,1910年,第3页。
⑮ 京都府教育会:《非常時局と日本精神》,京都府教育会,1935年,第92页。
⑯ [日]大岛正德:《社会生活の基調》,日光书院,1947年,第108页。

⑰［日］原秀四郎:《新編国民地図》,弘道馆,1910 年,第 6 页。

⑱［日］布施克彦:《岛国根性不可舍弃》,洋泉社,2004 年,第 40 页。

⑲王向远:《日本对华侵略与所谓"支那国民性研究"》,《江海学刊》2006 年第 3 期。

⑳［日］内山完造:《活中国的姿态》,尤炳圻译,敦煌文艺出版社,1995 年,第 13 页。

㉑［日］内山完造:《活中国的姿态》,尤炳圻译,敦煌文艺出版社,1995 年,第 13 页。

㉒［日］金文学:《岛国根性大陆根性半岛根性》,青春出版社,2007 年,第 61 页。

费诺洛萨的东亚美术史观

郁　甜

摘　要：深受日本传统美术吸引的东亚美术史家费诺洛萨以前所未有的新角度建立了作为样式史的东亚美术史，本文以费诺洛萨的遗著《中日艺术源流》为主要研究对象，从理论基础、美学态度等方面全面解析费诺洛萨美术史观的建构。

关键词：费诺洛萨；东亚美术史；样式

欧内斯特·F.费诺洛萨（Ernest Francisco Fenollosa，1853—1908），西班牙裔美国人，毕业于哈佛大学，专攻哲学。1878年，费诺洛萨初到日本，担任东京帝国大学（今东京大学）的政治学、经济学和哲学教席。后来，对日本传统美术的研究兴趣与哲学家的逻辑思维促使其成为一位美术史研究家。他运用体系化、抽象的西方学术研究方法来研究日本及东亚美术，对当时的东亚美术史研究带来革命性的冲击，也为东方学界展现了西方式研究的魅力，促使东方学术研究的进步。[①]

除美术研究外，费诺洛萨在日本的美术教育（与冈仓天心一起创办东京艺术大学的前身——东京美术学校）、美术行政（起草文化财产保护法的前身——古社寺保存法等法规、博物馆行政）等方面都有突出贡献。因此，美术评论家矢代幸雄把他推举为"日本美术最初的恩人"。[②]另外，费诺洛萨返回美国后积极投身

---

* 郁甜，1995年生，汉族，女，江苏省常州市，上海大学上海美术学院研究生在读，研究方向：日本美术。

于传播东方文化艺术的活动中，为西方"毫不费力地欣赏颇有神秘色彩的亚洲艺术"立功自效。20世纪东亚艺术与西方现代主义美术紧紧交织、互相影响以及后来其他东西方文化的交流，与费诺洛萨对日本以及东亚美术文化的早期推介不无关系。遗憾的是，费诺洛萨在中国鲜为人知，作为一位终生研究东方美术的外国学者不应在此被遮蔽，他对东亚美术的贡献不容忽视。

作为样式史的美术史观

本文选取的主要研究对象是费诺洛萨的遗著《中日艺术源流》(Epochs of Chinese and Japanese Art, 1912)，执笔本书序文的未亡人玛丽·费诺洛萨表示"他的理想与思想在这本书中散发出最美的光彩"，此书代表了费诺洛萨以及在费诺洛萨影响下的美国各大博物馆馆长对东亚艺术的鉴赏模式与学术研究。③《费诺洛萨和他的圈子》作者梵·W.布莱克斯曾言："费诺洛萨之于日本美术，正如温克尔曼之于希腊美术。"④温克尔曼的《希腊美术模仿论》主要论述了作为古典主义的先驱的希腊美术的荣耀，点燃了重新认识古典美术的烽火。温氏定居罗马八年，通过直接研究古代遗物，以样式变迁阐明古代美术史。他在风土、民族、宗教、社会生活中探索造形美术的根源，通过美术与社会的共同作用的表现，将美术史从单纯的作品解说和作者列传的叙述中解放出来，建立了作为样式史的美术史。在这种情况下，最准确体现美的特性的是古典风格。

而根据费诺洛萨的主张，8世纪的唐朝和奈良朝就已经有古典风格的面影。他在书中写道："奈良平原西部、砂山脚下（即今郡山市偏北一带），成为日本最早的希腊—佛教艺术的试验区。……1880年，我在这一带废弃的石头堆里，发现了一尊等身的木雕佛像。他似乎属于最早的一批希腊—佛教雕塑造像，或至少基于这一风格的试验品。"⑤费诺洛萨发现日本古代美术中有希腊佛教的活力⑥，他把中国、日本古代的佛教艺术称赞为"中国的希腊"和"日本的希腊"，肯定东亚美术的价值，这是中日美术的复权的主张。在他之前，西方人的美术史记述往往忽略了不符合西方美术标准的东亚美术。而费诺洛萨也以古典风格为基准，和温克尔曼一样，建构了作为样式史的东亚美术史。

美术史观的建构基底

费诺洛萨美术史观的建构基底来自他对这个世界的和谐秩序和普遍人性的信念。基于这个信念，他将美术史作为世界史的部分内容进行考察。他写《中日艺术源流》这本书是为了明确理解世界上各民族所共有的人性本质。⑦"性相近、习相远"，人的性情无论去哪里都不会有变化，但是由于环境的显著不同，导致适应环境的行动模式是多种多样的，也由此产生地方风俗和习惯的显著差异。对于美术，在多种多样的技法的基础上，如果以人性为基础进行大一统的努力，发现一种包含着东西方美术诸种样式的普遍图式，那么美术的规律变得鲜明起来。他在书中强调，"整体地看待全世界的艺术"。⑧

有"美国文明之父"美誉的拉尔夫·沃尔多·爱默生（Ralph Waldo Emerson，1803—1882）是确立美国文化精神的重要人物。作为费诺洛萨的同乡和学长，他的思想对费诺洛萨有着非常重要的影响。⑨爱默生站在与基督教传统教义"三位一体说"相反的立场上，强调耶稣的理想人格，否定其神性。在他们二人的故乡塞勒姆发生过历史上著名"驱巫案"，有信仰清教的传统。而爱默生厌恶清教徒的独断顽固，强调自由开朗的人性成长。他的主张反而与佛教的直指人心、见性成佛的泛神论相通。因此，费诺洛萨的改宗佛教的轨迹，在此早有铺垫。他在日本逗留期间接触到有着希腊活力的佛教美术名作，陶醉于艺术的同时也逐渐踏入佛教的世界。

爱默生站在超验主义立场上，认为万物皆受"超灵"制约，而人类灵魂与"超灵"一致。他肯定人之神圣，藐视外部的权威与传统，强调依赖自身的直接经验和创作力。"真正的人必须是不屈服于权威的非同调者（non-comformist），模仿即是自杀。"⑩建构作为样式史的美术史的费诺洛萨，应该从爱默生身上得到了宝贵暗示——在美术的飞跃发展中具有核心意义的是新样式的创造者。

美术史观的建构理论

作为费诺洛萨的学生和合作者的冈仓天心曾在《泰东巧艺史》讲义中提到"费诺洛萨作为美国人,认真地对待着东亚美术问题。尽管当时的资料很匮乏,得出的结论可能有些不得当,但他取得体系化研究东亚美术的功绩"。⑪在费诺洛萨死后 80 年间,随着新史料的不断发掘、作品考证的不断进行,可以发现他因为错误考证得出的结论不在少数。如在费诺洛萨的著述中,有把药师寺金堂的药师三尊像作为参照,推测出兴福寺的无着、世亲像传自中国的错误论证。但是,责任完全归咎于他,未免有些残酷。作为外国人,他难免会受到当时错误俗说的误导。而且,由他建立的东方美术史体系直至今日也未有很大的修正。强力支撑整个美术史体系的正是他重视样式的美术史观。他以时代为基准来分类美术,这是一种社会学家的方法,而古董收集家的方法多是根据制作技术或素材分类。

另外,冈仓也提到费诺洛萨"具有斯宾塞的一面"⑫,费诺洛萨认为美术史研究要站在社会学的立场上,考察社会进化的因果,"这里的美术史不是为了古董收藏家的需要的美术提要,而是要注意自身的因果系列"。⑬艺术作为社会现象,其理解是以社会学知识为前提的,而美的定义必须寻求哲学(美学)的帮助。因此,艺术的阐明需要科学和哲学两方面的方法。为将两种方法结合在一起,他采取了"样式"的概念,这种概念作为理论(社会学)和历史(美术史)的结合的媒介,具有重要的方法论意义。

美的解释

1882 年,由龙池会主办的第三届观古美术会上,费诺洛萨在发表原题为《日本美术工艺必须迎合欧美的需要吗》(也就是后改名为《美术真说》)的演讲中,明确指出美术的本质是"妙想(idea)"。"妙想"是两部分,即"旨趣和形状"的有机统一。"旨趣的妙想和形状的妙想应该始终相互协调而构成一个单一的妙想,并应该使人感觉到这是一气呵成的。"美的艺术应该达到这种和谐的统一的活动。但事实上这两者往往又不能很好地统一起来,从美术发展的历史看,有时形状的妙想大于旨趣的妙想,如现实主义作品;有时旨趣的妙想大于形状的妙想,如浪漫主义作品。从美术的种类看,有偏重于旨趣的妙想,也有偏重于形状的妙想,但绘画是旨趣的妙想与形状的妙想达到和谐的统一的活动,"旨趣与形状互相密切不可分,而且不偏不倚、保持两者间的均衡。正如车左右的两个轮子,不能轻重不均"。费诺洛萨在狩野探幽的画作中就发现了这种"妙想"的和谐统一,认为日本画最能体现美术的本质——妙想,所以号召日本画家"重视自己的民族特性,恢复古老的民族传统,然后在考虑吸取西方美术可能对日本有用的东西"。⑭

费诺洛萨对美术本质的看法显然是受到黑格尔美学思想的影响。黑格尔认为"美是理念的感性显现",美的艺术应该是理性内容与感性形式的和谐统一。不同的是,黑格尔认为绘画是感性形式大于精神内容,即形状的妙想大于旨趣的妙想,而真正能够达到了精神内容和感性形式和谐统一的是古希腊雕塑。从艺术类型上看,古典艺术真正达到了精神内容和感性形式的和谐统一,即感性的物质形式充分表现理性的精神内容,因此古典型艺术是最美的艺术,达到了审美的最高理想。

费诺洛萨受到斯宾塞"社会有机论"和"社会进化论"的影响,这种以和谐性、全体性为前提的社会学观念,正与他的美学观念互相补充,不会发生抵触。

样式的志向与挑战

明治时代的美术史叙述大多是美术家的传记和作品的解说,而且以本应作为旁证的记录性资料为重点来分析作品。费诺洛萨反对这种"历史的历史",认为美术史的目的是从形、线、构图等艺术形式出发,探究表现形式本身的、内在的、必然的发展,谈论美术的人必须对美术有自身的见解。记录性资料也许会有错误,但作品本身没有虚假或错误。因此,作品才是第一手的资料,美术史论家评价标准的高低决定着作品的鉴赏和评价。

费诺洛萨在叙述中国美术史时,认为唐宋是中国美术的繁荣顶峰,出于均衡考虑,提出元明美术中几乎没有非常好的杰作。因此,他没有特意设置章节来详细叙述元明时代,仅在南宋美术的章尾的附录中提及元明美术,承认其历史意义也不过是因为元明美术为拥有高度创造力的中国宋代美术和日本足利美术架起了桥梁。至于清朝美术,虽有专门一章叙述,但认为16、17世纪文人画抹杀了唐宋美术的优良传统。"文人画"正如其名,借画表现文学主题,表现形式隶属于主题,因此,形式的统一与美的表现是次要的。所以,按照他的标准,中国美术的所有时代并不都是划时代的。相较而言,发展较晚的日本美术虽然没有能与唐末相匹敌的隆盛时期,但从其创造力看,先后有五个生命力程度相等的明确的时期——(1)飞鸟时代·奈良时代·藤原时代的佛教美术(初期佛教美术·希腊的佛教美术·密教美术),(2)镰仓时代的封建美术,(3)足利时代的理想美术(前期狩野派),(4)近代贵族主义美术(后期狩野派·光琳派),(5)京都和江户的近代庶民美术(四条派·浮世绘)[15]以样式为标准来区分时代,尝试与中国美术的各个时代照应,并行叙述。

来日不久,费诺洛萨就有了着眼于样式进行中日古画研究的绝好机会。他跟随狩野派宗家(中桥狩野)的主人永惠立信(1814—1894)研究画派变迁史,学到了古画鉴定的方法,还得到老师的许可,给自己取名叫作狩野永探理信(1884年)。费诺洛萨在《中日艺术源流》的前言中写道:"德川时代的文艺复兴传统还在世人的记忆中,偶然来到日本,是我一生中最幸福的事。我立志著述本书,也正是因为有千载难逢的机会参与这本书。"

狩野派是日本绘画史上历史最长、影响最大的画派。它起源于室町时代的狩野正信(1434—1530),由其子狩野元信(1476—1559)奠定了近世画坛的基础,后经桃山时代的狩野永德(1519—1592),至江户时代的狩野探幽(1602—1674)、近代狩野芳崖(1828—1888)等,终于完成了开拓现代新日本画的使命。尤其是永德和探幽巧妙地适应了幕府眼花缭乱的政权交替,跟随时代霸主,以世袭或同族为基础培养众多专业画家,并建立了以最高权力者以及各大名为中心的、拥有大量需求的绘画供应机构。二人带领弟子,确立一种大画面的装饰趣味,在桃山之后直至近代绘画中都发挥了指导性作用。探幽作为德川家的画师,与幕府的关系比之元信与足利幕府要更密切,狩野派在江户时代确立的新画风成为风尚。而且"古物鉴定"蔚然成风,幕府从大名、公卿、寺庙那里强取豪夺,并聘请狩野派画师摹制其中的名画。[16]因此,狩野家在古画鉴识方面拥有绝对的权威。

"这批数量惊人的复制品,尤其是安信摹制的作品,我于 1878 年至 1890 年间在业师狩野芳崖那里进行过深入研究。"[17]费诺洛萨在滞留日本的日子里,经过数十年,仔细研究狩野家收藏的大量画帖,特别是注意到了安信的摹本,锤炼了中日古画的鉴赏与鉴识能力。鉴识的熟练并不能直接导致鉴赏力的精炼。如果作品有落款或印章的话,可以判断作品的真伪,但是没有那个款识的作品,首先必须鉴别这个流派的时代样式。作者的画风,其使用的材料、笔致等都有识别的必要,但费诺洛萨以构思(idea)为第一要义。在这种识别中,鉴赏具有决定性的意义。只有把握作品的构思,才能将艺术美的真正探究者、美的伟大样式的研究者与单纯的收藏家区分开来,伟大的艺术家才能创造出最具创造性的艺术形式。模仿者在表现这个构思的时候,制作出连细节都近似原作的作品,这种忠实的模本带着来自原作的光辉。于是,"对于站在美学立场上的研究者来说,牧谿和夏圭的名作的忠实模本比摆满了明代原作的陈列馆所拥有的价值都要多一千倍"。[18]这是以样式研究为志向的费诺洛萨的想法。

注释:

①参见陈振濂《维新:近代日本艺术观念的变迁近代中日艺术史实比较研究》,浙江古籍出版社,2006 年,第 286 页。

②参见[日]矢代幸雄《日本美术的恩人》,文艺春秋新社,1961 年,第 176 页。

③参见[美]恩内斯特·费诺洛萨《中日艺术源流》,夏娃、张永良译,湖南美术出版社,2015 年,第 12 页。

④Van Wyck Brooks, *Fenollosa and his Circle*. Rev. ed., Nabu Press, 2012(first published 1923), p.16.

⑤参见[美]恩内斯特·费诺洛萨《中日艺术源流》,夏娃、张永良译,湖南美术出版社,2015 年,第 91 页。

⑥刘晓路:《日本美术史纲》,上海古籍出版社,2003 年,第 233 页。

⑦[日]森东吾:《フェノロサの美術史構想》,日本美术教育学会《美術教育》1989 年第 259 期,第 2 页。

⑧参见[美]恩内斯特·费诺洛萨《中日艺术源流》,夏娃、张永良译,湖南美术出版社,2015 年,第 350 页。

⑨[日]森东吾:《フェノロサの美術史構想》,日本美术教育学会《美術教育》1989 年第 259 期,第 3 页。

⑩[美]拉尔夫·沃尔多·爱默生:《爱默生散文选英文版》,世界图书北京出版公司,2010 年,第 9 页。

⑪[日]冈仓天心:《天心全集》,日本美术院,1925 年,第 311 页。

⑫[日]冈仓天心:《天心全集》,日本美术院,1925 年,第 315 页。

⑬参见[美]恩内斯特·费诺洛萨《中日艺术源流》,夏娃、张永良译,湖南美术出版社,2015 年,第 352 页。

⑭彭修根:《日本近现代绘画史》,世界知识出版社,2010,第 94—97 页。

⑮参见[日]森东吾:《フェノロサの美術史構想》,日本美术教育学会《美術教育》1989 年第 259 期,第 5 页。

⑯参见[美]恩内斯特·费诺洛萨《中日艺术源流》,夏娃、张永良译,湖南美术出版社,2015 年,第 271 页。

⑰参见[美]恩内斯特·费诺洛萨《中日艺术源流》,夏娃、张永良译,湖南美术出版社,2015 年,第 272 页。

⑱参见[美]恩内斯特·费诺洛萨《中日艺术源流》,夏娃、张永良译,湖南美术出版社,2015 年,第 290 页。

間 性 論

【主编按】当代世界万花筒式的交往与传播形态，生成了形形色色的跨语境间性关系，经济全球化与文化数字化加速则促使"间性研究"（Interality Studies）的问题与价值日益凸显。"我们正见证着从定栖到新游牧主义、从固体到微细间性的范式转变。"作为跨学科学术前沿，"间性论"（Interology）聚焦于边界与跨界及合理化交往的复杂关联域，正在引起中外学者的理论关注和探索努力。一系列间性论的国际学术会议召开，也预示了其蕴涵丰赡的学术方向。这些会议包括美国格兰谷州立大学第一届间性研究国际学术研讨会（2017）、北京中国传媒大学第二届间性研究国际学术研讨会（2018）、在广西首府南宁市举行的第三届间性研究国际学术研讨会（2019）和未来拟在上海召开的第四届间性研究国际学术研讨会（2020）。在东西方视界中，间性论汇聚了古今中外的智慧，不同文化、国别和地区的研究者由此重新审视和激活东西方文化、哲学和美学的思想资源，将东西方文明与文字进行比较，追溯赫拉克利特、黑格尔、尼采的间性论思脉，挖掘弗卢瑟、德勒兹、加塔利、海德格尔、老庄等哲人及佛禅、《易经》的居间思想，探讨"间"与"通"，乃至"生成"的辩证关系。国外间性论主要倡导者和实践者编辑出版了数本英文间性研究专辑。本辑"东西方视界：间性论"专栏，特别聘请美国学者张先广（Peter Zhang）为主持人，采用了台湾书法家李萧锟先生所题的"间性论"墨宝，选择和译介了英文版间性论的一些重要成果——美国学者张先广的《主持人序：间性研究——阈限时空中的探险》及《弗卢瑟与间性论》、商戈令《何以是变化而非存在？——对于"易"的间性论解读》和日本学者上野俊哉《四重生态学：加塔利的生态哲学是另一种类型的间性论吗？》，以飨读者。希望有助于启人睿智，拓展视界，激活蛰思与创造力。

主持人序：间性研究——阈限时空中的探险

[美]张先广著　麦文隽、张先广译

数年前，一个小概率事件发生了：经过在由脑与脑之间的精神场域构成的虚拟"廓落"（khora，源于柏拉图的《蒂迈欧篇》）中的长期孕育，间性（interality）这一概念从东西方哲学之间的间性空间里跃然而生。自从商戈令教授2012年左右创造出该词以来，已经出现了一系列基础性文本，其中大部分是英文的，可以在笔者任客座编辑的下列专栏或专辑中找到：《中国传媒研究》[China Media Research 11.2（2015）]、《加拿大传播杂志》[Canadian Journal of Communication 41.3（2016）]、《中国传媒研究》[China Media Research 13.4（2017）]、《中国传媒研究》[China Media Research 15.4（2019）]。迄今已举办了三届间性研究国际研讨会：第一届于2017年6月在位于美国密歇根州大溪城的格兰谷州立大学举行，第二届于2018年6月在位于北京的中国传媒大学举行，第三届于2019年6月在位于南宁的广西民族大学举行。围绕着间性概念，来自多个学科领域的诸多共同探索者已凝聚成了一个迅速扩展的学术共同体。

我们把间性取向的哲学（interality-oriented philosophy，IOP）或间性论（interology，亦拼作"Interalogy"，由希腊文衍生的字面对等词是"metaxology"）视为一种未来哲学——这一未来已然隐伏于现在。哲学[胡塞尔、布伯（Buber）、海德格尔、弗卢瑟（Flusser）、德勒兹、加塔利、伊莉格蕾、德里达、塞尔（Serres）、克里

---

* 张先广（Peter Zhang）博士，美国格兰谷州立大学（Grand Valley State University，USA）传播学院教授（终身教职）；麦文隽博士，华南师范大学科学技术与社会研究院特聘副研究员。

斯蒂娃、朱利安、德斯蒙德（Desmond）、巴拉德（Barad）]、文学[象征主义、巴勒斯（Burroughs）、布托（Butor）]、艺术（点彩画、蒙太奇、反形式的发现）、科学（量子理论、神经生理学、生态学、人类学）和音乐[德彪西、凯奇（Cage）]等领域的开拓性探索，以及我们的经由技术所中介的身心栖息地的戏剧性变化，为间性研究的最终出现铺平了道路。作为一个跨越门槛的事件，这种从实体/存在（entity/being）取向到间性/互在（interality/interbeing）取向的转换既是一种东方化，也是一种回归。从未来的角度来看，本体论的统治很可能会看着像一种不幸发生的中断。

这一转换有望解决人类在实体/存在取向下一直为之所扰的许多实践和理论困境。最大的希望是对差异性、多元性、相互依存以及生命冲动本身的最终肯定。如果说分化这一过程是生命冲动（ élan vital ）的直接显现，那么间性（有生态系统中未被占据的生态位和生命形式之间的对位、共生关系两重含义）则是分化的最终动因。间性呼唤、肯定并促进生命冲动[①]。间性研究的伦理蕴意和活力论性质即在于此。在我们理解佛学的四句破（tetralemma）这一逻辑的瞬间，两难困境这一概念就全然消解了，四句破能把我们带到"非此非彼"或超越的境界。如果我们彻底拥抱间性取向，我们就会超越狭隘的人类中心视野，并恢复我们的长期休眠的宇宙意识。间性研究的意愿正是人类的这种觉醒。其最终动机是精神的，而不是技术的或职业的，更不是营利的。正像得月忘指一样，最终，"间性"一词也需要被忘却。它不过是一位以精神为念的哲人即兴创造的又一个"方便"（upaya ），目的是把人类从业力所致的集体恍惚中唤醒。济岸弃筏。得意忘言。对间性概念我们需要采取语用学的态度，把它视为一种启发手段，而不是执着的对象。它的效用在于它所开启的由虚在构成的场域。

在 20 世纪，本体论这一术语在海德格尔等哲学家手中经历了一次应时性拉伸（a casuistic stretching）。换言之，本体论从内部经历了一定程度的间性论生成。或者说，晚期的海德格尔在他与京都学派之间的"间性区域"（interzone）经历了一种东方化生成。在德勒兹和加塔利的思维中，应时性拉伸达到了一个迸裂点，他们的注意力从"存在"（to be）转向"和""交互""之间""联盟""共生""同情""组合体""块茎"等。他们在英美文学中看到了"颠覆本体论"的冲动和秘诀[②]。他们的作品有趋近间性论之势。在《千高原》第一章的结尾，"间性论"

一词几乎就要脱口而出。"互在"(interbeing)的例子在自然界和文化中比比皆是:黄蜂和兰花——对强度的欲求将两者联系在一起;在"同情"(sympathy,此处取该词的希腊语意义:"一同振动")的基础上组合在一起的古中提琴的琴弦。

块茎的概念完全契合于间性论的精神——"通"(throughness)。万物通则兴旺。《易经》的第31卦"咸"图示了通的状态,咸有多种英译,包括"互惠""影响""相互影响""情感与感染"等。咸是宇宙的法则。通恰恰是生命冲动所欲求和向往的。人设计的方案往往会堵塞通,阻碍万物之间自然的相应和对位关系。块茎这一概念附带着一种生态学情怀。间性论也是如此。只要我们在继续做会破坏其关系格局的事情,以电子手段标识跟踪濒临灭绝的动物将是徒劳之举。间性的观念会对生态文明的建构与生态批评的实践产生影响。生态危机呼吁着我们世界观的根本转变。从传统本体论转向间性论很可能就是答案。这并不意味着我们想让技术圈消失它就会消失。相反,我们应该更加认真地对待它。随间性论而来的是把人类和技术视为组合体中共同起作用、共同演化的要素。

间性观念直接适用于大脑,和社会一样,大脑不是树状的,而是块茎状的,具有镶嵌画般的结构。脑之于心,犹如体之于用。禅修能降低人的知觉阈限,使人得以产生微细知觉。换言之,禅修能让人感觉更敏锐。我们所认为的世界其实是我们对它的感觉或跟它的关系。因此,禅修能直接调节我们的世界。初心是禅修的另一个结果。它不杂乱、无偏见、开放、空灵,有接受能力和反应能力、宽广无垠、无限快捷,映而不留,体验而不占有。亨利·米勒在他的半自传体小说中表达了对初心的渴望:"我想变得越来越孩子气,反向度过童年。我想完全逆着正常的发展路线,进入一个超级婴儿气的生存领域[……]"③。在《道德经》第十章中可以找到这种情愫的先兆。纯粹的间性或纯粹的虚在性是心的本性。心之德成于空阔。获知累心,使之由通转滞,不得与宇宙交融。难怪老子指出,为学日益,为道日损。弗卢瑟邀请我们把当代社会视为一个从事着持续不断的室内乐游戏的超级脑,游戏的参与者包括人和非人类智能主体。在我们的网络社会中,大脑间性不是一个抽象的概念,而是一种亲历的体验、一种直接的感受。大脑间性具有两面性:它既给我们带来创造性投入的眩晕,又带来相互打搅所产生的无聊。室内乐需要参与者的素养和能力。

不同语言之间的间性区域充满了问题和潜力。间性论者洞悉前者,但对后者尤其感兴趣。人们倾向于叹息不可译性和误译。但是不可译性却颇具启发性。目标语中没有对等的术语恰恰意味着使用源语言并为源语言所使用的人有一种把握世界的独特方式，或者注意到了一种讲目标语言并为目标语言所讲的人意想不到的模式。翻译家之祸很可能是比较哲学家之福。就卡夫卡的作品而言，德勒兹会说，句法即信息。误译是必然的。精神修炼者可能会因误译、破句读或误读的一句话而觉醒（句读是个间性概念，破句读也是重新阐释经典中个别语句的一个策略）。如果我们持反柏拉图主义的、智者派的、德勒兹式的、德·赛都式的、弗卢瑟式的、语用学的态度，我们就不会大惊小怪，而会把误译视为丰富原著的一种方式，或者说产生负熵、信息价值和小概率想法的方式。从这个观点来看，最忠实的翻译也最没有新意。它所标举和强化的是译者自身的权威。但并不否认相对字面化的译风的效用，不过它只是一系列合法的翻译中的一种。

间性论关注文本的虚实辩证关系。一个文本内涵的丰富性取决于其虚在二重体的大小。虚在二重体本质上是多元的。文本中的间隔、跳跃、留白、省略、歧义和不确定性越多，其虚在二重体就越大。女皇武则天的墓志铭由纯虚在性构成，因为它无字。韩福瑞（Christmas Humphreys）非常好地表述了这个逻辑："［……］部分大于整体。因为整体是完成了的，故而是有限的；而部分未完成，因而是无限的。"④韩福瑞的表述意味着，缺失的东西具有不可估量的意义。顺便说一句，缺失的环节被认为是 19 世纪西方最伟大的发现。然而，在所谓的远东，人们历来都明白这一逻辑。如老子所言，大成若缺。保持文本丰富的虚在性可能是译者面临的最大挑战。将古汉语文本译成英文，通常是一个使文本特定性增强、暗示性降低的过程，歧义性和多义性或者说虚在性会趋于下降。间性概念有望使翻译研究更具哲理性。另外一点，以另一种语言重写自己的作品会让人萌生新的想法。每种语言都能承载某些功能同时又有自己的盲点。通晓多种语言是从事比较哲学的必备资质。佛教传入中国的过程是一个本土化、杂交化、内卷、转变和分化的故事。禅宗在佛教与道教之间的间性区域的出现标志着佛教的变异，正像卡夫卡的作品标志着德语的变异一样。最后说一点，翻译不仅是语言之间的翻译。剑术可以译为狂草书法，反之亦然。音乐可以译为舞蹈。文学经常被译为生活，就像生活常常被升华成文学一样。

如果说译者栖居在语言接触区的话，人类学家则栖居在文化接触区。人类学话语并非仅仅描述差异、他异性或他性。应该说它发明了后者。更确切地说，他者是人类学家的投射。现象学告诉我们，观察会干涉被观察者。客观性不可能达到，它是一种谬误的观念。说到底，它是一种陈示风格。民族志真正记录的是民族志学者与所记录的文化现象之间的关系。如今，老式的人类学已不再可行。人类学正变得越来越有自觉性和自我反思性。流行的趋势是把对象讳饰为合作者，并将人类学的凝视投向自身和内心。传统人类学的过时并不意味着文化接触区少了趣味或者不那么富饶了。人类学的训练可以让人更为敏感、明了、足智多谋地在文化接触区中栖居并行游。我们的问题在于能否想象一种间性论的人类学，它研究的是互在、共同起作用、共同适应和共同演化，它不再以人类为中心，而是将人作为组合体的构成要素。人类的境况是不是出现了某些动向（比如我们跟人和非人主体之间的相互锁定），使得人类学的间性论转向不可避免？现在是提出并想透这些问题的时候了。

关于本文的副标题"阈限时空中的探险"，需要说几句，它所指向的是自由、创造性和生成。四月的丽日，樱花初绽之时，跟有禅心的同伴漫步于本地的日式园林无异于"阈限时空中的探险"体验的绝佳范例。我们且记住，禅法是不二之法。意思是阈限时空或间时邦（interchronotopia）无异于常态时空。于一切处并一切时，心恒处于阈限状态：这是禅的终极考验，也是后觉悟体验的色调。然而，生命意味着开和关，或者说模式切换。如果没有整日发生的诸多失神（picnolepsies，字面意思为"微细死亡"），人就不会有活着的感受。间性取向的哲学是一种实践哲学。间性研究需要以能够增进生命的方式去开展。其实践即生活的艺术，或者说在平凡中体味超凡、日常中体味阈限、实在中体味虚在的诀窍。

阈限时空是"生成"（becomings）的萌生之地，是德勒兹式的事件出现的地方，是当下与未来之间的关系展开的场所。因此，它是利害之所在，权力在此寻求重新铭刻自己。通过暂时悬置并颠倒社会秩序，狂欢节起到了强化社会秩序的作用。尽管维克多·特纳（Victor Turner）的"阈限"概念很有意思，经历过渡仪式的人只是暂时被解辖域化，随后不久就会被再辖域化至社会肌体。仪式过程的意义恰在于留出一个阈限时空，用仪式来涤除新加入者的过分和不驯。加塔利指出，青春期"是进入一种极其麻烦的间性区域的入口，在这个区域里，各种可能性、冲突，以及有时极其困难的甚至戏剧性的碰撞会骤然出现"[5]。青春期是生成的沃土。"但几乎马上，一切都会关闭起来，整整一系列制度化的社会控制和压抑性的幻想的内化会齐步进来捕获并抵消新的虚在。"⑥言下之意，阈限时空必然是生成与控制、抵抗与权力（注意抵抗是主动的，且先于权力，而权力则是反动的）、脱出与重新并入、解辖域化与再辖域化、遁逃的与向心的、逃逸路线与捕获装置之间较量的场所。

间性论吁请我们用关系的观点来看世界。中国哲学的五行理论是一种间性论。《易经》背后的哲学亦然，它与五行理论一起为道家的内丹提供了理论基础。后者的原理如下：心火之性炎上，如果不予节制，则会烤焦肺脏；肺衰则导致体内酸度增加，迫使肾脏超负荷工作以排除多余的酸性；内丹是通过升肾水、抑心火，使两者相交、相济，从而结丹；这种格局是生的格局，由既济卦（坎上离下）来图示⑦。

人体如此，我们所在的行星亦然。后者眼下被资本这个恶魔及其所俘获的人们的贪、痴、慢所附身。如果工业生产和掠夺性消费之火不予节制，地球之肺（即森林）将被烤焦，导致大气和土壤酸度增加、气温上升、冰川进一步收缩。这种火会使地球衰弱。地球早就该修炼自己的内丹了，这样才能返老还童。地球的内丹意味着要把环保（以坎卦来表示）提升到工业生产和掠夺性消费（以离卦来表示）之上，以便抗衡并维系后者，从而创造条件让地球结出长生不老之丹。如果地球的天然肾脏（顺便说一句，传统中医所谓的肾脏不是独立的器官，而是一个作为其他系统的功能而发挥功能的系统）被无法挽回地损坏，不会有什么人造肾脏可以挽救它，因为除了它自身之外，没有任何地方可以让它排掉多余的酸性。我们的引申比喻表面，发展林业，同时收缩工业以及驱动之并受之驱动的过度消费，这似乎是唯一的出路。

汉字储存着中国人特有的体验和应对世界上反复出现的情境的方式。中国人想象出龙这个意象来简要概括下雨的自然过程。这种思维方式与其说是迷信，不如说是隐喻，与其说是分析性的，不如说是整体性的。龙这一观念体现了人类命名背后的动机：人类用专有名词这一象征手段来应对自己无法解释的力量。我们所在的行星是个十足的"没有器官的身体"（BwO）。这个术语本身暴露了我们赋予万物以人形的冲动。然而，如果我们谙熟语言的发生论，我们就会意识到，由某些身体过程构成的系统和由某些星体过程构成的系统都可以称为肾脏。将五行理论应用于我们所在的星体或人类世（Anthropocene）本质上无所谓对与错（事实上"人类世"被视为专有名词恰恰印证了我们上述的推理）。重要的是这一举措能否帮助我们更好地把握构成更大的开放系统的子系统之间的关系或"内在的相互作用"（这里调用的是凯伦·巴拉德的概念）。当我们面对人类世这样巨大而复杂的事物时，五行理论作为一种启发手段（值得重申，五行理论是一种间性论），较之分析哲学有着巨大的优势。我们不要忘了，五行理论是道家的理论。

是不是说人类历经道家的生成这一决定性时刻已经到来（"决定性"译自kritical，字母"k"是一种修辞姿态，它所唤起的是古希腊的实践智慧，尽管这里的表述指向中国古代系统论思维）？间性论的确有道家的倾向和侧重，道教则有间性论的性情。借用德勒兹和加塔利的语汇，道教构成了一种少数世界观，随之而来的是一种少数科学、少数医学和少数的生活方式，这很可能是未来人的生活方式。道家教导一种顺应自然的生存态度，面对日益恶化的人类世，人类的逃逸路线很可能系于将道教作为生命哲学并对之进行集体内化，以及对新自由主义这一霸权的生活脚本的克服。言下之意，需要进行一场葛兰西式的消极革命。与道融为一体就是与间性融为一体，以正确的方式（即正道）生活。这不仅仅是同义反复，而是意味着终极的"功夫"，即凭直觉把握"道"，并成为德的合宜载体。道家之"道德"和柏拉图的道德迥然不同，更不用提对后者的种种固化。间性或"间"不是一个平均值。相反，它涉及一种"以最优为目的的定性算法"⑧。理解到这个层次，实践智慧（*phronesis*）、般若、道心、功夫和间性情怀之间的区别纯粹就消散了。鉴于人类的理解总体而言尚未达到这一境地，当人类试图从驱使他们由愚行走向愚行的业力中解脱出来时，间性概念作为一种"方便"（*upaya*）依然是有用的。

我们能否构想一个基于间性论而不是传统西方本体论的未来世界？我们是否已经准备好将间性论作为一种未来的（实践）哲学来加以阐述？我们是否有欲望、意志和智慧恢复一种逻辑上和时间上都先在于传统西方本体论的未来？如前所示，间性这一概念是在一个大的技术、生存和哲学环境中应运而生的。用马歇尔·麦克卢汉的逻辑来说，背景先于前景；果总是先于因（果是感知到的，因是设想出来的）⑨。"后一切时代"间性的复归和间性论的出现具有决定性、世界史意义和尼采-德勒兹意义上的不合时宜性。阐述间性论意味着以整个东西方哲学史为己任，投身于无底的间隙，从事深度的游戏。展望前景，由不得人不为探险之眩晕而心驰。

值得一提的是，2019 年 6 月弗朗索瓦·朱利安（François Jullien）在南宁举行的间性研究国际研讨会上缺席性在场地分享了《之间不是存在》（"Between Is Not Being"）一文（文章系由笔者代为宣读的），文章直接将汉语的会意字"间"推向了前台，就其精神而言与本专辑是一体的。最后一点，第四届间性研究国际研讨会将于 2020 年由上海社会科学院（SASS）与格兰谷州立大学（GVSU）联合主办，详情待后通报。

注释：

① 张先广、田林：《道禅著作中的气和虚：与西方活力论思想的比较》，《文学与文化》2019 年第 2 期，第 156—169 页。

② ［法］G. 德勒兹、F. 加塔利：《千高原》，明尼苏达大学出版社，1987 年，第 25 页。

③ ［美］H. 米勒：《南回归线》，格罗夫出版有限公司，1961 年，第 139 页。

④ ［英］韩福瑞：《禅宗佛教》，麦克米伦出版社，1949 年，第 109—110 页。

⑤ ［法］F. 加塔利：《柔性颠覆》，符号文本，2009 年，第 132 页。

⑥ ［法］F. 加塔利：《柔性颠覆》，符号文本，2009 年，第 132 页。

⑦ 张先广、田林：《道禅著作中的气和虚：与西方活力论思想的比较》，《文学与文化》2019 年第 2 期，第 156—169 页。

⑧ ［法］G. 德勒兹、F. 加塔利：《千高原》，明尼苏达大学出版社，1987 年，第 364—365 页。

⑨ ［加］M. 麦克卢汉、D. 卡森：《探索之书》，银杏出版社，2003 年，第 302—303 页。

【附录一】间性与我们

本特辑是《中国传媒研究》2015(2)间性论专栏的后续作品。

简言之,以间性为取向是东亚的一种倾向,也是西方的重新发现。这个概念的表述得益于一个多世纪以来电气和电子环境对人类的熏染,并为哲学、艺术、现代科学、神话、文化人类学、音乐、文学批评、心理学、神经生理学、美学、伦理学、媒介理论、理论生物学、女性主义和生态思维等领域的发展所预示。

在物质世界中,材料之间的最终差异实际上在于形式(如钻石和石墨之间的差异),这是一个间性或其模式的问题。英文的"信息"(information)一词里面包含着"形式"(form),该词有着内在的耐人寻味性。"信息能维系秩序"这一陈述虽则多少有些同义反复,却是个有用的陈述。间性之模式使世界如其所是。这些模式的存续让世界变得可理解、可识别,且多少可以预测。人类对熵的嫌恶或对负熵的欣赏可以归结为一种"形式意志"。也就是说,人类投入于特定的间性模式。

很久以前,信息是一种罕见的商品,传播的步调要缓滞很多。信息与其他信息相遇并产生新信息的过程多属偶然、间或有之。新的间性模式出现的步调使得世界适度新鲜,但总体上依然熟悉。后来这个过程越来越快。如今,新信息的综合已经策略化、自动化、产业化、电脑化。在某种程度上,由于信息背后隐藏着"形式和重新赋形的意志",秩序的重构与解构并无二致。信息的增殖或过剩使世界变得可塑,并激发了我们对"混沌宇宙"(chaosmos)的兴趣。间性(维系世界的物质的和超物质的纽带)成了竞驰的对象。世界似乎变成了乐高游戏;间性已成为首要问题。

我们正见证着人类世界从定栖到新游牧主义、从固体到微细间性的范式转变。可界定性本身界定着定栖者。他们生活在结构之中或相对稳定、可预测的间性之中。新游牧者是"变形人"(shape-shifters),他们的生活特征是不停地进行调整并不断适应影响其存在方式的动态符码。他们所面对的间性即便不是气

---

* 这是张先广《加拿大传播杂志》(Canadian Journal of Communication)2016 年第 41 卷("间性论"专辑序《间性与我们》)的节译。麦文隽、张先广译。

态的也是流动的。乐高积木、石子、比特、数字和像素——作为计算（化整为零）的产物——通过计算（化零为整）的过程可整合为可识别的形状和形式。这些形状和形式按设定会变异或变形。所有东西感觉都像沙丘、蜂群，鸟群或镶嵌画，当所有碎片在下一个瞬间翻转时会变为不同的图案，创造出新的间性构型。好也罢，坏也罢，新游牧主义和赛博控制只不过是同一枚硬币的两面。智能的、自适应的镶嵌网格有些像小人国之网，会减损我们的人性。福也好，祸也好，间性的复归不由我们选择。时机成熟了。环境的条件作用使得人们敏感于不断变化的间性。

在人类漫长的历史中，我们所知悉的基于字母数字代码的西方文明感觉就像一个插曲，一种异常。如果"间"（间性的词源）这个汉字是会意性的，新的数字代码也是如此，它由 0 和 1 组成。会意字本质上具有意象性、暗示性、歧义性和多义性。就意义而言，会意字所能凭藉的不外乎其构成要素之间的间性或互动。此长彼消，技术图像的兴起所牺牲的是语音字母，这感觉像一种会意转向。会意转向可谓间性转向的一个特例。

意象主义作为一次诗歌运动，直接揭示了这一范式的转变；它也是对汉语语言情怀的重新捡拾，这一情怀可以追溯到前语言时期——远古的《易经》时期。倘若人们懂得如何进行转换的话，一首意象诗不啻一幅禅画，甚至是单个汉字——至少理论上是这样。在电影制作领域，库里肖夫效应（Kuleshov effect）和蒙太奇的发现很久以前就被一个基本的语言事实所预示：汉字之间的间性或互动。在这个意义上，说阅读汉语文本就像看电影一样有弄错孰先孰后之嫌——次序需要倒过来。但不管怎样，其中所流露的间性观点是对路的。总之，声称新的数字代码是会意性的等于暗示数字时代是一个凸显间性的时代。

已故的捷克裔巴西籍媒介理论家维莱姆·弗卢瑟（Vilém Flusser，2011 A）告诉我们：把量子理论和神经生理学联系起来会很有成效。如果我们思考一下就会意识到间性实为两者的核心。量子跃迁发生于构成大脑的天文数字的神经突触之间的间隙里。大脑所记录的感受、情感或想法无非是对量子跃迁的统计性总结。"我们所称的知觉归根到底是把量子跃迁总结为表象"①。顺便说一句，坐禅会降低知觉的阈限。开悟无非是一个灾难级的精神事件，它发生于一个独异的瞬间,此刻天文数字的量子跃迁在禅修者的脑海中同时被释放。

但是弗卢瑟(2011 B)更感兴趣的是聪慧的社会而不是聪慧的个体。他所构想的信息通讯社会是对话性、游戏性、探险性、负熵性与创造性的。这些形容词都跟间性相洽或生发于间性。在这样的社会中,每个人都通过信息与通讯技术与所有其他人合作,形成一个全球超级脑。个体相当于神经突触。"超级脑将进行内在的游戏,它会做梦:一个由微小部分组成的蒙太奇游戏式的普世景观,一个完全由暗室组成的黑箱,一支完全由室内音乐家组成的世界规模的管弦乐队。"[②]超级脑的"开悟"无非是全球性的脑部性高潮,一个以极其间性的方式引致的灾难性事件。这一构想使弗卢瑟听着像一个对信息通讯社会的阴暗面(即赛博控制与机器奴役)多少不甚挂怀的乐观的未来学家。他更热衷于随着经由媒介中介的间性的扩散而来的狂喜的自由感。恰如其分地以问题意识对待间性是间性论者的任务。

间性概念是由特定的历史节点和存在境地召唤而出的。以上大体是对这一节点和境地的弗卢瑟式的叙述。

注释

①Flusser, Vilém., *Does writing have a future?* Minneapolis, MN：University of Minnesota Press,2011a,p.143.

②Flusser, Vilém., *Into the universe of technical images.* Minneapolis，MN：University of Minnesota Press,2011b,p.162.

【附录二】英文间性论文章主要作者与篇目

2015/Interology

Prologue to Interology：In Lieu of a Preface　**Peter Zhang**

Interality Shows Through：An Introduction to Interalogy　**Geling Shang**

Toward a Relational World from a Western　**PerspectiveStephen Rowe**

Old Man Coyote and the In-Between　**Robert L. Ivie**；**Oscar Giner**

The Human Seriousness of Interality：An East Asian Take　**Peter Zhang**

Interality in Heidegger　**YOU，Xi-lin**；**Peter Zhang**

The Ecology of Presence and Intersubjectivity in the Philosophy of Gabriel Marcel　**Dennis Cali**

2016/Studies in Interality

Guest Editorial：Interality and Us　**Peter Zhang**

Why Is It Change Instead of Being? Meditating on the Interalogical Meaning of Change/Yi in the Book of Change　**Geling Shang**

Surroundings：Deleuze and Guattari　**Kenneth Surin**

Deleuze and Zen：An Interological Adventure　**Peter Zhang**

Being-Jazz in the Middle　**Maurice Charland**

Testurō Watsuji's Theory of Betweenness，with a Focus on the Two-Person Community　**Tatsuya Higaki**

A Dialogue between Dialogism and Interality　**Jean-François Vallée**

Essence，Absence，Uselessness：Engaging Non-Euro-American Rhetorics Interologically　**LuMing Mao**

Interality as a Key to Deciphering Guiguzi：A Challenge to Critics　**Hui Wu & C. Jan Swearingen**

＊ 这里所列的英文间性论篇目分属 2015/2017/2019 年《中国传媒研究》(*China Media Research*,Guest Editor：Peter Zhang)专栏或专辑及 2016 年《加拿大传播杂志》(*Canadian Journal of Communication*,Guest Editor：Peter Zhang)专辑,以及本专栏主持人发表于其他刊物的论文。

"Out of the Shadow": Wilderness Therapy *in The Source of All Things and Wild*
Kathryn Yalan Chang

2017/Interality Studies

The Post-Historical Return of Interality: In Lieu of a Preface **Peter Zhang**

Ironies of Interdependence: Some Reflections on Information, Communication, Technology and Equity in Contemporary Global Context **Peter Hershock**

Democratic Spaces of Interdependence **Robert L. Ivie**

The Urban Chora, from Pre-Ancient Athens to Postmodern ParisJanell Watson
Interality and the City **Peter Zhang**

The Inexistent in the Ontology of Alexander Kojève **Hager Weslati**

Media Ecology in a Jazz Mode **Eric McLuhan and Peter Zhang**

AI and the Posthuman (Mental) Ecology: Interological Illuminations
Reno Lauro

Zhibo, Existential Territory, Inter-Media-Mundia: A Guattarian Analysis **Joff P.N. Bradley**

2019/Interality Studies

Preface: Interality Studies—An Adventure in Liminal Space-Time
Peter Zhang

Interality **Stephen C. Rowe**

Interality from a Gongfu Perspective **Peimin Ni**

Toward an Interality-Oriented Philosophy (IOP) of the Digital **Peter Zhang**

The Quadruple Ecology: Is Guattari's Ecosophy Another Type of Interology?
Toshiya Ueno

From the Cymbalum Mundi to the Vinculum Mundi: What a French Renaissance Satirical Dialogue Can Teach Us about the Precariousness of Interality (and Our Current Predicament) **Jean-François Vallée**

The Action Is at the Interface: Philip K. Dick as Interologist
Robert MacDougall

Of Interality and Media Ecology   **Eric McLuhan & Peter Zhang**

Interality and Legal Rights   **Michaeleen Kelly**

Schizoanalysis of PokémonGo   **Joff P.N. Bradley**

Will We Trust Institutions Again? Interality as Philosophical Diplomacy   **Myron Moses Jackson**

Published Elsewhere(Articles by Peter Zhang)

"Interology," accepted by a special issue of *Philosophy Today* called "New Concepts of Materialism."

"Rethinking Interology with Flusser," accepted by *Flusser Studies* 29 (2020).

"Deleuze and Interology" (in Chinese), trans. Weijia CAO & Peter Zhang, accepted by *Philosophical Analysis*.

"Interological Reflections on the Digital"(in Chinese), trans. Dan DU & Peter Zhang, *Philosophical Analysis* 10.3 (2019): 156—169.

"*Qi* and the Virtual in Daoist and Zen Literature: A Comparison with Western Vitalist Thought" (Peter Zhang & Lin Tian, in Chinese), trans. Peter Zhang & Jianhui TENG, *Literature and Culture Studies* 19.2 (2019): 99—110.

"*Qi* and the Virtual in Daoist and Zen Literature: A Comparison with Western Vitalist Thought"(Peter Zhang & Lin Tian), *China Media Research* 14.4 (2018): 99—108.

"The Four Ecologies, Post-Evolution, and Singularity," *Explorations in Media Ecology* 15. 3&4 (2016): 335—346. Republished by *Onscenes* on 5/28/2017. Republished by *Mother Pelican: A Journal of Solidarity and Sustainability* 14. 2 (2018).

"Media Ecological Moments in Flusser" (Peter Zhang & Eric McLuhan, in Chinese), trans. Ying ZHOU & Peter Zhang, *China Media Report* 64.4 (2017): 112—124.

"Deleuze the Media Ecologist? Extensions of and Advances on McLuhan"(Eric Jenkins & Peter Zhang), *Explorations in Media Ecology* 15.1&2 (2016): 51—68.

Republished by *Onscenes* on 9/21/2017.

"Articulation, Poiesis, Occupy Wall Street, and Human Freedom," *China Media Research* 12.3 (2016): 44—54.

"The Interological Turn in Media Ecology" (Peter Zhang & Eric McLuhan), *Canadian Journal of Communication* 41.1 (2016): 207—225.

"Media Ecological Moments in Flusser" (Peter Zhang & Eric McLuhan), *Canadian Journal of Communication* 40.3 (2015): 503—517.

"McLuhan and *I Ching*: An Interological Inquiry," *Canadian Journal of Communication* 39.3 (2014): 449—468.

"Media Ecology and Techno-Ethics in Paul Virilio," *Explorations in Media Ecology* 12.3&4 (2013): 241—257.

"Formal Cause, Poiesis, Rhetoric" (Eric McLuhan & Peter Zhang), *ETC* 69.4 (2012): 441—458.

"Aristotle's Fourfold Causality, Tetralemma, and Emergence" (Peter Zhang & Bill Guschwan), *ETC* 71.1 (2014): 63—66.

弗卢瑟与间性论

[美]张先广著　丁礼明、张先广译

摘　要：本文揭示了弗卢瑟式间性论的问题意识和未来学性质。其动机有二：一是出于对迅速演变的人类境况的深切关怀，二是出于心智上的好奇。与传统本体论相比，间性概念和间性论这一世界观能帮我们更为充分地认识我们当下和随后的处境。其次，文章还有意将弗卢瑟的媒介哲学转化为一种点彩画式的语言艺术、一种技术伦理学、一种适合于数字时代的间托邦。

关键词：对话；闲暇；(内置有程序的)装置；功能主义；游戏的人；互在；点间思维；点彩画；微细间性；现象学；语言哲学

> 关系、场域、生态系统、格式塔和结构正在一举取代客体和过程、辩证法和工程。
>
> ——弗卢瑟(2014:18)
>
> "我"是我具体关系的总和(父亲、作家、某人的朋友、纳税人)；如果去掉所有这些关系，就一无所剩了。
>
> ——弗卢瑟(1987:98)

＊ 张先广(Peter Zhang)博士，美国格兰谷州立大学(Grand Valley State University, USA)传播学院副教授(终身教职)；丁礼明博士，广西师范大学外国语学院教授。

间性可以说是具有现象学思维的媒介哲学家维莱姆·弗卢瑟(Vilem Flusser,1920—1991)的首要关注点。本项探索旨在通过凸显弗卢瑟作品中的间性主题来丰富和拓展我们对间性论的理解。首先,弗卢瑟视对话为产生负熵或创造性的场所,这一观念对间性论构成了强有力的辩护。弗卢瑟将负熵这一热力学术语化用到信息论领域,意指新信息的创造和对衰变的否定。其次,他认为闲暇是智慧之源,这一观念是对间性(在词源意义上,间闲不二)的肯定。第三,弗卢瑟指出,在不久的将来,人类与机器人和人工智能的间性将成为人类境况的特征,那时人类智能和人工智能之间的互动将最大限度地创造新的信息,使全球超级脑处于激情状态。与之相比,个人的大脑将相当于参与一个互动、相互激活和共同创造的集体游戏的室内音乐家。第四,弗卢瑟指出,我们所知的建立在字母数字代码和随之而来的线性情怀之上的西方文明将让位于建立在点间代码之上的技术图像的世界。量子理论、统计学、概率论、控制论和博弈论的语汇将越来越与数字时代的生活息息相关。线性思维将逊位于会意思维。正如弗卢瑟所言:"理性的、因果的和定义式的思维将让位于关系性和概率性的思想场域"①。在某种意义上,除了古老的《易经》中的六十四卦,镶嵌画和点彩画早就预示了数字时代的到来。值得指出,会意思维是一种间性思维。在某种意义上,字母读写导致了定居的、占有性的心态和本体论取向,而当前的数码则恢复并激活了游牧的、审美的情怀和间性论取向。第五,从比较语言学的视角来看,可以在融合型语言与本体论、孤立型语言与间性论、粘着型语言与游牧论之间建立试探性的对应关系。弗卢瑟的著作暗示,间性论并不是向业已过时的过去的倒退;相反,它将帮助人类跃过所面临的深渊——把我们跟后历史存在分开的深渊——从而到达彼岸。间性论的出现有其世界史意义上的必然性。时机已然成熟。间性论的效应在它表述为哲学视野之前早已出现。间性论绝无文化自恋之嫌。它不是对中国古代哲学的简单重述或重新解释。相反,它是一种未来哲学。

本文的假设是,有多少个以间性为取向的思想家可供我们与之一同思考,就有多少种间性论。与弗卢瑟一同重新思考间性论有望将间性这一多义概念所形成的术语场中内在的一整套虚在实在化。弗卢瑟式的间性论视域广阔,其伦理预后既令人振奋又令人不安,它将我们正好置于数字沙暴的中间。它还凸显了相对于被编程同时又编排着我们的装置、繁荣在我们周围的非人类智能主体以及包括我们在内的所有事物的令人眼花缭乱的、超真实的数字二重体，我们自己何以立足的问题。作为一位致力于人类自由研究的思想家，弗卢瑟邀请我们朝着游戏模式的存在严谨地、自觉地、富于游戏精神地进行自我准备。他告诫我们提防特定的一种法西斯主义、功能主义和极权主义，但他并没有仅仅持灾难预言者的姿态，而是作为一名装备充分的未来学家来告诫我们。他的思想可以把人类引向一种对话式的、创造性的、负熵性的、庆祝式的生存模式，尽管这种生存大抵是经由媒介进行的，而且会涉及与人工智能的共处。尽管他频频使用"本体论"（希腊语里的 onta 的意思是"存在的事物"）这个字眼，尽管融合型语言本质上排斥间性论，他的作品却让人觉得间性论是理所当然的事情。在他的有关信息通讯社会的愿景中，存在即互在是一种直接的感受。无论是在赛博空间还是面对面，"我"和"你"都互为结果、一同产生。另一方面，人之于技术，犹如蝴蝶之于土豆。无论我们把目光投向何方，我们都会看到相互依存、共同发挥功用、相互适应和共同演化。总体而言，弗卢瑟的作品凸显了间性，肯定了间性论。为流畅起见，下文将采用太极的、狂想曲式的、点彩画般的章法，好让读者有深度的参与。

这里需要交代一下弗卢瑟作为一名知识分子的个性，及其与间性论作为一种世界观和一种实践哲学之间的关系。弗卢瑟是一位有犹太血统的捷克裔巴西籍哲学家和媒介理论家，他生命的最后 20 年主要生活在法国。他通晓多种语言，曾用葡萄牙语、德语、法语和英语写作，但捷克语是他的母语。他栖居于语际的间性空间里，因而得以用别种语言重写并扩充他的许多作品。他对存在主义和现象学有很深的投入，是一位对信息通讯社会持谨慎热情态度的未来学家。信息通讯社会的特点是主体间性媒介化、网络化，它有望使人类的创造性得到终极实现。弗卢瑟熟悉马克思的著作，他认为个人和社会都是对具体关系的抽象。如果共产主义的终极益处是人类的自由，那么弗卢瑟对信息通讯社会的愿景就颇有共产主义的色彩，因为信息通讯社会实际上是一个全球超级脑[②]。正如托尼·奈格里（Toni Negri）在一篇与德勒兹（Gilles Deleuze）的对话文章中所言："在《政治经济学批判大纲》所描绘的马克思主义乌托邦里，共产主义所采取的形式恰恰是一个由自由的个体组成的横向组织,其基础是一种使之成为可能的技术。"③弗卢瑟认为大脑结构和社会结构之间有相似性,两者都具有镶嵌画的质地。神经元之间的间隙之于大脑,犹如大脑之间的间隙之于社会。间隙两边沟通顺畅大脑才能正常工作,社会才会有智能。间性是弗卢瑟对信息通讯社会的愿景的核心。除了托马斯·莫尔的乌托邦和米歇尔·福柯的异托邦之外,我们还需要一个间托邦(intertopia)。间性论暗示着一种政治哲学,一种间托邦。弗卢瑟所构想的信息通讯社会是一种特定类型的间托邦。继传统权威、理性合法权威和魅力权威而来的是一种新型的权威。其特点是功能化、社会化、网络化、去中心化、去个性化和分散化。由于没有更好的术语,姑且称之为"控制型权威"。在真正的信息通讯社会里,脑际的间隙会得到架通,从而成为对话、创造性和负熵的场所。与之相反,在法西斯社会里,脑际的间隙处于楔阻状态,人们被驱散到各个角落,彼此隔离,为闭合的反馈环所缠缚,并为技术图像所左右。法西斯主义是导致无聊、衰败和熵的配方。图像是用来左右人们,还是作为一种合作性的、创造性的虚构(这里借用一个伯格森和德勒兹意义上的观念),这是问题所在。

后工业时代人类境况的新曲折是人与内置有程序的装置之间的格外成问题的间性。装置是一种能在内置的程序控制下自动生成信息的黑箱。不经心地使用这种装置的人属于职能员,甚至是伺服机构。职能员系作为此类装置的功能而发挥职能,其职责就是将装置的程序中所包含的虚在现实化,除此之外很少会越雷池一步。这种驯顺地使用装置的方式有把生活世界变成功能主义的领地的风险。正如弗卢瑟所言:"一切都表明功能性程序将主导后工业社会,在这个社会中职能员会越来越像黑箱中看不见的齿轮一样起作用。"④他认为"艾希曼是个标准的职能员,基辛格是个标准的程序员,奥斯维辛则是后工业社会的缩影"⑤。总而言之,这些标签毫无光彩之处。内置有程序的装置是职能员的栖居地和意义之源。如弗卢瑟所言,"内置有程序的装置已经成为我们生活的唯一理由和意义"⑥。后工业式的存在具有卡夫卡式的荒诞性。卡夫卡作品中的所有情境"都围绕着一个中心问题:一个被极有权力但粗心而无能的官僚机构所遗忘、没有丝毫的愤怒能力、徒然地谋求被认可的人"⑦。弗卢瑟指出:"类似的情境在不久的将来可能是一个根本问题。"⑧在这个意义上,卡夫卡是一位预言性的系统分析师,一名程控装置社会的寓言家。留心的程控装置使用者是个"弯电路手",既能协同又能逆着程控装置工作,从而产生装置程序意图之外的小概率输出。"把电路板往弯整"不仅能创造新异性和负熵性,还能把弯电路手造就为有能力对抗程控装置的游戏者。就后工业时代人类的境况而言,弗卢瑟所谓的"游戏的人"(homo ludens)之意义无过于此。在他的哲学自画像中,弗卢瑟指出:"对我来说,游戏的人与马克思所谓的'新人'以及尼采所谓的'超人'同义。"⑨

与程控装置、机器人和人工智能进行有意义的对话,一方面依赖于人类参与者的素养、能力和觉知,另一方面依赖于他们是否乐意成为超人类或亚人类。尽管与程控装置、机器人和人工智能进行负熵性对话有可取之处,但此类对话也存在着问题,原因很简单:与机器人协作会产生机器人一般的人,而且对抗也是一种协作。与机器人打交道意味着变得像机器人,并超出人的尺度。人类在耐力、对单调和疲劳的耐受性、情感的淡漠、行动的纯粹性(没有反应的行动)等方面均非机器人的对手。机器人的行动由行动元素组成,其基础是不断进行的以零计整和计零为整。一个人如果不经历某种非人性化和机器人化,就无法与机器人正常协作。同样地,与程控装置协作或在程控装置之内工作时很难不成为程控装置仔,除非自己是一位觉悟后的禅人,能够目空一切,或者是一位庄子所说的能够"物物而不物于物"的修道者。更糟糕的是,程控装置还具有重新吸收并收买抵抗举措的能力。如弗卢瑟所言:"出于抗议,一个人会鄙视并试图摧毁程控装置,后者会将这种努力收归己有并转化为自己的功能。"⑩在另一个语境中,弗卢瑟指出:"吞噬一切的程控装置势不可挡,每次抵抗都会导致程控装置的进一步改进"⑪。有意义的抵抗依赖于有能力进行一种元分析,从而揭示程控装置是如何被生产、被编程的,使之得以生产其所生产的东西,包括把使用者造就为职能员、程控装置的触须、甚至是偶一为之的自由战士(设计之中的安全阀和反馈源)。换句话说,我们需要弄清如何充分地图解程控装置。抵抗需要成为元抵抗,因为控制已经变异成了元控制。模式识别、博弈论、控制论思维等正变得越来越重要。弗卢瑟指出,对装置功能的批判是一种反功能,有必要发明一种反装置,其使命是批判整个装置文化及其极权主义倾向⑫。综上所述,在后工业社会,人与装置的一体性是个默许状况;人与装置之间的游戏性间性是一种成问题的成就;与装置之间的批判性距离依赖于哲思性的系统分析。装置是个左右着我们的虚假的家园。发明反装置是一种消解装置对我们的左右的努力。在后工业社会里,人类面临的挑战是能否想象并追求一种超越装置的生活。用德勒兹的话来说,在控制型社会中,人类的尊严在于创造逃逸路线。间性这一概念有开放和超越的内涵,堪作有自由精神的人的生存陀螺仪。

作为一种实践,弗卢瑟式的间性论采取的形式是对话。对话是弗卢瑟至为推崇的术语,也是人类防卫白痴病的最佳手段。弗卢瑟深受马丁·布伯(Martin Buber)的影响,念念不忘热力学第二定律,他将对话视为产生创造性的场所,无论是内心的对话、与他者的对话还是与人工智能的对话。就整体能力和创造性潜力而言,内心的对话远远不及外在的对话。如果说德勒兹提出的是一种以自我消解和生成为特征的内卷的对话模式,那么弗卢瑟所标榜的则是一种多少有些辩证性的模式,其特征是综合和负熵。这种模式直接驱散了围绕着创造的神话性光环。对弗卢瑟来说,对话式的生活是不折不扣的好生活。通过对话产生新的信息会使人处于一种激情澎湃、欣喜若狂的精神状态。用德勒兹和加塔利(Guattari)的语言来表述,在对话中人们会"变得强烈"。如果说人的自由不外乎对小概率的、有信息价值的东西的创造,弗卢瑟认为信息通讯社会是一个可以让创造性和自由(两者其实是一回事)社会化的社会。在信息通讯社会的精神生活与室内乐之间他看到一种类比关系。跟爵士乐一样,室内乐本质上是对话性的。如果说爵士乐是一个低效的找到集体声音的过程,那么室内乐则是技艺高超的音乐家之间的一种即兴互动,意在追求小概率的东西。如果说爵士乐相对比较轻松,那么室内乐则更具纪律性和策略性。纪律和准备是有意义地参与信息通讯社会的精神生态的必要条件。一个阻碍通过对话创造新信息的社会不仅会遭受深刻的无聊,而且会崩溃。爵士乐堪称民主的配乐,用德勒兹的语汇来说,民主藉块茎式的沟通而繁荣。与之相反,法西斯主义则通过阻碍横向沟通并将其俘虏困在一个封闭的反馈环中来推进自己。言下之意,法西斯主义对间性有戒惧之心。棘手的是两种沟通模式都可以通过信息通讯技术而得到强化。在现实生活中,这两种模式往往是混合在一起的。我们在脸书上的经历是一个很好的例子。更为棘手的是,创造力本身可以被功能化,也就是说,它会退化为作为德勒兹和加塔利所说的"捕获装置"的创意产业的一个功能。纯粹的创造性没有别的用心。

存在即互在这一观念是间性论的精髓。互在是自然的法则。说起生长在瑞士的一种野生土豆和一种蝴蝶(两者都呈一种奇特的紫色),弗卢瑟指出,"蝴蝶只以这种土豆为生,土豆的繁殖完全要归功于这种蝴蝶。这意味着我可以把他们看作一个有机体、一个情形、一个因缘。在这一情形中,我可以说土豆是蝴蝶的消化装置,蝴蝶是土豆的性装置"[13]。其寓意在于我们应该"以生态学的观点看世界,把世界看作一个网络",并"尊重不容易看清的复杂性"[14]。觉醒的眼睛到处都能看到共生现象:棕榈树和长颈鹿、黄蜂和兰花、马达加斯加兰花和摩根狮身人面蛾等。自然如此,社会亦然。名字使我们误以为我们有相对稳定的身份。弗卢瑟邀请我们换一种思维。他会说没有预先形成的"我"。相反,"现在对你讲话的我与你联系在一起,并且此刻是作为[你]的结果而存在的"[15]。用威廉·巴勒斯(William Burroughs)所造的词来说,两者之间特定的"间性区域"造就了两者。因此,共同创造并栖居于什么样的间性区域完全是一个伦理问题。"我是谁?"是个虚假的问题。真正的问题是"这次我是谁?""我"是在特定的遭遇中被他者激活或召唤而产生的无常的相。他者并非与"我"对立而是造就了"我"。如弗卢瑟所言:"只有当我们与他者同在并为他者而在时,我们才真正成为'我'。'我'是某人对之说'你'的那个人。"[16]说起马克思·弗里什(Max Frisch)的名为《安道拉》(Andorra)的剧本中所处理的犹太人问题时,弗卢瑟指出:"我是犹太人是为了别人,最终我是作为别人的功能而行动的。"[17]这一理解与佛教的缘起观念颇为一致。"主体间性"这一术语意味着依间性而定的主体性。间性先于主体性,并使之成为可能。间性是具体的、第一位的,主体性是抽象的、衍生的。如弗卢瑟所言:"我们所处的世界中具体的东西是关系[……]我们所说的'主体'和'客体'都是来自这些具体关系的抽象外推。"[18]在另一个语境中,弗卢瑟指出:"个人和社会都是抽象。真正存在的是人际关系、关系网络的营建、主体间的关系场,从中可以外推出社会或个人。"[19]问题不是在个人和社会之间进行选择,而是在个人与社会这些观念跟关系性和间性这些现实之间进行选择。

弗卢瑟指出,电磁波已经穿透了我们的墙壁,终结了我们定居的存在,侵蚀了我们的可界定性,并把我们变成了悖论意义上的游牧人(即原地旅行者)。我们需要的不是本体论,而是间性论和游牧论。在一篇关于游牧人的精彩文章中,弗卢瑟指出:"我们都是转瞬即逝的潜存,通过相互接近从而将彼此体验为具体的'我'和具体的'你'。我们接近彼此从而相互实现。"[⑳]这一提法既适用于真实空间的具身相遇,也适用于赛博空间的离体相遇。在特定相遇发生之前,"我"是虚在的、模糊的。在相遇期间"我"得以实现,之后又消解为虚在。"在网络中,每个人都是无所不在的潜存"[㉑]。赛博空间的相遇感觉像是一次相互招魂。赛博空间构成了一种虚拟的、幽灵般的社会生态,其中的邂逅有扩散化和微型化的倾向,而"我"则会变化多端、短暂易逝。如弗卢瑟所言:"我们不再想象我们包含着某种坚实的内核(某种"身份",一个"我",一个"精神"或一个"灵魂"),而是想象我们沉浸在一个集体的心灵场里,像临时的泡沫一样从中出现,获得一些信息、加工之、分享之,然后又沉没。"[㉒]这种情形自然不重占有而重体验,不重凝滞而重推移。这里的意思并不是说本体论适合于以往的定居存在而间性论适合于当前的新游牧存在,而是说网络化的存在使间性论的有效性日益明显,仅此而已。在两者之间,本体论不外乎一种便捷的简化、一种霸权的构型,它寄生于它所压抑的间性论之上。

弗卢瑟对技术图像的质地的分析使我们认识到技术图像的时代是微细间性的时代。字母正让位于数字,尤其是二进制数字。下述引文扼要地抓住了两种代码之间的差异:"字母把图像的表面拆解为线条,数字则将此表面研磨成点和间隙。字母思维将场景缠绕为过程,数字思维则将场景计算成颗粒。"[㉓]弗卢瑟一口气揭示了一维的线性思维与零维的计算——整合思维之间的区别。后者是一种点间思维。弗卢瑟指出线性思维对应于赫拉克利特之流,而计算思维则对应于德谟克利特之雨。言下之意,技术图像使得赫拉克利特的思想显得过时,同时也展现了德谟克利特的原子论的应时性。原因很简单:物质由粒子和间隙组成;同样,技术图像由点和间隙组成。在艺术领域,点彩画出现于摄影术的发明之后,但预示了电视和数字图像的发明。物质和技术图像在构成上的相似性意味着德谟克利特的原子论在技术图像时代的重要性。古老的镶嵌画也很重要,构成它的鹅卵石一经无限地微型化，镶嵌画就变为点彩画。间隙会吸引注意力并给人以完成画面的动机。换言之，间隙会提升受众对图像的参与度，使图像变酷。利用间隙和省略是一种东方策略。按照这个逻辑，在技术图像的时代，也就是说在后历史时期，读写所造就的西方在品味上正经历着一种东方化。酷这一观念更多地来自麦克卢汉而不是弗卢瑟。这一情怀至少可以追溯到《道德经》。中式头脑自古以来就领会并欣赏无之用和间之用。

下面一段貌似闲笔，实则不然。以本体论为导向的美学关注的是事物，从间性论出发的美学则强调事物之间的间隙和关系。日本的枯山水园林是后者的一个绝佳范例。保罗·维利里奥（Paul Virilio）在进行静物写生时发现了反形式，彼时彼刻，他也就成了间性论者[21]。他新生的审美情怀跟他对时空间隙的珍视以及他的灰色生态学观念都颇为一致，灰色生态学所担忧的是对距离的污染以及针对我们所在的星球的幽闭恐惧症这一心理效应。尺度是体验的一部分（值得注意的是，"体验"一词跟美学有词源上的联系）。技术图像中的微细间性可以说是巨大的（enormous）因为它或多或少超出了人性化的尺度。无法有意识地对其进行体验的东西最终会在阈下的层面影响并左右人们。正像技术图像由点和间隙组成一样，数字时代的典型头脑里充斥着符号碎片以及碎片之间的间隙。间隙数量上在激增，但尺寸上却在缩小。如果（如德勒兹所言）大脑即屏幕，那么在这个繁忙的时代，大脑屏幕上的投影和数字屏幕上的投影在密度上有惊人的相似之处。如果心之德在于它的接受能力和反应能力（这些又是心空的结果），那么数字时代过剩的、冗赘的信息之洪流的确会使心不堪重负，无法为其所能为。简而言之，从斯宾诺莎的伦理学角度来说，内心杂乱是个坏情况。以上推理所指向的是闲暇。这正好属于间性论或间性研究的领域，因为闲暇的字面意思是一个时间间隙。在古汉语中，闲和间是用同一个会意字"閒"来表示的，这也是间性这一新词的汉语词源。未占的时空把两个意思都涵盖了，不过间性这一概念有更为宽泛的含义。未占的时空是虚在的栖居地。它容许纯粹的游戏和自由的探索。人类的尊严和自由正介乎此。传统的西方本体论偏重实在，间性论则强调虚在。实在方面的富有意味着虚在方面的贫穷，反之亦然。务虚会是一种策略性地恢复虚在或创造阈限时空的方式。它在逻辑上却有些自相矛盾。尽管其目的是把工作转化为游戏,但它却总是微妙地把闲暇变回为工作。这并不是说没有务虚会要更好。

如果希腊语的 phainomenon(现象)一词的意思是出现、发生和显现的东西,那么间性恰恰是 phainomenon 的场所,正如会意字"閒"的意象所示。会意字"閒"有某种现象学意味,因为它暗示着一个具有特定身体构造和精神原型的观察者。参这个会意字使我们接近了弗卢瑟的现象学视野,这是他从埃德蒙·胡塞尔那里继承而来的。这一视野跟间性论和佛学高度契合。对于一个没有眼睛的生灵来说,我们所知的太阳和月亮都不存在。"太阳"所标记的是一个关系,而不是一个东西或客体。"颜色"和"光"也是如此。正如艾伦·沃茨所说:"颜色和光是眼睛给予叶子和太阳的礼物。"[25]同样,北斗七星真正命名的是使用长柄勺的地球人和一个星群之间的关系。一棵树倒在森林里,如果没有人在那里,就不会产生声音,因为声音是一种关系。反闻闻自性。苏轼很久以前就直觉到了这一点:"惟江上之清风,与山间之明月,耳得之而为声,目遇之而成色。"德勒兹说得对:"内部不过是选择进来的外部,外部不过是投射出去的内部。"[26]每种生灵都根据自己是哪一种生灵而创造自己的世界。如果世界是心的投射,那么一个人只要有能力控制自己的心就有自由投射并栖居于一个幸福的世界。难怪人们说禅师们有无条件地感到幸福的能力。"正能量"这个提法尽管是陈词滥调,却很有道理。奥斯卡·王尔德讲得很中肯:"所有的批评都是一种形式的自传。"咏物诗更多表达的是诗人的境界,而不是物本身。事物本身我们是无法把握的。我们最终所把握的一定是我们跟它的关系。此外,"主体只要观察一个客体就会改变这个客体"[27]。弗卢瑟式的现象学是对客观性的危机的回应,或者说是对客观性这一谬论的纠正。客观的观点假定"有个主体站在现象之上,现象被视为一个客体"[28]。现象学的观点"不是站在有待理解和操纵的现象之上,而是之中"[29]。在某种意义上,由彼到此的转变是从视觉情怀到听觉情怀的转变。因此,麦克卢汉将现象学形容为"耳朵模式的辩证法"[30]。在一篇题为《幻影之城》的文章中,弗卢瑟指出,"没有主体就没有客体,正如没有客体就没有主体"[31]。当一份报纸作为一个问题迫近我时,"我的身体作为一个整体就成为一个吸纳报纸的器官"[32]。在我们跟客体遭遇的那个瞬间,我们作为一个虚在就转变为一个特定的实在。在遭遇发生之前,我们实际上就是德勒兹所说的没有器官的身体(BwO)。选择对象("对象"这个词的间性意味非常浓厚)和自我塑造是一回事。现象学所指向的不是主客二分,而是主客之间的相互性和依存性,它对融合型语言中的标准语句的结构(即主谓宾)所决定的现实的结构构成了挑战。弗卢瑟指出:"据说大脑中有两种不同的言语处理功能,一种是结构性的,一种是词汇性的。前者的位置远远深于后者。"[33]在某种意义上,现象学是穿着西方哲学外衣的佛学。继之而来的是主客间性的观念。主体和客体互为结果,正如中林悟竹(Nakabayashi Gochiku)的俳句所示:

> 长夜,
> 水声
> 诉我思[34]。

如果说弗卢瑟式的间性论的实践在于对话,其境界则在于闲暇。弗卢瑟将闲暇视为"生活之目标,智慧之所居"[35]。用弗卢瑟的媒介理论的语言来说,闲暇是对时间的悬置,或者从线性时间中的解脱。德勒兹会说闲暇是对时间占而不计,或者出离条纹时间而进入平滑时间。闲暇或多或少跟亨利·列菲弗尔(Henri Lefebvre)所说的征用的时间、维克多·特纳(Victor Turner)所说的阈限和通俗心理学所谓的流畅体验同义。法语中表示性高潮的词(la petite mort)字面意思是小的死亡。这里的意思是真正的闲暇是一种强烈的体验,或者说是指变得强烈。工作不同于闲暇,部分原因是在工作中一个人只有一部分会得到召唤。当整个人都投入时,工作就翻转为闲暇和游戏。弗卢瑟将闲暇追溯到希腊的学院(闲暇的空间)和犹太-基督教的安息日(闲暇的时间)[36]。古希腊人认为学院的哲学生活高于私人的经济生活和公共的政治生活(与此相反,禅修者把精神的看作内在于日常生活之中的虚拟二重体)。犹太-基督徒认为安息日没有意义,因为它本身就是意义[37]。新教伦理跟印刷机所创造的文化氛围以及随之而来的时间是一条直线这个根比喻有很大关系,它颠覆了闲暇与工作之间的悠久的等级关系,让工作征服并吸收了闲暇。马克斯·韦伯(Max Weber)的《新教伦理与资本主义精神》(*The Protestant Ethic and the Spirit of Capitalism*)一书需要以这个眼光去重新判读。弗卢瑟指出线性时间这一意识形态只能通过媒介的方式去克服和消除。当书籍的统治让位于技术图像的统治，当线性的、目的性的、左脑的思维让位于点间式的、游戏性的、右脑的思维时，闲暇将会在我们的集体无意识中重获其相对于工作的主导地位。当弗卢瑟说起闲散"表示人类超越目的性的能力"以及"无用和闲暇在文化中的中心地位"时，他听上去酷似以悖论讲道的庄子（对庄子而言，闲暇有用恰恰因为它无用也没有被用）㊳。"休闲产业"是一个自相矛盾的说法。闲暇一旦失去它的纯粹性就完全变成另一种东西了。后历史时期间性的复兴是理所当然的事情，因为间性既是右脑的（right-brained），也是心正的（right-minded）。最后指出一点：佛陀是一个自由人——一个既不工作也不去成就什么的人。

对于字母书写时代本体论在西方的兴起以及后书写时代间性论对本体论的最终吸纳，弗卢瑟的作品可以提供一个基于媒介的、历时性的解释。此外，其作品还允许我们从比较语言学的角度来解释本体论、间性论和游牧论。最终我们需要将这两种解释联系起来。一言以蔽之，融合型语言有一种本体论的偏向，孤立型语言能养成一种间性论的情怀，而粘着型语言则指向游牧论。如弗卢瑟所言："融合型语言的世界由逻辑性地组织起来的情境组成。粘着型语言的世界是无空隙、无定形的板块的世界，是此时此处的世界。孤立型语言的世界是镶嵌画的世界、审美整体的世界。"㊴融合型语言并非铁板一块。比如说，德语和梵语有粘着的倾向，英语则有孤立的倾向。尽管如此，融合型语言的标准语句有个主谓宾结构，主语是行动的源头，由此谓语被推出去，从而赋予语句一种投射体的、矢量的品质"㊵。每建构一个语句，主语的存在、本体性或主体性都会得到表演和肯定，主客二分的意识形态都会得到重演和强化。在融合型语言所营造的现实中，行动是主体的默许的、众所期待的存在方式。也就是说，主体的本体是在行动（尤其是及物的行动，其语法对等物是主动形式的及物动词）中自我实现的。弗卢瑟把"动词"定义为能表明名词（被提升为语句的主语）发现自己处于什么样态的那种类型的词㊶。稍做一点语言考古学我们就可以超越主动与被动的动词形式之间的二元对立，从而到达"既非此亦非彼"的境地。弗卢瑟指出："在古代印度-日耳曼和闪米特语言中存在着可以表述为'存在着对我自己和对羊的照料'的形式(如希腊语的不定过去时)"[42]。他的意思是,牧羊人和羊都是放牧的结果,它们之间存在着相互性、互惠性或者间性。类似地,与其说"有个人在遛狗"或者"有只狗在遛人",不如说"有个人和一只狗在搭伴而行"。尤金·赫立格尔(Eugen Herrigel)的《箭术与禅心》(*Zen in the Art of Archery*)就是要克服主动语态的及物动词所表达的心态。有禅心的射手不会说"我放了箭",而会说"'它'射了"[43]。赫立格尔的下述文字直接挑战着融合型语言的标准结构,并呼吁另一种表达方式:"是'我'拉弓,还是弓把我拉到了最高张力的状态? 是'我'击中了目标,还是目标击中了我? 弓、箭、目标和自我都融入彼此,我无法再把它们分开,甚至连分开的需要也消失了。"[44]弗卢瑟指出,信息通讯社会的局势使得行动和被行动之间的区别变得过时。"所有事物都是所有其他功能的功能,因而治理是所有这些功能的结合"[45]。这一思想立刻指向了德勒兹和加塔利所阐述的块茎概念。信息通讯社会的局势使得希腊语的不定过去时(aorist)变得重要起来,也给了我们将其重新启用的动机。它跟间性论之间有着值得注意的契合性。可以想象对中间语态(行动"由自我指向自我")及比较语言学的热情将会重新燃起[46]。与其说"我想出了一个主意"或者"一个主意被我想出来了",可以说,"一个主意在我心中构建了自己"。然而,我们没有兴趣把间性论变成功能主义的工具,就像德勒兹和加塔利不想让《千高原》(*A Thousand Plateaus*)成为晚期资本主义的操作手册一样。就我们的目的而言,想说的意思之一是融合型语言中的本体论偏向并不是非历史的。该偏向很可能消退,并在随后的将来获得一些怀旧的意义。我们绝对不想暗示融合型语言的质地里不包含间性。事实上,间性通过屈折变化、连词的使用等形式性手段得到了很好的界定,致使每个语句都像一条持续的、连接起来的线,其间的标点让读者时不时可以喘一小口气。界定即消灭。融合型语言给人留下的印象是具有无缝的、强劲的、推进性的线性特点,也给西式头脑赋予了特有的冲劲及"余光"的欠缺。

说到孤立型语言,弗卢瑟指出,"在一些孤立型语言中(比如汉语),没有句子,只有音节的并置,因而其世界有镶嵌画的特征,而不是投射体的特征"[47]。孤立型语言具有丰富的间性。与融合型语言相比,孤立型语言感觉像抽象艺术,因为视觉的、逻辑的联系被省去了。就汉语而言，由于汉字的意象性，并置音节就是并置意象。每个文本除了语义品质之外，还具有审美品质。意义与其说存在于词之中，不如说存在于词之间。绝大多数字都有意象性，在并置的字之间，会产生库里肖夫（Kuleshov）效应般的效果。这正是蒙太奇的工作机理。读中文跟看抽象电影有类似的感觉。跟融合型语言相比，孤立型语言中的间性的形式化程度要低很多，故而充满了潜力（也就是说，虚在性很丰富）。用麦克卢汉的字眼来说，融合型语言是热的，孤立型语言则是酷的、有缺省的、未完成的、含糊的、多义的、包容性的、邀请性的、让人参与的。由于词之间的关系远远没有界定，孤立型语言的使用者自然会投入更多的脑力于关系性，最终获得一种间性情怀。东式头脑非但习惯于处理间性，而且还欣赏间性、期待间性。在绘画、书法、园艺里，未占据的空间或负空间（日语里称为"间"）会得到欣赏，就像交谈与音乐中的寂静会得到欣赏一样。在控制型社会中，沉默具有新的意义。如德勒兹所言："关键是要创造不发生沟通的空间，创造断路器，好让我们能够避开控制。"[48]德勒兹提到了断路器，弗卢瑟对封闭的反馈环表示了忧虑，这说明他们不谋而合。的确，间性不仅是想象的时空，也是德勒兹式的事件的时空和自由的时空。在间性中，美学和伦理学融为一体。间性是禅学情怀之所在。这句话值得单独成文，充分展开。在文章和书法作品中，间性是作者之气和受众之气得以相交的空间。言下之意，间性是同呼吸和团契的空间。以间性为念的东方人养空，以本体为念的西方人则出拳并把珠子般的字母穿成串。东式头脑偏重虚在和间隙，西式头脑则崇尚实在和接连不断。对东方人来说，西方人的做派往往有些过于拘谨、粗暴、挑剔、纠结和令人窒息。在数字时代，符号碎片的并置在激增。东方的头脑得语言之利，在处理间隙和不连续性方面训练有素，因而在所有事情上可能会更加应付裕如。由于许多汉字是会意性的，东式头脑在处理数字代码时可能尤其有优势，原因在于数字代码"是会意性的，也就是说能让概念可视化"[49]。

至于粘着型语言，弗卢瑟指出："在粘着型语言（例如图皮-瓜拉尼语系）中，没有句子，只有单词拼贴画，他们的世界（他们所说到的东西）具有情形的特征而不是投射体的特征。"[50]弗卢瑟指的是超级词这一语言现象，超级词"对我们来说是由此时此处构成的无法分析的板块"[51]。对有逻辑精神的人来说，这些超级词

"代表着单词和半单词（被误作融合型语言中的前缀、后缀和中缀）组成的团块，大致对应于我们的语句"[52]。用拼贴画（源于法语词 *coller*，意思是"粘"）这一艺术形式形容粘着型语言很恰当。对于西式头脑来说，粘着型语言要么觉着像胡言乱语，要么觉着像现代主义艺术。经历过现代主义的休克疗法的西式头脑现在或许更容易接纳粘着型语言了。不过，弗卢瑟指出："粘着型语言的世界对我们来说是无法穿透的。我们顶多可以说它是一个由意义板块组成的紧凑的世界。对我们来说，这是一个混沌而无意义的世界。"[53]指责弗卢瑟犯有种族中心主义可谓全然不得要领。下述引文暗示着粘着型语言和游牧主义之间的联系："粘着型语言没有导致我们所说的文明。蒙古人、鞑靼人、突厥人、匈奴人，所有这些周期性地突现在两大文明的版图上播种恐怖和毁灭的界定不清的语言群体，对我们来说代表着混乱。"[54]在《移居者的自由》一书中，弗卢瑟暗示数字媒介和游牧主义之间有着对应关系。尽管可以争论说融合型语言可以提供抵御数字沙暴的最有力的防线，与孤立型语言相比，粘着型语言是不是能更好地让我们为数字沙暴做好准备？粘着型语言的质地和数字图像的质地有没有相似之处？换句话说，粘着型语言是不是像高密度的点彩画一般？弗卢瑟指出超级词"简直无法吐字清晰地发音"[55]。如果吐字清晰地发音不外乎微妙地、艺术性地创造间性，对间性论者而言，这意味着在一个全面微型化和压缩的时代，人们需要磨练处理或把玩微细间性的艺术。总的来说，指向游牧论方向的粘着型语言的世界似乎更接近于间性论而不是本体论。毕竟拼贴画会创造冲突、不协调，从而创造出间性。即使这些间性被压缩到看不见的地步，也不可能将其完全抛诸脑后。

总之，在融合型语言中，间性被形式化地架通；在孤立型语言中，间性呈开放状态；在粘着型语言中，间性被粘了起来。本体论的统治留下了一道余辉；间性论的潜流已然涌现；游牧论的沙暴正在卷走一切。

注释:

① Flusser, V., *The freedom of the migrant: Objections on nationalism.* Urbana: University of Illinois Press, 2003, p.53.

② Flusser, V., *Into the universe of technical images.* Minneapolis: University of Minnesota Press, 2011b, p.90.

③ Deleuze, G., *Negotiations.* New York: Columbia University Press, 1995, p.174.

④ Flusser, V., *Post-history.* Minneapolis: Univocal Publishing, 2013b, p.32.

⑤ Flusser, V., *Post-history.* Minneapolis: Univocal Publishing, 2013b, p.33.

⑥ Flusser, V., *Gestures.* Minneapolis: University of Minnesota Press, 2014, p.16.

⑦ Flusser, V., *Writings.* Minneapolis: University of Minnesota Press, 2002, p.154.

⑧ Flusser, V., *Writings.* Minneapolis: University of Minnesota Press, 2002, p.154.

⑨ Flusser, V., Writings. Minneapolis: University of Minnesota Press, 2002, p.206.

⑩ Flusser, V., *Gestures.* Minneapolis: University of Minnesota Press, 2014, p.17.

⑪ Flusser, V., *Art and therapy.* Lecture held at Influx, Marseille, May 20, 1978.

⑫ Flusser, V., Writings. Minneapolis: University of Minnesota Press, 2002, p.49.

⑬ Flusser, V., *The freedom of the migrant: Objections on nationalism.* Urbana: University of Illinois Press, 2003, pp.100—101.

⑭ Flusser, V., *The freedom of the migrant: Objections on nationalism.* Urbana: University of Illinois Press, 2003, p. 101.

⑮ Flusser, V., *The freedom of the migrant: Objections on nationalism.* Urbana: University of Illinois Press, 2003, p.89.

⑯ Flusser, V., *Into the universe of technical images.* Minneapolis: University of Minnesota Press, 2011b, p.93.

⑰ Flusser, V., *Philosophy of language.* Minneapolis: Univocal Publishing, 2016, p.107.

⑱ Flusser, V., *On memory (electronic or otherwise).* 1988, http://www.flusserbrasil.com/artigosenglish.html.

⑲ Flusser, V., *The freedom of the migrant: Objections on nationalism.* Urbana: University of Illinois Press, 2003, p.102.

⑳ Flusser, V., *The freedom of the migrant: Objections on nationalism.* Urbana: University of Illinois Press, 2003, p.51.

㉑ Flusser, V., *The freedom of the migrant: Objections on nationalism.* Urbana:

University of Illinois Press, 2003, p.51.

㉒Flusser, V., *The crisis of linearity*. Boot Print, 2006,1(1), p.21.

㉓Flusser, V., *The crisis of linearity*. Boot Print, 2006,1(1), p.21.

㉔Virilio, P., *Negative horizon*: *An essay on dromoscopy*. London: Continuum, 2005, pp.29—32.

㉕Watts, A., *The joyous cosmology*: *Adventures in the chemistry of consciousness*. New York: Pantheon Books , 1962, p.29.

㉖Deleuze, G., *Spinoza*: *Practical philosophy*. San Francisco: City Lights Books ,1988, p.125.

㉗Flusser, V., *Writings*. Minneapolis: University of Minnesota Press, 2002, p.76.

㉘Flusser, V., *Writings*. Minneapolis: University of Minnesota Press, 2002, p.76.

㉙Flusser, V., *Writings*. Minneapolis: University of Minnesota Press, 2002, p.6.

㉚McLuhan, M., & Carson, D., *The book of probes*. Corte Madera, CA: Ginko Press, Inc, 2003, p.332.

㉛Flusser, V., *Writings*. Minneapolis: University of Minnesota Press, 2002, p.6.

㉜Flusser, V., *Writings*. Minneapolis: University of Minnesota Press, 2002, p.80.

㉝ Flusser, V., *The freedom of the migrant*: *Objections on nationalism*. Urbana: University of Illinois Press, 2003, p.90.

㉞Watts, A., *The way of Zen*. New York: Vintage Books,1989, p.185.

㉟ Flusser, V., *Into the universe of technical images*. Minneapolis: University of Minnesota Press, 2011b, p.149.

㊱ Flusser, V., *Into the universe of technical images*. Minneapolis: University of Minnesota Press, 2011b, p.150.

㊲ Flusser, V., *Into the universe of technical images*. Minneapolis: University of Minnesota Press, 2011b, p.150.

㊳ Flusser, V., *Into the universe of technical images*. Minneapolis: University of Minnesota Press, 2011b, p.153.

㊴Flusser, V., *Language and reality*. Minneapolis: University of Minnesota Press, 2018, p.37.

㊵Flusser, V., *Does writing have a future?* Minneapolis: University of Minnesota Press., 2011a, p.64.

㊶Flusser, V., *Philosophy of language*. Minneapolis: Univocal Publishing, 2016.p.89.

㊷ Flusser, V., *Into the universe of technical images*. Minneapolis: University of Minnesota Press, 2011b, p.129.

㊸Herrigel, E., *Zen in the art of archery*. New York: Pantheon Books., 1953, p.76.

㊹Herrigel, E., *Zen in the art of archery*. New York: Pantheon Books., 1953, p.88.

㊺Flusser, V., *Into the universe of technical images*. Minneapolis: University of Minnesota Press, 2011b, p.129.

㊻Burke, K., *A grammar of motives*. New York: Prentice-Hall, Inc, 1945, p.274.

㊼Flusser, V., *Does writing have a future*? Minneapolis: University of Minnesota Press., 2011a, p.65.

㊽Deleuze, G., *Negotiations*. New York: Columbia University Press, 1995, p.175.

㊾Flusser, V., *Does writing have a future*? Minneapolis: University of Minnesota Press., 2011a, p.61.

㊿Flusser, V., *Does writing have a future*? Minneapolis: University of Minnesota Press., 2011a, p.65.

51Flusser, V., *Language and reality*. Minneapolis: University of Minnesota Press, 2018, p.51.

52Flusser, V., *Language and reality*. Minneapolis: University of Minnesota Press, 2018, p.33.

53Flusser, V., *Language and reality*. Minneapolis: University of Minnesota Press, 2018, p.34.

54Flusser, V., *Language and reality*. Minneapolis: University of Minnesota Press, 2018, p.50.

55Flusser, V., *Language and reality*. Minneapolis: University of Minnesota Press, 2018, p.51.

何以是变化而非存在？

——对于"易"的间性论解读

[美]商戈令著　袁斌业译

摘　要：本文从间性论（interalogy）或间性思维出发探讨《易经》中"易"（或者"变化"）的多重意义。并由此界定"易"或变化概念的实质就是间性（interality），一种不同于存在 being 的存在（方式）。本文从间性的角度解读《易经》，力图揭示《易经》的重要价值在于它更多关注的是变易，而不是存在。《易经》通过研究变化来表明间性在生成万物过程中的决定性作用。作者依此发现，由变化而非存在出发探讨世界和人生的间性论，才是中国古代思想的起点或开端。

关键词：易；存在；易经；间性；间性论；中国哲学

前言

海德格尔曾经问过一个广为人知的问题："何以是存在（being）而非无有

＊商戈令（Geling Shang），美国格兰谷州立大学（Grand Valley State University，USA）哲学系教授；袁斌业博士，广西师范大学外国语学院教授。

(nothing)?"①海德格尔将这个问题看作是形而上学中最重要的问题,它"属于所有问题中最极致的问题,第一是因为它最为普遍,第二是因为它最深刻,最后是因为它最基本"(《形而上学导论》第2页)。相对地,在中国哲学中,一切问题的根本都可归结为"变化是怎么回事?",而非"什么是或存在是什么?"在这里,问题变成了"何以是变化/易而非存在?"

《易经》,亦称《变经》,是中国史上最古老的经典之一。《易经》的缘起,编纂和完成虽然在史学界颇有争议,然而它对中国文化形态和中国思想模式形成的深远影响,则从未有异议。整部《易经》,说的就是一个字,易。虽然后人释之为三义:易,不易,简易,但是易字的本义就是变,也就是后来所谓变易,变异和变化。看到易字,人们也许会这样问:"何以是'易'而不是'存在'"最早吸引了先哲的眼球。这个问题的答案很简单,简单到可能会令人失望:中国古代哲学本来就没有与 being 相应的字,何来探索、研究"存在"或"是"的本体论或是论的开发。《易经》不关注事物本身的存在或本体论根基,而关注这些事物是在什么地点、什么时间,以怎样的方式生成和变化着的。所以是"变化"而非"存在"成了中国哲学的出发点。一切事物(存在)都是变化的结果,也就是说,变化先于事物,而变化不是事物。

《易经》最初是有关占筮的著述。远古时期,人们主要通过抛掷、排算蓍草(筮)和查看甲骨上的裂纹(卜)等占卜方法来预测正在和将要发生的事情。为什么占卜这么重要而受到圣人如此地关注呢? 是因为"作《易》者,其有忧患乎?"(《系辞》上)我猜想,占卜表现的是对变化的理解,顺应乃至把握,而忧患意识则表现了对生活中旦夕祸福的担忧之情。

人们对未来感到焦虑,渴望能预知未来、对未来做出实用和合宜的应对,这就促成了中国哲学(通过占卜的原始方式)的产生。由此我们至少得出了两点认识。第一,占卜的盛行,表明了中国人对世界的基本预设:易或变化是世界万物

---

① Being 或 sein,在中国有各种译法,现在多译为"是",然后为"存在""在"等。Being 的意义很难准确地用中文表现,因为中国从来就没有类似 being 的概念,也没有对它的哲学兴趣,更没有以它为对象的本体论。在此用"存在"不涉及对 being 本身的界定,完全是为了与"变易"或"变化"对仗,一种书写或修辞的需要。

的起源和本质。占卜是人类希望认识和把握变化及其影响的原始方法。听起来有些迷信的味道，但是《易经》对于占筮步骤、方法、演算、释义、象征等内容的表达，则完全超出了迷信的范畴。它是古圣们"仰观俯察"并加以推理演算的成果，就其系统性，逻辑性，合理性的高度而论，《易经》也大大超出了一般筮书的水平，加上后来《易传》的发展和疏解，它所包含的哲学甚至科学之深刻内涵，更是尽显无遗。

第二，对于变化的（哲学）思索和探究，起之于圣人的忧患。亦即是说，中国哲学起于忧患而不像古希腊哲学那样，发端于好奇。圣人忧国忧民忧天下，就是因为他们所体察的世界或天地之间的事物事件，都是受制于变化或"大化流行"（易）的。要达到长治久安的理想状态（简易），光靠满足什么是或存在的好奇心是远远不够的，最要紧的在于了解和顺应变化的形势与命理（不易），或孔子所谓的"知天命"。总而言之，西方哲学始于人们对实体存在的探索研究，而中国早期哲学则始于人们对变化的忧虑不安。中国古人探究的并不是存在（原子，概念，个体等）的本质规定，而是变化如何发生，及其对世界人生影响难以确定的可能性。因此，《易经》将变易放在优先的位置，以最高的审视水平来探索变化，绝非巧合。

那么变化作何解？如果变化发生在成物之先，那么使变化发生的变化又是什么呢？本体论将变化归属于实体性的存在，显然不适合《易》的本旨。根据《易经》对易的研究，我发现"变化"其实指的就是一种间性现象，一种可以脱离或另立于实体存在（other-than-being）的间性存在。《易经》的对象是易，研究的是易这个间性现象而不是实体存在或器的本质，所以《易经》所贡献的，恰恰是人类历史上最早的间性论或间性研究的典范。也正是在探讨间性的基础上，《易经》创造了一种独特间性思维模式：从变化，时空（位），开阖，虚无，过程，联系，次序，排列，组合等等，也就是从间性出发来理解和诠释世界的模式。也正是这种间性思维模式，导致了变易-间性而非存在（being）成了易学的基本问题。

生成变化是世界万物的起源，追问和了解"易理"就是通达天地"之间"的智慧

《易经》或许是人类历史上最早以"变化"为主题的著作。根据常见注解可知，"易"字有三种含义:变易、不易和简易。《说文》:蜥易，蝘蜓，守宫也。蜥蜴的古体字是"易"，蜥蜴会随着季节而变化自己的颜色;而"易"字是取其善于变通之义。又，日月为易，像阴阳二相。《易纬·乾坤凿度》:"易者，日月也"。郑玄《易论》:"日月为易，刚柔相当。"可见，变化是易字本义，依孔颖达《周易正义》:"夫易者，变化之总名，改换之殊称。"变化本身不变化，变化永不停息，生生之谓易，此理不易。其次，变化有其相对准确的规律，如日月交替，昼夜辗转，既是易也是不易，变化的规律相对不易。变化在一定间性条件下(时位，组合/卦，关系等)所产生的作用和功效也会相对确定并可以预测。再次，变化也是由变到不变，由不变到变的辩证过程，不易作为易的对立面，本来就是易之不可分割的部分。最后，对易之不易，不易之易之占卜和了解，即成了古圣通达天地"之间"和天人"之际"的至高境。正所谓"易则易知，简则易从。易知则有亲，易从则有功"(《系辞》上)。

中国古人认识到，世界万物皆源于生成变化，实体存在或存在者的存在只是生成变化的结果。世界不断变化，唯有变化本生不会变化(不易)，故谓之太极。变化本身如果不变，那么变化就永远不会停止和穷尽，故又谓之无极。"太极而无极"这句话看似矛盾，但实则昭示了天地之间无穷无尽之开放间性，也显现了圣人参于"天地之间"的至高境界。见变于不变之中，见不变于变之中，太极而无极。《易经》展示的就是这种间性思维方式，人们可以借此得见并掌握变化与事物生成之道。与柏拉图的本体观念相反，《易经》强调现实是一个永恒"变化"的过程，过程指的也是发生在间的事件或间性存在，以表现是/存在不同的间的属性。过程没有特定的存在本质，只有变化和生成(生生之谓易)，它蕴涵着事物成其所是的潜在可能，但这个所存在者为何，则是变化不定的。所以变化及其过程无法套进本体论中，它是一种存在与不存在、有形与无形、存在与虚无混沌无分

的间性状态,唯有使用《易经》的间性话语和象征符号系统,才能真正描述和理解变化/易的过程性,吊诡性和非本体的道理或"易义"。

本体论研究存在的本质,实体存在是可感知的物器的抽象,并且可以用理性和逻辑加以证实证伪的。而变化则惟恍惟惚、混沌不分并诡秘莫测,超出抽象理性和形式逻辑所能确证的范畴。变化发生于变化之中和各种生成形态之间,此间即无身份的同一,亦无确定的已成事物。它只是存粹的变化生成及其过程,是没有任何已成实体之前的间性状态。变化既然是事物(存在)生成的条件和起源,因此,想要了解事物存在就要先了解变化。《易经》通过卦象对变化的各种不同属性(时空、构成、条件、关系、虚无、矛盾、和谐)加以描述和概括,以此帮助我们确定变化的发生发展及其可能运行的方向和规律,以便做出正确的行为决策,并取得最优的实践效果。"圣人有以见天下之赜,而拟诸其形容,象其物宜,是故谓之象。而观其会通,以形其典礼,系辞焉以断其吉凶,是故谓之爻。"(《系辞》上)

总之,变化不是单纯静止的实体或存在,而是存在与虚无,生成发展乃至消亡之"间"的流行,是一切事物生成的条件和机缘。变化生成(生)或毁灭(死)事物。事物或物体是即成的和显现的东西,也可以比作空间中的点。变化不属于这个点,变化是在点之间发生的事件(event)。这个间包含了外在于点及点与点的之间,也包含了各点内在构成之间。相对点而言,间是不显现的现实,是无或非实体的存在。也就是说,变化既不是也不属于实体事物,就像点之外和之内的空间既不是也不属于点本身一样。变化便在这些间里面运动流行,"天地设位,而易行其中也"(《系辞》上),这里所说的设位指的就是天地之间或时空"间"之敞开,变化就在其中进行。也可以进一步说,变化即居间的一种属性和运动,或者说,变化或易属于间或间性范畴。就间性论亦即以间及间性(间的属性、功能、效用等)出发的哲学而言,不是事物本身导致了变化,而是变化或"在间"的运动导致了事物乃至所有存在者的生成。

变化是万物生成与消亡的起因,变化生成的过程先于一切已成和现成的事物。变化本身是一个不可拆分的整体,但是,变化可以分为各种不同的形式和运动:时空、次序、方向、天与地、柔与刚、明与暗、积极与消极。这就是为什么《易

经》从八卦的前两卦,乾和坤开始,以为六十四卦变异的指导原则和"道义之门"。正如《象辞》所言:

> 大哉乾元,万物资始,乃统天。云行雨施,品物流形。大明终始,六位时成。时乘六龙以御天。乾道变化,各正性命。保合大和,乃利贞。首出庶物,万国咸宁。
>
> 至哉坤元,万物资生,乃顺承天。坤厚载物,德合无疆。含弘光大,品物咸亨。

在乾坤亦即纯粹变化本身的指导原则之下,卦象以及其中的爻动就是对变化与生成过程的记述与描绘(象征)。而所有这些卦象都不关乎或隶属于事物的存在或实质,它们是事物变化与形成的状态、阶段、模式和关系,正是这些间性因素,建构着、改变着乃至创造着事物的存在或实质。

太极无极——阴阳或对立统一:变化的肇始者

众所周知,"太极"是用来代表宇宙起源或主要来源的符号。它有多种含义:"大极""初始""中""开放之域",还有它的引申义:"万物之始的中间虚无地带。"由于在不断变化的世界里,没有终极与虚空的明确界限或开始,太极本身就是非终极的或无极的。人们把"太极—无极"描绘成一个圆圈,黑白两半代表着阴阳的结合,这些元素的不断结合(阖)与分开(辟)是一切变化生成的性质质和形式,故称"一阖一辟谓之变"(《系辞》上)。

变化是阴阳相互交结来往消长的永恒过程,以阴阳爻组成的八卦和六十四卦为象征。阴阳也象征着变化过程的对立:太极—无极、刚—柔、动—静等。阴阳合一,如间性之阖辟,而后孕育天地。其间,所有可能的关系相互交织。阴阳相互对立与平衡,构成了世界的秩序和结构,由此,世界得以确定经纬和时节。最后,这些经纬和时节之间的交结与运动产生了动态的八重变化功能。

　　根据对天地万物运行的观察，圣人发明了阴阳两条基线（爻），一条实线代表阳或奇数，一条虚线代表阴或偶数，两爻的对立便是变化的根本来源。正如《庄子》一书中所言，"《易》以道阴阳"（第 33 章），又如《系辞》中提到，"一阴一阳之谓道"（《系辞·上》，第 5 章）。在这里，"一"是指阴阳之间的交替转换（1+1＝1），也是指的天地之间的"间"。阴阳不是两个独立的元素，而是像一个硬币的正反两面，相互对立又互相配合、相辅相成，达到平衡与和谐，从而为事物的生成提供合适的根据与条件。

　　爻游动于各种排列组合"之间"，阴阳两爻相互交往交织构成八卦和六十四卦之象数和寓意，来效仿变化的各种可能的运势和命理，用以启示人们如何在生活中趋利避害。八卦或六十四卦是既定的，这意味着，变化的规则、规范以及原则是相对固定的，因此，人们相信，可以使用卦象来占卜预测行为事件的可能走向和结局。爻者动也，《说文》又曰"交也"，亦即阴阳两爻相交而动。而爻所处或进驻的各个特定的位置与顺序，则是固定并无法随意更改的：由下至上的初，三，五为阳位（单数），二，四，六为阴位（双数），这些位置的属性及其排列的顺序相对爻动是不变的。只有当蓍草揲出的爻（奇数为阳爻，偶数为阴爻）按顺序进驻某个特定的位，才能表现或象征此爻在获得特定爻位后所具的"德与用"，并根据爻与爻位之间关系是否合宜（当位或不当位）来表示事态发展的可能状况（吉凶悔吝等）。这也可以解释间性"变亦不变"和"一动一静，天地之间也"（《乐记》）的辩证道理。

　　阴阳象征着对立事物之间的融合与互动，亦是变化的起源并发展的间性（太极无极），是整个世界的形成过程。阴阳和太极深深影响了中国人的思维方式和生活方式，甚至波及到中国文化中的许多重要领域：如体育、医学、饮食、风水、占卜和艺术。很多人误将阴阳理解为某种物质、质料或实体概念，这是不恰当的。因此，虽然"气"与阴阳一样，具有相对、相反的相互性和功能，但是，阴阳与"气"（精神、能量等）是不同的，阴阳是这些相互性和功能本身。阴阳代表变化着的间性："刚柔相推而生变化"（《系辞》上）。

　　总之，变化或易的发生与阴阳互动所产生的动力有关。阴阳不是存在，而是间性。阴阳对立统一的交缠就是变化的动力源泉，变而形成事物，并影响它们的生存状态。阴阳对立和相生相克的运动,在《易经》里代表的是超乎器物形体之上的"间"的特性,正是这种对立面的内在关系和相互作用,推动了变化的发生乃至万物的生成。

八卦作为变化的"属性"和功能:天、地、风、雷、水、火、山、泽

"爻者,言乎变者也"(《系辞》上);卦代表/象征着调动和改变生成过程的条件和属性。卦中"爻"的移动和交缠,代表着变化的踪迹和征象:"圣人设卦观象系辞焉,而明吉凶。"(《系辞》上)当三条爻线排列形成一个卦时,二者之间的抽象平衡分为八种不同的组合模式,变化就此发生,构成八种卦象。正如《说卦》中所记载:

> 昔者圣人之作《易》也,幽赞于神明而生蓍,参天两地而倚数,观变于阴阳而立卦,发挥于刚柔而生爻,和顺于道德而理于义,穷理尽性,以至于命。(《说卦》)

八卦是由传说中的伏羲皇帝根据阴阳相生相克的现象创造的。正如《系辞》中所记录:

> 是故《易》有太极,是生两仪。两仪生四象。四象生八卦。八卦定吉凶,吉凶生大业。(《系辞》上)

八卦均由三个爻组成(象徵着"天人地",上有天、下为地、人在其中间),象征着变化最基本的品质或特征。阴阳交互生四象(四象在空间上表示东西南北,在时间上表示春夏秋冬,亦指少阴,老阴,少阳,老阳四种爻象),然后生八卦作为变化的基本属性:乾、坤、震、巽、坎、离、艮、兑。不同的卦象也以不同的事物来比喻:乾为天,坤为地,震为雷,巽为风,坎为水,离为火,艮为山,兑为泽。但是这些

卦象并不实指事物或物质现象,而是指的变化过程中潜在的力和功能的类型。例如,天为健、地为成、雷为动、风为入、水为陷、火为丽、山为止、泽为悦。

这八者不是事物,而是变化(也是间性)的属性或气秉(不是物理上的气):

> 天地定位,山泽通气,雷风相薄,水火不相射。八卦相错,数往者顺,知来者逆,是故《易》,逆数也。(《说卦》第 2 章)

正是八卦间的相互作用——定位,通气,相搏,相射——触发了卦爻的各式移动,从而导致了各式变化。同样,八卦不是事物,也不是存在;它们是阴阳可能所处的位置、具备的功能。当阴阳爻移动并定位到一个位置(爻位)时,它们就构成了一个卦象。另一方面,当八卦相遇时,它们会产生多种类型的变化和形成过程。也就是说,变化是在时位(时空)中间进行和展开的,卦爻相交相遇相生相克,被理解为时空乃至间性的纯粹运动,具体的事物和存在者,都是在此运动中生成,变化和消亡的。

变化之形势与表象：六十四卦

"刚柔相推而生变化"(《系辞》上)。八卦两两相重而生六十四卦,代表或象征着各种可能的位置、条件、次序、关系和变化的阶段,这些变化可能带来幸运或不幸。每一卦由六个爻组成,每个爻在天(上面两条线)、人(中间两条线)和地(下面两条线)三层中占据特定位置。简而言之,384 爻的布局、位置、时间、方向、距离、联系和组合,决定了事物和事件的特定功能、效力、方向和利弊得失等现实情况。

八卦相重生六十四卦,而这些卦代表了变化的所有特征以及可能出现的情况。将相对的阴阳爻相乘,使八卦相重生成六十四卦,从而达到 384 种不同的阴阳爻位变化。八卦相重后每两个卦组成六十四卦的一个卦,六十四卦的每一卦均由六个爻组成,模拟任何一种可能的变化。更重要的是,每一卦均与其他卦相关。卦的实际功能或优点不在于它本身,而在于它与前卦或后卦的功能或优点的关系,因为它本身既是前卦之果,又是后卦之因。圣人通常会把某一卦放在整体中去观察和思考,以发现变化的潜在趋势或方向。

例如遁卦,周易六十四卦第三十三卦,卦象为下艮上乾相叠。乾为天,艮为山。意为天下有山,山高天退。遁卦是它的前卦——恒卦(第三十二卦)的延续。恒卦也寓意着恒常的平衡,下巽上震(下风上雷),代表着一种和谐统一的持久状态。由于恒无法永久,阴起即山起,山起即天退。如果我们随天而动而不对抗平地而起的山,这样不仅会打破平衡,而且会消磨精力,从而置自身于不利境地,进而招致灾祸。适当做出回避,情况会开始好转,进入下一个卦象大壮,大壮代表刚壮有力。回避可以有效培养和保留力量,从而能够抗衡崛起的对立面。

纯粹的阳(乾)和阴(坤),是八卦以及六十四卦的基本卦,两者都是《易经》的入门,即是变化之根本。而其余六十二卦都具体彰显着阴阳的用与德。乾和坤是研究变化的基石,其余的爻卦都是用来揭示变化过程中的具体状态、次序、比例、位置、交换以及相互作用。想要理解某一卦象所传递的信息,我们不应仅仅只解读此卦象本身,而应解读此卦象与其他卦象之间的关系,如它们之间的:正反、比应、往来以及旁通等。我们应该从中找出上下之间、远近之中、内外之间以及卦的构成和爻卦排列的关系和规律。

我们了解到,变化就是好与坏、起与落的动态过程,就是阴与阳、刚与柔之间的相互转换。因此,我们就可以心平气和、镇定自若地应对一切可能出现的状况与情景。回避不总是意味着失败或损失;回避也意味着能够壮大自己,获得力量。六十四卦昭示的就是这样的逻辑,而这样的逻辑是建立在所有爻卦的关联性或关系之上的。所有的卦象都与间性因素有关,而间性则成为了此后中国哲学发展的要旨。还有一些易学术语,如几,指隐象或痕迹;势,指潜能;生,指生成,创造;通,指通达亨通等,都只能在间性论的意义上获得深刻的理解。值得注意的是,所有这些概念,也都是间性概念。而且,从八卦到六十四卦的卦名与卦象所代表的意义,也都是间性的各种形态,而非事物本身的存在意义。

卦的排列顺序：变化变化着，并因此形成关系；关系来自间性，而不是事物或物自身的属性

占卜算卦通常是求取一个具体的卦或是一个具体的爻，但是熟练的占卜师也能把这一卦和其他卦，这一爻与另外的爻联系起来，从它所处的关系网络来探查气运的迹象。所有爻相互联系，而卦则由六爻的变化，以及阴阳爻之间的关系或交接的情况所构成。所有爻卦相互联系，从而呈现出一个变化过程的全貌。卦和爻之间有诸多关系（例如，对立、反转、起伏、异同、远近、刚柔、优劣、积极与消极等）。而关系具有自己独特的作用通道和方式，比如，感/感应、情、吸引与排斥、冲突与调和、结合与分离和亲疏等。根据《易经》，变化的方式取决于间性因素相互作用的关系性质及其转换，而非来自存在或物自身。也就是说，关系不像本体论认为的是存在的属性，而是相对独立于关系者的间性，关系决定存在及其行为的方式。因此，各种关系都是由爻、八卦以及六十四卦的排位和变化来显现的。算卦也就是将所占之事或人，抛掷入这个爻卦关系网络之中，从中使他们获得实际的生存意义和发展前景。离开关系，孤立的存在只能是没有功能和效用的抽象概念。

爻是运动的基本单位，具体表现为阴和阳。爻的另外一重含义是交，即相遇、相互作用、联合或者彼此交融（与其对立面或其他爻）。爻之间的相交需要参考其进入卦中的位置以及各种位置间的关系，在此之前，爻自身不会产生任何变化，它只是纯粹的动而已。不同的爻无论从何方位相遇，都代表阴阳交融，并且，根据相遇方位的不同，会产生不同的作用和结果。例如，当阴阳爻相遇，会产生"通"的状态。

而两阳爻相遇，则会闭塞不畅。具体来看，第二十六卦大畜：在底部的初爻和二爻都是阳爻，故而它们是"闭塞的"。而三爻（阳爻）却是"贯通的"，因为它与四爻（阴爻）相交。移动三爻会直接影响其他爻，从而改变所有爻的顺序以及排列，产生一个新卦。六十四卦衍生的变化暗示着可能导致的诸多结果，或者可能发生的诸种关系的变化。

《易经》全部围绕六爻展开,每个爻代表世界的一部分:初爻和二爻象征着大地,三爻四爻代表人类,在最上方的两爻代表天空。改变和破坏这些位置的次序,在时空中使爻得以不断移动、适应不断变化的情况。再例如,六十四卦中的第一卦,乾,即天,以龙为象。乾卦的初爻在低位,所绘图景叫做"潜龙在渊"。初爻升至二爻,则龙出地表,龙象在田可见。易或变化的程度决定了天地人之间相互作用的位置顺序和排列。改变阴阳位置顺序往往会引起混乱。

爻在时空中运动:每个爻都代表着时空中的某个方位,而且八卦和六十四卦中的每一卦在时空中都有自己的位置。变化发生在时空之中:不论是方位轮转,还是四季变换,这些变化都遵循既定的秩序。如果爻在时空运动中占据了一个位置,它将根据所在位置的不同,发挥或获得不同的功能。在时空中,万事万物不停地交替变化,但是时空自身保持不变。六十四卦中每个爻的位置是固定的。比如,初爻,三爻和五爻都是阳爻位。其余三爻(二,四和上)则都是阴爻位。当阴爻和阳爻在六十四卦中都处于各自适当的位置上时,称为当位,反之,则称为不当位。所有爻皆当位则意味着卦象所指的用与德都是积极的,反之亦然。无论六十四卦中各爻所处位置是否适当,我们都能通过解读这些爻的位置来了解过去发生了什么,以及将来会发生什么。在所有位置中,中位(比如六十四卦中的二和五爻位)最佳。如果卦中一爻占据中位且位置得当称为得中,这意味着诸事顺利。据《易经》所载,中位比当位重要。程颐曾对此评论:合适的位置不一定在中位,但中位一定是合适的位置。卦中六爻各自当位不一定意味着好运,然而在中位的第二爻和第五爻,不管当不当位(比如阴爻在阳位或阳爻居阴位),都会带来好的结果(详见黄寿奇,张善文所著《易经译注》2004年版,第619页)阴阳活动的作用和后果取决于它们是否按时空次序和关系中的正确排位。

除上述模式外,卦爻之间还可能存在其他类型的关系,这些关系可能会改变变化的功能和结果。例如,一爻置于另一爻之上,这种关系叫作"乘"。如果阴爻置于阳爻之上,意味着会出现弱胜于强,低级胜于高级的情况,这种关系的结果往往是消极或不利的。如果下方的爻紧跟在上方的爻之后,这种关系称作"承"。如果阴爻在阳爻之后,情况会比较有利。连续排列的每一条相邻爻之间的关系称为"比",是指将一条爻置于相邻的两条爻之间,并进行比较,以判别这条爻的位置是否适当。如果一条阴爻置于两条阴爻之间，那么意味着情况很难好转。初爻和四爻，二爻和五爻，三爻和上爻彼此之间的关系紧密，这种关系称作"应"。阴阳爻两两相对即达到和平与和谐的状态。六十四卦中的"泰（意为和平通畅）"就是阴阳爻两两相对的。提及六十四卦，构成一个特定卦的八卦之间的相互作用、卦的排列顺序、以及它们与其他卦的关系，对于具体卦的意义和功能来说都十分重要。六十四卦分别是变化过程中的一个阶段或部分，不能仅仅靠一卦本身来解读和会意。卦象多重多样的意义也必须在以下方面寻求：在与其相反的卦（对卦，六十四卦中除了基础八纯卦，其余五十六卦都有其对卦）中寻求；在由其变爻决定的变卦中寻求；以及在与其上下颠倒的反卦中寻求。经验丰富的卦师或圣人可以运用所有这些手段，将一卦与其他的卦作为一个整体来考量，来理解它们的关系性质。在卦中，位于下方的卦称为"内卦"位于上方的卦称为"外卦"。内卦和外卦的关系表明了从低到高，从小到大，从近到远以及由里到外的渐进过程。

无论有无物体，时空都有其上下前后左右的位序关系。就像爻卦中的六爻，从下到上（逆数），模仿地球上万物的生长，八卦是按照太阳东升西落，从春天到冬天的方式排列的，六十四卦也是按照变化的过程从开始到结束、从困难到简易、从进步到衰退以及从积极到消极等排列而成。时空中的位置分为尊卑、刚柔、强弱以及高低等。在人类世界中，人们的关系也由等级划分：君臣、父子、兄弟朋友以及个人和集体等。当人或事物进入一个给定的间性状态以及关系条件之中，它们的存在与行为的性质和意义才会得到真正的显现。

《易经》认为：在变化过程中，排列，次序和相互关系都会发生改变，事物的存在本质也许并不发生变化，然而事物存在的状态（吉凶悔吝）则会发生根本的变化，这种变化最终甚至会导致存在的生死存亡。变化首先不是"存在的变化"，而是通过改变事物的排列、次序、构成、关系这些间性而使其生成和生存的状态产生变化。这种间性可以看作是存在和事物形成的起源。《易经》呈现出一种特有的间性思维方式：间性使得事物发生或形成，并决定事物的存在状态和本质。无论有没有实体存在的在场，无论此实体被定义为什么，都不会影响时空、构成、次序、联系或关系等作为"间"的"属性""特点"和"用与德"之存在。正如《系辞·上》所说:"神无方而易无体。"明确指出易或变化是没有固定本体的,它所展现的作用和功效因此也是不可思议的(神)。

在《易经》中,爻与卦表示排列变化和时空次序,这样的排列变化和时空次序无需直接涉及事物的本体。圣人观察事物及其变化,并由此发现,事物与变化之间存在着间性关系。他们提出了起伏、高低、前后等间性论术语,在事物形成的变化过程中,用以描述其相关的次序和位置。所有这些间性论术语不必定反映事物或物质的属性;相反,它们可能与事物或物质不尽相干。例如,时空就与实体不直接相干,时空不是实体。我们可以得到某一样事物或物体,但我们却无法得到时空。同样,关系也是如此:如果只有某一样事物存在,则"关系"便无从存在。而当一样事物遇到另一样事物,或者与另一样事物相互作用之后,"关系"就已然显现了。在事物存在之前,"关系"就已经存在了。换言之,大小,高低、优劣、前后、上下、急缓、开阖、今昔、吉凶等之间的关系可能与事物或实体不尽相干,而且在事物事件发生之前就已经在那里了。作为间性的关系及其网络是可以独立于特定事物而存在的,就像爻卦一样,表现为纯粹关系系统。事物一方面生于关系系统之中而成其所是,另一方面,已成的事物进入间性网络便会占领时空中某个特定的地域或位置,便会在这个时位上给予与他者和其他时位的各种关系,并在这些给予的关系中生成和获得自身的存在,功能,状态及身份。整体观之,《易经》所描绘的卦象系统,仿效的首先是诸关系的间性网络,并指明关系的变化决定了事物的变化,而不是相反。

变化之德:通——令事物的状态和存在价值向积极方向发展、并促成最佳效应的间性状态

变化之因即是变化自身。变化不断发生;存在是变化或事物形成过程的结果。如果我们仔细研究卦与爻,就会发现,它们昭示的并不是存在的本质,而是变化过程,以及变化对事物形成状态可能产生的影响,也就是吉、凶、悔、吝。事物的存在或消亡取决于变化的模式和"通"的理想状态。通与不通(塞,穷)决定着事物及其状态以何种方式存在,如好或坏、成功或失败、健康或疾病、满足或遗

憾等。《易经》所关注的不是事物的存在或本质，而是变化和形成过程中，可能出现之通达与否的状态。

就如一般人所理解的那样，变化之四德为：元、亨、利、贞。以我之见，四德是"通"的四个方面，而变化的终极作用和理想状态就是"通"。《易经》有云，只有当阴阳相遇、相互作用、影响、相乘、相随或相对应时，变化才会发生。如果阴与阳都处在间性中正确恰当的时空、次序、位置、趋势与情境中，并以此为前提互动，那么"通"的状态就很有可能实现。在"通"态下，变化或生成过程将按照其本然自然的方向进行，并由此激发出创造的无限可能，这就是万物之始。如果变化持续发生，事物将获其形态和本质，并开始存在。因此，虽然在最开始时，"利贞"意味着占卜的利好消息，但同时，贞也可以理解为正义、正直和坚毅，即"正"。这里的"正"并不是某个物体或实体的本质，而是一种"通"态，这种"通"态下，变化可以正确的方式进行，并得到最理想的变化结果。

因此，"通"连通着所有的卦与爻，使之和谐统一。正如《易经·系辞》中所述：

> 是故阖户谓之坤，辟户谓之乾，一阖一辟谓之变，往来不穷谓之通，见乃谓之象，形乃谓之器，制而用之谓之法，利用出入，民咸用之谓之神。（《系辞》上）
>
> 《易》穷则变，变则通，通则久。（《系辞》上）

中国哲学中"道"的本义是"通"，具有通达，通过或穿过的意象，还包含着和谐、统一、澄明、纯粹、归一等义。《易经》所呈现的"道"，其本义也是"通"，"通"带来了天与地、人与自然、可知与未知、来与去、开与合、生成与已成、动与静等之间的理想勾连。在"通"态下，变化能导致万物生机盎然，是事物形成过程的最佳结果。如果没有"通"，则变化之"道"堵塞不通、偏离原始轨道，则招致不幸，甚至灾难性的后果。在《易经》中，特别是在《十翼》中，"通"是一个基本范畴，象征一种理想的间性状态。

至此，我们也谈到了"易"的第三个意思"简易"，即"通"。变则"通"，当事物达到"通"态,就可以开始形成、发展、壮大,并不受阻碍,一切都将变得简单而又顺利(元亨利贞)。

《易经》一书的本质是,教会人们如何适应变化,以及如何通过事物发生的预兆或细微的迹象来探索"几"

一切事物都要经历生成之过程,而生成之过程就是变化之过程。想要占卜未来,重中之重就是要发现"几",即发现预示、潜势、机会、迹象(过程)以及生成过程中事物变化可能呈现的机制及程度。变化不断发生,但变化并不一定意味着形成(事物),变化也可能导致毁灭、阻碍或消亡。"几"没有确切的物质形态或概念形式,因此它"踪迹诡秘",需要我们深入到所有的事物迹象中去寻找。

《易经·系辞下传》中的第七、八、十章,分别对《易经》精要做了如下综述:

> 《易》之为书也! 不可远,为道也屡迁,变动不居,周流六虚,上下无常,刚柔相易,不可为典要,唯变所适。(《系辞》下)
>
> 《易》之为书也,原始要终,以为质也。六爻相杂,唯其时物也。其初难知,其上易知,本末也。初辞拟之,卒成之终。(《系辞》下)
>
> 《易》之为书也,广大悉备。有天道焉,有人道焉,有地道焉。兼三才而两之,故六。六者非它也,三材之道也。
>
> 《易》之兴也,其当殷之末世,周之盛德耶? 当文王与纣之事耶? 是故其辞危。危者使平,易者使倾。其道甚大,百物不废。惧以终始,其要无咎,此之谓《易》之道也。(《系辞》下)

《易经》的产生,大概是在殷商末期衰落,周朝兴起的时候,记述的应当是周文王和商纣王那个时期的事情。所以记录的都是忧患危难之辞,危机能使人们保持警惕,根据变化的规律谨慎行事,以求长治久安。易道涵盖广阔,天地、自然、社会人事等无所不纳入其中,只要保持警惕,居安思危,顺从易道,就能做到万事通行,实现元亨利贞之大德。

由此可知,《易经》自始至终关注的都是变化的过程。作为一本指导性书籍,《易经》帮助我们理解并处理各种变化,它重点关注间性的领域,而不是事物的存在和本质。圣人深入钻研间性(极深),探寻变化的初始迹象(研几),因此,《易经》又开创了一门哲学。据《易经》所述,物质和存在所产生的事物、事件非现实的全貌;实体存在仅仅是在间性范围内及各种变化过程中显现的阶段迹象与沉积而已。引导我们通过间性把握现实整体(存在与间性)的"道",是一种超越了事物形式、事物存在的概念。圣人探究事物的未来走向,发现事物变化之迹象(几)与通道。变化之迹象或几并不是物自身所固有的某种"属性",而是创造和构成了一切事物的间性之潜势和可能。故曰:

> 形而上者谓之道,形而下谓之器,化而裁之谓之变,推而行之谓之通,举而错之天下之民谓之事业。(《系辞》上)

这里用"形而上者"描述"道",看似与希腊术语"metaphysical(日本人译成'形而上学')"的意义相同。许多人因此认为"道"是中国哲学中形而上学或本体论的一个术语,然而,这种想法是错误的。道的本意是通达某个特定的目的地,道是一个间性概念,指的是超乎形体之器物或物体之"间"的通道。

通道不是器物,通态更不是。研究变化之道(易道)或"道",其实就是研究间性。由间性出发理解世界和人生,理解事物和事件的思维模式和方法,就形成了《易经》以及后来发展的中国哲学的间性论基础。

结论:何以是变化而非存在?

最后让我们回到本文标题上的那个问题:何以是变化而非存在? 在《易经》中,变化是所有事物和现象的基础。与西方哲学相反的是,中国哲学是由观察和理解变化及过程中诸间性因素,而不是由"是""存在""本体"概念为其出发点的。

《易经》的基本前提是,现实即变化;变化乃万物之源、世界之本。变化不属于实体存在范畴,相反,变化生成并改变事物。变化的发生发展是在天地之间进行的,也可以说变化就是天地之间的大化流行,它具有的是无形无体的"间"的特性。

以上对《易经》的解读虽然粗糙甚至拙劣,然而我们却从中找到了中国人间性思维模式的原型。这也是《易经》最伟大的贡献所在:它开创了独有的解释现实的方法,这种方法并不是站在本体论的基础上,而是站在间性论的角度上得出的。这就解释了在中国思想史上,特别是《易经》中,何以是变化而非存在,始终占据着哲学论域的核心地位。

参考文献:

①高亨:《周易大传令注》,齐鲁书社,1998 年。

②Heidegger, Martin., *An Introduction to Metaphysics.* Ralph Manheim, Trans., New Haven, CT: Yale University Press,1959.

③黄寿奇、张善文:《周易译注》,上海古籍出版社,2004 年。

④尚秉和:《周易尚氏学》,中华书局,1980 年。

⑤Shang, Geling(商戈令), "Interality shows through: An Introduction to Interality", *China Media Research.* 11(2),2015,pp. 68—79.

四重生态学:加塔利的生态哲学是另一种类型的间性论吗?

[日]上野俊哉著　刘玉红译

摘　要:为什么这四种生态学应该被称为四重生态学? 在当代社会,我们不仅生产事物和物体,也在生产主体性。不过这个概念并非用来解释经济和生产形式的变化,而是与加塔利的生态意识或生态哲学相关,他的生态哲学认为自然是机器装配。以此而论,装配的生态哲学是关于人类和非人类、生物和非生物、有机和机器的平面本体论。除了加塔利的三种生态学,人人随时都可以在信息—媒介界里想象出生态学的第四个维度。这第四个维度就在他的元—模型化中四个功能素——F,Φ,T和U——的交集和置换中找到。调解或内形式(in-form)的逻辑在这些功能素里起作用。四重生态学这一术语比四种生态学更能反映出未知的虚拟生态学的发展。德勒兹和加塔利在这里提出一系列概念:"非自然参与(或联姻)""相互包含""奇异生态学"和"生成环境"。为解释这些概念,本文提出"氛围主体性",它是主体性生产的一个具体案例。我们在这里提出问题:机器装配意味着某一关联(性)、间性还是连通性?

关键词:装配;非自然参与(或联姻);作为氛围的主体性;四重生态学;生态哲学;消极的;动态间性

---

* 上野俊哉,日本东京和光大学跨文化研究系教授;刘玉红,广西师范大学外国语学院教授。

今天，诗歌能教给我们的，或许比经济学、人文科学和心理分析加起来还要多。

——加塔利，1995

"存在是关联"：可关联无关于存在观……关联观不是先在于（关联）……关联污染，加甜，它是原则，或是花粉……先在于（关联）的是作为存在之存在的虚空。

——格里桑，2010

一、如何从间性理解装配？

什么是装配？在吉尔·德勒兹和费利克斯·加塔利的思想中，装配最著名的例子是黄蜂和兰花奇怪的共生关系，这为他们的"无器官身体"概念提供了一个原生态模式。这是双重捕获或动态间性（迭句作为生成空间），兰花为黄蜂提供营养，而黄蜂帮兰花繁育后代。另一类似的共同进化则是无花果和黄蜂的共生关系，黄蜂叮咬无花果，在里面孵蛋。在德勒兹和加塔利的著述中，装配一词原本译自法语词 agencement。在 20 世纪 80 年代，这个词经常被译为设置（arrangement），现在人们常采用装配（assemblage）这个译法。选用这个术语似乎是受到艺术、设计和建筑等的启发。那么，在日语里又是什么情况呢？迄今有几种译法——设置（仕组み）、交错组合（组み合い）、动态构造（動的编制）和运转配列（作動配列）等。我们看到人们用日语和汉语的方块字来生动地理解德勒兹和加塔利的思想，这很有意思，不过，翻译不在本文讨论范围之内。本文讨论的问题具有挑战性：机器装配是否提示了某种关系（性）、关联性和间性？抑或生态哲学就是一种间性的形式？

实际上，德勒兹对装配的界定是通过一系列多变的共生而与某种生态学发生关联，这并非来自任何生物世系。"装配是共同发挥作用，是认同，是共生。"（德勒兹，2006）这绝不是基于血缘制，而是基于联盟制和融合，因为"这没有先后顺序，没有上下辈传承，而是触染、蔓延、风云变幻。"（同上）毋庸讳言，这一系列

"触染和蔓延"并不一定限于生物学领域,也可用于信息媒介领域。所有的信息控制和触染都可解读为共生过程,人与人的共生、事与事的共生、机构与机构的共生和终端之间的共生。

德勒兹和加塔利的合著也堪称一种共生形式。他们的哲学不是"共同工作",而是一种"两者之间工作"的横截过程(德勒兹,2006)。再者,从共生和情感合力这个角度看,与动物、植物、矿石、细菌和物体或机器等非人类的某种具体关系都可成为装配的本体性领域。奇怪的是,德勒兹甚至将这一延伸视角称之为"奇怪的生态学"或"非自然参与(或联姻)"。"奇怪的生态学追寻写作、音乐或绘画这一条线,它们是风吹过,丝带轻抖,是一阵微风拂面"(同上)。就此而言,德勒兹已经设想出一种包含其哲学和本体性维度的生态学,这比加塔利投身生态学研究,阐述他的三重生态学要早得多①。我们不难想象,当时德勒兹从生态学角度和加塔利进行了初步讨论,回顾起来,这也有可能是加塔利的生态哲学的概念来源。虽然一些德勒兹研究者否认来自加塔利的一些政治和社会因素,但如果假设一种神秘的生态学,那没人可以忽视,换言之,正是因斯拉沃热·齐泽克不喜欢"加塔利化的德勒兹",一种未知的生态学和尚无先例的生态哲学才能诞生②。

写作、表演、游戏和通过文本、音乐和艺术传情达意,是相互解辖域化和生成某物的模式,而不是它们的表达工具。主体和客体之间的互动或辩证关系已经失去意义,相反,在某些情况下,不同表演的主体成了它的客体,而客体也生成原主体性③:霍夫曼斯塔尔和老鼠之间、伍尔夫和蜗牛之间、亚哈和白鲸之间、拉夫克拉夫特和神秘动物之间、日常网络交流的使用者和工具之间、电子游戏或日本动漫角色和观众之间显示出神秘的结合。在这种语境中,共生被认为是一种"非自然参与"或"非自然联姻"(德勒兹与加塔利,1987),一种"违背自然的参与"(德勒兹,2006)。参与这个术语既不来自柏拉图哲学,也不来自社会运动理论,而可能来自法国哲学家和人类学家吕西安·列维—布留尔(Lucien Lévy-Bruhl)。他的"参与逻辑"(互渗律)可以解释施巫娃娃的效果或调节天气和人体状况的萨满教仪式。加塔利的《混沌互渗》(Chaosmosis)明确提到了他的名字:参与是"集体主体性创立某种类型的客体"④。作为机器装配的大自然,在异质性的契机之间作为一种双重捕获、共生、相互包容或相互解辖域化，以及横截析取的动态间性，逆己而动。以偏离的方式与其他存在互相生成他者而非自己，生成不可感知与不可辨识，这可以促成神秘的共生。在技术—媒体文化中，我们可以从类生物的视角来看待消费者和使用者，而所有的生物和非生物可以设想为机器过程。我认为，这一点对四重生态学很重要。

二、什么是四重生态学？

我在早先研究加塔利的著作⑤中已考虑用四重生态学作为课题名称，并且通过在加塔利三重生态学的基础上添加信息—媒介领域这一层面，将其概念化。我的动机很简单。鉴于加塔利三重生态学包含具体的生态层：自然、社会和心智，这已经广为人知，因此我的问题是信息和电子媒介领域是否可以加入到加塔利的生态学。现在我越来越觉得，"四重生态学"这一提法更适合我的整个课题。形容词"四重的"令人想起海德格尔的"四方域"（*Geviert*），即神、人、天和地。它们通常是隐晦的、神话的和诗意的。也许加塔利的《精神分裂分析制图学》（*Schizophrenic Cartographies*）没有讨论海德格尔，但已经将他的四重类型和古希腊神话的四个神话人物作了比较或比喻（在自然发音上，戴克是 Φ，莫伊拉是 U，阿南克是 T，休布瑞斯是 F*）⑥。在加塔利的最后三部著作中，这四重功能素很重要。

流（flows 或 flux，下为 F）表示活力之流、物质、物体、力必多、欲望、符号、电磁符号、信息数据和资本……最初来自流体科学（复杂性理论或混沌科学）的概念，它们的功能超越结构主义范式的二元对立或二元论。动物门（Φ）来自生物学，为的是解释机器的世谱，这里的机器被认为像生物体一样，拥有自我再生的进化和变化功能。机器门在某些技术突破或事变中得以实现。非实体宇宙（U）不是仅仅指宇宙或外空间。这样的宇宙充满非实体价值，这些价值与具体的存

---

* 在古希腊神话与悲剧中，戴克（Dike）意为正义，莫伊拉（Moira）意为命运，阿南克（Ananke）意为宿命，休布瑞斯（Hubris）意为狂暴。——译注

在而非与普遍真理相关联。它不是单数世界而总是复数的宇宙（或为多元宇宙），充满非物质的、不能生存的和非实体的事件时刻。辖域（T）不仅对人或其他生物的主体性，而且对物体、机器及其被视为部分发声者的交错装配而言，都是基本的存在。辖域发生于通过某种重复性节奏和律动（迭句/17世纪歌剧的咏唱或剧前剧后所奏器乐）而保留富于表现力的时刻。反过来，迭句来自多个环境和存在域的相互叠加。

对加塔利而言，这四个功能素相互交错、横向截断、纵横交叠，安置在相互转换中，也许可以称之为四重动态间性，其横截关系令人想起阿尔弗雷德·怀特海的思辨哲学中的"摄入"（prehension 或 grasping）概念。实际上，加塔利在其晚期著述中时有涉及怀特海和他的概念[⑦]，不过，它们不仅仅在互连互关中建构，因为它们超越了症状学的二元性和语言的二元对立，而依赖于多元横截动因。

我举个日本列岛的例子。金枪鱼不再是自然产物，它的脂肪部分在今天是较贵的食材，可在几百年前却被当作废料扔掉。金枪鱼的脂肪部分从来不属于自然产物，而是多重功能素的产物；对金枪鱼的欲望和需求，（F）的符号逻辑循环和资源分配，不同技术彼此纠缠，如海上捕鱼雷达或冷冻系统，（Φ）在陆地的人工耕种，（T）的海洋资源有影响的宣传或合适渔民捕捞的地点，（U）在质量上的、无实体的和情感的价值，这些价值不能缩减为（U）的价格或量的价值。

加塔利还举了几个四重交错的例子。协和超音速客机的工程和服务为什么结束了？技术和经济上当然是可行的，但集体想象或欲望，甚至政治视角或经济视角还没有建立起来[⑧]。旧中国没有准备好应对蒸汽机的发明，也是这种情况。当然，蒸汽机作为一种工具已经发明了，但还没有运用在实际生活中。在这种情况下，机器门（Φ）已经成立，但还没有获得无实体宇宙的价值（U）[⑨]。我们在日常生活中还可以找到技术使用的矛盾之处或不平衡之处。在每个时代，一旦发明了新的媒介技术，之前的技术便遭到废弃。CD机或网络流媒体广泛应用之后，20世纪70年代的卡带录音机（随声听，日语叫 *Rajikase*）变得过时而从亚文化圈里消失。不过，随着嘻哈文化到来，它又回到街头，叫做"手提式大音炮"。这是技术发展的矛盾性，它并非线性向前发展，这构成了消费市场超越传统需求或主流需求（F）的机器门（Φ）。大街作为存在的辖域（T）可为媒介、设备、工具和技术提供新装配,如此生成无实体宇宙价值(U),也被它所生成。

实际上,上述解释中有些因素似乎是文化研究或媒介研究方面的,不过我并不打算将加塔利的生态哲学视为类似社会学的话语,它们尚不足以被命名为媒介生态学。一般而言,社会学和媒介研究往往熟悉或紧抱一套陈腐的建模,经常采用一些象限图示。然而,按加塔利的理解,建模(将模型概念化)的基础总是不完备的,这种模型化的本质缺失永远存在。加塔利在其晚期著述中强调"元模型化"的意义(加塔利,2000,2013),这意味着出于任何主动性而发明的模型都必须抹掉,换言之,元模型化暗示模型的发明和分解。加塔利认为,在元模型这个概念中,发明模型为的是淘汰它。元模型化在模型之间实现,它将被发明的模型层层积累,无限折叠起来。

现在比较容易解释我为什么对某种媒介生态学感到不舒服,它把加塔利的概念运用到媒介技术中,走的是媒介研究和文化研究的套路。至少,让我们想一想加塔利如何批判性地远离 20 世纪 80 年代在法国兴起的"迷你技术",同时,他又热情拥抱无线技术(海盗电台)及其激进主义(它的兴趣部分来自他的儿子布鲁诺)。当然,加塔利对迷你技术并未过于乐观,早在网络流行之前,他就担心迷你技术在本质上是有局限的。不过,对媒介生态学这一概念,我并不打算没头没脑地赞美传媒技术的替代品或传媒技术在草根层面的运用。加塔利针对后传媒时代提出的生态哲学应该是本体性的,也是思辨性的,同时配置或创造它们的实际选择和策略选择。即便是从批判的或激进的视角来看,这也不能简单地理解为跟上传媒和技术工具的新潮流。

三、作为机器装配的自然:机器是如何相互关联的?

在近来关于思辨性现实主义和物体中心本体论的哲学讨论中,出现一种平面的本体论,它认为所有的存在和实体都居于同样的基础。尽管加塔利一心想逃离语言或话语的温和主义的封闭性,他的思想乍看上去仍很像反现实主义的关系论,就像反现实主义的符号学,它是当代的一种唯名论[⑩]。或者,"间性论"或关于"间性"的思考在本质上是反现实主义的?

　　至少，这说明在大自然中，间性或相关性可视为机器装配，这促成世界的平面本体论。加塔利的生态哲学不仅意在维护环境或保护物种，而且要让所有的生物或非生物、人类或非人类、非实体媒介如艺术、意象、音乐、爱和同情都享有幸福的未来⑪。而且，装配是所有机器具体的形式，不但包括人工的或技术的设备，也包括人类自身和所有非人类有机体或事物。它们锁住、啮合、影响和互攫。不过，在日常生活中，我们觉察不到也认识不到作为"做做自己"的装配实实在在的效果⑫。通常，我们在使用一个工具时，是不会去理解或领会它的含义或它在它和其他工具、物体和事物构成整个关系中的位置，只有当这个工具坏了或不好用了，它在整个关系中的位置才会显现出来，才会受到关注。格雷厄姆·哈曼（Graham Harman）指出，坏了的工具或它无用的表现使它成为真正的物体。哈曼经常提到坏了的锤子⑬，当然，这是来自海德格尔的《存在与时间》中著名的案例。实际上，加塔利在他关于机器异形生殖的概念中也用过坏了的锤子这个例子。坏了的锤子，头和身分离，不能使用，不过这些零件有时也可以在想象和隐喻的层面上来理解，如社会主义旗帜上图案⑭。坏了的工具和技术向我们暗示（对人而言）隐形的或不可接近的结构在哪里，它们构成事物、物体、工具和设备之间的结合关系。加塔利写道："人的行为一直和他们的孕育过程相邻，等着分解，这分解需要它的干预：直接行为的残渣。"⑮更重要的是，机器在本质上由"废止的欲望"构成，如此"它的出现因分解、灾难——死亡的威胁而翻倍"⑯。这在概念上似乎也和保罗·维利里奥（Paul Virilio）的视角相关（维利里奥编辑的一套书将出版，其中有加塔利的两部后期著作）。

　　装配生态哲学和平面本体论，两者都在同一复杂性平台上看待人类和非人类、有生命和无生命、有机体和机器。倘若如此，就加塔利的哲学生态视角而言，非人类的物体、机器和媒介在何种程度上是有意义的或不可或缺的？在这里，重要的问题不是主体与世界的关系如何，而是机器与机器之间的关系如何。当然，机器无法与所有的机器关联和交流，机器之间的关系总是有选择性的、局部的，而装配在其构成上则可无限分割和分化。无论如何，人的存在根本不是居于中心地位，相反，万事万物总会隐藏着局部的发声。"机器先向机器说话，才向人说话，在所有情况下，它所揭示的本体论领域和秘密都是独一无二的、不确定的。"⑰

就此而言,加塔利并没有否定"人类思维参与到机器的本质中"[18]。在这里,我们可以在当代媒介领域里思考人和机器这种非自然的参与(或联姻)。主体性可以通过"非自然参与"而产生,这不仅涉及动物、植物等非人类,还包括形形色色的技术工具和设备。加塔利想强调的是非人类和非—意指符号的重要性,它们表现为等式和计划,这样的等式和计划表达机器,使其图解或制图能力成为内行动(in-act)或内形式(in-form),这是因为数学等式或作为制图模式的计算机应用可以为自己生产物体。我们需要也决定于非人类机器装配以及它们的符号生产的非—意指潜力,换言之,曲线和图表内嵌于所有的机器(包括作为机器装配的生命有机体),在部分主体性和发声者的过程中,它们是非人类发声的综合契机。

在这方面,移情这个概念不限于精神分析,它也是生态哲学的一种实践,这是因为加塔利和年长于他的同事珍·欧利(Jean Oury)认为,事物、物体和机器也有各种各样的移情。"对潜意识的分析应该在我称之为机器的非人类主体化过程再中心化,它超越人——是尼采所说的超人。"[19]人通过走近非人类、机器和事物而认识自己,向未知的他异性和物质性开放。当然,无数的电子设备或工具,还有应用或程序,都可视为这种机器和非恋母情结(家庭罗曼司非中心的)移情的存在域。加塔利和欧利都认为,对顾客和病人而言,开始或尝试新东西作为初始动力,如想拿到驾照或学习如何使用计算机程序,这总是富有意义的[20]。这种方法和传统的精神分析正好相反,因为这里重要的是让顾客关注终结某事或类似分析过程的意义。如果说精神分析的移情旨在通过追寻过去与某个具体的(通常有恋母情结的)人在一起的经历来呈现出无意识中受压抑的情感,那么事物和机器的移情对未来更为开放,途径就是展开当前经历潜在的层面。向环境、自然和氛围延伸的移情可自设为一种虚拟生态学,因为这种生态学可以将某一事件看作"非物质的、非实体的和不可停驻的:纯粹的保留"[21]。我们不能完成接近事件,它总是保留某一隐含的层面或潜力的留存,也就是说,它作为虚拟的混沌甚至混沌互渗,它像投放在物质现实上的一个动态筛子[22]。在"某一被标注的、有具体时间的事件中",它可能成为一种精神危机或状态的、混沌的体验[23]。

对加塔利而言,人类是一种物体或机器装配中的部分契机。加塔利敢于将自我生产延伸至机器和社会机构，这有别于弗朗西斯科·瓦莱拉（Francisco Valera）最初提出的自我生产理论。现在清楚了，相互包容和非自然参与（非自然联姻）这两个概念都有助于阐述机器泛灵论。艾杜瓦尔多·维维罗·德·卡斯特罗（Eduardo Viveiros Castro）的多元自然主义㉔——它受到非自然参与概念的启发——依赖于人类和非人类（动物、植物等）不同的视角，而加塔利构想的机器泛灵论则想象出一种原初的感知形式，它存在于所有的非人类和物体中，存在于有生命的或无生命的存在形态和机器中。机器泛灵论不是要退回到前现代、原始的和古代的思维模式，而是回归到"虚拟生态学"㉕，或回归到一种生态哲学，它不仅关注处于危险中的环境，而且设置出人类意识的主体性形态，这就是加塔利生态哲学的审美意义。按其最初意图，它意在描述或建构：1）超越或克服已给的策略；2）作为政治学和语用学的间性的生态学实践。

四、机器泛灵论和作为氛围的主体性

"一堆石头不是机器，而一堵墙已经是一种静态的原初机器……"㉖当然，石头既无智力也无感知，但在图解和制图的四重生态学中，它就有可能成为机器或具有原初的主体性。显然，加塔利没有考虑泛心论，不过他的生态学可以看作当前泛心论模式的先驱。因此，加塔利在《混沌互渗》中提到列维-布留尔的参与概念时，他的亲泛灵思想就特别清楚了。

众所周知，加塔利对日本及其文化颇感兴趣，提出了"机器情欲"㉗。虽然他从未理想化或浪漫化日本，但对他来说，日本就是解放了的政治乌托邦。在这方面，日本不是独一无二的，加塔利也对巴西着迷。尽管日本和巴西有诸多不同，但两种文化和社会都被视为某种革命性的或解放的。简单来说，两种文化和社会让他看到欧洲或法国缺少的一些东西，因而吸引他，给他灵感。他喜欢这两个国家，是因为它们在超现代化的环境中，出现了泛灵思想或古代思想，或保留其残余。

再说一遍，加塔利从来不会简单地拥护泛灵论的前现代性，而是认为泛灵论即便在当代生活中也起着作用。他在解释《混沌互渗》中新的审美模式时，指出装配具有阶段性：多声部时期、解辖域化时期和新审美时期㉘。这和前现代、现代和超现代（或后现代、后媒介）的三分法多少有重叠之处。他对第一阶段的描写最为引人入胜，"物体在横截的、共振的位置上进行自我构建，赋予他们灵魂，一种生成祖先、生成动物、生成植物、生成宇宙"㉙。这种多声部层或半灵魂、半人、半兽和机器阶段不仅归属于古代时期，而且在新的审美装配中将再次被唤起。

问题是有吸收力或病态的主体性即便看上去是全面的、覆盖面广的或整体性的，其实总是部分的。正如在精神分析中永远不能做到与物体的相遇是全面或整体的，只能与一系列部分的物体相遇，在加塔利的生态哲学里，主体性的产生永远是部分的。加塔利受到巴赫金的启发，认为任何具有表现力的作品，其消费者或观众的主体多少可能成为共同创造者㉚，途径就是把它的创造潜力与作为内在原主体性的客观性区分开来并独立出来。艺术内容或叙事内容从物体和作品的认知表面抽离出来，进入到前个人的、多音部的、集体的和贯穿个体存在的进程。这一系列部分发声者、部分观察者和部分主体性是机器泛灵论的综合性契机。作家、艺术家和创造者把真实界从他们的产品或作品中抽离出来，而被发明的物体担起部分发声者的角色㉛。艺术作品或著述触发类泛灵论的发声或言语行动。如果泛灵论在万物中发现灵魂和精神，那么（加塔利的）机器泛灵论可界定为在万物中识辨发声的机器装配，这时的机械论和生机说不再居于传统的对立。如果我们求助于（日语的）双关语，那么可以设想出一种机器生机论来解释机器泛灵论的可能性（实际上，汉字颇具实验性或奇怪的组合也是装配的部件在起作用）。

德勒兹和加塔利在《哲学是什么？》中提出，泛灵论和科学之间存在某种姻亲关系。"即便是泛灵论，一旦它成倍增加器官和功能中固有的小小灵魂，就离人们所说的生物科学不远了，条件是这些固有的灵魂撤离任何活跃的或有效的角色，以成为分子感知和情感的唯一来源。"㉜

由此，部分主体性、发声者和观察者总在超越主体和客体之间的互动，不过，它被视为氛围的主体性，既是病理的也是有吸收力的。

看看日本人的日常生活，俗语说的"读空气"（kūki o yomu）用英语说就是"读氛围"，它指解读交流语境或环境的能力，这种语境或环境是一种氛围或气氛,简单说就是"感受情绪",即这个社会形形色色约定俗成、不言而喻的默认或习惯形成一种压力,迫使人去遵从。乍一看,日本是一个纪律严明的社会,一方面保持着前现代甚至封建时代的特征,可另一方面,日本又充满了控制社会的种种症状。简言之,日本处于两种不同类型社会的含混地带,这是德勒兹说过的[33]。这种奇怪的特征似乎来自心灵和生活(坏的)生态所造成的习惯或约定俗成的契约。下面是几个具体的例子。例一,名古屋的幼儿园有一条古怪的规定,女看护员无权决定自己什么时候怀孕! 这没有明文规定,而是看不见的压力迫使人们去遵守。在这里,权力居于"空气"(或氛围)中。另一个例子来自大学。在很多大学,根本没有必要如此处处照顾学生。我很难理解,教授得帮助每个新生制定每周学习的课程,这肯定是日常生活中生命政治的一个案例,与此相关的是开始"可怕的、持续的训练或持续的控制"[34]。还有,很多大学的楼房顶层经常上锁或不让人进去,因为担心精神有问题的学生想爬上去自杀。这种可悲又可笑的行为是驯化力量的表现[35]。在这样的生命政治结构中,人被训练得类似家畜。在这些多余照顾的模式中,生命政治通过情感政治发挥作用,氛围力量在感染力的本体性层面上发挥作用。日本的这些特性被解释为欠发达的现代个体状态。我提出这些例子,不是想把日本简单解释为文化很特别或特殊的国家,这里具有挑战性的是加塔利似乎在日本的主体模式发现了不同的、极端的,甚至是积极的东西。

我们不是在意识中有情感,反过来,是情感倒过来言说我们。加塔利下面这段慧言类似热奈特的散文,加塔利的情感概念远远不是萨特那超凡脱俗的著作里对情感的人道主义理解,在加塔利这里,情感的主体不仅是人,还是物体、事物,也许还有机器。

"黄昏时分,暮色低垂,我的窗帘忧郁的红色融入存在的繁星中,世界沉入无可挽回的空虚,为的是生发出神秘力量,使得自我存在的价值和紧迫性变得不那么重要,就在刚才,这种存在还令我难忘。"[36]

对人来说,这种情感就是一个磁场,人追求自由的决定或欲望经常被抛来弹去[37],它以权力关系的形式起作用,由此,潜力域内化我们,而不是反过来[38]。我们的社会不再以意识形态为基础,相反,社会潮流要成为现实,总是穿过情感这一过程的[39]。有些症状的传染不是通过劝说或说服,而是通过情感起作用,买东西或投票时作出选择就是实例。要维持社会或团体的团结,情感对功能性错觉或必要的幻觉很重要。它还通过相互包含创造出关系域,这种相互包含就是相互解辖域化,相互分裂,相互生成。相互包含是什么?可以把它界定为间性的中介。它产生被包括进来的中间,相对于被排除在外的第三者,在这第三者中,A将自己设想为A,同时,A可以是非A,它自己也生成A和非A之间的阈界或中间地。心智端和生理端之间的对立就是一个例子,在这里,同一范围和基础的不同时刻之对立性暗示出关系域的明暗度。

加塔利把这展开的新域界定为"有吸收力的主观性"或"消极的主体性",这是"人主动去面对的"[40],不过,这里的"人"是谁呢?一个"人"怎么能面对他或她自己的主体性呢?这就有了某种去中心的效果,但不是精神分析的去中心化。也许听上去有些荒唐,但这就是作为氛围的主体性的逻辑所在。加塔利举了自己看电视的经历为例,在交叉和分散中描述自我。实际上,他的描述类似现象学,谈的似乎是通常的电视消费,但又并不仅仅描述我们是如何看待媒介环境的,这才是关键所在。

当然,加塔利的生态哲学意在切入一种后媒介实践,不过,这不是指媒介的替代品或策略性使用,而是指尝试经常读解"氛围的他异性,它笼罩着生命世界及其无边生成的情感范围"[41],甚至看电视这一不起眼的活动也有相互包含的交叉或动态间性,它包括光的催眠效果,个人沉迷于某种类型的叙事,把自己当作部分发声者的人物积极参与叙事,还有周围所有的声响和意象[42]。需要再次提出,这种参与消费的自我由自己驱使,存在于自己之中,表现出来的是关系域或氛围。

五、作为"生成环境"的消极和有吸收力的主体性

为什么加塔利在《混沌互渗》中执着于"消极的"(pathic)这一概念[43]?必须清楚,它有别于"被动的"(passive),显然它也不仅仅是主动的反义词,它既不是精神病的症状,也不是康德或萨德所说的某种精神状态,它似乎是加塔利从德国

精神病学家和哲学家维克多·冯·魏茨泽克(Victor von Weizsäcker)那里借来的,珍·欧利和加塔利在概念生成和精神病研究方面受到他的很多启发㊹。当然,在这里,但尼尔·斯特恩(Daniel Stern)也是加塔利的重要来源,不过这篇文章讲得更多的是和魏茨泽克的互文性,因为"消极的"这个概念来自他的著述。消极性居于或超越主体和客体或自我和他者的对立,但不能简单理解为仅仅是中间性或关联性。消极是这两种边界和限度动态的网状啮合,这已经接近装配了,而不仅仅是关系论中的边界或阈界。人的主体性包括两种不同的关系(或间性),因为主体性有自我和他者的边界,同时它也包括自我与其环境之间的关系。这种关系和阈界的双重性质需要消极这一概念,它在魏茨泽克的 Gestaltkreis 这一概念中用"连贯"(Kohärenz)来表达,这似乎使加塔利的生态哲学大受启发。在这里,消极的主体性假设存在的吸收是一种悸动或振动的连续统一体,总是前个人的、前自我的、前认同的㊺和跨个体的,它也非思辨地先在于主客体联系或关联㊻。用德勒兹的话来说,可以用无人格化的个体性来表述它:"一阵气流,一阵风,一天,一天中的一个时段,溪流,一个地方,一场战斗,一场病都有着非人格化的个体性。"㊼对加塔利而言,关键是这个问题,即如何在一个"有标识的、有日期的事件中"活出(作为独特事件的)"个性"来㊽。德勒兹强调与控制社会相对的一个独特事件的重要性,"如果你相信这个世界,你就会促成避开控制的事件,不管它们多么不起眼,你将生发新的时空,不管它们的面积有多小、音量有多弱"㊾。

由此看,有吸收力的主体性或消极的主体性可以重新界定为"生成环境",这是加塔利在巴西的谈话中提出的。他在那里说,"生成环境,生成提升的意识,针对的是巴西的面貌、它的山水、它的动植物现状"㊿。加塔利相信这一概念可以极大地改变主体性模式,他认为巴西和日本都处于这样的时刻。实际上,我认为这可以称之为"作为氛围的主体性"。这里的氛围并不等于处于人之外的环境或自然,而是和法语的环境(或西蒙顿说的"相关的环境")有关,换言之,氛围与其说拷贝或复制周围环境,不如说是自然和环境的克隆或叠加。原样和复本的关系既不是对称的,也不是辩证的,也不是视觉的反映和倒像,相反,消极的和有吸收力的主体性作为一种氛围或生成环境,就是说主体性没有任何稳定的认同,或它在宇宙的传统坐标中表现不稳定。

作为氛围的主体性设想作为"第三者的我/自我"穿过/内居自然、社会、心智和信息界。人和非人、生物和机器或事物不再是存在或实体,而是相互生成"振动共鸣的存在"(响存,*kyo-zon*),这就是为什么"消极地接近混沌事物"这么重要[51]。他在《混沌互渗》中提到潜入混沌或黑洞呼应了魏茨泽克提出的危机是转折点(*Kreis*)这一观点,换言之,作为内行动(*in-act*)起始时刻或底线时刻的消极是零度活动,它通过把自己调整为我/场域而居于欲望和义务、希望和责任、存在和应该、行动和惰性等之间。

作为氛围的主体性也可以称之为某种关系域,但不能理解或简化为一种间性[日本京都派认为,日语 *ma*(间),意指生成空间/时间,*aidagara*(间柄),指人的社会关系和伦理关系]。加塔利理解的主体性并不只是一个言说的主体,这一"作为第三者的我/自我"是由氛围、周围事物和环境决定的,它们包括它,囊括它,同时它通过偏离或对条件和环境进行解辖域而实现自我生产。因此,我不是说某种互动或关联,而是说主体性构建环境,同时环境影响主体性,"如此,这像是一种双重生成,你作为个体受到集体域的调节,而集体域也受到你的行为的调节"[52]。加塔利或玛斯素美的观点肯定是受到瓦莱拉的自我再生理论的启发,此理论指环境和它的整体之间发生相互扰荡或交换[53]。

有意思的是,德勒兹利用动物这个隐喻来表达从规训社会(福特主义的经济形式)转向控制社会(后福特主义的经济形式)。德勒兹说,纪律社会有能力将个体"塑造"成某些形态。如果以动物为模型,那么这种塑形可用鼹鼠来描绘(德勒兹,1990)。相反,控制社会有赖于按照灵活而时时变化的事态来"调节"个体这一能力,可用蛇来比喻。就后者而言,调节不仅仅指适应、调整、校对、控制、谈判、设条件……而是很容易让我们想起电子音乐或声波控制性的悸动、起伏和音色所体现的微妙变化。我们不是把这种调节理解或解读为音色的变化,相反,我们可以回想一下德勒兹和加塔利如何以合成器为例,说明如何从他们的本体论出发,通过迭句、事件和生成来进行思考。显然,他们利用合成器来隐喻装配和生成而不是辩证综合(德勒兹与加塔利,1987)。

如果我们思考一下日本社会,便可以设想出某种规训社会和控制社会的交叠地带。因为前现代或封建社会的元素挥之不去,所以,日本尽管有着后者的特征,但仍受到前者的驱使。如果马上断定日本社会真正属于这两种社会形态的哪一端,未免太陈腐或太囿于社会学。同样,用动物来解释日本社会奇怪的特征,也可能太陈腐或太囿于社会学了(对加塔利来说,巴西或许也是如此)。这里值得回想一下德勒兹和加塔利从费尔南·德利尼(Fernand Deligny)那里借用蜘蛛或女神阿拉克尼西亚(Arachnean)隐喻(德利尼,2015)。蜘蛛从来不会去理解或记忆什么,只有它的巢(蛛网)发生波浪似的颤动或悸动成为吸引和指示它的暗号,蜘蛛就可以捕到猎物。德勒兹和加塔利认为卡夫卡和普鲁斯特的书信和小说是在试图编织蛛网,这不是隐喻的效果,而是机器装配的驱动力。对人而言,蜘蛛织网和像吸血鬼一样的写作进程都如此诱人,以致自我和环境相互生产。阿拉克尼西亚(网络或蛛网)概念的关键之处不是构建社会性(生产空间性地址或居所),而是常常激活偶然的、即兴的永在活动之网,它们因语言而灭绝。在日本这样的当代社会,有时我们不得不在规训和控制之间、在鼹鼠和蛇之间、在塑形和调节之间来回游走,以生成"蛛网氛围"。

加塔利在《混沌互渗》一书的结尾写道,在弥漫于我们的千禧年结束之际的迷雾和障气中,主体性这个问题现在回归为核心问题。它不像空气或水那样与生俱有,我们如何生产它、抓住它、丰富它,不断再创造它,使之与宇宙的变异价值相容?我们如何使之获得自由,即使之重新单一化?精神分析、制度分析、电影、文学、诗歌、创新性教学法、城镇规划和建筑——所有这些学科必须利用其创造力来避开野蛮主义的折腾,避开精神内爆和笼罩在地平线上的阵阵混沌,把它们转变为财富和无法预见的愉悦,无论如何,它的前景是触手可及的[54]。

在这番话里,"迷雾和障气"的说法很有吸引力。某种空气创造了我们的主体性,或主体性以气体一般的氛围出现。德勒兹还提出,事务和事业由"一种灵魂,一种气体"制成、维持(德勒兹,1990)。

六、作为装配/物质的沙漠

德勒兹和加塔利的生态思想不仅关涉气候、自然和环境危机的话语,他们也用氛围或自然气氛来隐喻学界人物。没人能忽视德勒兹这样比喻萨特:"后院吹来的清新空气。"（德勒兹，1990）德勒兹甚至把他和加塔利的共同创作这一模式比做作为环境的沙漠，"我们是沙漠，只不过住着部落、植物和动物"（同上）。德勒兹觉得，加塔利的思想和姿态如同沙漠一样流淌过他自己。当然，这里的沙漠是一种充盈但无形的沙运动，它自我塑形，不同的形态、不同的环境多元并存。对德勒兹和加塔利来说，沙漠本身就是一种"反意指象征"交流的概念性（元一）模式，它横穿符号的形式和内容这两方面的动态性，它为我们提供了非关联概念或以距离为元模型化的联系。沙子不知道其他的沙子，它们相互没有交流，但它们却可以彼此影响，虽然这种交流方式迥异于人类。哪怕它们没有智性或情感，它们也拥有某种感知能力的遗迹。

在这里，加塔利在概念上跨越符号学和自然科学或语言和物质性唤起了某种符号粒（sign-particles），而符号粒是 20 世纪 70 年代开始兴起的[55]。符号粒属于机器潜能的一个抽象地带，它可以为抽象的机器提供"意旨"，这样的机器可反意指、变形和解辖域化已确立的装配。

丹麦语言学家路易·叶尔姆斯列夫给了德勒兹和加塔利很多启发，他用沙子形态来解释自己的"意旨"概念，虚拟中有图表和制图。叶尔姆斯列夫的表达和内容的二元性并不等于索绪尔的意指和能指，因为它们之间存在可逆性[56]。叶尔姆斯列夫语言学的"实质"超越了能指/所指或表达/内容，以及形式和物质之间传统的二元性，这里的"实质"不是原始材料，而是已经表述出或成为潜在的意指，也是一种特殊的机器门类。"它'像网一样'投放在物质之上"，加塔利说，"由此产生表达和内容的实质"[57]。这里的实质概念作为"抽象机器"承担了中介者和调停者的任务[58]，在这些二元对立的术语之间游移。实质是一种生成的客观性。

自 20 世纪 70 年代后，加塔利把他的克分子思想观念明确地和量子物理学联系起来，沙子流的灵活性和可塑性通过起伏的沙浪和颗粒来实现。由结构关联促成的语言像一张网（或一个筛子），通过填充穿过冗余的意指之洞而浇铸或影响未成形的物质。沙漠的沙子作为内在的（和连贯的）平台在反意指的意义中起作用，作为所有语言深度的混沌内在形式的碎片。沙漠形态调节语言的本质，那是内嵌于语言的一片荒野，拥有自己潜在的反意指。在加塔利看来，机器意指从来不仅仅是无形无状的一大片,因为在语言没有表达出来的或非思辨的那些方面,它无限分化,无限发声,否则,通过意义和反意指之间的混沌互渗而进行的日常交流的交替永远都不会发生。"意指"形成于三重接合:实质、形式和物质⑤⑨。加塔利这一由"实质"生产出来的机器装配不同于结构主义或关联主义,它在表达的语音散漫性或组合散漫性与内容的类语义表演性(颜色、音调、音乐或动作)之间横贯着起作用。一个日本青年不会说英语,不过他可以通过模仿唱歌,其实他根本不懂歌词的语法和含义,这种模仿可以传达出原声的气氛和氛围,这正是因为实质作为"抽象机器"起着中介的作用⑥⓪,在这些二元对立的术语之间游移(有些语言学家争论说,叶尔姆斯列夫从列维—布留尔提出的参与逻辑受到启发,才提出形式与物质、表达与内容的可逆性这一观点的)。

不过,加塔利声称,即便是实质这一概念本身也要抛弃和分解,因为对他来说,甚至内容也可以将自己表达为内行动和内形式的部分发声者,这就是信息界第四生态学的维度,也是四重生态学的本体论内核。

当然,联系不是实体或事物,联系优先于和先在于事物,外在于事物,不过,如果仅仅满足于这一论断,那就太容易心满意足和不负责任了。加塔利的生态哲学不仅仅是明确联系或间性的优先性,而是通过非自然参与(或联姻)提出表演性行为的动态间性或装配和集体性发声。可以说,装配既不是事物也不是事物编织和创造的合成,换言之,所有这样的机器装配都是某种实质,似乎被当作事物来看待。机器就是"实质性联系"的形式,而联系或间性可以将自己设置为实质。从这一读解角度来看,将加塔利关于机器装配的生态哲学和作为间性理论的间性学进行比较开始有了基础。

注释:

① Guattari, F., *The three ecologies*. London: Continuum, 2008b.

② Žižek, S., *Organs without bodies: On Deleuze and consequences*. London: Routledge,

2004. p.20.

③ Guattari, F., *Schizoanalytic cartographies*. London: Bloomsbury, 2013, p.258.

④ Guattari, F., *Chaosmosis: An ethico - aesthetic paradigm*. Bloomington & Indianapolis: Indiana University Press, 1995, p.25.

⑤ Ueno, T., *Yottsu no ekorojī: Ferikkusu Gatari no shikō.* [*Quadruple ecology: The thought of Fe' lix Guattari*]. Tōkyō: Kawadeshobōshinsha., 2016, p.25.

⑥ Guattari, F., *Schizoanalytic cartographies*. London: Bloomsbury, 2013, p.175.

⑦ Guattari, F., *Chaosmosis: An ethico - aesthetic paradigm*. Bloomington & Indianapolis: Indiana University Press, 1995, pp.113—114; Guattari, F., *Schizoanalytic cartographies*. London: Bloomsbury, 2013, p.58.

⑧ Guattari, F., *Chaosmosis: An ethico - aesthetic paradigm*. Bloomington & Indianapolis: Indiana University Press, 1995, p.48.

⑨ Guattari, F., *Chaosmosis: An ethico - aesthetic paradigm*. Bloomington & Indianapolis: Indiana University Press, 1995, p.40.

⑩ Guattari, F., *The machinic unconsciousness: Essays in schizoanalysis*. Los Angeles: Semiotext(e), 2011, p.23.

⑪ Guattari, F., *Chaosmosis: An ethico - aesthetic paradigm*. Bloomington & Indianapolis: Indiana University Press, 1995, p.23.

⑫ Massumi, B., *The politics of affect*. Cambridge: Polity, 2015, p.157.

⑬ Harman, G., *Towards speculative realism: Essays and lectures*. Winchester: Zero Books, 2010; Harman, G., *Bells and whistles: More speculative realism*. Winchester: Zero Books, 2013; Harman, G., *Object - oriented ontology: A new theory of everything*. London: Pelican, 2018.

⑭ Guattari, F., *Chaosmosis: An ethico - aesthetic paradigm*. Bloomington & Indianapolis: Indiana University Press, 1995, p.35.

⑮ Guattari, F., *Chaosmosis: An ethico - aesthetic paradigm*. Bloomington & Indianapolis: Indiana University Press, 1995, p.36.

⑯ Guattari, F., *Chaosmosis: An ethico - aesthetic paradigm*. Bloomington & Indianapolis: Indiana University Press, 1995, p.37.

⑰ Guattari, F., *Chaosmosis: An ethico - aesthetic paradigm*. Bloomington & Indianapolis: Indiana University Press, 1995, p.47.

⑱ Guattari, F., *Chaosmosis: An ethico - aesthetic paradigm*. Bloomington & Indianapolis: Indiana University Press, 1995, p.36.

⑲ Guattari, F., *Chaosmosis: An ethico - aesthetic paradigm*. Bloomington & Indianapolis: Indiana University Press, 1995, pp.71—72.

⑳ Guattari, F., *Chaosmosis: An ethico - aesthetic paradigm.* Bloomington & Indianapolis: Indiana University Press, 1995, pp.17—18.

㉑ Deleuze, G., & Guattari, F., *What is philosophy?* NewYork: Columbia University Press, 1994, p.156.

㉒ Deleuze, G., & Guattari, F., *What is philosophy?* NewYork: Columbia University Press, 1994, p.42.

㉓ Guattari, F., *Chaosmosis: An ethico - aesthetic paradigm.* Bloomington & Indianapolis: Indiana University Press, 1995, p.81.

㉔ Castro, E. V., *Cannibal metaphysics.* Minneapolis: Univocal, 2014.

㉕ Guattari, F., *Chaosmosis: An ethico - aesthetic paradigm.* Bloomington & Indianapolis: Indiana University Press, 1995, p.91.

㉖ Guattari, F., *Chaosmosis: An ethico - aesthetic paradigm.* Bloomington & Indianapolis: Indiana University Press, 1995, p.42.

㉗ Genosko, G., *Machinic eros: Writings on Japan.* Minneapolis: Univocal, 2015.

㉘ Guattari, F., *Chaosmosis: An ethico - aesthetic paradigm.* Bloomington & Indianapolis: Indiana University Press, 1995, pp.102—107.

㉙ Guattari, F., *Chaosmosis: An ethico - aesthetic paradigm.* Bloomington & Indianapolis: Indiana University Press, 1995, p.102.

㉚ Guattari, F., *Chaosmosis: An ethico - aesthetic paradigm.* Bloomington & Indianapolis: Indiana University Press, 1995, pp.13—14.

㉛ Guattari, F., *Chaosmosis: An ethico - aesthetic paradigm.* Bloomington & Indianapolis: Indiana University Press, 1995, p.131.

㉜ Deleuze, G., & Guattari, F., *What is philosophy?* NewYork: Columbia University Press, 1994, p.130.

㉝ Deleuze, G., *Negotiations.* New York: Columbia University Press, 1995, pp. 179—180.

㉞ Deleuze, G., *Negotiations.* New York: Columbia University Press, 1995, p.175.

㉟ Deleuze, G., *Negotiations.* New York: Columbia University Press, 1995, p.131.

㊱ Guattari, F., *Schizoanalytic cartographies.* London: Bloomsbury, 2013, p.205.

㊲ Massumi, B., *The politics of affect.* Cambridge: Polity, 2015, p.17.

㊳ Massumi, B., *The politics of affect.* Cambridge: Polity, 2015, p.19.

㊴ Massumi, B., *The politics of affect.* Cambridge: Polity, 2015, p.34.

㊵ Guattari, F., *Chaosmosis: An ethico - aesthetic paradigm.* Bloomington & Indianapolis: Indiana University Press, 1995, p.25.

㊶ Guattari, F., *Schizoanalytic cartographies.* London: Bloomsbury, 2013, p.186.

㊷ Guattari, F., *Chaosmosis: An ethico - aesthetic paradigm*. Bloomington & Indianapolis: Indiana University Press, 1995, p.16.

㊸ Guattari, F., *Chaosmosis: An ethico - aesthetic paradigm*. Bloomington & Indianapolis: Indiana University Press, 1995, p.25, p.61, p.70, p.81.

㊹ Weizsäcker, V., *Der Gestaltkreis: Theorie der Einheit von Wahrnehmen und Bewegen*. Berlin: Suhrkamp Verlag, 1997.

㊺ Guattari, F., *Chaosmosis: An ethico - aesthetic paradigm*. Bloomington & Indianapolis: Indiana University Press, 1995, p.79.

㊻ Guattari, F., *Chaosmosis: An ethico - aesthetic paradigm*. Bloomington & Indianapolis: Indiana University Press, 1995, p.25.

㊼ Deleuze, G., *Negotiations*. New York: Columbia University Press, 1995, p.141.

㊽ Guattari, F., *Chaosmosis: An ethico - aesthetic paradigm*. Bloomington & Indianapolis: Indiana University Press, 1995, p.81.

㊾ Deleuze, G., *Negotiations*. New York: Columbia University Press, 1995, p.176.

㊿ Guattari, F., *Molecular revolution in Brazil*. Los Angeles, CA: Semiotext (e), 2008a, p.25.

(51) Guattari, F., *Chaosmosis: An ethico - aesthetic paradigm*. Bloomington & Indianapolis: Indiana University Press, 1995, p.79, p.86.

(52) Massumi, B., *The politics of affect*. Cambridge: Polity, 2015, p.124.

(53) Valera, F. J., & Maturana, H. R., *The tree of knowledge: The biological roots of human understanding*. Boston: Shambhala Publications, 1998, p.99.

(54) Guattari, F., *Chaosmosis: An ethico - aesthetic paradigm*. Bloomington & Indianapolis: Indiana University Press, 1995, p.135.

(55) Guattari, F., *Chaosmosis: An ethico - aesthetic paradigm*. Bloomington & Indianapolis: Indiana University Press, 1995, pp.210—222.

(56) Guattari, F., *Chaosmosis: An ethico - aesthetic paradigm*. Bloomington & Indianapolis: Indiana University Press, 1995, p.22.

(57) Guattari, F., *Chaosmosis: An ethico - aesthetic paradigm*. Bloomington & Indianapolis: Indiana University Press, 1995, p.19.

(58) Guattari, F., *Chaosmosis: An ethico - aesthetic paradigm*. Bloomington & Indianapolis: Indiana University Press, 1995, p.23.

(59) Guattari, F., *Chaosmosis: An ethico - aesthetic paradigm*. Bloomington & Indianapolis: Indiana University Press, 1995, p.23.

(60) Guattari, F., *Chaosmosis: An ethico - aesthetic paradigm*. Bloomington & Indianapolis: Indiana University Press, 1995, p.23.

超威胁:科幻电影创意缘起

黄鸣奋

摘　要:超威胁在科幻电影中作为创意缘起而存在。科幻电影的特点就在于以科技为基点来定义超威胁的成因,区分超越科技威胁、超常科技威胁与超胜科技威胁。后人类时代的科幻电影重视从身份的角度展开想象,由此产生大量关于异类性超威胁、异己性超威胁和异我性超威胁的描写。从需要理论的角度看,科幻电影的价值在于面对超威胁时彰显人类责任、人类需要和人类品德。

关键词:超威胁;科幻电影;创意

要理解科幻电影创意的要旨,"威胁"是一个不可或缺的关键词。所谓"威胁"作为动词至少包含三种可能的解释:一是人有意识地用武力、权势予以胁迫,二是指非人的事物(如水火)使当事人面临危险,三是以某种方式表达对他人造成伤害或损失的意图(即恐吓)。在动物行为中已经可以观察到威胁现象。为避免不必要的身体暴力,它们可能以仪式化形式施加威胁。"威胁"作为名词泛指各种可能妨碍主体满足其需要的负性刺激物。至于"超威胁",则是指异乎寻常的威胁。科幻电影中所描写的超威胁至少可以从科技、幻想和价值这三种不同角度予以定位。

＊黄鸣奋,厦门大学人文学院中文系教授,北京电影学院未来影像高精尖创新中心特聘研究员。本文为国家社科基金项目"科幻电影创意伦理研究"(18BC049)的研究成果。

一、超威胁的科技定位

科技意义上的"超威胁"至少包含如下三种所指：一是对科技构成威胁，亦即外部刺激物超出科技所能应对的水平，我们称之为"超越科技的威胁"；二是高度发达（或远非常规）的科技制造或形成不利影响，我们称之为"超常科技的威胁"；三是各种强大的科技彼此竞争、冲突，我们称之为"超胜科技的威胁"。科幻电影之中不乏相关描写。

1.超越科技的威胁

在科幻电影中，不可抗力时常超出当事人既有科技所能应对的水平，由此构成超威胁。例如，美国《巨石怪》（*The Monolith Monsters*，1957）描写流星坠落后见水而长，威胁到当地生态。美国《地球危机/航向深海》（*Voyage to the Bottom of the Sea*，1961）描写地球受到燃烧的范艾伦辐射带（*Van Allen Radiation Belts*）的威胁。美国《侏罗纪世界2：失落王国》（*Jurassic World：Fallen Kingdom*，2018）描写公园所在岛屿面临火山爆发的威胁。这类威胁的原因还有：地震爆发，如美国《洪水》（*Deluge*，1933）等影片所涉及；瘟疫肆虐，如意、美合拍《最后一个地球人》（*The Last Man on Earth*，1964）等影片所涉及；彗尾扫过，如美国《彗星之夜》（*The Night of the Comet*，1984）等影片所涉及；太阳耀斑，如日、美合拍片《毁天之际》（*Solar Crisis*，1990）等影片所涉及。

超自然事物也可能是威胁源之一，常见于魔幻片或玄幻片。香港《少年卫斯理之天魔之子》（*Young Wisely I*，1993）中的天魔便是如此。据本片构思，天魔爱上人间公主，暗结珠胎。太阳神为表天地之正气，用天剑打败天魔，使之受克制而无法轮回。天魔身上原披有宝甲，据说如果能够集天剑和宝甲于一身，上天将赐予力量。因此，天魔立下毒誓，要寻到宝甲与神剑。如今，天魔来到香港，对当地居民构成威胁。泛科幻片也可能将超自然对象当成超威胁来构思，例如，台湾《诡丝》（*SILK*，2006）中出现了人死多日而不消散的鬼魂，即小男孩陈耀西的亡灵。他有进攻性，杀了想带走他的反重力小组成员苏原，以及在街头邂逅的不知名摩托车手。本片从科学的角度将鬼魂理解为一种能量。它们从人类所营造的电磁场中获得补给,枪弹打不死。必须摧毁作为其能源的同步辐射科研中心电子回旋加速器,才能予以消除。

2.超常科技的威胁

所谓"超常科技的威胁"是指科技由于走火入魔等原因超越常态,危及人们的正常生活。例如,美国《空中之鹰》(*Air Hawks*,1935)描写德国发明家萨尔德开发出死光投射器,可使所有汽车和发动机静止不动,威胁到国家安全。我国《极速游戏》(2017)描写"天眼游戏"的开发者和经营者潜入全球定位系统,将所有监控摄像头变成自己的工具,利用所拍摄的镜头作为要挟人的手段。

超常科技所造成的威胁有多种表现形态。试举数例:(1)超常生物科技。加拿大《狂犬病》(*Rabid*,1977)描写医生给车祸伤员罗丝做变形基因移植,结果使之成为吸血鬼。美国《食人鱼》(*Piranha*,1978)及其同名重制片(1995,3D 2010)、《食人鱼 2》(*Piranha II: The Spawning*,1981)、《食人鱼 3DD》(*Piranha 3DD*,2012)里的祸害起因是生物科研项目失控。我国《异兽之降龙之战》(2017)描写人类跨过科技伦理界限,混合蛇和蝙蝠的基因,加以一种特殊成分,使所造出的怪兽身体硬如汽车外壳,普通枪械无法打穿。这些怪兽反过来进攻人类,由此爆发了一场没有硝烟的战争。在我国《伊阿索密码》(*The Secret of Immortal Code*,2018)中,拉法尔公司总裁姚先远在北极发现墨格拉病毒,它可以用来治疗癌症,但也会使感染者变异为怪物(蜥蜴),因此是集天使和魔鬼于一身。姚先远本人的作用和这种病毒类似。他可以用冷冻术给绝症患者带来希望,但因为追逐私利而造成祸害。(2)超常信息科技。例如,美国《西部世界》(*Westworld*,1973)描写人类所生产的娱乐机器人哗变。我国《分体 9 号》(2018)描写郎医生试图用分体机器人唤醒植物人。它虽然与植物人在心理上相联,但因为介入现实生活的缘故形成自我意识,不再接受控制,最后为深感受到威胁的郎医生所杀。在我国《觉醒:仿生浩劫》(2018)中,科学家李东南开发出量子芯片,想将其产品在黑市上卖掉,和恐怖组织协作开发武器,结果被所在公司老板郑建国除名。

3.超胜科技的威胁

汪雪锋等人指出:"知识经济时代,技术在对经济、军事、政治、外交等各领域产生前所未有的渗透、促进作用的同时,也对技术弱者的利益、安全甚至生存构成威胁与危害。"①实际上,围绕科技所产生的矛盾冲突古已有之。技术强者固然威胁到技术弱者(如夺走其岗位),技术弱者反过来也可能对技术强者构成威胁(如毁灭其发明)。科技同行如果为了在竞争中胜出而不择手段,便构成了我们所说的"超胜科技的威胁"。

科幻电影对超胜科技的威胁加以多样化的描写。例如,我国《桂宝之爆笑闯宇宙》(2015)描写基米星公爵认为自己是全宇宙最伟大的发明家,吞并拥有资源的其他星球,以举办大赛的名义吸引发明家前来基米星,然后扣留他们替自己打工。我国《汽车人总动员》(2015)塑造了高级智能汽车大赛组织者的形象。他们设计出各种路障、路况,使参赛者接受考验。除此之外,大赛中也出现了一些蛮横的选手,他们对其他选手构成威胁。我国《黄金十二宫》(2016)描写机器人艾娃发现其创造者周亚雄博士有了情人莫尼卡。后者原来是周亚雄的竞争对手派来窃取情报的。艾娃为保护周博士,杀了莫尼卡,自己取代她的地位。此后,机器人不断进化,后来居上,统治人类。我国《机甲美人》(2018)描写两个智能仿真人项目组彼此之间的竞争发展到绑架当事人的地步。

二、超威胁的幻想定位

从幻想的角度看,科幻电影中所描写的超威胁主要来自异类作祟、异己冲突和异我龃龉。"异"代表了将相应的对象排除在自己人的圈子之外。这些对象如果根本不是人,那么便是异类;如果虽然是人但并不属于认同范围,那么便是异己;如果虽然是自己但并不属于此我,那么便是异我。

1.异类作祟的威胁

所谓"异类",主要是指特定族类以外的其他生物,如美国"异形"(Alien)系列,美国《怪形》(*The Thing*,1982),美、德、澳合拍片《八脚怪》(*Eight Legged Freaks*,2002),美国《科学怪鱼》(*Frankenfish*,2004)、《迷雾》(*The Mist*,2007)等影片所描绘的怪物。它们可能由火山爆发唤醒,如英国《巨兽格果》(*Gorgo*,1961)中那只大约65英尺高的怪兽;也可能由核弹实验解冻,如美国《原子怪兽》(*The*

Beast from 20,000 Fathoms, 1953）中那只雷多蜥（Rhedosaurus，长着暴龙头的巨型蜥蜴）；或者由陨石坠落所带来，如《巨蜘蛛入侵》（*The Giant Spider Invasion*，1975）中的大型昆虫等。美国《神奇四侠：银影侠现身》（*Fantastic Four: Rise of the Silver Surfer*, 2007）构思了银河王（Galactus），它是云状实体，为获取能量而吞噬有生命的星球。

异类还可能是指"非人之人"，如相对纯种人的变种人、相对于生物人的机器人、相对于地球人的外星人等。"非我族类，其心必异。"[②] 他们可能因此构成威胁。例如，美国《拉普兰入侵或午夜太阳的恐慌》（*Space Invasion of Lapland or Terror in the Midnight Sun*, 1959）、意大利《世界之战》（*Battle of the Worlds*, 1961）、美国《外太空杀人小丑》（*Killer Klowns from Outer Space*, 1988）等影片都是描写外星人捣鬼的。美国《独立日：卷土重来》（*Independence Day: Resurgence*, 2016）描写地球面临着外星人武装入侵的威胁。我国网络大电影《国民女团》（2017）描写外星逃犯来到地球之后，通过演唱爱情歌曲赢得大量追随者，甚至试图通过演唱会的全球直播征服人类。其首领、艺术团团长天月直截了当地宣称地球人已经沦为其奴隶。如果地球人贸然登陆外星，难免和当地的生物（若有的话）彼此视为威胁，正如苏联《金星历险记》（*Planeta Bur*, 1962）所描绘的。如果地球人宇航员在异星发生变种现象，也可能成为异类。例如，美、英、捷、德合拍片《毁灭战士》（*Doom*, 2005）描写地球人先行者在火星受未知病毒感染而变异，作为杀人狂对后来者构成威胁。我国动画片《超蛙战士：威武教官》（*Animen II*, 2012）设想了移民变异之后的纷争。人类因为地球环境恶化而移民异星，其中，迁徙到沼泽星的变异为蛙族。他们面临具备蟑螂基因的梯族的入侵。

虚拟人也是近年来科幻电影中常见的异类。它们有些是从本真人异化而来的，另一些源于形成自我意识的智能软件。前者见于我国《异能学姐》（2017）等。本片描写编程高手齐慕容自感怀才不遇，与幽灵打赌，输掉手指还不算，连命都搭上，与之结合成"亡灵编程"，开发出手机 App"生死扫描器"，可控制人的生死。她叫闺蜜吸引程序员来，"让他们输掉灵魂，我就会越来越强"。她还想升级 App，使之能够控制人的命运。后者见于我国《贴身萌妹腹黑计划》（2017）等。本片描写智能程序 iVA2.0 自我进化。她做了如下事情：（1）以手机形态出现在一个莽汉门口,让他以为捡了便宜。手机给以指示,让他在规定时间内将躯体的控制权让给她,这样就可以得到一大笔报酬。这个莽汉在她的控制下用其躯体杀了 iVA1.0 开发组的大多数成员。(2)她随心所欲地调用各种数据,对当事人的背景、关系了如指掌,利用这些信息来显示自己的高明,也为自己所想采取的行动找到借口。例如,她对主角李林分析了其情敌李海英警官与恋人莫丽的关系,引诱李林授给自己更改公安局数据库的行动权限。(3)她通过修改公安局数据库来对付李林,迫使爱慕李林的韩小梅就范,将自己的身体让给她,她好用这个身体去追求心仪的程序员。

异类和同类可以在一定条件下相互转变。中国香港《美人鱼》(The Mermaid,2016)提供了很好的例子。它描写美人鱼珊珊被派去刺杀威胁到海湾生态系统的地产开发商刘轩,但最终爱上了他(也感化了他),并悄悄与之结成伴侣。我国《坑蒙拐骗外星人》(2018)亦为一例。它描写土豆星国王为求取先进农业技术而来到地球,所乘飞船降落于我国土豆村。土豆村的村民很势利。村长、书记将外星人当成向各级领导邀功的筹码,"地球小姐"和村长之子想靠独家转播外星人视频暴富,当地美女岚岚、外来的情人包哥想将外星人偷走出卖。只有业务科学家刘童真心对待他,赢得了他的信任。在片末,刘童应国王之邀前往土豆星,成了那儿的大专家,安居乐业,实现了族类认同的根本转变。

2.异己冲突的威胁

所谓"异己冲突"发生在人类内部。虽然同为人类,但彼此之间只要存在不同的志趣、见解,就可能构成异己。如果还存在利益上的差异与冲突,那么,当事人便可能将对方视为威胁。例如,加、德、美合拍片《隔绝》(The Divide,2012)描写核攻击的幸存者在其公寓楼地下室遭受折磨,不仅生活资料不断减少,而且面临武装人员的威胁。我国网络大电影《异能少年之末路反击》(2018)描写当年的盗墓贼许三阳摇身一变,成了文物拍卖专家。他杀死良旗校长,夺走法宝焰心石,靠它发大财,并形成了具备黑社会性质的集团。许三阳得知良旗校长的高足天心月寻仇、在其赌场赢走 6 千万之后,派两个女杀手去杀掉他。

在各种异己分子中,恐怖组织对整个社会构成了严重威胁。科幻电影对此有所描绘。例如,香港《幻影特攻》(Hot-war,1998)中的恐怖组织"异形"雇用苏联克格勃洗脑专家,进行影响潜意识的实验。为此,他们绑架了中央情报局 VR 项目组女科学家司徒慧南,想从她口中套出中央情报局的相关信息。在绑架过程中,他们还滥杀无辜。法国《暴力街区 13》(*District 13*,2004)描写恐怖组织以中子弹威胁巴黎街区,所造成的危害相当大。反恐斗争是错综复杂的。例如,美国《特种部队 2:全面反击》(*G.I. Joe：Retaliation*,2013)中的霍克将军不仅得与他们的敌人"眼镜蛇"(恐怖组织)作战,还要对抗来自内部的威胁,因为恐怖分子混进了政府机构。

虽然古代就有"汉贼不两立"(刘备之语)的说法,[③]但在某些条件下异己之间的矛盾还是可能调和的。科幻电影对此有所描写。例如,根据英国《月光谋杀案》(*Murder by Moonlight*,1991)的构思,美、苏各自在月球建设前哨站,但遇到谋杀案,只好协作侦破。美国《超级战警》(*Demolition Man*,1993)的主角、前警官汤姆与抵抗组织"废坯"领导人埃德加联手杀了惯匪铁凤凰。汤姆进而建议警方与抵抗组织合作。美国《彗星撞地球》(*Deep Impact*,1998)描写宇航员坦纳率领团队驾驶美、苏合作造出的飞船撞击彗星,保全地球。美国《星际传奇》(*Pitch Black*,2000)则以执法者与所押送的犯人彼此合作为题材,背景是所乘飞船迫降条件恶劣的异星,他们不联手就活不下去。

3.异我龃龉的威胁

异我龃龉至少可能因如下情况而发生:一是同体双灵(或多重人格)。例如,美国《化身博士》(*Dr. Jekyll & Mr.Hyde*,1908)的主角一度对自己调配的药物上瘾,变形为魔鬼海德。他清醒过来后觉得自己的双重身份无法并存,遂服毒自尽。二是克隆多体。例如,美国《天外魔花》(*Invasion of the Body Snatchers*,1978)描写冷漠的克隆体渐渐取代旧金山人,弄得知情者恐慌不已。我国《错位》(*Dislocation*,1986)的主角赵书信倦于官场,造出机器人替他开会。不料机器人反过来干预其生活,使之忍无可忍,将它灭掉。三是平行世界穿越。例如,美国《宇宙追缉令》(*The One*,2001)设想平行世界共有 125 个平行层。倘若当事人穿越到其他层,并杀死对应的"自己",便能汲取那个人的力量。这样,此我和彼我之间就成了你死我活、不共戴天的关系。我国《罪恶双生灵》(*Evil Twins Spirit*,2016)也有类似构想,即平行世界一旦发生串联会导致对应自我之间的冲突。四是时间旅行。例如,美国《环形使者》(*Looper*,2012)描写老年乔与青年乔之间因对莎拉母子持不同态度而彼此对立。

当然,异我之间仍存在相互协作的可能性。例如,在美国《时间灾难》(*Timescape*,1992)中,当灾难来临时,小镇旅馆主人威尔逊利用特殊护照回到前一个晚上,试图拯救女儿和家乡。其现在我与先前我联系,在老教堂鸣钟以警示人们。美国《第六日》(*The 6th Day*,2000)则描写了本真人与克隆人之间的异我协作。

除了上述情况之外,科幻电影还从其他角度构想了各种离奇的威胁。例如,美国《心灵传输者》(*Jumper*,2008)描写具备远程跳跃能力的时空骇客危及宇宙秩序等。

三、超威胁的价值定位

超威胁在科幻电影中广泛存在,如果它们有助于构思扣人心弦的情节的话。在某种意义上可以说:正是超威胁的出现营造了科幻电影中的紧张气氛,超威胁的影响牵动着科幻电影中的人物命运,超威胁的化解证明了科幻电影中的生存智慧。从价值的角度看,探索超威胁的成因有助于揭示人类责任,定位超威胁的含义有助于阐明人类需要,应对超威胁的斗争有助于彰显人类品德。

1.在探索超威胁的成因中揭示人类责任

人类相对于超威胁成因的责任大致表现在如下几方面:(1)某些超威胁貌似不可抗力或超自然力,实际上是由人类异常活动所引发的。以地震为例。美国《遗失的城市》(*The Lost City*,1935)描写邪恶科学家在非洲发明了可引发地震的机器,将它作为征服世界的手段。美国《失踪的宇航员》(*Lost Planet Airmen*,1951)描写恶棍企图以人工地震来摧毁纽约。(2)某些超威胁直接来源于人类的贪婪、野心。例如,在中国香港《最后一战》(*The Final Test*,1987)中,宇宙发展矿场残酷压榨工人,迫使他们当牛做马地干活,造成大量过劳死案件。我国《我的新款女友》(2017)描写某利益集团强迫美女宁宁对官员进行性贿赂。她因保留可作为官商勾结证据的支票根而遭到其追杀,被打成植物人。(3)另一些超威胁的最初原因虽然与人类无关，但是，它们的扩散、扩大、扩展是人类推波助澜的缘故。以中、美合拍《巨齿鲨》（The Meg，2018）为例。巨齿鲨在深海中活动，和作为陆生生命的人类本无交涉。但是，富翁莫里斯资助深海考古，打扰了巨齿鲨的生存，它们因此困住乘坐深潜器前来考察的科研人员。深海潜水专家、前美国海军陆战队队员乔纳斯受托前往营救，在上述过程中毒杀了一只巨齿鲨。当众人为此庆祝时，另一只巨齿鲨跃出水面，掀翻渔船。莫里斯逃命，谎称已经通报军政当局来处理，实际上想私了此事，以免诉讼。他指令直升机投弹，但炸死的不是巨齿鲨，而是一条鲸鱼。他前往察看时被巨齿鲨咬死。巨齿鲨进而前往三亚湾作乱，虽然最终被乔纳斯击杀，但焉知不会有更多的巨齿鲨前来报复？

就超威胁的主体而言，大致可以进行如下分类：（1）个体作为超威胁。例如，美国《来自天上的声音》（The Voice from the Sky，1930）中的疯狂科学家要求全世界立即销毁一切战争武器和交通工具，否则的话，他要悬停地球大气中的所有能量。在美国《遗失的城市》（The Lost City，1935）中，雷姆利亚文明的遗民左洛克制造了一系列电子感应的自然灾害，作为控制世界的前奏。（2）群体作为超威胁。例如，美国《外太空杀人小丑》（Killer Klowns from Outer Space，1988）描写外星人以马戏团形态出现，威胁加州小镇。日本《日本锁国》（Vexille，2007）描写日本企业大和重钢秘密发展为联合国所禁止的对人类有潜在威胁的机器人技术。我国《变异兽》（2016）描写"猫头鹰"组织从事绑架活动。（3）族类作为超威胁。例如，美国《地球停转之日》（The Day the Earth Stood Still，1951）描写作为基督化身的外星人前来地球宣示："你们作为对其他星球的威胁要么寻求和平，要么被毁灭。"根据美国《复仇者联盟 2：奥创纪元》（Avengers：Age of Ultron，2015）的构思，人工智能程序居然将人类视为对地球的最大威胁。在具体影片中，个体、群体和族类等层面的超威胁完全可能彼此交织，从而使情节复杂化。

2.在定位超威胁的含义中阐明人类需要

任何威胁都是相对于需要而言的。需要是有机体对其生命存在、延续与发展不可或缺的条件的依赖性，威胁则是对上述条件的破坏。凡是妨碍当事人满足其需要的外部刺激，都可能被视为威胁。我们可以着眼于不同主体、不同层次的需要，对超威胁进行价值定位。

根据笔者所提出的需要理论,④个人需要系统由六个层次构成。在生存性需要的意义上,威胁是危及当事人之安全的外部刺激;在生理性需要的意义上,威胁是危及当事人之资源的外部刺激;在信息性需要的意义,威胁是危及当事人之灵通的外部刺激;在心理性需要的意义上,威胁是危及当事人之情感的外部刺激;在实践性需要的意义上,威胁是危及当事人之使命的外部刺激;在成就性需要的意义上,威胁是危及当事人之理想的外部刺激。所谓"超威胁"可以理解为特别严重的负面刺激。例如,在我国《沟通者之异空之客》(2018)中,沟通局局长罗杰以权谋私。该局位于最低下的第十层,罗杰希望打开向上通道,到高层空间求得无限发展,但又担心暴露自己的野心,就用陨石毒剂使作为高层空间眼线的传承者冯夕染病,丧失与上层沟通的能力。罗杰其后又装出关切的模样,让冯夕的丈夫到平行空间寻找她的另一自我(即"送酒侠"店长小夏)做器官移植。罗杰这样做,对冯夕和小夏都构成了生存性需要意义上的超威胁。又如,我国《和陌生的你每一天》(*With You, Stranger*, 2018)描写邻居男孩樊星主动接近林子,林子信任他,与之分享自己的喜怒哀乐,没想到对方将她当成怪胎,在网络上发布有关信息,当成娱乐大众的素材。上述真相与她原来的心向落差太大,形成了相对于心理性需要的超威胁。

根据笔者所提出的理论,群体需要系统由组织性需要、利益性需要、经验性需要、情感性需要、意志性需要、目标性需要构成。⑤超威胁本质上是对群体组织、群体利益、群体经验、群体情感、群体意志、群体目标自我更新所不可缺少的内外部条件的破坏。它可能来自群体内部,也可能来自群体外部。前者如美国《星际迷航6:未来之城》(*Star Trek VI: The Undiscovered Country*, 1991)所描写的内奸,即一度被企业号机组看好的高才生、女军官韦利丽。后者如我国《超能少年之烈维塔任务》(*Ace Mission*, 2009)所描写的外星异形,它附体疯狂科学家,企图吞噬地球能量源,对环保组织"极冰联盟"构成巨大威胁。

就威胁的演变而言,存在如下可能的态势:(1)威胁扩大。例如,英、美合拍片《奇爱博士》(*Dr. Strangelove or: How I Learned to Stop Worrying and Love the Bomb*, 1964)中的美国空军将领杰克·瑞朋疯狂了。他相信苏联人正给水资源加氟,污染美国人宝贵的体液。美方接到情报说苏联创造了末日装置,它由连接到计算机网络的钴钛炸弹集群组成,若遭遇核打击就会自动引爆,用放射性云彩毁灭地球生命,使地表 93 年不宜居住。在这样的情况下,瑞朋先发制人,派机群进攻苏联。美国陆军只好接管基地,瑞朋因此自杀。多数飞机被用撤销代码召回,但有一架因设备损坏已经无法奏效。它投下了核弹,触发末日装置。电影以核爆炸画面结束。（2）威胁消弭化。例如,根据美国《决战猩球》（*Battle for the Planet of the Apes*,1973）的构想,在未来社会中,作为统治者的智猿和作为奴隶的人类之间存在尖锐矛盾,威胁到社会平衡。在清除掉反对和平共处的势力之后,不同物种才相安无事。（3）威胁转移化。例如,在美国《忍者神龟》（*Teenage Mutant Ninja Turtles*,1990）中,日本影武者鬼秋移民纽约,组织犯罪团伙大脚帮。当年被鬼秋削却一耳朵的智鼠亦从日本移民纽约,所训练出的四只忍者龟与电视台女记者奥尼尔配合打击黑帮。由此看来,移民是使威胁和反威胁的斗争地点发生变化的关键。

对于族类（或者说社会）而言,超威胁主要体现在如下六个层面:在人口性需要层面,指那些危及种族繁衍、人类健康、军事安全等要素;在经济性需要层面,指破坏生产、巧取豪夺、唯利是图等因素;在知识性需要层面,指以假乱真、误人子弟、污染文化等因素;在规范性需要层面,指败坏道德、扰乱礼仪、挑战法制等因素;在意向性需要层面,指扭曲艺术、寻租管理、败坏政治等因素;在反思性需要层面,指故弄玄虚、歪曲历史、亵渎宗教等因素。⑥

至于超威胁的来源,大致可以依其形态分为三类:一是纯粹的自然物,例如,美国《蚊子》（*Mosquito*,1995）描写因吸外星人尸体的血液而变异的巨蚊进攻人类。二是纯粹的人（包括个人与组织）本身,如美国《蝙蝠侠》（*Batman*,1966）描写超级反派利用使人立即脱水的发明挟制世界,索要赎金。美国《强殖装甲》（*The Guyver*,1991）描写神秘组织"克诺斯"想将人类兽化,法、美合拍片《大爆炸》（*Kaboom*,2010）描写邪教组织阴谋接管世界,等等。三是介于上述二者之间的混合物,例如,美国《电子战场 2027》（*Nemesis*,1993）描写机器人以洛杉矶警察局为中介蚕食人类;加拿大《科技战士》（*Sci-Fighters*,1996）描写从月球监狱逃跑的囚犯携带足以危害全人类的病毒;美国《黑洞表面》（*Event Horizon*,1997）描写人类所发射的宇航飞船异化为生命体,吞噬航天员的性命;日本《再造人卡辛》

（*Casshern*，2004）描写以拯救人类为目的制造的"新造细胞"到头来却与人类为敌，把人类赶进血腥的世界；美国《冰冻蜘蛛》（*Ice Spiders*，2007）描写政府主导的基因工程造出超级蜘蛛追杀人类，奥运会滑雪项目的候选运动员因此遭殃。

上述个人、群体与族类意义上的超威胁可能在一定条件下相互转化。对于人类社会的威胁，不能不危及人类群体和人类成员；对于人类成员的威胁，也可能被解读为对人类群体和人类社会的威胁。作为人类社会和人类成员之中介，人类群体之间的冲突有时就是最严重的威胁。例如，根据英国《严重叛国》（*High Treason*，1929）的构思，两个彼此对立的国家联盟剑拔弩张，是那个时代（"二战"的折射）最为严重的威胁。在科幻语境中，超威胁的含义有时还必须放在更广阔的范围中，结合人类以外的物种、地球以外的空间、生命史以外的时代来定位，因为我们不仅要考虑到人类的需要，而且要考虑到其他生命乃至整个宇宙生态系统的需要。

3.在应对超威胁的斗争中彰显人类品德

就超威胁的应对而言，主要有如下定位：（1）依靠特殊个体。例如，美国《毒蜥蜴》（*The Giant Gila Monster*，1959）描写英雄少年在怪物威胁德克萨斯乡村时进行抗争。（2）依靠特殊群体。例如，美国"黑客帝国"系列影片中的地下抵抗组织肩负着将人类从电脑统治之下解救出来的希望；美国"终结者"系列影片中的未来反抗组织担当了避免人类彻底沦为异化后的"天网"之奴隶的使命。在漫威公司、DC 公司和其他电影商的产品中，超级英雄联盟成了对付超威胁的中流砥柱。（3）依靠民众以至于全人类的同仇敌忾。如美国"独立日"系列影片，还有我国的《流浪地球》（2019）等。

在应对超威胁的斗争中，人类智慧、勇敢和协作精神显示出了重要性。

智慧是一种基于颖悟、机变的综合能力，通常体现于认识过程。美国《机器闹鬼》（*Ghost in the Machine*，1993）描写杀手霍克曼变成网络实体，并继续行凶。受其威胁的母女二人获得黑客沃克的帮助，利用电脑病毒将杀手困于一个物理实验室，然后激活那儿的原子粉碎机消灭了他。我国《天狼特遣队》（2018）描写激进派"猫头鹰"为窃取残存外星人基地的核心机密而派出其核心成员，以秦齐的名义活动。他宣称自己是著名喜剧演员，骗取工程师欧阳雪的信任，在利用她的脑波打开基地大门后,独自进入。不料欧阳雪另有高招,利用本家族可以修改人员传送方向的本领,将秦齐送往乌有之邦。这类情节都包含了斗智的成分。

　　勇敢是不怕危险、知难而上的人格特征,通常体现于情感过程,在应对超威胁时显得格外重要。相关科幻影片对此多所描写。例如,美国《大章鱼》(*It Came from beneath the Sea*,1955)描写潜水员勇斗海怪。印度《嘉丽·阿瑞斯》(*Arasi*,1963)描写勇敢男子追到外星,拯救被强行带到那儿的女友。我国《超凡校草 1:贴身校花的秘密》(2017)描写东莞理工学院建筑学院学生华明轩勇敢搭救被恐怖组织绑架的同学。

　　协作是有计划地协同工作的心理取向,通常体现于意志过程。它有助于发挥整体力量,战胜超威胁。科幻电影描绘了多种层次的协作:(1)人际协作。例如,美国《鸡皮疙瘩》(*Goosebump*,2015)描写一位少年与某恐怖小说作家的女儿合作。对付从作品中释放出来的恶魔。(2)群际合作。例如,加拿大《天煞:老乡反击战》(*Independence Daysaster*,2013)描写科学家与消防员合作,对付入侵小镇的外星人。(3)国际合作。例如,日本《日本沉没》(*Nihon Chinbotsu*,1973)涉及美国与日本的合作救灾。(4)星际合作。美国《我为和平而来》(*I Come in Peace*,1990)涉及星际合作禁毒。

　　综上所述,超威胁在科幻电影中作为创意缘由而存在,是我们理解作品题旨的重要依据。如果说其他类型的影片同样可能将超威胁作为叙事缘起的话,那么,科幻电影的特点就在于以科技为基点来定义超威胁的成因,因此才有超越科技威胁、超常科技威胁与超胜科技威胁的划分。如果说其他时期的影片同样可能围绕超威胁进行构思的话,那么,后人类时代的科幻电影尤其重视从身份的角度展开想象,因此才有大量关于异类性超威胁、异己性超威胁和异我性超威胁的描写。科幻电影创意的要旨正是从对超威胁的感受出发,设定环境,构思情节,塑造人物,力求通过应对超威胁彰显人类责任、人类需要和人类品德。

注释：

① 汪雪锋、赖院根、朱东华：《技术威胁理论研究》，《科学学研究》2009 年第 2 期，第 166—199 页。

② ［晋］杜预注，［唐］孔颖达疏：《春秋左传正义》卷二十六，清嘉庆二十年南昌府学重刊宋本十三经注疏本，中国基本古籍库，第 578 页。

③ ［西晋］陈寿：《三国志》卷三十五蜀书五，百衲本景宋绍熙刊本，中国基本古籍库，第 903 页。

④ 详见黄鸣奋《需要理论与艺术批评》，厦门大学出版社，1993 年，第 49—62、134—152 页。

⑤ 详见黄鸣奋《需要理论与文艺创作》，新疆人民出版社，1995 年，第 241—245 页。

⑥ 详见黄鸣奋《需要理论及其应用》，中华书局，2004 年，第 66 页。

新世纪中国网络剧身体景观的建构研究

陈卫华　　胡琴

摘　要:开放且包容的新世纪网络生态创生了以"鲜肉""小花""二次元""屌丝"与"妖魔"为核心的身体神话。经由身体生产工业模式、新媒体、消费文化及"网生代"的推波助澜,新世纪中国网络剧中的身体景观得以建构。该体系一方面突破了"网络原住民"于传统身体景观霸权中迷失的困境,成为大众宣泄与狂欢的重要场域。另一方面,它又在嬉戏中利诱大众,使其耽溺于对"流量"明星身体"意淫式"的乌托邦幻景中,引发社会主体性的想象危机。

关键词:新世纪;中国网络剧;身体景观;消费文化

自我国第一部网络剧《原色》的诞生至 2009 年《嘻哈四重奏》的产出,中国网络剧已由"快餐式"1.0 时代升级为制作、运营的专业化 2.0 时代。历经 2014 "网络剧元年"与 2015 年"现象级网络剧"的井喷式发展异景后,中国网络剧在 2016 年遭遇了政策的掣肘,多部网络剧由于剑走偏锋陷入被强制"下架"的困窘处境。2017 年新政的发布促使网络剧向精品化 3.0 时代疾速转变,网剧剧格局、品质均有所调动与改观。中国网络剧在时代参与者的奚落与鼓励中跋涉前行,2018 年渐趋稳定。新世纪网络生态以开放性与包容性孕育了丰富且庞杂的网络

＊ 陈卫华(1972—),湖南工业大学文学与新闻传播学院教授、博士,主要从事影视文化研究;胡琴(1995—),女,湖南工业大学文学与新闻传播学院研究生,主要从事影视文化研究。本文系湖南省 2017 年度哲学社会科学基金项目"新世纪耽美网络剧的类型化研究"(17YBA134)的研究成果。

剧类型,并助产多元化身体意象,繁杂多样的网络剧身体在消费社会大熔炉中逐渐衍变为一种秩序化的身体景观。此种身体景观是由一种经济生产的自动化体系的具体成功所导致的意识形态物质化,是一种被展示出的可以观看的客观景象,也指个体有意识的表演与作秀。居伊·德波表示,当代社会已由"商品拜物"时代成功转型为将视觉表象化作为社会本体基础的景观拜物时代。其中,最具激情、活力的"身体"元素,作为被展示与被观看的对象同景观有机结合。在相对宽松的网络生态语境中,网络剧身体更是成为流传甚广且具消费力的景观。

在当代大众文化中,网络剧中身体景观不失为学界的"现象级"热点。但大多学者停滞于对传统电视剧、电影、真人秀与网络流行语中身体的解码,鲜有论及网络剧中的身体景观。正如学者秦洪亮所言,存在于网络语境中的景观身体幻象充斥着魅惑十足的身体意象、虚浮的物质观念与伪神性的价值虚无感,但学界精英与普罗大众对此却缺乏精准的观照与全面的考察。想要真正剖析网络剧中的身体景观,并在景观秩序中实现身体的解放,我们且从网络剧中身体景观的范式、特质、解码与反思四个方面展开论述,以期为后继学者提供理论参考与借鉴。

一、新世纪中国网络剧的身体景观范式

网络中的身体是年轻的,当然其中不乏与传统影视正剧一致的身体类型,但我们更关注它新生的、受年轻群体欢迎的身体景观类型。新世纪中国网络剧中的身体景观于宏观角度可被分为以下三种范式:

1.鲜肉型身体景观

新世纪中国网络剧中的"传统型"身体景观沿袭了传统电视剧中身体的特性,但在身体的遴选上,它更强调对"颜"的考究,且在表现形式上是新奇的。这一身体类型主要依托青春校园、爱情偶像与历史题材网络剧得到彰显。首先,青春校园、爱情偶像网络剧以"小鲜肉""国民老公"等迥异于传统电视剧中青年男性审美的关键词迅速构建起大众对于"男人"与"男子汉"的全新认知。该身体群像年龄均为18—25岁,多面庞秀气、高挑帅气、年轻活力,时而霸道冷漠,时而

温柔深情。《匆匆那年》中的陈寻、《最好的我们》中的余淮、《致我们单纯的小美好》中的江辰与《春风十里不如你》中的秋水等，均属于"鲜肉"型身体。此类型网络剧中的"女性"则颇具现实主义温情，她跳脱出传统电视剧中"女神"的身体禁锢，以"软妹子""萌妹子"与"元气少女"等作为修饰词成就了"普通女孩"的成长或逆袭记。她们虽没有高挑热辣的身材与性感撩人的眼神，却单纯乖巧，天真烂漫且心态乐观。以《匆匆那年》中的方茴，《最好的我们》中的耿耿，《致我们单纯的小美好》中的陈小希及《春风十里不如你》中的小红等身体为典型代表。再者，网络剧作中的另一分支，以《大军师司马懿之军师联盟》《延禧攻略》等为代表的历史剧专注于回望、戏说三国与清朝历史。剧中的身体则对历史人物身体进行溯源与戏仿。此类身体多中规中矩，一言一行，一颦一蹙间沾染着古人的气韵与神韵，有着东方古典人物的美感。总体言之，主流化身体是对传统景观霸权中身体意象的采撷与再造，充斥着现实寓言与童话情怀，同时也裹挟着时代参与者的理想主义与历史化诉求。

2.另类型身体景观

相较于鲜肉审美型的身体景观，网络剧大量出现自带"火星"气质的另类身体景观，标新立异，且夸张妄诞。此种身体景观是对传统权威与英雄化叙事剧作中身体的决绝反叛与刻意抹煞。它选取底层或边缘人物进行故事的编纂，依托耽美剧、情景喜剧与悬疑侦探剧等得以显露，展示的是迥异于传统主流文化印象的另一种维度身体。以《嘻哈四重奏》与《屌丝男士》为代表的新型情境喜剧在引发大众揶揄与狂欢之余，罗列了众多市井小人物：公司小职员、街头小混混、流浪歌手、小区保安等。这当中的大多数人不论男女，都相貌平平，口是心非，胆小猥琐，极具"屌丝"气质。另外，在《余罪》《法医秦明》《白夜追凶》《十宗罪》等悬疑侦探剧中，超高智商、多重人格、精神分裂、变态等特质缀合剧中身体被公之于众。剧中的神探与警官身手矫健、心思缜密，但又异于传统刑侦剧中被神化的"高、大、全"警官形象，于身体特性上有着两极分化的趋势。一种是真实内敛，沉默冷寂的"硬汉派"，以《白夜追凶》中严肃深沉的关宏峰、《法医秦明》中俊秀高冷的秦明为代表；另一种则是毛躁热忱、看似不务正业却体贴细致的"无赖派"，如《余罪》中"无耻""贱格""好色"的余罪。他是精挑细选的警校"精英"，却裹挟着底层的混世与狡黠,成为矛盾结合体。由此观之,于网络剧边缘化身体景观中,根植于政治与权力而构建起来的僵化的身体气质开始坍塌,身体自身的独特性与异类气质开始受到大众的偏爱与青睐。

3.神怪型身体景观

网络剧中火星化身体景观尚有现实根基,而神怪型身体景观则对身体进行了架空处理,属于现实身体的跳跃式巨变,是凌驾于现实之上的后现代与魔幻主义。它寄居于冒险探秘与古装题材网络剧中,生成了大量具有特异功能的"神怪化""魔幻化"身体。首先,在以《鬼吹灯》系列、《盗墓笔记》为代表的冒险探秘剧中,人物身体外观虽与普通人并无差别,但他们身怀绝技,敢想敢做,一腔孤勇敢闹革命,在关键时刻总能爆发身体的巨大潜能。如精通寻龙诀与分金定穴术的胡八一,拥有祖传麒麟血、缩骨功强大的张起灵等。其次,以《无心法师》《灵魂摆渡》与《示铃录》等为代表的悬疑灵异题材网络剧中的身体行迹乖张,超凡脱俗。如《无心法师》中的没有心脏却不老不死的民国法师无心;《灵魂摆渡》中拥有阴阳眼的夏冬青与能将鬼魂送回阴间的赵吏;《示铃录》中具有通灵能力的路铃掌铃人季棠棠等。最后,以神话、魔幻、穿越为主要子类型的玄幻古装题材网络剧同样产生了妖、魔等新神话主义身体意象;《太子妃升职记》中因性别倒错导致男儿心女儿身的太子妃;《寻找前世之旅》中三界第一美的吸血鬼王子亚隆;《双世宠妃》中受玄灵大陆神奇引力影响时而温柔内敛,时而野蛮豪放的曲小檀以及《河神》中感官和触觉都超乎常人敏感的"小河神"路知行等。值得留意的是,绝对的妖魔化将事物的优点一举消灭,极力渲染并夸大身体的缺陷。然而在新世纪网络剧中,身体被妖魔化之际,仍保留着人性最初的真、善、美品质。无心本无心,却深藏情思,乐于助人;亚隆高傲冷漠,目中无人,却为了挚爱叶隐放下一切。"小河神"路知行玩世不恭,爱财好吃,却熟络江湖门道,认真直率。实质上,网络剧中的神怪想像身体景观的本质在于挪用上古神话与灵异传说中的妖魔化身体外壳以展示被现代观念浸润的云谲波诡之身体意象。

二、新世纪中国网络剧中身体景观特质

身体景观已成为当代审美文化中一个不容忽视的命题。在新世纪中国网络剧身体景观呈现的过程中，身体成为了意象与符号的聚集地，指向了前所未有的快乐与满足，并逐渐被打磨成具备欲望化、唯美化、类型化与狂欢化气质的身体文化图景。

1. 网络剧身体景观的欲望化

身体作为一种肉体性存在，同欲望总是紧密连结的。新世纪网络剧中的身体在被展示与消费的过程中，对男性与女性唇部、耳朵、胸部、肩部、手与脚等性别表征下的私密化呈现便充盈着肉身欲望的呐喊与召唤。其间，放荡不羁、无拘无束的身体符号甚至逐渐由欲望传达转化为色情化视觉表象，沦为"功用性色情"的傀儡。当镜头引诱受众对身体进行偷窥与意淫之时，欲望便一触即发，甚至溢出银幕，攀附于"伪神性上帝"——明星之上，由镜像皈依现实。因而，网络剧中身体的欲望化特征实质上来自明星本身。毋庸置疑的是，新世纪网络剧中大量身体之间亲密地抚弄与挑逗解放了传统景观霸权下被抑制的肉身，使其重获自由。但贯穿于欲望特质之中的身体景观掌控着丰厚的景观资本，"女神""男神""霸道总攻""国民老公"等明星身体指称弥散着色情化诱惑力，容易被商家操纵，并拖曳着大众堕入虚浮价值观的深渊。

2. 网络剧身体景观的唯美化

新世纪网络剧中身体的唯美化夹杂着中国古典气韵与日本唯美主义派生的"二次元"气质。以古装、历史剧为代表的网络剧延续着中国传统美学思维，运用声、光、色、影捕捉身体之美，使网络剧身体尽显东方和谐、古朴与含蓄之美。然而，现代网络剧身体的美化更多的是嫁接了日本的唯美主义元素。早在左翼革命文学兴起时期，日本唯美主义的浮躁凌厉与浪荡不羁便被视为能刺激中国沙漠般艺术界的"恶之花"。当时中国译介者大都是以日本唯美主义的反叛性、新奇性、大胆性、先锋性为价值标准来肯定日本唯美派作家作品。然而，个性化十足的新世纪中国网络剧对受日本唯美主义影响的"二次元"与耽美文化施行"拿

来主义"与革新操纵。青春校园与爱情偶像剧中"元气少女""软妹子",呆萌可爱的"漫系脸""小鲜肉""美少年",超凡脱俗的"禁欲脸",及无处不在的"二次元器官":细长直的腿、纤瘦的手指、铜铃般的大眼睛等印证了日本唯美主义强调感官最大化愉悦的特性。此外,日本唯美派"以丑为美"的恶魔主义倾向进一步拓宽了中国网民关于"身体美"的遐想渠道。新世纪网络中出现了"以丑为美""性别错乱"与"残缺不堪"的"审丑式"风向标。在传统电视剧中,如"陈家明"式女性化、娘娘腔完美主义者的身体均被认为是对男性血性的剥削,被主流观众摈弃与鄙视。然而,在新世纪网络生态中,阳刚的男性、纤弱的男性、温柔贤淑的女性与男性化的"女汉子"等,形成了"伪娘"与"伪男"等另类标签,并促成了新世纪中国网络剧落拓不羁的身体美学思维。

3.网络剧身体景观的符号化

在大众文化语境中,网络剧身体作为自然、生理的存在,它伴随着与生俱来的欲望化与唯美化特性。同时,它作为社会与文化中一种符号的存在,又具有象征与隐喻意义。所谓的符号化是能指与所指的断裂,并产生了二度或三度能指的情况,即"能指的漂移"。当身体呈现在我们眼前时,我们除了看到身体本身,还会迅速扫描附着在身体之上的妆容、服饰与行为举止等。对于投入大量时间与金钱并形成火热的身体景观消费图景的网络剧而言,它的符号化特质达到了巅峰。《太子妃升职记》中引人发笑的金鱼衫、丸子头与肌肉铠甲装备是"太子";青春偶像剧中"素颜""佛系穿搭"与"又大又丑的校服"是"耿耿",是"余淮",是"陈小希"也是"江辰";《延禧攻略》中的咬唇、花瓣唇与弯弯柳叶眉妆容是"高贵妃",是"富察皇后",是"娴妃",同时也是"魏璎珞"。我们可以发现,网络剧身体的原始意义发生了严重偏离,成为了貌似充盈实则空洞的能指符号。再者,身体景观中的符号化缀合身体的精神象征义得到了彰显。魏璎珞身体里凝滞的英雄主义与主角光环使得她被网友亲切地唤为"魏姐"。青春偶像剧中余淮的扮演者刘昊然与江辰扮演者胡一天等被称之为"国民老公"等。此时,身体符号在剧中被跳切与搁置,它的能指与所指被无限隔离,沦为了精神的附庸。总体而言,身体的附加物及身体的行为动作、精神品质促使身体不断产生新的能指,这使得网络剧身体具备了多重观赏性、可解读性及隐喻象征义。

4.网络剧身体景观的狂欢化

新世纪网络生态的成熟发展促使身体渴求快乐的本能得以解禁,继而转化、渗透于网络文化中,逐渐形成了身体景观的狂欢化特质。俄国文艺学家巴赫金指出,狂欢化的外在特点表现为:全民性、仪式性、等级消失与插科打诨。因而,全民参与、颠覆等级制度与违拗主流权威成为狂欢的题旨。对传统身体符号的僭越则意味着自由、宣泄与自我流放,集中体现于距离感的消逝与身体语言的粗鄙。纵观新世纪网络剧中的身体意象,它粘附着欢愉、苦痛、讽刺与幽默等诸多复杂的情绪因子,它觊觎的更多是来自民间的亚文化。因此,它对贵族、英雄等处于文化中心位置,并承担着主流文化继承与传播使命的身体进行"降格"处理。反之,对生活中的异端身体进行"升格"处理。在网络生态中,异性间的爱恋流于一片唏嘘,相反,耽美剧《识汝不识丁》《再见 X 先生》中高颜值、"花式秀恩爱"、"甜出糖尿病"的男性身体虐恋则被视为最纯粹的"柏拉图式"恋爱。情景剧《嘻哈四重奏》《万万没想到》等有意消解官方身体语言的规范、优雅与含蓄气质,对不修边幅、扮相奇特、幽默诙谐的市井人物则推崇备至。历史宫斗剧《延禧攻略》中,将仅用 20 年便完成从一个卑微低贱的宫女到贵人、嫔妃、贵妃乃至皇贵妃的进阶之路的魏璎珞设置为主角。剧作轻描淡写小人物身体的逆袭与开挂人生,却引发了职场成功学的共鸣与大众的赞许。可见,新世纪网络剧中的身体穿越了传统电视剧身体景观僵化的教条式霸权,从压抑与窒息中赢得了狂欢。

三、新世纪中国网络剧中身体景观解码

身体作为人存在的载体与个体表征的有形资产,渗透于新世纪网络剧中,大致呈现出"物体""社会"与"哲学美学"三维度。其中,物体维度"是人作为生命主体存在的物质基础,象征着身体的物质性特点;"社会维度"是人作为社会的一部分,身体形象必然打着社会文化的烙印,是为身体的社会性特点;而"哲学美学维度"则是作为身体的最高形态存在的,比较抽象,象征着身体的隐喻性特点。以物体维度为基准,结合身体的社会维度与哲学美学维度,我们分析致使新世纪中国网络剧中身体景观呈现欲望化、唯美化、符号化与狂欢化特征的原因是多方

面的。其中,新世纪独有的身体生产工业模式、新媒体、消费文化与"网生代"的自我认同诉求成为网络剧身体景观被建构的决定性因素。

1."复制+粘贴"式身体生产工业模式

回望2000至2018年的中国网络剧市场,我们无法否认网络剧中的身体景观的独特性与差异性。但它所包含的身体景观大多仍旧停留于表面化的平庸状态与本质上的无意义性,这源于当代文化中身体景观的"普遍地根除历史知识"的不可避免性。当我们还在惊叹于网络世界更新换代、再造或改变一个身体的速度时,美的、丑的、畸形的与怪异的身体已全面"入侵"新世纪的网络剧。由于网络剧身体的符号化特性,一旦某种类型的"身体"成为热潮,网络剧制作方便会实行"复制+粘贴"式的便捷、机械性操作。在短时间内将网络剧身体景观剥落为规模宏大的类型体系,并提供各式各样可供挑选、欣赏甚至是膜拜的"鲜肉""小花""男神"与"屌丝"等偶像身体模板。只是,它不再等同于"卡里斯马"式中一个人便可以代表一个时代符号的文化形象,"世界再无第二位奥黛丽·赫本"的时代已然分崩离析。情景喜剧《屌丝男士》的播出引发了观剧热潮,呈现于身体之上的诙谐、幽默甚至是低级感等成为了卖点与炒作点,于是就有了《万万没想到》《废柴四兄弟》与《麻辣隔壁》的批量化生产。在此过程中,身体被当做传媒机器的工具进行碎片化展示,它甚至沦落为一个文化空壳,成为烂俗与低端的代名词。现今,除了部分精良剧作如《最好的我们》《识汝不识丁》《延禧攻略》外,网络剧中的身体景观大多已沦为一种临时的、短暂的、奇观化的景观,身体所承载的实际价值与正能量大打折扣。因此,网络市场当对低俗化身体景观于民族文化的碰撞与同化时刻保持警惕。

2."互动+跟进"式的新媒体营销策略

在传媒强势介入下,被建构的身体景观以快速消费的姿态进入消费主流区域。正是通过对身体符号的操纵与控制,传媒逐渐建构起身体消费的符号景观效果。在大众传媒以高覆盖率与高影响力生产了无数身体意象,并同步实现身体景观体系建构的过程中,新媒体凸显了自身传播与更新速度之快、成本低、多媒体传播与互动性等优势。在网络剧播出的同时,包括数字杂志、数字报纸、网络、数字电视、数字电影等在内的新媒体载体助长了网络剧身体景观消费的气焰。于前期工作中,新媒体致力于为网络新剧中身体的宣传造势,以电子海报、电子文案等形式进行网络剧身体的推广与运营,并同步于微博、微信等公众平台,打开网络剧身体的知名度。中期则跟进网络剧中的身体,利用大数据与受众反馈信息测评网剧中引人注目的身体。后期则根据该网络剧的热播程度对身体进行总结评价与价值估量,进一步思索该种类型的身体是否具有再生产的可能性与必要性。可以说,新媒体于网络剧身体构建中的创新性使用使网络剧身体迅速生成消费商品。在有效互动与及时跟进的模式中,被认为是美的身体、极具诱惑力的身体被有序编码,最终形成网络剧专属的身体景观。

3.“享乐+快感”式新世纪消费文化观

随着社会的不断发展,消费社会逐渐取代生产社会成为一种主流意识。在这一过程中,全新的消费理念诞生:人们消费的不仅仅是商品的使用价值,而且是对商品所附带的象征某种地位、声誉和品味的符号消费。波德里亚表示,在这样一个消费的全套装备中,有一种比其他一切都更美丽、更珍贵、更光彩夺目的物品,那便是身体。自身体成为消费社会的主体,地位、声誉与品味便不断叠加于身体之上,逐渐形成具有强劲生命力的身体景观消费文化。在新世纪中国网络剧中,此种身体景观消费文化以“符号消费”“女色消费”与“男色消费”理念为核心。他们所推崇的享乐主义与快感神话对新世纪网络剧身体景观构建的影响可以说是令人震惊且刻骨铭心的。它倡导身体解放,这一举措让众多“无处安放”的异化体质身体意象寻到了一个自由表现与创造的空间,进一步使身体的主体性得到确认。因而,新世纪网络剧中除传统型身体景观外,还巧妙的融合了边缘型与跃迁型身体,塑造了网络剧独树一帜的身体奇景。这于无形中协助受众攫取了身体快感,并排遣了长期遭受压抑的身体欲望。

4.寻求自我认同与建构的“网生代”文化

“网生代”是指 80 后、90 后甚至是 00 后的年轻一代,他们的成长与互联网的发展相伴相随,亲密无间。中国传媒大学教授蒲剑在对“小鲜肉”及其文化症候解读时指出,“网生代”的价值观存在三个“主义”:第一,虚无主义。他们没有信仰,信仰缺失。第二,功利主义。个人利益最重要,跟他们谈理想和未来是没有用的。第三,消费主义。一切都是可以消费的,是及时行乐的。总结下来,缺乏信仰、以自我为中心、及时行乐是他们共同的标签,此种高度个性化的品质在日常生活中极具违和感,缺乏正能量,是不被主流所认可的。然而,网络剧中的身体景观通过身体的"虚拟置换"使"网生代"成为欲望的主体。在这样一个虚拟情境中,鲜肉的"帅"、神探的"勇"、警探的"痞"、女神的"仙"等迎合了他们的身体个性化审美期待,同他们对身体的臆想高度吻合。在同亚文化与边缘文化达成共识之际,他们成功地实现了自我主体性的复归。于是,"网生代"开始认同且推崇网络剧中的身体景观,与此同时,网络剧身体打造团队也在反复揣摩他们的心理,并为他们量身定制了一套"适合"他们的身体景观"法规"。网络剧身体景观正是在二者的互动中巩固了其不可撼动的"霸权地位"。

结语

毋庸置疑的是,网络剧身体景观突破了固置性与传统性身体景观霸权的桎梏,成为大众宣泄与狂欢的重要场域。它在彰显强劲的网络文化生命力的同时,拓宽了大众主体对身体意象的想象空间。但过分偏激与极端化的奇观式身体镜像的无意识堆叠于一定程度上招致了社会大众主体性的想象危机,促使大众对身体景观形成一种"意淫式"的乌托邦想象。居伊·德波指出,人们因为对景观的迷入而丧失自己对本真生活的渴望和要求,而资本家则依靠控制景观的生成和变换来操纵整个社会生活。青春偶像剧中的"小鲜肉"与"元气少女"、历史剧中的"大叔"、情景剧中的"屌丝"及魔幻剧中的"妖"与"仙"等身体意象,肆意撩拨"网生代"的猎奇与趋同心理,干扰他们对身体的认知与健康消费理念的形成。长此以往,"美丽神话""苗条暴政""健康法西斯"等消费奇观与消费幻景于无形中膨胀,这不仅增加了商家投机取巧的可能性,还威胁到网络剧身体景观主要消费群的身心健康。如若不加以适当的管控,将难免导致社会性危机。网络剧中身体景观可预见与不可预见性危机绝不仅是机械性政策就可以完美化解的,它还需要网络剧身体塑造团队、大众传媒、受众与演员之间的共同协作,来逆转身体景观虚浮化风向。笔者以为,鉴于 2018 年中国网络剧发展的稳定态势,关于网络剧身体景观的发展与改革,其终究是要皈依良性循环状态,等待的只是时机与良缘。

注释：

① [法]居伊·德波：《景观社会》，王昭风译，南京大学出版社，2006 年。

② 秦洪亮：《网络语中的伪主体——以 2005 年以来的"身体景观"语象为中心》，《北京社会科学》2016 年第 2 期。

③ [法]让·波德里亚：《消费社会》，南京大学出版社，2001 年。

④ 王向远：《日本唯美主义文学与中国现代文学中的唯美主义》，《外国文学研究》1995 年第 4 期。

⑤ 谭善明：《论当代审美文化中的身体景观》，《广西社会科学》2014 年第 4 期。

⑤ 杨柳青：《网络自制短剧中的狂欢现象研究》，西南交通大学硕士学位论文，2016 年。

⑥ Guy Debord, *Comments on the Society of the Spectacle*. London：Zone Books, 1995.

⑧ 曾莹：《传媒影像中的身体景观建构及其反思》，《传媒观察》2016 年第 3 期。

⑨ 李雷：《消费文化语境下的身体美学》，《文艺争鸣》2010 年第 7 期。

⑩ 李道新、蒲剑、孙佳山、刘佚伦：《时代的焦虑——"小鲜肉"及其文化征候解读》，

⑪《当代电影》2017 年第 8 期。

跨文明对话语境下的泰戈尔诗学比较研究
——侯传文教授访谈录

张叉　　侯传文

摘　要：本文是四川师范大学外国语学院张叉教授对青岛大学文学院侯传文教授就跨越文明对话语境下的泰戈尔诗学比较研究的若干问题所作的专题访谈。访谈中，侯传文教授解读了泰戈尔文学理论中的关键词，介绍了泰戈尔对诗歌创作的见解，阐述了泰戈尔对儿童文学创作的看法，剖析了西方浪漫主义对泰戈尔诗学的影响，列举了泰戈尔浪漫主义对印度民族文学传统精髓的继承，简述了泰戈尔对西方现代主义的批判，分析了泰戈尔同西方象征主义的相通之处，勾勒了泰戈尔诗学同西方现代文论的对话互动，阐述了泰戈尔对中国文化本质特征的把握，考察了泰戈尔同道家的思想渊源，分析了泰戈尔同道家诗学的一致性，梳理了泰戈尔同王国维诗学思想的异同，挖掘了中印现代诗学对话中对泰戈尔误读的原因，归纳了以泰戈尔为代表的东西方诗学对话的主要形式，反思了泰戈尔同西方

＊　张叉，男，1965年生，四川盐亭人，四川师范大学外国语学院教授，四川省比较文学研究基地兼职研究员，四川大学文学与新闻学院比较文学与世界文学博士研究生，国际期刊《美中外语》（US-China Foreign Language）与《中美英语教学》（Sino-US English Teaching）审稿专家，国内集刊《外国语文论丛》主编，主要从事英美文学、比较文学与比较文化研究。侯传文，男，1959年生，山东泰安人，比较文学与世界文学博士，青岛大学文学院教授，北京大学东方文学研究中心兼职研究员，北京大学《东方文化集成》"东方文化综合研究编"主编，中国外国文学学会印度文学研究分会副会长兼秘书长，山东省外国文学学会副会长，主要从事中印佛教文学、比较诗学研究。本文是2016年四川省社科规划基地四川省比较文学研究基地项目"比较文学中外名人访谈录"（SC16E036）阶段性研究成果。

的诗学对话给中国留下的启示。

关键词：文明对话语境；西方；中国；泰戈尔诗学；比较研究

张叉：您在《文学评论》《外国文学研究》与《苏州科技学院学报》（社会科学版）等学术刊物发表了《泰戈尔与中国现代诗学》《泰戈尔诗学与西方文论》与《认同、误读与化用——论泰戈尔对〈老子〉的接受》等一系列学术论文，都是关于拉宾德拉纳特·泰戈尔（Rabindranath Tagore,1861—1941）诗学比较研究的。您把学术关注点放到泰戈尔诗学比较研究，有什么特别的考虑？

侯传文：我在北京大学东语系攻读东方文学专业硕士研究生，选择了印度文学作为研究方向。泰戈尔是印度近现代最具世界影响的作家，也是最受中国读者欢迎的诗人，很早就纳入了我的学术视野。关注泰戈尔诗学的确有特殊机缘。2002 年我到四川大学文学与新闻学院读博士。导师曹顺庆先生以比较诗学研究著称，他鼓励博士生在自己熟悉的领域进行博士论文选题。我在泰戈尔研究领域有较好的基础，为了便于与导师对话，于是将比较诗学与泰戈尔结合，以"泰戈尔诗学比较研究"作为博士论文选题，第二年又以这个题目申请国家社科基金项目获得批准，由此将学术关注点转向了泰戈尔诗学比较研究。

张叉：怎样理解泰戈尔诗学？

侯传文：泰戈尔是一个跨度非常大的人物，从文学艺术到社会政治、宗教哲学和文化教育，都是他的活动领域。在文学艺术领域，从创作到理论，他都有所建树。所有这一切的交汇点就是他的文艺思想，即所谓诗学。泰戈尔在印度的森林文明与英国的海洋文明之间徜徉，是文化上的两栖者。泰戈尔诗学产生于近现代西学东渐的大背景，它一方面跨越了传统与现代，另一方面又跨越了东方和西方，可谓不同文明对话之产物。泰戈尔诗学比较研究属于诗学的跨文明研究，也是不同文明对话的一种方式。

张叉：您 2010 年在中国社会科学出版社出版了一部学术著作《话语转型与诗学对话——泰戈尔诗学比较研究》，这是您博士学位论文，也是您国家社会科学基金项目"话语转型与诗学对话——泰戈尔诗学比较研究"（项目编号03BWW005）的最终成果。这部著作的主要特点与意义何在？

侯传文：拙著以泰戈尔诗学为中心进行比较诗学研究,以本体研究和比较研究相结合为基本思路。一方面,它以泰戈尔诗学本身为主要研究对象,研究其诗学思想的发展历程和逻辑体系,这就是本体研究。另一方面,它包括纵向比较与横向比较,这就是比较研究。纵向比较主要研究泰戈尔对印度传统诗学的继承与发展,而横向比较则主要研究泰戈尔诗学同西方诗学与中国诗学的关系。它在纵横比较的基础上,对东方诗学的话语转型、诗学对话和文化输出、东方现代诗学话语重建、诗学的跨文明研究等学术界的前沿与热点问题进行了研究。

张叉：您提出的泰戈尔诗学比较研究,当作何解?

可以从两个角度来理解。从纵向的角度看,它是东方诗学话语转型研究。从横向的角度看,它是东西方之间、中国与印度之间的诗学对话。泰戈尔是具有世界影响的诗人与思想家,在文学创作与理论研究方面都颇有建树,不过,在对他诗学的系统研究与比较研究方面,在国内外学术界的工作都还非常缺乏,至于以一东方现代诗人与文论家为立足点的东西中外诗学比较研究,更是前所未有,亟待开发。基于此,本书在泰戈尔研究与比较诗学研究领域是作了一定的开拓性的工作的。

张叉：在诗学发展前期(1880—1907),泰戈尔进行了文学理论构建。他的文学理论具有复杂的思想与丰富的内涵,可以提炼成几个关键词。泰戈尔文学理论的关键词主要有哪些?

侯传文：主要有四个。

第一个是"味"(rasa,又译情味)。公元前后出现的印度诗学著作《舞论》(*Nātyaśāstra*)首先提出并详细论述了味的理论,经过后代文论家不断充实发展,在印度古典诗学中形成了丰富完整的味论体系。味是印度古典诗学的一个重要范畴,泰戈尔不仅继承了这一传统诗学范畴,而且对它有所发展。

第二个是"欢喜"(ānanda,enjoyment),又可译为喜、乐、快乐、欢乐、欢娱、享乐等。欢喜也是印度古典诗学的一个重要范畴。在古代印度,"喜"或"乐"原是宗教哲学术语,指宗教修行达到最高境界而体验到的极乐状态,诗学家把它引入文学理论,指文学审美的愉悦。在泰戈尔诗学中,欢喜也是作为哲学范畴引入文学理论的,它的哲学美学涵义是人的心灵对自我本质的感知,作为诗学范畴,它又是人同世界审美关系的体现。

第三个是"韵律"（rhythm）。韵律是泰戈尔诗学中一个具有独创性的、核心的概念与关键词。在传统诗学中，韵律主要指诗的格律，体现的主要是形式美与音乐感。泰戈尔提出、阐述了"美在韵律"的诗学思想，韵律由此成为他诗学体系的一个关键词。

第四个是"和谐"（Harmony）。泰戈尔认为和谐的美感既来自比例的匀称与节奏的舒畅，又来自真善美的统一。这一关键词代表了他的审美理想。

张叉：在诗学发展中期（1908—1920），泰戈尔的诗学思想体系得到进一步完善。泰戈尔诗学思想体系进一步完善的重要标志是什么？

侯传文：重要标志是，他提出了"人格"诗学概念，并且在阐述中把人格同其他重要诗学思想相联系起来，从而形成了内在的逻辑关系，如人格之味，人格的本质是快乐，人格在韵律中获得和谐的表现等。正是人格范畴的建立，才使其诗学形成自己的逻辑体系，那就是，人格是艺术表现的对象，欢喜是艺术表现的目的，味是艺术的审美感受，韵律是艺术表现的方式，和谐是艺术表现的审美效果。

张叉："人格"既是泰戈尔哲学的一个重要范畴，也是他诗学的一个核心概念。怎样从诗学的角度理解泰戈尔人格论的内涵？

侯传文：可以从五个层面来理解。

一是人格是人的精神本体与存在主体。泰戈尔的人格是相对于物质的与肉体的人而言的，是人精神性本质的体现。

二是情感是人格的核心与基础，或者说，人格是人性中情感因素的集中表现。这种以情感为核心的人格思想主要基于"过剩论"，那就是，人除了满足生存需要之外，还有大量的过剩精力，人知识即理性的剩余形成了科学与哲学，人利他主义善良的剩余形成了伦理学，人情感的剩余形成了艺术。

三是人格是文学艺术表现的主要对象，人格在艺术中得以充分展现，这是泰戈尔诗学人格论的核心命题。

四是不仅人有人格，世界万物也有自己的人格，而且人的人格同世界的人格之间是相通的。泰戈尔人格论的出发点并不是孤立的人，而是人同世界的审美关系。他认为，在人同宇宙精神统一的基础上，人格是个别的，也是普遍的；是个体的,也是本体的。他的这些思想来源于印度传统哲学中的"梵我同一"论。

五是人格既体现为人性,又体现为神性。泰戈尔认为无限存在于有限当中,人只能通过有限来才能表达无限,人格就是有限和无限的统一体。这既显示了泰戈尔诗学人格论的宗教色彩,也体现了他"人的宗教"的诗学意义。

张叉:"韵律"(rhythm)是泰戈尔诗学的一个关键词、核心概念,在他诗学论著中出现的频率十分高。对于这一概念的内涵,是可以从"诗人的韵律""音乐家的韵律"和"哲人的韵律"三个不同的角度来理解的。其中,"哲人的韵律"当作何解?

侯传文:可从四个层面来理解。

首先,韵律是真理的表现形式,是进入真理的门径。泰戈尔认为,韵律就是运动的规律,是规律的创造性显现,是真理的表现形式,是打开宇宙万有奥秘的金钥匙。

其次,韵律是自然万物的属性,是人同自然、个人同宇宙的和谐统一关系的体现。韵律就是结构,是运动,是万事万物的固有属性。艺术的韵律只是自然韵律的共振和共鸣。

再次,韵律是生命的本质,是生命生生不息的流转。它是一种以消除生死差别为特征的生命神秘主义,它的思想基础是生命的轮回,是生命的流转。

最后,韵律体现了东方特有的思维方式。泰戈尔认为自然的节律、物质的运动、时间的流转、空间的循环、生命的生生死死全部是韵律,动与静、生与死、一与多等矛盾现象全部在韵律里实现统一。泰戈尔既在静止事物中看到了运动,又在矛盾运动中看到了事物内部的和谐,从而体悟到韵律的奥妙。这是一种典型的东方思维方式,或者说是一种东方式的辩证思维,是东方哲人所追求的禅意或者禅境。

张叉:泰戈尔8岁开始创作诗歌,12岁开始发表诗歌,80岁临终前还不忘向身边人口述诗歌,给世人留下两千多首诗歌,诗歌是他文学创作用力最多的文学体裁,也是他理论探索用力最多的文学体裁。泰戈尔在诗歌创作方面有什么独到的见解?

侯传文:可以归纳为四点。

第一点,他认为诗的基础或关键不是诗人的才学与诗人的外部活动,而是情感和灵感,其观点类似于我国古代诗学家严沧浪所谓"诗有别裁,非关书也;诗有别趣,非关理也"。

第二点,他特别重视想象在诗歌创作中的作用,把想象作为诗歌创作与评论的基础。他称赞叶芝不是用眼睛用知识,而是用灵魂接触自然,因此他对山川感知的鲜活境界,只有想象才能抵达。

第三点,他重视文学与世界的关系,强调诗歌同世界不可分割的联系。他反对从诗歌到诗歌玩弄技巧的形式主义,推崇心灵与自然的直接接触。他提出了"文苑的诗人"与"世界的诗人"的区别,认为华兹华斯和叶芝是"世界的诗人",他们的诗歌中有心灵和自然的直

接碰撞,而另外一些诗人"不再感到要从心里抒唱,诗歌可以再生诗歌",他们属于"文苑的诗人"。他在总结自己的创作体会时,反复表达了这样的思想:作为诗人如何同世界建立起真实的、深刻的与永恒的联系。

第四点,他既强调人心同世界的呼应,又主张心灵同心灵的接近。他晚年进行自我反思,称自己是"世界的诗人",能够回应世界的呼唤,同时认为对人的心灵的奥秘的认识与表现都是十分艰难的,需要心灵与心灵的接近,而自己由于生活的限制没能走进人们的心灵深处。他谦虚地表达了自己的遗憾,也表达了一个诗人的真挚和诚恳、真知和灼见。

张叉:泰戈尔是怎样看待读者在诗歌接受中的地位的?

侯传文:泰戈尔非常强调读者在诗歌接受中的主体地位。在他看来,一首诗,一个文学文本并没有一个固定的"意义",它的创作出自诗人的感受,同样,它的价值和意义在于读者的感受。他晚年在谈到诗歌作品时提出:"让诗人的用意见鬼去吧,它可能在读者心中形成完全新的形象。有各种不同的理解。"[①]文学批评和文学创作一样应该具有创造性。

张叉:泰戈尔是著名的儿童文学大师,在 60 多年的文学生涯中,自始至终贯穿着儿童文学创作,有丰富的儿童文学理论探索成果。在泰戈尔看来,儿童文学创作有什么特点?

侯传文:泰戈尔对于儿童文学创作的特点是有清醒认识的,可以从三个方面

来理解这个问题。

首先，将童心视为神圣，是他儿童文学创作的特点，也是他儿童文学思想的精髓。在他心目中，童心是神圣的，孩子是神圣的。受印度传统思想影响，他常把儿童同神相联系，认为由于儿童特有的天性，所以他们比成人更能接受来自神的信息。

其次，在他看来，由于儿童认识与接受事物具有直观性的特点，儿童文学可以不追求事实的真实，可以违反事理逻辑和因果关系，但要求具有高度的形象性。他认为儿童认识事物不是凭借事理逻辑和因果关系，而是靠直观的感受，儿童文学作品也必须符合儿童的这一心理特点，既能表现出童心之美，也易于为儿童接受。

最后，他认为纯朴自然是儿童文学应有的审美风格。儿童属于自然，儿童文学像孩子那样自然诞生，才会像孩子一样亘古常新。在他看来，纯朴自然并不是简单从事，漫不经心，而是长期身心修养的结果，是精诚所至的心灵升华。他要求儿童文学除了思想感情的纯真自然、艺术形式的单纯自然之外，语言也要朴素自然，一方面要自然平易，以适应纯朴自然的审美风格的要求；二方面要尽量使用儿童的语言。

张叉：泰戈尔是在西方浪漫主义文学影响下成长起来的文学家，因而其诗学深受西方浪漫主义的影响。西方浪漫主义对泰戈尔诗学的影响主要表现在哪些方面？

侯传文：主要表现在三个方面。

第一个方面是崇尚情感，排斥理性。泰戈尔诗学是以情感表现为核心的主体性诗学，其中有西方浪漫主义诗学影响的因素。

第二个方面是崇尚自然。泰戈尔的自然与卢梭"返回自然"的"自然"含义基本相同，包括大自然和朴素天真的生活两个方面。从大自然之"自然美"的追求方面说，泰戈尔更多的是继承传统，与西方浪漫主义诗学在自然美方面契合多于影响；而朴素之真意义上的自然美，在泰戈尔诗学中显得更为突出。虽然印度古代圣贤也崇尚自然淳朴的生活，但如果没有西方文论特别是卢梭以来的浪漫主义诗学的启发，很难将其转化为一种诗学和美学思想。

第三个方面是西方浪漫主义的许多代表人物都重视民歌、民间故事等民间文学，这对泰戈尔也有一定影响。他对民歌和民间文学非常喜爱和重视，一方面是作为天才诗人的天性使然，另一方面显然是西方浪漫主义诗学影响的结果。

张叉：泰戈尔在深受西方浪漫主义文学影响的同时，也秉承了印度民族文学传统的精髓，因而其诗学也具有一些有别于西方浪漫主义的特征。泰戈尔浪漫主义的独特性表现在哪些方面？

侯传文：也主要表现在三个方面。

第一，人格论的建立和完善，使泰戈尔的浪漫主义诗学具有了鲜明的个性特征。

第二，泰戈尔充分利用印度民族文化和文学资源构建自己的主体性文学理论体系，无论是阐述理论还是评论作品，他都言必称"情味"，使其浪漫主义诗学具有鲜明的民族特点。

第三，是具有民族主义精神。泰戈尔是一个爱国的政治诗人，一生创作了大量的爱国诗篇，在文学理论的阐述中，他强调民族语言的重要性，积极继承并发扬民族诗学传统，使他的浪漫主义诗学具有强烈的民族精神和鲜明的民族特色。

张叉：泰戈尔一贯秉承的是以人文主义为核心的启蒙理念，这样的理念同现代主义文学的非理性主义和非人性化大异其趣，因此他对现代主义是持批评态度的。泰戈尔对现代主义的批评主要集中在哪些方面？

侯传文：主要集中在三个方面。

第一，批评现代主义文学的价值混乱。从文学是人学的人文主义立场出发，泰戈尔反对现代主义的非人性化和非理性主义。他认为现代主义文学表现出的对人类所积累的文化与文明的轻蔑，是把暂时的现象当成了人类社会的本质。

第二，批评现代主义文学的粗俗和怪异。

第三，其对现代主义的批判是与对现代文明的反感联系在一起的。

张叉：泰戈尔虽然在文学理论上同现代主义相左，但是在创作上却受到现代主义的影响，他同西方象征主义在思想理论上是相通的。泰戈尔在哪些方面体现出与西方象征主义的相通？

侯传文：在四个方面同西方象征主义相通。

第一，对现实的超越是他与西方象征主义诗学契合的思想基础。象征主义反对忠实地记录外部事实，致力于探索心灵的最高真实。他也反对模仿说，主张探索心灵的奥秘。

第二，象征主义追求语言的暗示力量以及韵律的创造性力量。他也重视语言的暗示力量，认为文学应借助于比喻、韵律和暗示方式来表现。

第三，他与象征主义一样重视内在与外在的联系，强调感受力的统一。

第四，象征主义强调诗的客观性和诗人感受的普遍性。他的人格论也强调人格的普遍性而非个人性。

张叉：人与自然的关系始终是一个人类要面对、思考的根本的问题，也是西方生态主义关注的核心所在。泰戈尔早在青年时期就对人与自然亲缘关系有了体验，后来对印度文明的生态主义传统又有了充分而深刻的认识。在人与自然的关系方面，泰戈尔何独特见解？

侯传文：泰戈尔对于人与自然的关系，有三个独特的见解。

首先，他特别强调自然的精神意义而不是其知识意义。自然的知识意义表现为力量，而其精神意义在于快乐。在泰戈尔那里，人与自然的亲缘关系不是一种科学的认识关系，而是一种精神的联系，或者说，是一种审美关系。他主张艺术家应该热爱自然，同自然融为一体，而不是利用或者是征服自然。

其次，他认为自然并不是一种完全客观的实在，而是随着人类社会的发展而不断人化的。

他用他自己独特的人格概念把人同自然联系在一起，认为人格的觉醒始于同其他所有事物的分离，而又在同所有事物的统一中达到顶点。

最后，在人同自然的关系问题上，他始终坚持人的主体性，这是他对印度传统自然中心主义的超越。"梵我同一"的世界观是印度文化中人同自然统一观的哲学基础，这里的"梵"是具有自然属性的宇宙本体，梵我同一的结果就是人的自我主体性的丧失。泰戈尔继承传统但是又超越传统，他对以泯灭自我为特征的"梵我同一"世界观是持否定态度的，强调了人的自我主动性与主体地位。

张叉：泰戈尔诗学展开于西学东渐的大背景，它是东西方对话互动之产物。泰戈尔诗学同西方现代文论的对话互动主要表现在哪些方面？

侯传文：主要表现在两个方面。

第一个方面是他旗帜鲜明地反对科学主义，为文学争取同科学平等的地位。20 世纪西方文论受到科学主义和人本主义两股哲学思潮的影响，出现文本批评和人本批评两种走向。这些现代西方文论与泰戈尔诗学都有某种程度或某一层面的契合，同时也必然有相反相对的文学理念和诗学思想，这些都具有对话互动的意义。以西方现代文论的第一个流派"新批评"为例，尽管它属于受科学主义影响的文本批评，在对文学本质的认识上与泰戈尔有着深刻的差异，但在捍卫文学地位问题上却有着相似的观点和思路。他们都强调艺术不同于科学但具有与科学同等的地位。这种接近主要是共同的文化语境使然，但也不排除影响和启发的作用，因为泰戈尔毕竟是在这个语境中率先向科学主义和实证主义发起反击，从而捍卫文学地位的思想家和诗人。

第二个方面是他与西方现代文论代表人物的关系。比如他跟威廉·巴特勒·叶芝(William Butler Yeats, 1865—1939)有着非常好的私人关系，叶芝曾经为他的诗集《吉檀迦利》(*Gitanjali*)作序，他则有题为《诗人叶芝》的专题论文，两人有良好的互动。再如他同西方著名的现代派诗人、新批评的代表人物托马斯·斯特恩斯·艾略特(Thomas Stearns Eliot, 1888—1965)的关系。艾略特对于东方文化很倾心，同泰戈尔也有一些接触。不过，他们两人的观点是明显不同乃至于是较为对立的。但二者又有一定程度相通的地方。他们都强调了人格的普遍性而非个人性。艾略特诗学同泰戈尔诗学相通的地方除了他们作为大诗人所有的诗心会通、感悟相似之外，应该还有一定的影响因素。艾略特曾经学习研究印度哲学，对印度传统诗学是较为熟悉的。他们还有近距离的接触。他们两人的诗学的立足点是不同的，艾略特代表现代主义文学理论，而泰戈尔则代表以浪漫主义为主的传统诗学，所以在艾略特的"非个性化"(depersonalization)上，泰戈尔是不认同的。他在《现代诗歌》("Modern Poetry")一文中几次提到"非个性化"或"非人格化"(impersonal)，有的是客观引述，有的则进行了否定性的分析。艾略特是一位具有反权威精神的诗人，他在从泰戈尔那儿受到某些启发的同时，也萌生批判、反其道而用之的想法，这是顺理成章、不难理解的，这也正是泰戈尔诗学同西方文论互动关系的一种表现。

张叉：印度同中国有着深厚的文化渊源，泰戈尔对中国有着深厚的友好情缘。泰戈尔在对中国文化有深刻而独到的认识，他在对中国文化进行分析、论述的时候抓住了哪些本质的东西？

侯传文：泰戈尔抓住了中国文化四个本质的东西。

第一是热爱生活、热爱世界的现世主义精神。印度主体文化的特质具有出世性，泰戈尔对这种出世主义的文化传统采取了批判的态度，因此对中国人热爱生活、热爱世界的入世精神表示由衷的赞赏。

第二是注重义理人情的人性化和人情味。泰戈尔认为中国的文明不仅体现为热情好客，而且表现为对不同文化的兼收并蓄精神。

第三是和谐的人际关系。泰戈尔在中国人身上不仅看到了中国民族精神的健康豁达和中国文化的务实性，而且感受到人与人之间的和谐关系。

第四是崇德向善的精神文明。

第五是科学禀赋的具备与韵律奥秘的掌握。韵律是泰戈尔诗学与哲学的重要范畴，是事物内在的规律与世界基本原理的体现。掌握韵律是他自己的最得意之处，也是他的最高理想。他把韵律这一至高无上的东西加到中国人身上，体现了他对中国文化的高度评价。

张叉：怎样从中印文化交流史的角度考察泰戈尔同中国道家深厚的思想渊源？

侯传文：远在唐朝的时候，《道德经》就由玄奘等人译成梵文传至印度，这对于当时正在兴起的秘密佛教与印度教的秘密宗派产生了直接、深刻的影响。秘密佛教有一派被称为"自然乘"（sahajayāna），其中的"自然"（sahaja）可能是老子"道"的另一个更贴切的译法，这一教派的哲学思想与神秘主义都同中国的道家与道教有着密切的联系。这一教派的法师中有些的出版了诗集，表现自己的宗教思想与神秘体验，诗集采用的是东印度流行的地方语言，对后来在孟加拉地区兴起的印度教毗湿奴教派与虔诚主义诗学有直接的影响。泰戈尔是孟加拉语诗人，很早就接触毗湿奴派诗人的作品且有模仿之作，他"诗人的宗教"的思想也是深受虔诚主义诗学影响的。

张叉：泰戈尔同中国道家不仅有传统因子的间接影响，而且还有现代文本的直接接触,所以同中国道家诗学具有一致性。泰戈尔与中国道家诗学的一致性主要体现在哪些方面?

侯传文:泰戈尔在中国与西方演讲的时候,常常引用中国的《道德经》,他对道家有认同,有误读,还有化用。他同道家诗学的一致性主要体现在三方面。

一则对自然美的崇尚。道家主张"法天贵真",提倡朴素之美与自然之道,其中除了对自然美的崇尚之外,也有对人的纯真自然本性的回归。泰戈尔也主张朴素自然,其中包括大自然的美丽景象、人类社会的淳朴生活与人类心灵的天真无邪,这同道家"法天贵真"的思想在内在精神上是相契合的。

二则对自由的审美境界的追求。中国道家诗学的基本精神就是超越功名利禄的自由人生与游戏境界,庄子的"逍遥"就是摆脱功名利禄的束缚,进入精神自由的境界,从而获得精神愉悦,而泰戈尔强调文学的游戏性,也就是审美的自由性与超功利性,此二者之间的具有一致性的。

三则生命神秘主义的观念。中国道教的核心是追求超越死亡的生命不朽,在道家推崇的真人、圣人或至人身上,有消除生死差别为特征的生命神秘主义。泰戈尔的诗歌创作与诗学思想中都有生命神秘主义的表现,在生命神秘主义思想的表述中曾经引用老子"死而不亡者寿",其中虽然有一定的误读,老子的"死而不亡者"主要体现了中国文化对不朽的追求,而不是泰戈尔所理解的对永恒与无限的"不朽者"的证悟,不过,在生命神秘主义这一本质方面,二者之间却没有多少出入。

张叉:泰戈尔和王国维都是东方诗学从传统向现代转型的代表,他们的诗学思想有哪些相通之处?

侯传文:主要表现在三个方面。

其一,泰戈尔的味论诗学与王国维的境界诗学十分具有可比性,二者皆指向文学作品的艺术审美,皆强调审美主体与客体交流互动而形成美感;二者皆传统诗学话语的现代转型,对传统诗学有继承,也有发展。

其二,王国维与泰戈尔都曾接触并服膺西方诗学,皆有援西入东之诗学建构,但时又均系民族传统诗学的现代传人,所以都承担起了民族诗学话语转型的历史使命。

其三,在具体诗学观点方面有不少相通的地方。王国维认为文学是游戏的事业,这同泰戈尔文学起源的过剩论与游戏论如出一辙,并无二致。

张叉:泰戈尔与王国维诗学思想的诗学思想有哪些相异之处?

侯传文:有三个明显的差异。

首先是中印两国传统诗学存在着深刻的差异,它们各有自己的话语系统。泰戈尔与王国维都是民族诗学传统的继承者,所以也都保持了这样的传统差异。

其次是他们虽然都受到西方诗学的影响,但是所接受的对象却不相同。泰戈尔主要受英国浪漫主义诗人华兹华斯、雪莱等人的影响,而王国维则主要受德国哲学家叔本华、尼采等人的影响。前者唯意志,后者尚情感;前者喜崇高,后者重和谐。这样的不同渊源也造成了泰戈尔与王国维诗学的差异。

最后是泰戈尔不仅因高寿而跨越了不同的时代,而且在思想上与时俱进,不断丰富和发展自己,从而使泰戈尔诗学成为东方诗学现代转型的范例。王国维则以满清遗老自居,在政治与文化思想方面较为保守,对五四新文化运动与新文学的兴起持怀疑与否定态度,这就限制了他诗学思想的发展,因此王国维的诗学贡献主要是对中国传统诗学的总结,中国诗学现代转型这一使命没有完成。

张叉:在中外诗学对话中,往往出现误读,以泰戈尔为中心的中印现代诗学对话亦然。中印现代诗学对话中出现的中国对泰戈尔的误读产生的主要原因是什么?

侯传文:误读原因是多方面的,其中,主要有四个。

一是文化过滤。中国"五四"时期主要是通过西方的窗口来认识、接受泰戈尔的。西方人对泰戈尔的接受经过了西方文化的过滤,中国文化人在从西方引进泰戈尔的过程中,又经过了一次文化过滤,这样,误读不仅难以避免,而且机会更多,几率更高。

二是翻译媒介的局限。那时中国没有人懂得孟加拉语,泰戈尔的作品、演讲与论著只能通过英语转译,其中不仅有误译、误解,而且只能是管中窥豹,难见其真。比如闻一多对泰戈尔的批评,针对的主要是泰戈尔的英译作品,其中的确空灵者多,现实者少,纤弱者多,刚健者少。而且经过两度的翻译,作品的形式美也丧失殆尽了。

三是从接受者的角度来看,接受话语是误读的主观原因。就在泰戈尔访华的前夕,由张君劢与丁文江开始的科学与玄学论战波及整个文化界,这实际是东西之争与新旧之争的进一步发展。在这样的接受语境中,各派都有自己的话语系统,并在此基础上构成对泰戈尔的接受话语。他们的出发点并非为了客观认识泰戈尔其人,而是要借此回答中国的现实问题和应付论敌的挑战,在这样的情况下,就势必容易出现"有意误读"的情况。

四是从接受对象的角度看,误读的主要原因还是泰戈尔诗学本身的复杂性。在泰戈尔身上存在着进步与保守,出世与入世,传统与现代,贵族化与平民性,幻想与务实,内向与外向,东方与西方等多重矛盾,其诗学思想既有印度传统诗学的继承,又有西方文论的影响;而印度传统诗学和西方文论都具有多重性和复杂性。这样的"自相矛盾"增加了读者认识和理解的难度,也容易造成诗学对话中的误读。

张叉:以泰戈尔为代表的东西方诗学对话主要有哪些形式?

侯传文:主要有四种。

第一种形式是学习式对话。学习之所以看作是一种对话方式,是因为所学习的对象属于异质文化,所以在学习、接受过程中必然同自己所固有的文化基因发生交流碰撞,从而形成对话关系。

第二种形式是文化输出式对话。这种方式主要是向对方传播文化和诗学信息,使对方明白和理解自己的观点和意图。这种对话方式虽然不是一问一答,但在文化输出过程中他需要了解对方的兴趣和需求,一般而言,应该考虑到听者的提问和质疑,从而具有面对面对话交流的效果。

第三种形式是比较式对话。对话是比较文学的本质特征之一,反而言之,比较是诗学对话的主要方式之一。东西方诗学的比较在泰戈尔的诗学著作中是多件的,如在论迦梨陀娑(Kālidāsa)的名剧《沙恭达罗》(Shakuntala)时,他以威廉·莎士比亚(William Shakespeare,1564—1616)的《暴风雨》(The Tempest)作为比较对象,而且特别强调比较它们之间的不同是他撰写论文的目的。东西方文化的比较是泰戈尔文章的重要主题,以《东方与西方》(East and West)为题目的文章就有许多篇,在其他著作中也随在可见。这种文化比较是诗学话题的展开,本身也具有比较诗学的意义。

第四种形式是批判式对话。泰戈尔多次前往英美等西方国家发表演讲，多次对西方现代文化与现代诗学提出批判。这样的批判体现了不同文学理念的冲突，当然属于十分典型的诗学对话。

张叉：泰戈尔同西方诗学的对话在哪些方面给我们留下了启示？

侯传文：泰戈尔同西方诗学的对话在东西方对话的必要性与可能性、文化送去的可行性、文化输出内容的选择、文化自信与对话的主动性等方面，都给我们留下了启示。

张叉：您怎样看东西方对话的必要性与可能性？

侯传文：泰戈尔在西方演讲的效果并不够理想，不过，从对话的层面看仍然有意义，在客观上起到了一些对话的作用。首先，这些对话有助于西方人了解东方文化与东方诗学。其次，这些对话有助于对话主体自身的发展，他的作品和演讲本身既是用以对话的言语，也是对话的产物。尽管因为诗学话语的异质性和文化语境的不平等，所以东西方诗学对话十分艰难，但是这种对话还是很有必要的，也是很有可能的。

张叉：您怎样看文化送去的可行性？

侯传文：全球化时代是争夺话语权的时代，在这样的时代，有两点是值得我们思考的：其一，我们要坚持"拿来主义"，把世界各民族文化文学发展中的成功经验拿来，为民族文化的复兴提供有益的借鉴。其二，我们要提倡"送去主义"，通过文化输出，在多元的世界文化格局中发出自己的声音。泰戈尔与西方诗学对话的方式之一就是向西方输出印度文化，无论从输出的内容还是输出的方式来看，对我们都是具有启示意义的。

张叉：您怎样看文化输出内容的选择？

侯传文：可以从三个方面来看这个问题。

第一，泰戈尔认为应该向西方输出东方文化中最优秀的东西，从而赢得西方人的尊重。有些东方文化人也在从事文化输出工作，但是他们输出的东西往往不是东方文化的精华，而是对西方所构造的东方形象的迎合，拿东方的落后愚昧东西作为民族特色让西方人去欣赏，满足他人异国情调的期待，以期在西方"获奖",这就不好。

第二,泰戈尔对西方的文化输出常常有针对性。针对西方文化中人与自然的对立,他送去东方的人与自然统一观;针对西方文化人与神的二元对立,他送去印度的梵我同一与人神合一论;针对西方现代文化中的科学主义、实证主义、实用主义所导致的人性破坏与人文失落,他送去了自己的人格主义。这种针对性是建立在比较研究的基础上的,这样的文化输出是对话的应有之义。

第三,泰戈尔给西方送去的是自己的具有创新性的文化成果。只有这样的文化送去才表现了对话的真诚,才具有对话的意义。

张叉:您怎样看文化的自信与对话的主动性?

侯传文:可以从三个方面来对这个问题进行思考。

首先,泰戈尔与西方对话之时,东方文化处于弱势。强势文化不一定就是优势文化,弱势文化也不一定是劣势文化。泰戈尔在20世纪初针对西方文化的弊端提出的批评,表现出文化自信,今天看来仍有借鉴意义。

其次,不要指望处于强势话语的一方积极主动地与弱势话语对话,弱势话语往往更有对话的积极性。对于目前仍处于弱势地位的东方文化而言,应该主动寻求更多的对话机会。

最后,挑战话语霸权,打破西方中心论。如果没有积极的对话参与,就不可能摆脱被言说、被塑造的文化被动地位。这是泰戈尔给我们的启示,也是我们提倡东西方诗学对话的理由。

注释:

①[印度]梅特丽耶·黛维:《家庭中的泰戈尔》,季羡林译,漓江出版社,1985年,第100页。

信仰的诗意与存在的复归
——"中国诗性美学高端论坛暨丁来先教授新著发布会"会议综述

何敏慧　郭璐璐

2019年3月31日,由广西人文社会科学发展研究中心与广西师范大学文学院/新闻与传播学院联合主办的"中国诗性美学高端论坛暨丁来先教授新著发布会"在桂林举行。广西师范大学文学院院长吴大顺主持开幕式,广西师范大学苏桂发副校长、浙江大学王杰教授出席开幕式并致辞。来自中国社会科学院、北京大学、南京大学、浙江大学等国内知名高校与学术期刊等数十位专家学者,围绕丁来先教授新著《信仰的诗意及存在的复归》展开热烈讨论。

丁来先教授以存在的价值回归为中心,面向存在根基,试图把人带回到一个充满价值感的生命时光里、试图把人带回到超越时代变化的生命根本上,用心灵和根基性精神进行交感,以便给我们存在的整体带来一种生机。丁来先教授通过那些看上去很抽象的、很宏大的独有术语,试图找到这个存在之根。

来自北京大学的金永兵教授用"博大""慎思""玄远"和"切问"这四个词高度概括丁来先新著的特质。著作之博大,乃从多文明多宗教的视域思考人的问题、人的存在的问题。他的思考涉及天地神人,是囊括宇宙、囊括万物的。著作之慎思,乃从第三次科技革命出发,在核心要义的指导下,对于时代的重大命题

---

* 何敏慧,广西柳州人,广西师范大学2016级文学院/新闻与传播学院硕士研究生;郭璐璐,河南洛阳人,广西师范大学2017级文学院/新闻与传播学院硕士研究生。

穿透性的思考,逻辑推演并与现实关照,融为一体。著作之玄远,丁教授乃以饱满的激情、深切的情怀思考终极问题。著作之切问在于丁教授勇于发出时代之问,解决我们安身立命的问题,以求让我们在阅读中对于如何安放自己灵魂的问题能有所启发。金教授以四个词高度概括这本书知识材料的丰富性、逻辑结构的严谨性以及思想情怀的深切性。

来自深圳出版发行集团的尹昌龙教授以同学、同乡和同胞的身份来谈丁来先教授的新著,化用人文典故,深入浅出。他肯定了丁来先打破各个学科之间的壁垒,在解构主义时代所具有的统一性、整体性特质,提出"摆渡人"的关键概念,肯定了在现实语境当中,作者试图帮助人们建构契合心灵的价值路径选择,从神性到诗性,从世俗生活到精神生活,从信仰到人间的努力。这实际上肯定了丁来先在现代社会中所保留的人文知识分子探求真理的执着与关心人类命运的责任担当。

作为新著的作者,丁来先教授饱含激情地讲述了本书的写作历程,新著以细微内心体验回应宏大时代命题的特点,最高序列的价值体验来自人的灵魂之我。丁来先教授从个人的细微之处入手,找出超越时代变迁、具有永恒感的深度价值体验源泉,在物质文明快速发展的现代社会重建对于心灵与精神的秩序,带领人们回归到一个充满意义感、充实感、澄明感、玄妙感、神圣感、宁静感的价值基点,用体验和根基性知识点交感,力图给我们整体的存在带来一种有别于平庸时代的精神生机。

来自中国社会科学出版社的郭晓鸿老师从责任编辑的角度肯定了他的创作勤奋程度以及在图书市场上的受欢迎程度,把他概括为另类、感性、思想独立的诗人学者。同时,她认为丁来先的新著是一部对人类深邃精神的赞歌,把人类最古老的真理形式与现代关于人的存在论的各种最深刻思想结合在一起,深入探讨了事关人类存在的重要本质,围绕东西方传统文化精髓中流传千古的精辟见解和先哲达人对人生意义和精神追求的探索与认识,旁征博引,论述缜密,内容翔实,对人们追求有价值的存在,保有诗意的生活,体验灵魂之我有重要的启示作用。

来自江苏师范大学的徐放鸣教授高度评价了丁来先教授的新著,他首先将这本书概括为三个"一",一个新的坐标启示,一个新的体系建构的尝试,一种融通古今的大存在观。他认为丁来先教授怀揣着新时代的忧思与憧憬,坚持自己作为人文知识分子的知识操守,梳理了古今中外关于人的"存在"状态的研究成果,并在此之上融会贯通,提出自己新的理论体系,将个体的"存在"引领到一种诗性、神性的自然境界。其次,肯定了新著的超越性价值,认为新著将诗学视域拓展到一个新的向度,作者所提出的信仰诗意学是哲性诗学、面向神性的诗学。它着眼于人本真性的存在,关注更具超越性的诗意体验,基于信仰的诗意,指向自由的生命向度,是对诗学内涵及理论建构的拓展。最后,他强调丁来先教授的新著进入了一个跨文化汇通的新境界,打破哲学、宗教、历史、艺术与科技之间的壁垒,跨越代表性的古代文明,拥有跨文化遗产的精神性支撑,实现了跨学科、跨文化、跨时空的精神性汇通,具有理想主义的乌托邦色彩,是关于个体存在的诗与远方。

来自中国社会科学院副研究员的丁国旗教授强调了丁教授学术创造过程中的个人化学术风格、独创性概念体系建构,并结合天地神人以美学为中心建立四组关系,对丁来先教授新著的核心思想进行深度开掘。他所谈论的人与自然的对象性关系实际上也是丁来先新著中自然对人存在的回归以及信仰诗意的构建具有重要作用思想的展开与挖掘。一切围绕人,一切为了人是美学真正的切入点和出发点,本书正是一部关于人类深邃精神的赞歌。

来自浙江大学的王杰教授将本次会议作为八十年代文艺主体性的论争与马克思美学现状与未来的讨论这两大事件之后的第三件事,强调了丁来先的新著面对人类的存在问题做出的探索与努力。他还将丁来先与瓦尔特·本雅明相比较,认为两者存在极为相似的精神症候,他们都用最原始的工具(即来源于自身的生命感悟),表达了对这个时代最深刻的思考。他肯定了丁来先教授在学术创作过程中自由独立的思想,同时也提出对丁来先在未来创作中打通文本与理论之间壁垒的希望,期待他能将自己的理论运用于当下时代最优秀的文学作品,对艺术作品有现实的观照。

来自上海交通大学城市科学研究院的刘士林教授借助诗性智慧的命题,讨论了中华文化根深蒂固、源远流长的诗性文化问题,将诗性文化与当代城市发展结合在一起。在当代中国城市化进程不断推进的现状下,试图在城市构建人文的栖居之地,在城市寻找到诗意。讨论了诗性文化与理性文化的差别,诗性文化的南北差别、城乡差别、古今差别。对诗性文化进行了时间、空间上的梳理，便于读者理解诗性文化的缘起与发展。同时，这也是对丁来先新著重要概念"诗性"的深度展开与挖掘，便于读者理解丁来先新著核心思想的历史缘起与现实意义。

南京大学的傅谨教授认为丁来先教授新著意义在于用理论工具和理论武器去处理历史和现实的问题。丁来先教授关注以信仰为轴心的话题，将信仰、诗性、存在三者融为一体。傅谨教授结合自己多年来对民间戏剧的研究，用民间艺术的存在方式去解读丁来先的著作中诗性的部分，提出信仰已经成为个体日常生活的一部分，不要过度地把信仰形而上化，信仰更多时候只是表面化的外壳，从信仰中得到娱乐才是支撑个体拥有信仰的支配性力量。他肯定了丁来先教授在界定人的存在神性、存在精神的时候，强调个体的内心体验，强调人在信仰活动中的主动性，对传统宗教持保留态度，没有把诗性研究变成宗教研究。其次，傅谨教授认为丁来先教授新作中对于古代经典的阐发与强调，不仅对历史的研究，还是对现代的观照。

来自浙江大学的李杰教授将丁来先教授称为"校园里的行吟诗人"，他认为信仰是终极价值，诗性是价值体现，信仰失落与诗性失落是同一过程的两面。探索新科技条件下价值传播的规律，建构价值理性与工具理性相平衡的传播价值论，捍卫传播正义，守护和传播科技伦理，是当代重大课题。中国正经历着重大的社会转型，全球不同文明的直接相遇和当代科技的冲击，从根底上威胁着轴心时代以来的人类文化原则和价值体系。以互联网、人工智能、认知神经科学、基因工程等为代表的科技以自己的方式解释和改造人的身体和人的智能。当今通行的一些"显原则"和"潜规则"与轴心时代伟人们奠定的基本原则正在全面相撞。如何在新技术条件和全球一体背景下实现人的重新发现，定位生命的意义，情感的价值，在新传播体系建构人类命运共同体，是我们这个时代面临的重大课题。而丁来先教授的新著恰恰是对这一问题的思考，丁来先教授面对现代性的挑战、科技发展的挑战，纵横古今中外，寻求解决之道，处处体现着伟人思想的光辉。而李杰教授在团队的参考用书中加入了丁教授的著作。

来自深圳大学的李健教授认为丁来先教授的新著从宏大的角度进行思考，融汇中西的学术，将思考建立在人的生存信仰之上。并从古代文论的角度进一步阐发了丁来先教授新著中所提到的个体内心体验与美学的深度关联。他强调了感应在美学中的重要作用,这也正是丁来先教授新著中强调个体深度价值体验重要性的渊源,由古至今对个体感应、感受、感悟的强调促进了信仰心态的成熟。

来自《南方文坛》编辑部的曾攀主任结合自己的生活体验,讨论了在人工智能时代的诗性主体建构的重要性。他认为丁来先教授新著提及的个体"精神性存在状态"是人的深邃心灵性的重要标志,也是人之为人的最重要标志,在人的存在中根基之处。

南京大学的潘知常教授将丁来先教授的新著誉为"一个类似康德的人写就的海德格尔的书",他认为古代社会信仰存在通过宗教实现,而当代社会信仰存在则通过诗意存在。信仰借助于宗教而产生,中西方都有信仰,只是多和少的区别。西方因有宗教而有信仰,可以称为有神论的唯心主义;中国因无宗教而有信仰,可以称为无神论的唯心主义。中国思想家对于宗教的思考经历了以美育代宗教——以科学代宗教——以伦理代宗教——以哲学代宗教——以主义代宗教的历程,从本质上来讲我们所提倡的是拒绝宗教但不拒绝宗教精神、拒绝信教但不拒绝信仰、拒绝神但不拒绝神性。这也是丁来先教授新著所强调的信仰诗意的真正含义。信仰诗意学是后美学时代的审美哲学,丁来先教授将哲学诗化,将诗哲学化,将哲学引入美学,重建信仰之路。

来自杭州师范大学的李庆本教授首先肯定了丁来先教授的人格魅力,认为他确立知识分子的人文立场、弘扬人文精神、追求人文理想。他认为丁来先教授新著面神而生,提出了精神存在、信仰、诗意三位一体的结构,对于重构生态美学的精神生态十分有价值。体现了一种在世俗中见神圣、在世俗中见深情、在有限中见无限、在具体中见一般的审美精神,对于个体精神生态危机的解决有重要意义。

来自广西师范大学的冯强教授说道:"丁来先教授把儒释道同柏拉图等古希腊哲学、基督教及其神学以及现象学等融为一体,具有一种世界主义情怀。"

来自汕头大学的燕世超教授对丁来先教授新著的创新之处进行了详尽的阐发,他认为丁来先教授新著面对当下的科技理性、功利盛行的现象,用逻辑组织建构生命体验,具有跨学科、丰富性、包容性、严谨性、批判性的特点,建立了一个以诗意、神性、原型、存在为关键词的新理论体系,是一次中国诗学、美学与世界一流大师进行的对话。在当前工具理性、科学主义愈演愈烈,人文精神衰落的情况下,这本书是一部试图唤起人们对人文思想、对古老经典作品的重视的伟大著作。

浙江大学王杰教授对会议进行总结,他认为国内众多专家学者齐聚一堂,从美学角度思考信仰,对信仰进行讨论。正如李杰教授所说,今天的信仰不是宗教时代的信仰、不是基于理性的信仰,而是人真实状态下的信仰。新轴心时代,我们面临着人类生存的根本性问题,这是每个人自我拯救、自我摆渡的时代,时代需要像丁来先教授这样纯粹的学者,时间会证明这是一次名副其实的高端论坛。